古典文獻研究輯刊

十三編

曾永義 主編

第 17 冊

清人筆記之生活故事研究（上）

陳美玲 著

國家圖書館出版品預行編目資料

清人筆記之生活故事研究(上)／陳美玲 著 — 初版 — 新北市：
花木蘭文化出版社，2016〔民105〕
目 2+260 面；19×26 公分
（古典文學研究輯刊 十三編：第17冊）
ISBN 978-986-404-593-8（精裝）
1. 筆記小説 2. 文學評論 3. 清代
820.8   105002171

ISBN-978-986-404-593-8

9 789864 045938

古典文學研究輯刊
十三編　第十七冊　　　　　ISBN：978-986-404-593-8

清人筆記之生活故事研究（上）

作　　者　陳美玲
主　　編　曾永義
總 編 輯　杜潔祥
副總編輯　楊嘉樂
編　　輯　許郁翎
出　　版　花木蘭文化出版社
社　　長　高小娟
聯絡地址　235 新北市中和區中安街七二號十三樓
　　　　　電話：02-2923-1455／傳眞：02-2923-1452
網　　址　http://www.huamulan.tw 信箱 hml810518@gmail.com
印　　刷　普羅文化出版廣告事業
初　　版　2016年3月
全書字數　426122 字
定　　價　十三編 20 冊（精裝）新台幣 38,000 元　　　　版權所有・請勿翻印

清人筆記之生活故事研究（上）

陳美玲　著

作者簡介

　　陳美玲 (1978～)，中國文化大學中國文學博士。曾於國立東華大學民間文學研究所擔任博士後研究，現於中國文化大學中國文學系、世新大學中國文學系、臺北市立大學通識中心、醒吾科技大學通識中心、馬偕專科管理學校通識中心等，擔任兼任助理教授。

　　著作有：〈從民間故事看雷公功能的擴增〉;〈從「夷堅志」之科舉故事觀宋代科考情形〉;〈清代筆記小說中之「孝感故事」研究〉;〈清人筆記故事中的乞丐〉;〈從歷代筆記故事試探訟師角色的衍變〉;〈清人筆記故事中的醫者〉;〈清人筆記故事反應之人口買賣情形〉(研討會發表)等單篇論文，刊載於《中國文化大學學報》、《淡水牛津臺灣文學研究集刊》中。

提　　要

　　「筆記故事」，係指「筆記」中符合故事定義的文字記載，因這些故事是文人日常生活所聞所見，更能反映當時社會現象與民情風貌。

　　清人筆記故事共六千餘則，計含五類：動物故事、神奇故事、宗教神仙故事、生活故事、笑話故事等。其中的生活故事與笑話中的生活故事佔故事總數八成，就內容性質分為婚姻故事、親子故事、道德故事、公案故事、詐騙故事、笑話故事等。從中觀得清代社會商業活動活絡，帶來商機，也產生許多家庭問題與社會犯罪案件；另外，西風東漸帶入異國風情，但因外國人良莠不齊，致使清中後期時有洋客謀財害命、中西聯合行騙的情形。在社會道德規範上，受到政府旌表節孝的獎勵作用，清人特重貞節觀。在惜物思想上，清人對於字紙尤為重視，至今許多「惜字亭」即是最好的見證。

目

次

第一章　緒　論

第一節　研究動機、目的與範圍

壹、研究動機與目的

　　人類自有語言起，即有口頭文學作品產生，隨興哼唱的小調、認真陳述的奇聞異事、輕鬆言談的世俗笑話等，透過人們口耳相傳，廣被各方。其中的故事，在歷經長時期的眾人傳述，不僅富有趣味性和哲理性，也蘊藏了人們的生活經驗，顯示了民情風俗和民智思想，反映社會現象與人文發展軌跡。而文人筆記，正是民間故事一大寶藏。

　　歷代文人筆記，內容龐雜，分類多歧，文人生活閱歷與思想受大環境影響甚深，載錄日常見聞的「筆記」，不僅呈現作者一己之思，也勾勒一時代的政治情況、社經活動、世情風貌，可為歷史做見證，也提供研究人文民俗的資材。

　　清代國祚近三百年，筆記數量冠於歷朝，筆者在九百餘種清人筆記中，利用「情節單元法」與「故事類型分類法」，找到三百〇四種具故事性的清人筆記，從中拾得六千餘則故事，其中的生活故事即佔八成之多。透過這些生活故事，可見都會與鄉間生活情態、人際倫理、民生經濟、風俗等，反映小市民的世界。自鴉片戰爭爆發後，接二連三簽署不平等條約，廣開通商口帶來經濟繁榮，拓寬中外文化交流視野，也增加犯罪、詐騙等社會問題，這些均見錄於文人筆記中，此即是筆者欲以清人筆記中之生活故事為研究主題的動機。

貳、研究範圍

清代筆記內容廣泛，本論文定名為《清人筆記中之生活故事研究》，取材範圍界定於清代筆記中符合「故事定義」的生活故事。

「故事」在民間，大至城鄉市鎮，小及街頭閭巷，隨時隨地傳播著。道、同年間的許奉恩在《里乘》序中寫道：

> 農功之暇，二三野老，晚飯杯酒，暑則豆棚瓜架，寒則地爐活火，
> 促膝言歡，論今評古，窮原竟委，影響附會，邪正善惡，是非曲折，
> 居然齒齒，可據一時。婦孺環聽，不自知其手舞足蹈。言者有褒有
> 貶，聞者忽喜忽怒，以此寓勸懲，誰曰不宜？予一介腐儒，喜觀爨
> 弄，又愛聽野老叢談，擇其事之近是者，編為《里乘》一書。〔註1〕

道出「故事」產生的過程，以及筆記故事來源所在。文人筆記載錄的故事，或得自鄉野耆老的口述，或拾於村里坊間的異聞，或走訪說書場合聽賞，或文友間筆記相互遞傳，內容無所不含，故事背景不限於一時一地，反映時人的生活感受與經歷，具有時代意義。因此，本論文引用的文本，非以故事年代為限，而是以清人的活動時間為考量，舉凡曾於清代活動者，其筆記中的生活故事，均納入討論範圍。

筆記是文人私家著作，不易被官方重視而網羅刊刻，即使清末民初以迄今日，有不少志於搜整清代筆記且編校成刊者，但作品繁多，難以求全，以致於許多豐稔資料，倘無刻本或抄本，除了在文友筆記間尚可拾得零星數篇外，至今多不復見，僅能從書目提要中略知其簡要內容。筆者多方搜羅清人筆記，並對其中三百〇四種具故事性的筆記進行分類，討論故事反映之清代社會種種現象風貌。

第二節　研究方法

本論計採情節單元分析、民間故事類型法、資料歸納法等方式進行研究。

壹、情節單元分析法

「情節單元」是組成故事的要素，西方稱作「motif」，這概念是由芬蘭學者阿爾奈（Antti Aarne，西元 1867～1925 年）學者，美國教授湯普遜（Stith

---

〔註1〕見（清）許奉恩著：《里乘》（濟南：齊魯書社），頁7。

Thompson，西元 1885～1976 年）建構完成〔註2〕，意指小到不能再小的情節，且這情節必須是罕見的、不尋常的人或事或物。民初的胡適先生譯為「母題」，但很容易誤使人以為尚有更小的「子題」，若譯為「子題」，又可能聯想上面還有「母題」。因此，金師榮華將「motif」譯名改為「情節單元」，並對此釋義：

　　故事中一個小到不能再分而又敘事完整的一個單元。〔註3〕

透過情節單元分析，可以將各類筆記中非故事的篇章抽離，就社會義言之，可將分析過後的故事進行分類，觀察其所反映的社會風貌與人文思想等；從民間文學角度而論，可藉由情節單元的分佈、與同一故事中情節單元素的變異等，來觀察中外民情風俗的異同，以及地方產物特質，也可對故事本身進行溯源。

貳、民間故事類型法

　　若要從筆記中的故事探討整體時代與社會，「情節單元」可謂基層的分析工作。每個故事至少有一個以上的情節單元，將故事的情節單元依序排列，可以看到故事發展有其一定的模式，將相同發展模式的故事歸納觀之，往往有意想不到的收穫，提供民間文學與民俗學許多研究資材。

　　當民間故事的數量與時俱增，分類與歸納的工作益顯重要。世界上最早從事故事分類者，是宋代李昉（西元 916～991 年）等人奉敕編纂的《太平廣記》，將採錄來的故事分成一百二十一大類〔註4〕，惜其沒有分類標準說明，也未對性質相近的類別加以歸納編排。

〔註2〕　美國湯普遜教授在西元 1932～1936 年間，完成《民間文學情單元索引》（Motif-Index of Folk-Literature）一書，期間不斷增訂，至西元 1955 年分六冊出版，共收四萬多個「情節單元」。

〔註3〕　見金榮華著：〈情節單元釋義──兼論俄國李福清教授之母題說〉（《華岡文科學報》第 24 期），頁 174。

〔註4〕　《太平廣記》所分之二十一大類為：神仙、女仙、道術、方士、異人、異僧、釋證、報應、證應、徵應、定數、感應、讖應、名賢、廉儉、氣義、知人、精察、俊辯、幼敏、器量、貢舉、銓選、職官、權倖、將帥、驍勇、豪俠、博物、文章、才名、儒行、樂、書、畫、算術、卜筮、醫、相、伎巧、博戲、器玩、酒、食、交友、奢侈、詭詐、諂佞、謬誤、治生、褊急、詼諧、嘲誚、嗤鄙、無賴、輕薄、酷暴、婦人、情感、童僕奴婢、夢、巫厭、幻術、妖妄、神、鬼、夜叉、神魂、妖怪、精怪、靈異、再生、悟前生一、塚墓、銘記、雷、雨、山、石、水、寶、草木、龍、五、畜獸、狐、蛇、禽鳥、水族、昆蟲、蠻夷、雜傳記、雜錄等類。

　　金師榮華言:「目錄學是治學門徑,類型索引是民間故事的目錄學。〔註5〕」透過民間故事類型索引,可以觀得故事的屬性分佈,得以將同型但傳於異地的故事歸納探討,也能對於同地流傳的各類型故事進行觀察,均有其價值。但如何將同型故事歸納,則須透過故事類型的判斷。

　　何謂故事類型?即是就整個故事的內容和結構作分析,把基本內容和主要結構相同而細節或有異處的故事歸集在一起,取同捨異,就成為一個故事類型〔註6〕。故事類型取材於故事,但不是所有的故事均可成型,可以成型的故事至少要有兩個或兩個以上不同的說法,即表示這故事有著引人興趣且容易記憶的傳述條件。〔註7〕

　　在諸多民間故事類型分類中,目前最獲採用的即是 AT 分類法。此法源於二十世紀初阿爾奈學者的《民間故事類型索引》,其將所有的故事分成三類:(一)動物故事,(二)一般民間故事,(三)笑話。三大類中再依故事的主角和故事性質區分出五四〇個類型,承此分類再加以研究者,有美國湯普遜學者,在是書譯成英文後,增設「程式故事」與「難以分類的故事」兩類。西元一九三五年,於瑞典舉行民俗學研究會議裡,與會學者咸以為世界各國的民間故事若能統一分類,則更有稗於研究,爾後湯教授歷時五年增訂,編製《民間故事類型》,於西元一九六一年問世。大家即以兩人姓氏的第一字母,合稱為 AT 分類法,因為各國民間文學工作者所公認,所以也是一種國際性的分類法〔註8〕。爾後中國的丁乃通學者與金師榮華均對此一分類有所增補。

　　本論文藉由情節單元分析與民間文學類型法,首將清人筆記中的故事,就其故事性質,分成動物故事、神奇故事、宗教神仙故事、生活故事、笑話等;以佔八成之多的生活故事與產生於生活中的笑話為研究主題,並就這些生活故事內容,分成婚姻故事、親子故事、道德故事、公案故事、詐騙故事、笑話故事等類進行討論。

　　另外,藉由民間故事類型分類法,不僅能探討故事流傳的社會背景,還可以就故事遍傳的地域觀察文化交流情況,因而發現有些故事在傳播中出現互滲現象,而產生複合型、新類型的故事等,均是耐人尋味的,將討論於往後章節。

〔註5〕見金榮華著:《民間故事類型索引(上)》(中國口傳文學學會出版),頁首。
〔註6〕見金榮華著:《中國民間故事與故事分類》(中國口傳文學學會出版),頁9。
〔註7〕見金榮華著:《中國民間故事與故事分類》,頁69。
〔註8〕見金榮華著:《中國民間故事與故事分類》,頁11。

參、資料歸納法

　　本論文探討清人筆記生活故事同時，也嘗試整理這些筆記的的各家收錄情形，彙整於〈附錄一：清人筆記生活故事之收錄概況〉中。

　　故事累積至清代，就故事傳播而言，承先啓後，具有一定的討論價值。因此，論文中亦針對清人筆記裡具故事類型者，其於歷朝或在外國的發展情形，整理歸納於〈附錄二：清人筆記故事類型表〉。

第三節　清人筆記故事概述

　　故事之義，史多有述，本節首說明「故事」的三種意義，以及如何界定筆記故事，並介紹清人筆記故事的來源與內容。

壹、筆記故事之界定與意義

一、何謂故事

　　宋人鄭樵（西元 1104～1162 年）《通志・卷七十一・校讎一・編次之訛論十五篇》曰：

> 古今編書所不能分者五：一曰傳記，二曰雜家，三曰小說，四曰雜
> 史，五曰故事。凡此五類之書，足相紊亂。〔註9〕

反映歷代學者對於「故事」的界定模糊。實際上，「故事」包含三種意義：一是雜事記錄；一是指典章制度；一是指口頭創作中的敘事散文之作。

　　「故事」一詞，最早見於西漢司馬遷（西元前 145～90 年）的《史記・太史公自序》：「余所謂述故事，整齊其世傳，非所謂作也〔註10〕。」這裡稱的「故事」，是指流傳下來的「固有舊事」，是資料整理，並非創作。至東漢的《漢武故事》〔註11〕，記載漢武帝一生軼事，是第一部以「故事」爲書名者，爾後五代南唐間尉遲偓之《中朝故事》、宋代無名氏的《五國故事》、明

〔註9〕 見（宋）鄭樵著：《通志・卷七十一・校讎一・編次之訛論十五篇》（浙江：浙江古籍出版社），頁 835。

〔註10〕 見（日）瀧川龜太郎著：《史記會注考證・太史公自序第七十》（台北：萬卷樓圖書公司），頁 1371。

〔註11〕 《漢武故事》又稱《漢武帝故事》。舊題東漢班固撰，原書二卷，今存輯本一卷，《四庫全書總目》始列入小說家。記載自漢武帝生猗蘭殿始，敘其一生迷信方術，至死葬於茂陵後，又曾顯靈等軼事，時間終至漢成帝時。

人王瑩所撰《群書類編故事》、清人葉鳳毛之《內閣故事》等，雖均以「故事」為書名，但內容龐雜，不只有軼事瑣聞，亦含朝廷制度、花蟲鳥獸、建築庭園、百行技藝等，屬於雜事記錄，也是故事最常出現的情形。

　　「故事」另一義是指典章制度。唐人魏徵（西元 580～643 年）等撰《隋書・經籍志二》言：「施行制度者為令，品式章程者為故事……今據其見存謂之舊事篇。〔註12〕」當時稱為「舊事」。五代後晉劉昫（西元 887～946 年）等撰《舊唐書・經籍志上》言：「舊事，以紀朝廷政令。〔註13〕」類目名稱則改為「故事」〔註14〕。自此，《宋史・藝文志》、《明史・藝文志》等皆沿用此稱；政書如宋代鄭樵《通志・藝文志》、元代馬端臨（西元 1254～1323 年）《文獻通考・經籍考》等亦然。

　　民間文學中的「故事」，是指口頭創作中的敘事散文之作。「故事」最活躍的地方來自民間，大至省村市鎮，小至街頭巷尾間，皆有故事流傳，其名稱或為「講古話」、或為「大頭天話」、或言「擺龍門陣」、或名「講經」、「粉白（話）」等，各地說法不一，但仍以稱「故事」者居多〔註15〕，透過人們口耳相傳，傳遞時人生活經驗、民俗思想等。只惜過去這些作品並沒有受到重視與完整收錄，只能零星見於歷代文人筆記。至五四時期，新文化運動領導者意識到民間文學作品的重要性，倡議搜輯民間神話、傳說、故事、歌謠等，北京大學、廣州中山大學公開徵稿采錄，在這些作品中，凡是來自口頭創作的敘事散文之作，皆被稱為「民間故事」。

　　金師榮華對「故事」下了一個定義：

> 所有可稱之為故事的，都至少有一個極基本的情節。有了一個基本
> 情節，即使寥寥數筆，就是一個故事。否則的話，縱使洋洋數千言，
> 不過是流水賬、起居注一類的東西。〔註16〕

「基本情節」即是「情節單元」，「情節」是指在生活中不尋常的人、物或事，所謂「單元」，就是對這不常見的人、物或事所做的扼要而完整的敘述〔註17〕。因此，一個故事之所以能被視為故事，即因其中含一個以上不尋常的事件，

〔註12〕見（唐）魏徵等撰：《隋書・經籍志二》（北京：中華書局），頁 967。
〔註13〕見（後晉）劉昫等撰：《舊唐書・經籍志上》（北京：中華書局），頁 1963。
〔註14〕見（後晉）劉昫等撰：《舊唐書・經籍志上》，頁 1987。
〔註15〕見劉守華著：《中國民間故事史》（湖北：湖北教育出版社），頁 6。
〔註16〕見金榮華著：《比較文學》（台北：福記圖書公司），頁 91。
〔註17〕見金榮華著：《中國民間故事與故事分類》，頁 4。

而這事件正是讓故事源源流傳的動力，換言之，若只是常態的事件記錄，沒有具特殊性能吸引人傳播下去，則不能視爲故事。

二、筆記故事的意義

「筆記故事」，係指「筆記」中符合故事定義的文字記載。長久以來被視爲文人隨筆記錄的「筆記」，其內容或抒己意，或論古義，或考眞僞，或志怪奇，或述見聞，也記載了許多民間流傳的故事。有的聽自鄉里傳說，有些得於父祖敘述，亦有來自官場所見、社會事件等。

筆記故事的意義，從內容觀之，可從相同核心、主題的故事，因人、事、時、地、物等因素所產生的變化，觀察其反映的人類思維與民情風俗，劉守華先生喻之爲人們的「生活與智慧的百科全書〔註18〕」；就時代、地域而言，相同故事能遍傳異時異地，反映人同此心、心同此理的現象；反之，也可見其文化差異與時代特質，均有其意義與重要性。

貳、清人筆記故事來源

清人筆記故事來源廣泛，或親身所歷，或聞於鄉里野聞、於父祖家傳，或見於文友傳述、職場所見、遊歷所長等〔註19〕。俞樾（西元 1821～1906 年）在《茶香室叢鈔》序言：「遇罕見罕聞之事，亦以小紙錄出之，積歲得有千有餘事，不忍焚棄，編纂成書。〔註20〕」康熙年間的劉廷璣，在其《在園雜志》序中亦言：

> 或與二三賓友，煮茗清談，偶有記憶，輒書一紙投簏中，積漸成帙。
> 使閱者怡情益智，新聞俗諺，即日用尋常，悉皆耳所親聞，目所親
> 見，身所親歷者，梓而問世，自可法而可傳耳。〔註21〕

正因這些故事是文人日常生活的見聞，更能反映當時社會現象與民情風貌。

到了晚清時期，報社興起，有些文人投入報社工作，故事範圍更廣，各地時有新聞，故事源源不斷。《鋤經書舍零墨》提要寫道，此書許多見聞是黃

〔註18〕見劉守華著：《中國民間故事史》，頁10。

〔註19〕見（清）黃式權著：《鋤經書舍零墨・序》：「凡里巷之傳聞、友朋之著作，無不酌而錄之。」又例吳德旋著《初月樓聞見錄》前言：「余屏居鄉里喜述故事，遇有聞見，輒隨手錄之……所錄皆吳越江淮間事耳，異時將廣錄而續理之。」

〔註20〕見（清）俞樾著：《茶香室叢鈔》（北京：中華書局），頁2。

〔註21〕見（清）劉廷璣著：《在園雜志》（北京：中華書局），頁1。

式權（西元 1851～1943 年）執筆於申報期間，與當代俊傑爲友，所聽來的遺聞軼事〔註22〕。晚清薛福成（西元 1838～1894 年）在《庸盦筆記》凡例也說：「筆記據平日見聞隨意抒寫，亦間有閱新聞紙，取其新奇可喜，而有近情覈實者，錄之以資談助。〔註23〕」董含（西元 1626～？年）在《蒪鄉贅筆》前言亦表示：「自少迄老，取耳目所及者，續書於卷……其間或得之邸報，或得之目擊，或得之交遊所稱道。〔註24〕」說明了新聞報導內容，也是晚清民間故事一個重要來源。

參、清人筆記故事內容概述

在三百〇四種具故事性的清人筆記裡，拾得六千餘則故事，依故事性質，可分爲動物、神奇、宗教神仙、生活、笑話等五類。茲介紹各類故事內容與具代表性故事如后。

一、動物故事

從清人筆記中的動物故事，內容以動物與人互動居多，互動方式則有動物報恩、動物助人（包括救人性命、替人復仇）、動物贖罪，以及人騙動物等情形。有些故事在外國也可見到，也有從西方傳入中國的故事。

（一）動物報恩

有關動物報恩的故事，多數見於前朝。較具代表性的是「老虎求醫並報恩」型。魏晉年間，干寶（西元？～336 年）在《搜神記・蘇易》篇裡載：

> 蘇易者，盧陵婦人，善看產。夜忽爲虎所取。七里，至大壙，厝易置地，蹲而守，見有牝虎當產，不能解，匍匐欲死，輒視之。易悟之，乃爲探出之，有三子。生畢，牝虎負易還，再三送野肉于門內。

〔註25〕

〔註22〕見（清）黃式權著：《鋤經書舍零墨》（見《筆記小說大觀（十二）》，揚州：廣陵書社），頁 932。

〔註23〕見（清）薛福成著：《庸盦筆記》（見《清代筆記叢刊（四）》，濟南：齊魯書社），頁 3203。

〔註24〕見（清）董含著：《蒪鄉贅筆》（見《叢書集成續編・子部》，上海：上海書店），頁 1。

〔註25〕見（晉）干寶著：《搜神記・卷二十・蘇易》（見《漢魏六朝筆記小說大觀》，上海古籍出版社），頁 430。

流傳至唐代，內容大抵承襲魏晉，在人虎間施恩與報恩的故事架構上，增添老虎贈物予恩人，一回竟送來死人肉，差點讓恩人吃上官司的情節，例如《太平廣記・卷二五一・劉禹錫》篇裡，搜錄一則唐人劉禹錫（西元 772～842 年）說的故事：有一婦人，入深山時遇到一隻老虎，老虎舉蹄示婦，婦人一看，原來虎蹄上有刺，婦人便替牠把刺拔出來，老虎感念婦人恩德，往後常送一些野味至其家中孝敬報恩，結果一次竟送來死人肉，讓此婦被大家誤爲是殺人者，雖然經解釋後，此婦獲釋，但她心有餘悸地告訴老虎，請牠不要再送東西來了：

> 曾有老嫗山行，見大蟲羸然跩步而不進，若傷其足。嫗目之，而虎遂自舉足以示嫗，乃有芒刺在掌，因爲拔之。俄奮迅闞孔而愧其恩。自後擲麇鹿狐兔於庭，日無闕焉。嫗登垣視之。乃前傷虎也，因爲親族具言其事，而心異之。一日，忽擲一死人，血肉狼藉，嫗乃被村胥訶捕。嫗具説其由，始得釋縛。嫗乃登垣，伺其虎而至語曰：「感矣，叩頭大王，已後更莫抛死人來也。」〔註26〕

爾後，宋徽宗年間，王讜（西元 1102～？年）之《唐語林・卷六・老嫗與虎》，趙令時（西元 1061～1134 年）所著《侯鯖錄・老嫗救虎》，明人王稚登（西元 1535～1612 年）之《虎苑・卷下・老嫗救虎》等，均承此篇，僅有少數字句異動。

南宋，洪邁（西元 1123～1202 年）所著《夷堅志三補・猿請醫士》，動物報答恩人所餽贈之物，已不再限於肉食，而是贈醫黃金，醫者因猿所贈之金而致富：

> 商州醫者負篋行醫，一日昏黑，爲數人擒去如飛。醫者大呼求援，鄉人群聚而不可奪所擒之人。懸崖絕險，醫者捫其身皆毛。行數里，到石室中。見一老猿臥於石榻之上，侍立數婦人，皆有姿色。一婦謂醫曰：「將軍腹痛。」醫者覺其傷食，遂以消食藥一幅與之以服。老猿即能起坐，且囑婦人以一帕之，令數人送其回歸。抵家視之，盡黃白也。次日持賣，有人認爲其家之物，欲置之官。醫官直述其由，盡以其物還之，其事方釋。忽一夕，數人又來請其去，見猿有

〔註26〕見（宋）李昉等奉敕編撰：《太平廣記・卷二五一・劉禹錫》（北京：中華書局），頁 1946。

愧色。其婦人又與一帕，且謂：「得之頗遠，賣之無妨。」醫者持歸。

遂至大富。〔註27〕

元人無名氏著《湖海新聞夷堅續志後集‧卷二‧精怪門‧猴劫醫人》則是說一隻母猴生病，群猴求醫，故事架構與前朝頗類似，但作者將猴子供果、與人用肢體語言交談、孝母等靈性的一面，與醫者貪求贈物的醜態，描繪得栩栩如生，饒有興味：

衢州江山縣長台村，山多猴，千百為群……忽有柴郎自山下過，群猴復來，視其身無有也，但便袋中有藥方。柴曰：「我能醫。」扶之登山，坐之石洞，爭進果核。頃扶老猴母來，但不能言，指其猴內痰嗽。與之藥，一服即愈。留之數日，首致謝禮，先送白紙數沓，不受；又絹帛，亦不受；續盡以所有金銀來并前紙絹，悉受之。群猴送下山，柴氏至今富盛。〔註28〕

此類型故事核心原是動物求醫，且知恩有義，但故事流傳時，不斷加入人們想像與期望，讓動物的饋贈物品，由原本動物視為最珍貴的野味，轉為以人需求為主的財寶，甚至到元代的〈猴劫醫人〉篇裡，醫者對贈物還有討價意味，禮數不夠不接受，反映單純動物報恩的情義思想，已攙入人們的私心欲念。

歷經各朝傳述至清，在讓恩人吃官司情節上，增添「動物赴法場救恩人」情節，更顯生動。以趙彪詔（西元 1687～1769 年）《談虎》所寫一則康熙年間的故事為例，老虎啣物報恩，讓恩人吃官司，老虎知道後，立即趕赴法場解救恩人：

康熙三十四年，黔粵界上賣柏香夷人，卒聞虎嘯，乃在百尺塹溝中，搶地作乞憐狀。夷人日暮且還，愴然曰：「爾勿反噬，何難脫爾于險耶！」集取緣崖竹樹投之。一時風沙捲地，虎已嚙底夷人，懼而反走，虎銜歸穴中，置南面，率二子北跽，以豕一獻，夷人爨火食訖，虎與子徐食其餘。夷人欲去，虎使其子守之。詰朝復以巨囊獻，得白金百餘兩，衣屨畢具，導之出山，繞而前者四。他日夷人拽屨過水西之拖泥城，一人遽前呼曰：「是殺吾父者。」土司詰之，以屨為

〔註27〕見（宋）洪邁著：《夷堅志三補‧猿請醫士》（台北：明文書局），頁 1813。

〔註28〕見（元）無名氏著：《湖海新聞夷堅續志後集‧卷二‧精怪門‧猴劫醫人》（北京：中華書局），頁 252～253。

徵。具道賣柏香時事，土司怒其妄，命殺之。虎自峰頂踏民居，直
突行刑者，齧斷其縛，背負夷人而去。〔註29〕

與之年代相近的蒲松齡（西元 1640～1715 年）《聊齋志異‧卷十二‧毛大福》，
故事裡寫瘍醫替狼治病後，受狼饋贈金飾卻吃上官司，求狼作證，竟因此讓
狼替官員破了一樁盜殺案：

太行毛大福，瘍醫也。一日，行術歸，道遇一狼，吐裹物，蹲道左。
毛拾視，則布裹金飾數事，方怪異間，狼前歡躍，略曳袍服，即去。
毛行，又曳之。察其意不惡，因從之去。未幾，至穴，見一狼病臥，
視頂上有巨瘡，潰腐生蛆。毛悟其意，撥剔淨盡，敷藥如法，乃行。……
先是，邑有銀商寧泰，被盜殺於途，莫可追詰。會毛貨金飾，為寧
所認，執赴公庭。毛訴所從來，官不信，械之。毛冤極不能自伸，
唯有寬釋，請問諸狼。官遣兩役押入山，直抵狼穴。值狼未歸，及
暮不至，三人遂返。至半途，遇二狼，其一瘡痕猶在。毛識之，向
揖而祝曰：「前蒙饋贈，今遂以此被屈。君不為我昭雪，回去搒掠死
矣！」狼見毛被繫，怒奔隸。隸拔刀相向。狼以喙拄地大嗥，嗥兩
三聲，山中百狼群集，圍旋隸。隸大窘，狼竟前齧縶索，隸悟其意，
解毛縛，狼乃俱去。歸述其狀，官異之，未遽釋毛。後數日，官出
行，一狼銜敝履，委道上。官過之。狼又銜履奔前置於道。官命收
履，狼乃去。官歸，陰遣人訪履主。或傳某村有叢薪者，被二狼迫
逐，銜其履而去。拘來認之，果其履也。遂疑殺寧者必薪，鞫之果
然。蓋薪殺寧，取其巨金，衣底藏飾，未遑搜括，被狼啣去也。
〔註30〕

有趣的是，此則故事裡的動物，不再是求醫後報恩，而是先奉上厚禮再延醫。

在形象上，過去多是以動物原本的形態出現，至南宋，《夷堅志補‧趙乳
醫》裡，向人求助的老虎，已化身為人〔註31〕。流傳至清，《聊齋志異‧二斑》
承前朝情節，二虎化為人身，向良醫某求助，替一化作人形的母虎治病，良

〔註29〕見（清）趙彪詔著：《談虎》（見《叢書集成續編》第八十三冊，台北：新文
　　　豐圖書公司），頁 674。
〔註30〕見（清）蒲松齡著：《聊齋志異‧卷十二‧二斑》（台北：台灣古籍出版社），
　　　頁 796。
〔註31〕見（宋）洪邁著：《夷堅志補‧卷四‧趙乳醫》，頁 1585。

醫某將母虎治癒後，也不再有二虎的下聞。數年過後，良醫某入深山時，被狼群攻擊，危急之際，二虎前來所救：

> 殷元禮，善針灸之術……日既暮，村舍尚遠，懼遭虎狼，遙見前途有兩人，疾趨之。既至，兩人問客何來？殷乃自陳族貫。兩人拱敬曰：「是良醫殷先生也。」殷轉詰之。二人自言班姓，一為班爪，一為班牙。……便謂先生：「余亦避難石室，幸可棲宿。敢屈玉趾，且也所求。」殷喜從之。俄至一處，……一老嫗僵臥似有所苦，……見鼻下口角有兩贅瘤，皆大如碗，且云：「痛不可觸，妨礙飲食。」殷曰：「易耳。」出艾圜之，為灸數十壯，曰：「隔夜癒矣。」……後三年無耗。殷適以故入山，遇二狼當道，阻不得行……數狼爭囓，衣盡碎，自分必死。忽兩虎驟至，諸狼四散，虎怒大吼，狼懼盡伏……殷狼狽而行，遇一嫗來，睹其狀曰：「殷先生，余即石室中灸瘤之病嫗也。」殷始恍然，便求寄宿。……殷問：「前兩男子，係老姥何人？胡以不見？」嫗曰：「兩兒遣逆先生，尚未歸復，必迷途矣。」殷感其義，縱飲不覺沉醉。……既醒已曙，四顧竟無廬。……聞巖下喘息如牛，近視則老虎方睡未醒，喙間有二瘢，痕皆大如拳……始悟兩虎即二班也。〔註32〕

至今，在四川、北京、吉林、河南、江蘇、湖南、江西、河北、貴州、山西、陝西、台灣等地仍流傳此型故事，也見於日本。西元一九七八年，於四川汶川縣採錄的〈義狼案〉故事，同屬「求醫報恩型」，角色由虎變成狼。故事大意為：山中有一隻老狼請求某醫替牠治病，病被治好後，牠送一褡褳袋給醫生作謝禮，結果醫生把袋內的值錢物拿去賣，卻被人當場指控是殺父搶贓物的兇手，被扭送衙門，醫生辯稱是老郎所贈，縣官不肯相信，派人押著醫生到山洞裡找老狼求證，最後老郎不僅替醫生洗刷冤屈，還替縣官抓拿原兇：

> 有個醫生經常一人出去行醫。一天他到山那邊去給人醫病，剛翻上山頂，在一片密林中遇到一群狼擋住去路，狼不咬他，也不放他走。……原來洞裡一只老狼，頭上生了腦疽，睡臥不起，瘦得皮包骨頭，狼是請醫生給老狼治病的。……不久，老郎的腦疽醫治好了，老狼千恩萬謝，送給醫生一個褡褳，裡頭裝有二十兩麝香和一根金煙袋……醫生回來，把老狼酬謝的褡褳、麝香、金煙袋擺在大街市

〔註32〕見（清）蒲松齡著：《聊齋志異‧卷十二‧二班》，頁789。

上賣。……一個小伙子見了這三件東西就說是他的爹的，還說東西在人在，他爹一個多月前出門沒回來，現在看到東西在醫生手裡，向醫生要人。醫生再三申明，說東西是老狼送給他的。不管醫生咋個說，小伙子都不依，紅不說白不說，拉著醫生告到縣官那裡去了。醫生把密林中遇狼和給老狼醫瘡、酬謝東西的事說了一遍。縣官不相信，派了兩個差人押著醫生到山洞裡找老狼作證。……老狼願為醫生作證，用山珍野味請了醫生，然後跟隨差人，陪同醫生到了縣衙。縣官升堂辦案，公堂上擠滿了看熱鬧的百姓。縣官命公差將醫生和狼帶上公堂。縣官把驚堂木一拍，喝道：「大膽老狼！圖財害命，傷害無辜，贓證俱在，如實招來。」公差將裕褳……摔在醫生和老狼面前。老狼擺頭三下，表示不是它殺人搶財物。接著，縣官又問：「被害人的肉是你們吃的，就點三下頭，不是就搖三下頭。」老狼點三下頭。縣官明白了幾分，這時，看熱鬧的人群中有個賊頭鼠眼、神色慌張的人急急忙忙往外竄，不小心掉了一只鞋。這個人回轉來找鞋時，老狼一口將他衣角咬住拖到大堂上。這個人嚇得像篩糠一樣發抖，縣官喝道：「大膽刁民！老狼為何要拉你上公堂？如實招來！」這人……如實招了。……一天，有個人路過山林，他看這人身上背了個裕褳，心想肯定有錢，就把人打死，搶了銀子。正在這時，一群狼圍了過來，他只顧逃命，沒來得及帶走裕褳。這群狼將被害人拖進山洞，吃了肉，裕褳留給老狼。老狼為醫生澄清了冤屈，抓到了兇手。〔註33〕

此故事應受《聊齋志異・卷十二・毛大福》最深。

流傳於河北的〈虎守杏林〉故事，則是講述在河北邱縣有座杏林寺，寺門前有道石碑，碑上刻著「虎守杏林」四大字，下面有數行小字，刻的即是虎守杏林的由來：唐醫孫思邈替窮人看病，不取一錢，窮人病癒後，只要他們種三顆杏樹，因受他治癒的窮人很多，漸漸形成了一片杏林，後來有隻舌頭潰爛的老虎向他求救，他治癒虎疾後，每年杏熟時，此虎即來杏林處護守杏林，不讓人再到這裡偷杏林吃了〔註34〕。故事裡，動物報恩方法已不限於

〔註33〕見《中國民間故事集成・四川卷（下）・義狼案》（北京：中國 ISBN 中心出版），頁 1188～1189。
〔註34〕見《中國民間故事集成・河北卷・虎守杏林》，頁 75。

贈物，也會為恩人服務。按：這則故事應是受到《神仙傳》的董奉杏林春暖故事〔註35〕、唐代佚名著《神仙拾遺·郭文》〔註36〕，以及民間故事類型之「老虎求醫並報恩」與「猛虎感恩常隨侍」型影響，演變而成。

另一種動物報恩的故事，源頭也是起於求醫後報恩，但故事發展漸漸演變為動物落難→人救動物→動物報恩。故事最早見於南朝宋劉敬叔（西元？～471年）著《異苑·卷三·大客》：

> 始興郡陽山縣有人行田，忽遇一象，以鼻捲之，遙入深山。見一象，腳有巨刺。此人牽挽得出，病者即起，相與躑陸，狀若歡喜。前象復載人就一污溼地，以鼻掘出數條長牙，送還本處。彼境田稼，常為象所困。其象，俗呼為大客。因語云：「我田稼在此，恒為大客所犯。若念我者，勿復見侵。」便見躑躅如有馴解。於是一家業田，絕無其患。〔註37〕

南朝這則象報恩的故事，仍保留求醫報恩結構，唐人張鷟（約西元660～740年）《朝野僉載·卷五·象報恩》〔註38〕同記這類故事，故事變化不大，較《異苑》簡略。不過，同朝的戴孚《廣異記》採錄兩則，一是〈閬州莫徭〉與〈安南獵者〉，故事中的施恩者，已不是替大象治病，而是替大象射殺巨獸，大象贈牙使恩人致富，描繪生動活潑，今舉〈安南獵者〉為例：

> 安南人以射獵為業，每藥附箭鏃，射鳥獸，中者必斃——元中，其人曾入深山，假寐樹下，忽有物觸之。驚起，見是白象，大倍他象，南人呼之為「將軍」，祝之而拜。象以鼻卷人上背，複取其弓矢藥筒等以授之。因爾遂騁行百餘裏，入邃谷，至平石，迴望十裏許，兩崖悉是大樹，圍如巨屋，森然隱天。象至平臺，戰慄，且行且望，經六七裏，往倚大樹，以鼻仰拂人。人悟其意，乃攜弓箭，緣樹上。象於樹下望之，可上二十餘丈，欲止，象鼻直指，意如導令復上。

〔註35〕見（宋）李昉等奉敕編撰：《太平廣記·卷十二·董奉》引自《神仙傳》，頁83～85。

〔註36〕見（宋）李昉等奉敕編撰：《太平廣記·卷十四·郭文》引自《神仙拾遺》，頁96～97。

〔註37〕見（南朝宋）劉敬叔著：《異苑·卷三·大客》（見《漢魏六朝筆記小說大觀》），頁612。

〔註38〕見（唐）張鷟著：《朝野僉載·卷五·象報恩》（見《唐五代筆記小說大觀》，上海古籍出版社），頁70。

人知其意，逕上六十丈，象視畢走去。其人夜宿樹上，至明，見平石上有二目光。久之，見巨獸，高十余丈，毛色正黑。須臾清朗，昨所見大象，領凡象百餘頭，循山而來，伏於其前。巨獸躍食二象，食畢，各引去。人乃思象意，欲令其射，因傅藥矢端，極力射之，累中二矢。獸視矢吼奮，聲震林木，人亦大呼引獸。獸來尋人，人附樹，會其開口，又當口中射之，獸吼而自擲，久之方死。俄見大象從平石入，一步一望，至獸所。審其已死，以頭觸之，仰天大吼。頃間，群象五六百輩，雲萃吼叫，聲徹數十裏。大象來至樹所，屈膝再拜，以鼻招人，人乃下樹，上其背。象載人前行，群象從之。尋至一所，植木如隴，大象以鼻揭楂，群象皆揭，日旰而盡。中有象牙數萬枚，象載人行，數十步內，必披一枝，蓋示其路。訖，尋至昨寐之處，下人於地，再拜而去。其人歸白都護，都護髮使隨之，得牙數萬，嶺表牙爲之賤。使人至平石所，巨獸但餘骨存。都護取一節骨，十人舁致之，骨有孔，通人來去。

這則故事影響了清代的《聊齋志異‧卷八‧象》，但文字較簡潔：

粵中有獵獸者，挾矢如山。偶臥憩息，不覺沉睡，被象來鼻攝而去。自分必遭殘害。未幾，釋置樹下，頓手一鳴，群象紛至，四面旋繞，若有所求。前象伏樹下，網視樹而俯視人，似欲其登。獵者會意，即足踏象背，攀援而升。雖至樹巔，亦不知其意向所存。少時，有狻猊來，眾象皆伏。狻猊擇一肥者，意將搏噬。象戰慄，無敢逃者，惟共仰樹上，似求憐拯。獵者會意，因望狻猊發一弩，狻猊立殪。諸象瞻空，意若拜舞。獵者乃下，象復伏，以鼻牽衣，似欲其乘。獵者隨跨身其上，象乃行。至一處，以蹄穴地，得脫牙無算。獵人下，束治置象背，象乃負送出山，始返。〔註39〕

從這些動物報恩故事觀察發現，情節單元素在流傳過程裡，不斷變化增補，傳述到後來，往往投射越來越多人情世事。

（二）動物救（助）人

動物救人故事裡，其動物的主角以「虎」居多，有兩種情形，一是人誤入虎口被虎救；一是虎替人復仇並發生人虎情緣的情節。宣鼎（西元 1832～

〔註39〕見（清）蒲松齡著：《聊齋志異‧卷八‧象》，頁523。

1880 年）在《夜雨秋燈錄續集·卷一·穀於菟》裡說了一則「人誤入虎口被
虎救」的故事：有名年僅十二歲的少女，入山砍柴，不小心掉入虎穴，穴裡
有兩隻小老虎，大母虎回來看到這名少女，不但沒有吃她，反而用奶水和野
果哺餵她，並背她出穴、引她回家。沒想到，女孩的父母不但沒有因孩子獲
得重生感到高興，反而視她為虎倀，企圖將她活活餓死。虎不吃女反救女，
親生父母卻為了保命，寧餓死其女，虎的情義與父母的冷面，相較之下，透
露了對當時社會棄女、溺女風氣的諷刺與譴責：

> 有山家小女子，年十二，攜斧入山采樵以助炊。偶失足，墮山谷中，
> 下皆葉，得不死，然上視，壁立百餘仞，無階梯。東壁有洞，內空
> 闊若夏屋，伏兩乳虎……虎母歸，見女，始大驚，繼見女抱乳虎於
> 懷嘻嘻無怖，女叩拜曰：「蒙大王憐我不殺我，尚能分汝救我饑乎？」
> 虎凝思，又良久，領首若肯，女即逡巡就虎食，倦即眠虎領下。明
> 晨，虎母舐乳虎，兼以舌輕舔女面。至晚歸，銜果餌置女側……月
> 餘，乳虎漸長成，負之出洞。女大號，虎俯瞰，又良久，重復躍下，
> 負女於背，一躍而升高處。虎引女至通衢，女拜辭，虎猶回顧頻頻
> 復去。女抵家，歷歷述遇虎得生狀，翁媼曰「嘻！安有遇虎反生者
> 耶？是必為虎食，死為倀，歸惑人，將引全家葬虎腹，此倀為屬也，
> 豈得為吾女！」因閉之室，不與以餐。女轉餓將斃，號救亦無應者，
> 力竭聲嘶，待斃而已。翁媼夜同夢一黃婆子來怒目相視曰：「汝女即
> 吾女矣！若餓斃，當殺汝一家！」驚醒……至是始釋女因。〔註40〕

「虎」在清人筆記中，不只有義，兼具深情。程麟（西元 1862～？年）在《此
中人語·卷三·情虎》中說，有名婦人的丈夫被酷吏害死，僅留下一女，婦
人傷心之餘，說出願把女兒嫁給替她復仇之人的諾言。不久，婦人聽聞此酷
吏被某隻老虎叼走了，心裡很高興，卻忘了當初的承諾。孰知虎雖異類，未
嘗無心，前來詢求婦人履諾，婦人無奈地答應了。老虎與女子同居一室，並
無侵犯之心，而是將此女照顧得無微不至，並養活她母女倆。後來此女病死，
老虎淚如雨下，向女棺拜哭失聲，就此別去：

> 有媼居蜀中，其夫為酷吏所斃，膝下惟一女，年已及笄。媼欷歔嘆
> 曰：「汝生不逢辰，幼年失父……如有人為汝父申不白之冤，我將以

〔註40〕見（清）宣鼎著：《夜雨秋燈錄續集·卷一·穀於菟》（濟南：齊魯書社），頁
108～109。

汝許之。」先是蜀中縣令某，殘虐不仁……女父亦遭其害。一日令乘輿公出，路過山坡，有虎自洞中躍出，虎竟啣令，渡山越嶺而去。於是民間咸謂貪官污吏已入虎口矣。嫗知之，大喜，以其虎也，略不憶及前言。執隻虎雖異類，未嘗無心，徑至嫗家……（嫗）猛然省悟，即不應，謂虎曰：「前者余雖出此言，奈何人畜兩途，恐不得同床共夢也。」虎聞言伏地上，點頭搖尾，似有必欲如言之狀，女不禁淚下曰：「我母一言既出，駟馬難追。君既爲我父報仇，是亦有恩於我也。豈敢違約？」於是與虎爲夫婦。虎出外，或一二日三四日不歸，歸則攜果累累，供嫗與女頗馴擾，卻又不作登徒之想，以是女並不厭虎。會虎出未歸，女忽得病，巫醫無功……竟至紫玉成煙。嫗痛絕，典質殆盡，始殮女，停棺於破屋之中。時虎出已半月矣，忽歸房中……嫗嘆曰：「爾久出未歸，焉知家事？我女已於前數日入夜臺矣。」虎聞言淚入雨下，虎見棺，以雙足撮坭作小堆，殆亦撮土爲香之意也，又向棺再拜哭失聲，復向嫗再拜而去。〔註41〕

這類故事裡的老虎，其情義不只表現在心儀女子身上，也懂得愛屋及屋，照顧其家人，即使女子去世，老虎仍存恤其親。沈起鳳（西元 1741～1801 以後）所著《諧鐸・卷一・虎癡》裡，則虎替人復仇後、又發生人虎情緣的故事，講述得更完整，故事中的女主角主動許婚予報父仇者，當老虎替她報仇後，女子自願與之廝守終身，老虎對她的照顧細膩至極，但因不爲女主角的母親所容，老虎主動離去。母親要再爲女兒擇婿，女主角堅持不肯答應。後來女主角死了，老虎突然號奔而至，落淚如雨，每日三次到墓前巡視，值逢節令，即銜山果祭奠，三年如一日，後來女主角的母親貧無以生存，此虎即常送來野味，替女主角照顧她：

秦川女子霍小蟆，父與豪右某爭田界，以他事誣諸官，竟斃於獄。女含淚而進曰：「兒不肖，髫齡稚齒，不能作趙家娥，有得讎人而殺之者，兒願執箕帚事之。」一日聞某入城，祝縣令壽，路出西山，虎突於前，囓喉而斃。母女方額手慶，忽一虎曳尾而來，徑登堂上，母曰：「本宜敬將幼女侍奉裳衣，但起居寢食，彼此道殊，安得竟成伉儷？」虎聞其語，神凋氣喪，垂頭欲出，一步而九顧，依依不捨。

〔註41〕見（清）程麟著：《此中人語・卷三・情虎》（見「筆」正編六冊），頁 3650。

女慷慨而前曰：「君且住。妾有一言，幸垂明聽，妾以身相許，豈敢昧心？想衾裯之共，君亦知其不可。如不忘舊約，當掃除一室，與君終身相守，存夫婦之名可也。」虎首肯再三，欣然嘉納……女晨起理妝，虎必潛身奩次，側目偷窺。夜俟女卸裝登床就寢，始伏於床下，竟夕不寐，恐以鼾聲擾其清夢也。有時甘旨不給，則銜鹿脯以進：或抱小恙，焦思躁急，盤旋室內者無停趾，病愈，始歡躍如初。女習以為常，而母氏因年邁無依，時咎女之失計，而遇虎禮貌亦衰。虎一夕竟去。母欲為擇婿，女曰：「背德不祥，負恩非福。」女以鬱疾死，停柩堂上，虎嘯呼而來，淚下如雨。繼埋玉於祖塋之側，虎一日巡視者，三春秋令節，輒銜山果以奠，越三載如一日。母貧乏不能自活，虎猶日取山獐野兔，存卹其家。〔註42〕

（三）動物贖罪

　　動物贖罪的情節，多數發生於動物吃了寡母的獨子，寡母號哭或告官之際，動物如有靈性般前來守靈或投案，並盡孝養人母之責。故事可舉蒲松齡《聊齋志異·卷五·趙城虎》為例，老虎吃了寡婦獨子後，自行認罪，並承諾照顧寡婦。在寡婦終老後，還至其墳前弔唁，悲號不已：

趙城嫗，年七十餘，只一子。一日，入山，為虎所噬，嫗悲痛，幾不欲活，號啼而訴於宰。宰笑曰：「虎何可以官法制之乎？」嫗愈號咷。不能制之，遂諾為捉虎……隸集諸獵人，日夜伏山谷，冀得一虎，庶可塞責。月餘，受杖數百，冤苦罔控，遂詣東郭嶽廟，跪而祝之，哭失聲。無何，一虎自外來，……蹲立門中。隸祝曰：「如殺某子者爾也，其俯聽吾縛。」虎貼耳受縛。牽達縣署。宰問虎曰：「某子爾噬之耶？」虎頷之。宰曰：「殺人者死，古之定律。且嫗只一子，而爾殺之，彼殘年垂盡，何以生活？倘爾能為若子也，我將赦之。」虎又頷之，乃釋縛令去。嫗方怨宰之不殺虎以償子也，遲旦，啟扉，則有死鹿：嫗貨其肉革，用以資度。自是以為常，時啣金帛擲庭中。嫗從此豐裕，奉養過於其子。心竊德虎。虎來，時臥簷下，竟日不去。人畜相安，各無猜忌。數年，嫗死，虎來吼於堂中，嫗素所積，

縴可營葬，族人共瘞之。墳壘方成，虎驟奔來，賓客盡逃。虎直赴
冡前，嗥鳴雷動，移時始去。〔註43〕

這類「虎盡子責養寡母」型〔註44〕故事，至今於陝西、貴州、山西、河北等
地，還傳述著，故事情節雷同，變化不大。

　　動物故事中，虎類出現頻率最高，多以義虎形象貫穿全篇。中國義虎形
象產生得很早，應起於有虎信仰與虎神話時期，在彝族神話史詩〈梅葛〉裡，
虎是此族神話中的創世神。對以虎爲圖騰神的民族來說，他們相信虎是保護
神，遇災時必受虎神所佑，與虎有關的故事中，多具有「義」的特質〔註45〕。
反映在民間故事裡，也特別容易看到其正義化身與具靈性的一面，藉由賦予
義虎的形象與作爲，看到人們對人世情義的企盼與心中的願望。

（四）人騙動物

　　近年出現在中國的人與動物互動故事，情節有較大的突破，出現人騙動
物的趣事。中國首見於光緒年間程世爵的《笑林廣記・大騙小騙》〔註46〕，
故事是這樣敘述的：有位小騙子要拜大騙子爲師，但條件是大騙子要能騙得
動老虎，小騙子才能信服。於是兩人到深山去找老虎，人類故意虛張聲勢，
把老虎騙得團團轉：

一日，小騙找大騙而難之曰：「你名大騙，你若騙得動老虎，我拜你
爲師。」大騙說：「這有何難？你不信，我們立刻找老虎去。」二人
同入深山，來尋虎穴。……大騙集倚山靠樹而坐，忽見一只猛虎咆
哮而來，大騙忙回手拔小柳樹一棵，說大話騙之曰：「我剛才吃了一
只豹，沒吃飽，又找補了一只虎，肉老塞了我的牙。」用柳樹作別

〔註43〕見（清）蒲松齡著：《聊齋志異・卷五・趙城虎》，頁291。。
〔註44〕見金榮華著：《民間故事類型索引（上冊）》（型號156D），頁55～56。
〔註45〕見孫正國著：〈人虎情緣──義虎故事解析〉（見劉守華編：《中國民間故事類
型研究》），頁137。
〔註46〕據王國良教授考證，程世爵的《笑林廣記》是重編本，其祖本爲小石道人著
《嘻談初錄》、《嘻談續錄》，兩者所錄故事完全相同，僅更動原書順序、與分
類編排體例。是書因襲取用的笑話書有：遊戲主人《笑林廣記》四十一則，
馮夢龍《笑府》廿五則，獨逸窩居士《笑笑錄》十五則，《古今譚概》十則，
《笑得好》七則，《笑倒》四則，《時興笑話》、《笑贊》、《增訂解人頤》各三
則等，諸書間每有互見之處。（見王國良著：〈程氏「笑林廣記」考論〉，《第
二屆通俗文學與雅正文學全國學術研討會論文集抽印本》，頁338～339＋346
之註十七）。

牙之狀，老虎一聽，回頭就跑。跑回洞中，遇一猴子，老虎說：「好厲害的人，吃了一虎一豹，在那裡拿柳樹剔牙，我如何敢吃他？還怕他要吃我。」猴子說：「你也太膽小了，我要同你看一看，到底是一個什麼人？」老虎說：「我不放心，你要同去，必須把你拴在我背上。」猴子應允。老虎把猴頭拴好，套在背上。猴子騎在老虎身上，來至大騙面前。大騙一見，高聲大罵說：「好一個撒謊的猴兒崽子！昨日我捉住你，要當點心吃，你再三哀求，許下今日一早送虎二隻、豹二隻，供我早膳，想不到天已過午，只送了這一隻瘦山貓來搪塞我。」老虎一聽此言，說：「了不得！我受了猴子騙了。」回頭就跑，誰知老虎跑得快，猴子掉下虎來，被樹枝牽掛，虎身上只剩了一個猴頭。老虎逃至洞中，喘息良久，回頭來找猴子，但見繩子上拴著一個猴頭，老虎大驚說：「幸虧我跑得快，饒這樣，還把猴子下截留下了。」〔註47〕

這類故事中，猴子繫在虎身上，結果被拖死的情節，在印度、亞洲、中東、南非等地均流傳〔註48〕，在中國則是引入騙局中的一段情節。

二、神奇故事

清人筆記中的神奇故事，內容多述狐、鬼、狐、妖、魅、異類等與人的互動。觀之，其情節與前朝神奇故事大同小異，其中值得一提且具代表性的故事有二類，一是虎姑婆型，一是真假新娘型。

（一）虎姑婆型的故事

虎姑婆的故事耳熟能詳，故事大意為老虎（或其他巨型動物）吃掉一婦人，然後假冒她去家中騙吃她的孩子，其中一個孩子機警逃脫，設法（或結合眾人力量）除掉老虎。

從 Antti Aarne 所著《The Types of The Folktale》一書得知，這類型故事在歐洲、北歐、中東、美洲、東印度、東南亞等地均流傳〔註49〕，多見於童話。義大利有則〈偽裝的外婆〉的故事，外婆是女妖假扮的，小女孩能倖免於難，除了她的機智外，還因找外婆過程中，先與河、柵欄等結好緣，所以到最後，

〔註47〕見（清）程世爵著：《笑林廣記・大騙小騙》（四川：重慶出版社），頁372～373。

〔註48〕見金榮華著：《民間故事類型索引（上冊）》（型號78），頁29～30。

〔註49〕見 Antti Aarne：《The Types Of The Folktale》（型號333），P.125。

它們反而聽從小女孩的要求，無視於女妖的口令，讓小女孩安全逃離，今摘錄倪安宇等翻譯的故事重點如下：

媽媽要篩麵粉，便讓小女兒到外婆家去借篩子。小姑娘挎上一個籃子，裝上些點心：一塊圓蛋糕和一只油麵包，便上路了。她到了約旦河邊：「約旦河，你能讓我過去嗎？」「可以，如果你能把你的圓蛋糕給我。」約旦河就愛吃圓蛋糕，它讓圓蛋高在自己漩渦中轉，會玩得很開心，當小姑娘把圓蛋糕扔進河裡之後，河水立刻退下，讓她過去。小姑娘來到了城門口的大柵欄前。「大柵欄，你能讓我過去嗎？」「可以，如果你把你的油麵包給我。」大柵欄就愛吃油麵包，因為它的軸生鏽了，油麵包可以為它潤滑一下。小姑娘把油麵包給了大柵欄，大柵欄打開了，讓她通過，她來到了外婆家。……屋子裡很黑，在床上躺著的不是外婆，而是吃人的女妖怪。原來外婆已經從頭到腳被她褪了進去，只剩下在一只小鍋裡煮著的牙齒和在煎鍋裡煎著的耳朵。……小姑娘摸到了外婆的尾巴，她想不管有沒有毛，反正世界上沒有長尾巴的外婆，這一定是妖怪不是外婆。因此，她說：「外婆，我要是不先去上廁所就睡不著覺。」外婆說：「去牛棚裡上廁所吧，我用繩子把你從地板門那裡放下去，然後再把你拉上來。」她用繩子把小姑娘捆住，放到了牛棚裡。小姑娘一到下邊就解開繩子，然後用繩子捆住了一隻羊。「你上完了嗎？」外婆問。「等一小會。」她把羊捆結實，「好了，我上完了，把我拉上去吧。」女妖拉呀拉呀，小姑娘卻大喊起來：「長毛妖怪！長毛妖怪！」……逃跑了。……當快到大柵欄門的時候女妖喊道：「大柵欄門，別放她過去！」但大柵欄門回答說：「不，我要讓她過去，因為她把油麵包給了我。」當追到約旦河畔的時候，女妖喊道：「約旦河，別放她過去！」但約旦河回答說：「不，我要讓她過去，因為她給了我圓蛋糕。」……在河的對岸，小姑娘朝她做了個鬼臉。〔註50〕

多數人咸以為此故事是從歐洲傳入亞洲，但其實早在西元七～九世紀間的敦煌文學作品裡，已有這類故事的雛型，見於敦煌古藏文寫卷中的〈白葛白喜和金波畾基〉與〈金波畾基兄弟倆和增巴辛姐妹仨〉：

〔註50〕見（義）Italo calvino：《義大利童話・第 116 則・偽裝的外婆》（台北：時報出版），頁 92～94。

〈白葛白喜和金波轟基〉：白葛白喜小姑娘的媽媽被羅刹吃了。羅刹
又變成母親回到家中。……第二天一早小姑娘就去放羊。變成媽媽
的羅刹便來捉她。她和羅刹圍著羊群轉。這時來了一頭野驢，叫她
變成美麗的小孔雀飛走。野驢戴上姑娘的帽子，搖起姑娘的鈴鐺，
假裝小姑娘把羅刹吸引住，然後又設法逃走了。

〈金波轟基兄弟倆和增巴辛姐妹仨〉：隆米龍和夏德娘江夫妻生了三
個女兒。隆米龍去放羊時，被黑羅刹吃了。羅刹披上隆米龍的皮，
冒充父親，趕著羊回了家。第二天，羅刹叫大女兒去放羊，趁機把
她吃了。還把吃剩的心，當做小鹿的心給母親吃，然後又派二女兒
增格巴辛去放羊。打算也把她吃掉。但是，增格巴辛遇到一匹叫做
「草地驢小虎」的驢子。在這匹驢子的幫助下，她逃脫了黑羅刹的
追捉，回家把事實真相告訴了媽媽。〔註51〕

成於吐番時期的虎姑婆型故事裡，故事架構已立，於惡者先吃掉一個人，再
假扮此人去吃其家人，但其中一小女孩在貴人（或動物）協助下，擊敗惡者。
到十六、七世紀在歐洲及十九世紀清代的作品裡，在此架構上將故事講述得
更完整。

　　中國有此故事的文字記載，見於嘉慶八年（西元 1830 年），在黃承增的
《廣虞初新志‧卷十九》裡，輯錄一篇黃之雋（西元 1668～1748 年）的〈虎
媼傳〉，故事敘述某山中多虎，還有許多母老虎變成人去害人者。有一天，一
隻母虎化身作虎外婆，在半夜裡先吃掉男孫，後被聰明的外孫女警覺有異，
藉上廁所逃跑，爬到樹上呼救，被人救走：

歙居萬山中，多虎，其老而牝者，或以為害人。有山甿，使其女攜
一筐棗，問遺其外母。外母家去六里所，其稚弟從，年皆十餘，雙
雙而往。日暮迷道，遇一媼問曰：「若安往？」曰：「將謁外祖母家
也。」媼曰：「吾是矣。」二孺子曰：「兒憶母言，母面有黑子七，
婆不類也。」曰：「然。適簸糠蒙於塵，我將沐之。」遂往澗邊拾螺
者七，傅於面。走謂二孺子曰：「見黑子乎？」信之，從媼行。自黑
林穿窄徑入，至一室如穴。媼曰：「而公方鳩工擇木，別構為堂，今
暫棲於此，不期兩兒來，老人多慢也，草具夕餐。」餐已，命之寢，
媼曰：「兩兒誰肥？肥者枕我而撫於懷。」弟曰：「余肥。」遂枕媼

〔註51〕兩篇故事均轉引自馬學良等主編：《藏族文學史》（四川人民出版社）。

而寢，女寢于足，既寢，女覺其體有毛，曰：「何也？」嫗曰：「而
公敝羊裘也，天寒衣以寢耳。」夜半聞食聲，女曰：「何也？」嫗曰：
「食汝棗脯也，夜寒且永，吾年老不忍饑。」女曰：「兒亦饑。」與
一棗，則冷然人指也。女大駭，起曰：「兒如廁。」嫗曰：「山深多
虎，恐遭虎口，慎勿起。」女曰：「婆以大繩繫兒足，有急則曳以歸。」
嫗諾。遂繩其足，而操其末，女遂起曳繩走月下，視之，則腸也。
急解去，緣樹上避之。嫗俟久，呼女不應，又呼曰：「兒來聽老人言，
母使寒風中膚，明日以病歸，而母謂我不善顧爾也。」遂曳其腸，
腸至而女不至。嫗哭而起，走且呼，仿佛見女樹上，呼之下，不應。
嫗恐之曰：「樹上有虎。」女曰：「樹上勝席上也，爾真虎也，忍啖
吾弟乎！」嫗大怒去。無何，曙，有荷擔過者，女號曰：「救我，有
虎！」擔者乃蒙其衣於樹，而載之疾走去。俄而嫗率二虎來，指樹
上曰：「人也。」二虎折樹，則衣也，以嫗爲欺己，怒，共嚇殺嫗而
去。〔註52〕

西元一九八三年，由西藏出版社出版班貢帕巴・魯珠所著《尸語故事》第
九章〈朗厄朗瓊和賈波擦魯〉前半，即是此型故事〔註53〕。鄰近中國的日
本與韓國、越南等地，也流傳此型故事。日本故事之例，見於關敬吾《日
本昔話大成・六卷》中的〈老天爺的金鎖繩〉與〈姐弟和女妖〉，前者是孩
子求天賜繩搭救，天賜孩子們金絲繩，賜女妖腐爛繩，所以女妖被摔死；
後者是孩子們自己用智慧摔死妖魔。至於韓國所流傳的故事，名爲〈日月
的由來〉（錄自《日本昔話大成・六卷》），是受到日本〈老天爺的金鎖繩〉
的影響，妖魔被摔死後，這對兄妹藉由金鎖鏈登上天，哥哥化作太陽，妹
妹化作月亮，後者與神話故事複合在一起。兩國的故事重點，也都偏向講
述兒童機智。〔註54〕

　就故事出現時間與結構發展而言，此型故事很可能是首見於西藏，傳到
西方後，角色改變爲它們童話中的巨型動物，再回傳到亞洲的。傳到中國爲

〔註52〕見（清）黃之雋著：〈虎嫗傳〉（見《說海（四）》之黃承增輯《廣虞初續志・
　　　　卷十九》，北京：人民日報據民國二十四年上海開明書店鉛印本排印），頁1260
　　　　～1261。
〔註53〕見班貢帕巴・魯珠著、李朝群譯：《尸語故事・朗厄朗瓊和賈波擦魯》（西藏
　　　　人民出版社），頁46～51。
〔註54〕見（日）關敬吾著：《日本昔話大成・卷六・老天爺的金鎖繩》（角川書店），
　　　　頁310。

時雖晚，卻在國內發生很大的影響力，至今在各省流傳很廣〔註55〕，主角則有虎、狼或熊。在中國，故事發展有兩種特點：

（一）重視故事的教育意義

金師榮華於〈卑南族學前教育中的口傳文學〉一篇中提到，這類型故事本是描述孩童的機智，但在卑南族傳述時，則是將重點置於「男孩沒有聽從媽媽出門前的吩咐」以致讓假外婆吃掉手足，所以在故事結尾添了一段媽媽的話：「你看，我告訴你我不在時，不可讓任何人進屋子，但是你不聽話，結果你的妹妹被熊吃了，你自己也差一點被吃掉，以後你一定要非常非常小心。」〔註56〕

（二）故事情節出現複合情形

在四川、吉林、寧夏等地的故事中，被假外婆吃掉的，已不是小孩子，而是孩子的媽媽，媽媽出門後，被假外婆吃掉，假外婆偽裝成孩子的母親回到家中，結果第一個孩子不幸被吃了，其他孩子機警地發現事情有異，於是與假外婆鬥智：（1）誘騙假外婆接近油鍋，再趁機將牠推入油鍋〔註57〕；（2）直接取得熱油，或從假外婆手中騙取熱油、刀、秤之類的物品，然後騙牠張開嘴巴，再將東西丟入牠口內〔註58〕；（3）趁假外婆累倒睡著之際，用熱水將牠燙死〔註59〕等，在鬥智情節與假外婆死後結局上，常會與「弱小聯合克強敵」型〔註60〕、「假藥加重妖魔傷」型〔註61〕、「假眼藥封妖魔眼」型〔註62〕、「蛇郎君」型〔註63〕等故事複合。

〔註55〕 流傳地域有：台灣、澎湖、廣東、廣西、雲南、甘肅、河北、河南、湖南、湖北、江西、陝西、遼寧、黑龍江、寧夏、四川、吉林、浙江、江蘇、浙江、北京、海南等地。

〔註56〕 見金莉華譯：〈卑南族學前教育中的口傳文學〉（見金榮華：《民間故事論集》，台北：三民書局，頁68），這段文字內容就此篇所述，是錄自金榮華整理之《台東碑南族口傳文學選》（台北：中國文化大學中國文學研究所，頁163～164）。

〔註57〕 見金榮華編：《澎湖縣民間故事·虎姑婆》（台北：中國口傳文學學會），頁196～197。

〔註58〕 見金榮華編：《澎湖縣民間故事·虎姑婆》（台北：中國口傳文學學會），頁199～230。

〔註59〕 見金榮華編：《台東卑南族口傳文學選·熊外婆》，頁91～94。

〔註60〕 見金榮華著：《民間故事類型索引（上冊）》（型號210），頁71～72

〔註61〕 見金榮華著：《民間故事類型索引（中冊）》（型號1134），頁467。

〔註62〕 見金榮華著：《民間故事類型索引（中冊）》（型號1135），頁467～468。

〔註63〕 見金榮華著：《民間故事類型索引（上冊）》（型號433D），頁154～156。

　　與「弱小聯合克強敵」型故事複合的情節是，孩子與假外婆鬥智時，獲得一些小物件或小東西的協助，或售物者經過聽到他們的求救前來幫助，最後聯合起來消滅假外婆。例見吉林的〈老虎媽子〉：孩子們發現進門的是假媽媽，真媽媽跟第一個姊姊已被假媽媽吃掉後，趕緊逃出來，假媽媽追出來，被他們設計的繩索絆倒在地，氣得直說上山磨牙後還要來找她們。她們正嚇得六神無主時，先後遇到數名賣東西的人，得知其遭遇後，各自提供寶物與方法，終於把假媽媽弄死了：

> 有一家子，大嫂領三個丫頭過日子，大的叫「門插棍兒」，二的叫「鐐錦兒」，三的叫「笤帚疙瘩」。……這天，大嫂叫大丫頭：「門插棍兒，你好生帶她們在家，妳姥姥過生日，我給你姥姥上壽去。」說完，帶上幾個用白麵蒸好的壽桃，挎個小筐就走了。不一會兒，從那邊兒過來一個小媳婦，花褲子花襖，大嘴岔兒，毛毛腳，見了大嫂就問：「大姐啊，你上哪兒去？」「給孩子姥姥上壽去。」「大姐，你家淨些啥人？」「我家呀，就我帶三個丫頭，大的叫『門插棍兒』……」「你那筐裡裝的啥？」「咳，也沒什麼好吃的，就給孩子她姥姥蒸幾個壽桃。」「大姐，你給我一個吃貝，我嘗嘗啥滋味兒。」……小媳婦一連吃了三個壽桃，站起來，往大嫂跟前湊了湊說：「大姐，看你那後脖梗兒上有個虱子，我給你抓下來吧。」大嫂信以為真，就背過身子，低下腦袋，讓她抓虱子。小媳婦是個老虎媽子〔註64〕，上去「吭哧」一口，就把大嫂給咬死了。……晚上，老虎媽子找到大嫂家，笤帚疙瘩人小沒心眼兒，不一會兒就呼呼睡著了。老虎媽子看屋裡沒動靜，就把笤帚疙瘩吃了，嚼得喀喀直響，門插棍兒、鐐錦兒聽見就問：「媽，媽，你吃什麼？給我點兒吧！」「你姥姥給我的胡蘿蔔，留我壓咳嗽。」說著，遞過兩根小手指頭。……門差棍兒一看不好，趕緊說：「媽，我要撒尿。」門差棍兒拉著鐐錦兒一塊兒下地，出門兒爬上一棵大樹，再不下來了。老母媽子在屋裡等了半天，見姐倆在樹上，就說：「你倆快把媽拽上去，我也上樹看看。」門插棍兒放下一條大繩子，說：「媽，你把住大繩子，我倆把你拽上來。」老虎媽子緊緊把住大繩子，姐倆在樹上使勁往上拽。拽呀拽呀，眼看就到樹頂了，姐倆一鬆手，噗通一聲，老虎媽子落在地上，

〔註64〕　老虎媽子：傳說中老虎變成的婦人。

急眼了：「這兩個小兔崽子，我上東山磨磨牙，回來吃你姐妹倆！」說著就走了。姐倆一聽，嚇得沒了主意，坐在大道上直門兒哭。換銅的說：「別哭！我給你們一包針，撒在炕上，老虎媽子來了，調理調理它。」隔一會兒，來個賣炮仗的，……說：「別哭，我給你們兩個炮仗，灶炕裡埋一個，火盆裡埋一個，老虎媽子來了，好好治治它。」不一會兒，又來個賣碾子的說：「我給你們一盤碾子，用糟繩子拴上，老虎媽子來了，使勁砸它一下子。」老虎媽子上炕取煙袋，往炕上一坐，扎了一屁股針……上火盆點火，剛一伸手，『乓』一聲，炮仗響了，崩瞎了一隻眼睛，上灶點火兒，『乓』，那一隻眼睛也崩瞎了。老虎媽子趕緊往外跑，剛到門口，糟繩子斷了，大碾子就把老虎媽子扁扁成成壓在底下了。〔註65〕

與「假藥加重妖魔傷」型或「假眼藥封妖魔眼」型複合的情況是，在假外婆受傷後，孩子假好心替牠醫治，結果是使牠傷得更重。例如在〈姊地鬥人熊婆〉一篇裡，父母到外地辦事，要姐弟半夜害怕時，到山後喊外婆陪他們過夜，結果他們卻找到了熊假扮的外婆，當他們識出人熊婆真面目後，用機智鬥勝牠，人熊婆氣得跑走了。爾後姐姐放牛時，牛跑入森林，姐姐為了找牛，又被人熊婆遇到，伺機報復，沒想到姐姐反而將人熊婆的頭髮綁在樹上，自己拔腿就跑，當人熊婆努力掙脫時，卻因拉扯而把頭髮全拉光，頭皮也不剩幾塊，鮮血淋漓，牠氣得追出森林，遇到正去買鹽巴的弟弟，弟弟假好心拿鹽巴讓人熊婆治病，人熊婆先嚐一點，覺得味道挺好，就讓弟弟把鹽撒在自己的腦門，結果一撒下去，痛得牠滿地打滾，跳到河裡，想把鹽洗淨，卻因不諳水性，被淹死了。〔註66〕

還有一種是與「蛇郎君」型複合。這種情形通是在假外婆死後的延申情節，假外婆死後，其墓上種出大白菜，被貨郎買走，後來菜內蹦出三個閨女，認貨郎為爹。一天貨郎遇到難題，發誓誰能替他解決，即將閨女嫁給他，可是問題解決後，只有三閨女肯嫁，婚後她的日子過得很好，姊姊們很嫉妒，設計陷害。今舉西元一九八七年，採於河北省蒿城縣的〈三姐妹〉為例，故事裡先有虎姑婆情節，接著複合「弱小聯合克強敵」情節，在大家幫忙下，終將狼外婆弄死了，牠死後埋葬之處，長出三顆大白菜：

〔註65〕見《中國民間故事集成·吉林卷·老虎媽子》，頁408～409。
〔註66〕見《中國民間故事集成·廣西卷·姐弟鬥人熊婆》，頁457～458。

有一家四口人，一個老婆兒河她三個閨女。大閨女叫門插，二閨女叫門邊，三閨女叫小三。有一天，老婆兒領上小三，挎一籃子麻塘回娘家。半道上碰見一個郎精變成的老婆兒，狼精背上小三走在前邊……不一會兒把老婆兒落下遠遠的，把小三吃了，吃完就返回老婆兒跟前。老婆兒不見小三，就問：「你把小三給誰了？」「給她姥娘了，我給你挎上籃子吧。」不一會兒把一籃麻塘吃了個淨光。……說：「大嫂，看你腦袋上有虱子，俺給你捉捉吧。」狼精抱住她的腦袋，掐一塊肉放進嘴裡又掐一塊肉放進嘴裡……老婆兒沒來及喊叫一聲，就給弄死了。天傍黑的時候，狼精又變成老婆兒去找門插、門邊。（後來姐妹倆在各種物品協助下，把狼精弄死了）。門插、門邊把狼精埋到了茅子邊。過了些日子，長出三棵大白菜，嚇得她倆也不敢吃。一天街里來了個貨郎……就把白菜賣給了貨郎。貨郎把三棵白菜放到箱子裡，擔走了。路上越走覺得越沉，打開箱子一看，裡邊是三個大閨女……（搶著要認貨郎做爹，貨郎便將她們帶回家）。一天拾柴回來，把斧子丟了。家裡怪窮的，捨不得再買一把。他來到山上，可著嗓子吆喝：「誰拾俺斧子了？拾了給俺，三個牛犢子叫你挑。」一個小伙拿斧子出來了：「我給了你就給了你，你家的閨女可得叫我挑。」（貨郎回家與女兒商量，長女與次女均不肯答應，只有三女替父親解決困境，跟小伙走去，婚後過得很好，回娘家時，長女得知後，心生後悔，設計把妹妹推入水中淹死）大閨女挎上妹妹的包袱，穿上她的衣裳，去了妹妹的婆家。女婿一見怎麼看也不順眼，不像原來的媳婦……這一天，女婿到河邊放馬，一個黃雀落在他肩頭上，淚汪汪地說：「放馬人，你拿真的當假，拿假的當真的。」他說：「你要是俺媳婦，就飛到我袖筒裡。」黃雀撲愣著翅膀飛進了他的袖筒裡。大閨女好吃懶做，不愛幹活，家裡一沒人，她不是烙餅，就是捏餃子，盡偷嘴吃。女婿帶著黃雀回了家，一進門黃雀就喊：「和和烙烙窨碗裡放。」到窨碗裡一看就是有烙餅。媳婦每次做好吃的，黃雀進門給學舌，可把媳婦氣壞了，一棍子下去，把黃雀打斷了氣。女婿眼裡噙著淚花，把它埋在了院裡，結出了桃子。別人摘一個吃甜甜的，媳婦吃一個苦得要命，氣得她把桃樹刨倒，做了個棒槌。別人用起來好使得很，她一使淨咂自己的手指頭，氣得

> 她咬牙切齒，乾脆把棒槌燒了。這一燒不要緊，『啪』一聲把她倆眼
> 崩瞎了。〔註67〕

就上述可知，清代的〈虎媼傳〉尚保留外國初傳進中國的故事原貌，重在表現兒童機智，到了近代，有些地方的故事與教育意義結合，透故此故事，教導子女要戒慎戒懼，不可引狼入室；有些則與其他數類故事混合，並延申講述，反映故事傳述中靈活變化的趣味。

（二）真假新娘型的故事

清人筆記裡，出現「真假新娘」型的故事，因真、假新娘是人與妖所扮，且故事核心在於人妖鬥智，故歸於神奇故事類。故事溯見明嘉靖年間，王圻（西元1530～1615年）編纂的《稗史彙編·小姑二身》，故事情節為婚禮上，出現兩位長得一模一樣的新娘或新郎，他們互指對方是妖精假冒，並沒有提及分辨方法與結果：

> 戊戌秋，有從江右來者，謂楊子曰：「南浦男子張某迎婦李小姑，至中途樟樹下少憩。俄而起昇夫覺輿倍重，相與自訝之。比抵家，暗女自輿中同出，音容裝飾兩小姑也。舉家大駭，里人觀者盈門。」二女互相詬，彼指此為妖，此指彼為妖。小姑父母來亦不能辨。其母曰：「我女臂膊有黑痣。」解衣驗之，彼此皆有。聞之公庭，即逮至，隔訊之，各辨說如出一口。或謂此乃野獸之妖，須用狗汁厭之。或謂張天師符能驅怪物，用此二術終不能輸服。天地間有事異若乎！〔註68〕

傳至清代，故事內容則有較完整的架構。樂鈞（西元1766～1816年）在《耳食錄·錢氏女》中寫到，當大家分辨不出時，最後由新娘的母親出題考驗，真假方現：

> 試驗之法殆窮，母忽心設一策，命立機於地，約曰：「能超過者，為吾女；不能者，殺之。」因掣劍以俟。一女惶惑無策，涕泣自陳；一女聞言，即躍而過，因前砍之，應手而滅。蓋深閨弱女，步履艱難，安能躍機過哉？其躍者之非女明矣。此妖不及思，而為人所賣也。〔註69〕

〔註67〕 見《中國民間故事集成·河北卷·三姐妹》，頁547～556。

〔註68〕 見（明）王圻纂：《稗史彙編·卷一七四·小姑二身》（台北：新興書局，據明萬曆刻本排印），頁2782～2783。

〔註69〕 見（清）樂鈞著：《耳食錄·卷二·錢氏女》（濟南：齊魯書社），頁16。

與《耳食錄》時間相近的袁枚（西元 1716～1797 年）《子不語・羅刹鳥》和
陸長春（約 1807～？年）的《香飲樓賓談・螺精》，也收錄此型故事，只是故
事主題已被異動。〈羅刹鳥〉中的新郎，喜得兩女，沒想到進洞房後，新郎與
眞新娘被怪鳥化身的假新娘，啄得遍體麟傷〔註70〕；而〈螺精〉裡的假新娘，
之所以化身爲人，只是爲了與新郎一續累世姻緣，一個月後，緣盡即主動求
去〔註71〕。按：後兩者已失故事原本人妖鬥智的趣味情節。

　　此型故事在印度、日本、柬浦寨等地均流傳，印度故事的辨別法則是請
法官審理，法官指著一小罐子說：「誰能鑽進這罐子裡去，誰就是眞的新郎。」
話才剛說完，假新郎就立刻鑽了進去，自然眞偽即見分曉。〔註72〕

三、宗教神仙故事

　　從清人筆記宗教神仙故事裡，可以看到清人信仰上，特別崇奉關聖帝君；
與之並列則是文昌帝君，是士子科考必前往膜拜的神明；在瘟疫時期，清人
會供養元帝神，各種行業亦有其信仰虔奉的神明。

　　從清人陳夢雷（西元 1650～1741 年）編纂《古今圖書集成・神異典・卷
三十七・關聖帝君部》可知，明清帝王多崇奉關聖帝君，明太祖與成祖皆建
廟共奉；明神宗封關聖帝君爲「三界伏魔大帝神威遠震天尊關聖帝君」，並於
正陽門祠內建醮三日，頒告天下；清順治九年，封關聖帝君爲「忠義神武關
聖大帝」；雍正四年又追封關羽的曾祖、祖父、父親等爲公爵。〔註73〕

　　帝王的尊崇，儒釋道共奉〔註74〕，加深關聖帝君在人們心中早已樹立的

〔註70〕見（清）袁枚著：《新齊諧——子不語・卷二・羅刹鳥》（濟南：齊魯書社），
　　　　頁 42。
〔註71〕見（清）陸長春著：《香飲樓賓談・卷一螺精》（見「筆」正編四冊），頁 2638。
〔註72〕見金榮華著：《中國民間故事與故事分類》，頁 117～118。
〔註73〕見（清）陳夢雷編纂：《古今圖書集成・神異典・卷三十七・關聖帝君部》（台
　　　　北：鼎文書局），頁 417～435。
〔註74〕見（清）陳夢雷編纂：《古今圖書集成・神異典・卷三十七》引伽藍辨：「夫
　　　　釋道各崇其教，今護法則爭尚聖帝何也？或曰：聖帝受天台智顗五戒，爲伽
　　　　藍神，故釋氏尚之。或曰：聖帝精靈亘古，今可資以怵伏群邪，故道家尚之。……
　　　　聖帝，忠孝節烈，得統春秋，素王素臣，心源獨紹，自孔孟而後，扶名教而
　　　　植綱常者，賴有聖帝也。數千百載來自天子以迄士庶，莫不奉爲儀型。……
　　　　今四海之內，奉聖帝之象，敬事不衰者，比戶皆然也。此無異故，蓋以聖帝
　　　　大義匡時，由古之聖人也。其楷模百代，則人之師表也。其能佑庇人而切感
　　　　慕，則又不啻其祖先也。是以尊之至，重之至也。」，頁 423。

正義化身，至清，筆記故事中的關聖帝君示現的有神蹟有：賜人神力〔註75〕，
降伏妖魔〔註76〕，圓滿人願〔註77〕，嚴懲不孝子〔註78〕，施藥救人疾〔註79〕，
判理訟案等〔註80〕。清人傳述的關聖帝君，不只懲善獎惡，調解世間不平事，

〔註75〕 見（清）梁恭辰（西元 1814～1845 年前後）著：《北東園筆錄三編・卷四・
孝力》：「乾隆間，河南彰德府有一馬軍名曰馬皮條，以孝聞，家有寡母，奉
事惟謹。一日禱於關帝廟曰：『貧無以養，願神賜之力。』是夜，夢神命周將
軍拍其肩，遂勇力絕人。……其母死，其力頓減如初時。」（見「筆」正編四
冊），頁 5963。

〔註76〕 見（清）袁枚著：《新齊諧──子不語・卷二・蝴蝶怪》：葉某返家路上遇到
鬼怪，因平日素奉關神，所以「急呼曰：『伏魔大帝何在？』忽訇然有鐘鼓聲，
關帝持巨刃排梁而下，直擊此怪，怪化一蝴蝶……又霹靂一聲，蝴碟與關神
俱無所見。」，頁 21～22。

〔註77〕 見（清）諸人獲著：《堅瓠續集・卷四・關聖免軍》：「俞保卜戌騰越，妻
王氏將粒米作信香，日虔禱關聖祠。歲餘，保在伍夢關聖呼曰：『爾婦為
汝虔禱，故來視爾。爾欲歸乎？』保伏地願歸，已不覺隨其馬蹄弛行，獵
獵猛風，吹送有聲，已落平沙柳林中，識是解州城外，因抵家扣門。王氏
始疑，保具道所以，方啟戶相抱痛哭，隨詣廟謝。明日復詣州言狀，移文
騰越察之，稱保離伍僅一日，軍籍復有『關聖免勾』四字，保遂得免」，
頁 1612。

〔註78〕 見（清）許奉恩著：《里乘・卷六・獵人某》：「獵人某，性素暴逆，母年五十
許，奴畜之。嘗以烹鹿蹄失飪，搤幾死。……一日，網得生兔，命母飼養，
繩弛逸去，母懼，伏匿積薪中。某求兔不得，拔劍向妻問母所在，妻不以告，
某怒曰：『……待搜得，當殺卻！』母聞而大懼，亟出狂奔。某見往追，妻哭，
力攬其襟，某奮不得脫，益怒，殺妻，並斷其手，復追母，母過關聖廟，大
聲哭且呼曰：『關爺救命！關爺救命！』某剛至廟門，聖帝座前泥塑周將軍驀
馳出，以木刀腰斬某倒地上。」，頁 168～169。董含著：《三岡識略・卷四・
神誅逆子》有相近情節之載。

〔註79〕 見（清）董含著：《三岡識略・卷一・關公默佑》：「濟寧南確有文昌閣，圯改
為關公廟址，燒縮後有清真寺。……諸生王道新、王宏等，以廟貌卑隘，議
擴之，而回子楊生花者素暴，欲侵廟址，糾黨誣訟，有陳君益脩爭於官，得
如舊。楊大憾，集眾截陳於道，殘其肢體，剜雙目，淬之以灰……脩垂絕，
家人舁至榻……夜半忽如夢見綠繡丈夫執卮酒勸之曰：『強飲此，可活。』少
頃，喉間喀喀有聲，隨溺血盈盎，胸腹燒寬，次夕，復見一人形貌如仙，排
闥直入曰：『我能療子。』以手扶起，雙目孔噴血如注。……夢關公曰：『爾
與二王俱登科矣。』」（見《四庫未收書輯刊》第四輯第二十九冊，北京：北
京出版社），頁 624～625。

〔註80〕 見（清）蒲松齡著：《聊齋志異・卷七・冤獄》：故事中的判官因誤判一樁人
命刑案，逼迫良民朱某與鄰婦誣認奸殺罪，此時：「忽一人直上公堂，怒目視
令而大罵曰：『我關帝前周將軍也！昏官若動，即便誅卻！』令戰慄悚聽。其
人曰：『殺人者乃宮標也，於朱某何與？』言已，倒地，氣若絕。少頃而醒，
面無人色。」，頁 477。

也會巡行冥間，與閻王共同主持城隍考選的事〔註81〕，在《聊齋志異・卷十二・公孫夏》裡則寫道，關聖帝君巡訪冥間時，遇到以行賄謀得陰間官職的城隍，立刻對他加以懲處：

> 國學生某，將入都納資，謀得縣尹。方趣裝而病，月餘不起。忽有僮入曰：「客至。」客曰：「僕，公孫夏，十一皇子坐客也。聞治裝將圖縣尹，既有是志，太守不更佳耶？督、撫皆與某最契之交，暫得五千緡，其事濟矣。」某終躊躇，疑其不經。客曰：「無須疑惑。實相告：此冥中城隍缺也。君壽盡，已注死籍。乘此營辦，尚可以致冥貴。」某忽開眸，與妻永訣。命出藏鏹，市楮錠萬提，郡中是物爲空。堆積庭中，雜芻靈鬼馬，日夜焚之，灰如高山。三日，……客即導至部署，見貴官坐殿上，某便伏拜。貴官略審姓名，便勉以「清廉謹慎」等語。乃取憑文，喚至案前與之。某稽首出署，自念監生卑賤，非車服炫耀，不足震攝曹屬。於是益市輿馬，又遣鬼役以彩輿迓其美妾。區畫方已，眞定鹵簿已至。途中里餘，一道相屬，意得甚。忽見車前者駭曰：「關帝至矣！」某懼，下車亦伏。帝君曰：「區區一郡，何直得如此張惶！」道旁有殿宇，帝君入，南向坐，命以筆札授某，俾自書鄉貫姓名。某書已，呈進，帝君視之，怒曰：「字訛誤不成形象，此市儈耳！何足以任民社！」帝君厲聲曰：「干進罪小，賣爵罪重！」旋見金甲神縋瑣鎖去。遂走二人提某，褫去冠服，笞五十，臀肉幾脫，逐出門外。〔註82〕

清代捐納買賣官的情形可謂至泛濫的程度，這則故事明顯藉冥間事諷刺世間事，人們對捐官享富貴卻無心於政事者，敢怒不敢言，於是把希望寄託在正義之神——關聖帝君身上，讓他懲戒這班人馬，一吐不平之氣。

　　在民間各地所供奉的關神，並非是關聖帝君的本尊，從《子不語・卷二・關神斷獄》中可知，祂們多是經由天帝認可，代司其職的諸神鬼：

> 馬孝廉豐，未第時，館於邑之西村李家。王某性凶惡，素捶其妻。妻饑餓無以自存，竊李家雞烹食之。李知之，告其夫。夫方被酒，大怒，持刀牽妻至，審問得實，將殺之。妻大懼，誣雞爲爲孝廉所竊。孝廉與爭，無以自明，曰：「村有關神廟，請往擲杯筊卜之，卦

〔註81〕 見（清）蒲松齡著：《聊齋志異・卷一・考城隍》，頁1～2。
〔註82〕 見（清）蒲松齡著：《聊齋志異・卷十二・公孫夏》，頁823～824。

陰者，婦人竊；卦陽者，男子竊。」如其言，三擲皆陽。王投刀放
妻歸，而孝廉以竊雞故，爲村人所薄，失館數年。他日有扶乩者，
方登壇，自稱關神。孝廉記前事，大罵神之不靈。乩書灰盤曰：「馬
孝廉，汝將來有臨民之職，亦知事有緩急輕重耶？汝竊雞，不過失
館；某妻竊雞，立死刀下矣。我寧受不靈之名，以救生人之命。上
帝念我能識政體，故超升三級……」孝廉曰：「關神既封帝矣，何級
之升？」孝廉曰：「今四海九州，皆有關神廟，焉得有許多關神分享
血食？凡村鄉所立關廟，皆奉上帝命，擇里中鬼平生正直者，代司
其事。眞關神在帝左右，何能降凡耶？」孝廉乃服。〔註83〕

從「今四海九州，皆有關神廟」一語也可看出，關聖帝君的信仰，在清代究
竟有多興盛。

自古以來，人們相信天文地理相應，人事星象交感，《史記·天官書》載，
天上群星被分爲東西南北中五個方向，均有貴賤等級，也被賦於各種職權。
其中，中天官（也稱紫微垣）的北斗七星，附近有斗魁戴匡等六星，合稱爲
「文昌宮」，這六星稱爲：上將、次將、貴相、司命、司中、司祿等〔註84〕，
各有其職責：「上將建威武，次將正左右，貴相理文緒，司祿賞進士，司命主
災咎，司中主左理。〔註85〕」到了元仁宗延佑三年（西元1316年）時，文昌
神（又名「梓潼神」）被封爲「輔元開化文昌司錄洪仁帝君」。〔註86〕其職責
爲掌理士人功名利祿事。明代時期，天下學宮都立文昌祠，至清朝，帝王於
每年農曆二月初三均派官員祭祀文昌神，其中四川梓潼縣七曲山的文昌宮，
則是「祖廟」，當地人稱「大廟」。〔註87〕

文昌帝君決定功名的程序，則可從故事裡窺見一班，先讓各轄區的城隍
神呈上今欲參加科考者名單，再就其功過來決定中選名冊，呈報於上天，例
見梁恭辰（西元1814～1845年前後）所著《北東園筆錄續編·卷六·貧士收
棄女》：

袁道濟，家貧乏貲，不赴秋闈。七月望前猶在家，有戚友贈以三金

〔註83〕見（清）袁枚著：《新齊諧──子不語·卷二·關神斷獄》，頁33。
〔註84〕見（日）瀧川龜太郎著：《史記會注考證·端官書第五》，頁473。
〔註85〕見馮佐哲、李富華等著：《中國民間宗教史》（台北：文津出版社），頁69。與
呂宗力等編：《中國民間諸神》（台灣：學生書局），頁101。
〔註86〕見《安士全書──論中國歷史上的文昌信仰》（華藏淨宗學會），頁4。
〔註87〕見《安士全書──論中國歷史上的文昌信仰》（華藏淨宗學會），頁5。

勸之，往乃行。路遇一棄嬰，莫肯收養，啼饑垂斃。袁惻然，即以
三金託豆腐店夫婦善撫之。至省，同鄉友憎其貧不納，獨舊識一僧，
勉強留之。僧夜夢各府城隍齊集，以鄉試冊呈文昌帝君，內有被黜
者，尚需查補。寧波城隍稟曰：「袁生救人心切，是可中。」帝君命
召至，見其寒陋，曰：「此子貌寢，奈何？」城隍稟曰：「易耳，可
以判官鬚貸之。」後榜發果中式。〔註88〕

文昌帝君的信仰，魏晉六朝時期的筆記小說即可見〔註89〕。明清以降，民間
則是藉托扶乩之術，請文昌帝君降乩示現功名，托言文昌帝君降乩所述的《文
昌帝君陰騭文》問世後，對清人影響甚深，例如《北東園筆錄初編・卷二・
奉陰騭文》載，某官自述：「幼受文昌陰騭文，二十八歲時，每晨起漱口焚香
拜讀一過，今五十八歲，行之已三十年，不倦。〔註90〕」可見文昌帝君在人
們心中的地位。

　　值得一提的是，在宗教神仙故事裡，有數項具代表性的故事，可溯見前
朝，至今仍盛傳各地，說明如後。

（一）神仙下凡試人心

　　神下下凡試人心的故事有兩種類型，一是「井水變成酒，還嫌無酒糟」
型；一是「金手指」型。

　　「井水變成酒，還嫌無酒糟」型故事大意是：有位仙人下凡，受到賣酒
婦人的招待，為了感謝她，施法術讓井水變成甜酒，一段時間後，仙人再度
來訪，詢問婦人生意如何，婦人說有酒可以賣雖然很好，可惜沒有酒糟可以
養豬，仙人覺得她太貪心，於是又讓酒井變水井了。

　　這類故事原為呂洞賓傳說之一，在元代無名氏《湖海新聞夷堅續志後
集・井化酒泉》〔註91〕、明人馮夢龍（西元 1574～1646 年）的《古今譚概・
神仙酒》〔註92〕等均載，清代則見於《耳食錄》與康熙年間褚人獲之《堅瓠

〔註88〕見（清）梁恭辰著：《北東園筆錄續編・卷六・貧士收棄女》，頁 5938。
〔註89〕見（南朝宋）劉義慶（西元 403～444 年）著：《幽明錄・桓恭》；（南朝梁）
　　　　吳均（西元 469～520 年）著：《續齊諧記・徐秋夫》；干寶《搜神記・黃衣童
　　　　子》等。
〔註90〕見（清）梁恭辰著：《北東園筆錄初編・卷二・奉陰騭文》，頁 5886。
〔註91〕見（清）無名氏著：《湖海新聞夷堅續志・後集・卷一・神仙門・遇仙・井化
　　　　酒泉》，頁 139。
〔註92〕見（明）馮夢龍著：《古今譚概・貪穢部第十五・神仙酒》（北京：中華書局），
　　　　頁 187。

乙集・卷四・豬無糟》〔註93〕中。今舉《耳食錄・卷七・淵默眞人》爲例：

> 淵默眞人，姓徐氏。將生之前夕，異香滿室。眞人從母貧，以賣酒爲生，素愛眞人，眞人感之。家有井，投以米七粒，令汲之，則酒也。賣之三月，得錢數百千。眞人問曰：「獲利否？」從母曰：「善則善矣，惜無糟滓以飼豚耳。」眞人嘆曰：「白水爲酒，猶憾無糟，甚矣，人心之無厭也！」復投米七粒，而井水如故。〔註94〕

至今在四川、福建、海南、山西、湖南、湖北、雲南等地仍見流傳，故事流傳千餘年，變異性不大，旨趣也頗一致，都是在描述貪心不足受仙懲。

「金手指」型故事，是神仙在某處點石成金，送給世間人，有一人不要金子，而是要那會點石成金的手指。此類故事溯見明代馮夢龍輯《笑府・卷八・指石爲金》：

> 一貧士，遇故人於途，故人已得仙術矣。相勞苦畢，因指道旁一磚，成赤金贈之。士嫌其少，更指一大石獅爲贈。士嫌未已，仙曰：「汝欲如何？」士曰：「願乞公此指。」〔註95〕

至清代，石成金（西元1660～1747年以後）在《笑得好初集・願換手指》裡，已增加測驗人心、度人成仙與反應人性等的有趣情節：

> 有一神仙到人間點石成金，試驗人心，尋個貪財少的，就度他成仙，遍地沒有。雖指大石變金，只嫌微小。末後遇一人，仙指石謂曰：「我將此石，點金與你用罷。」其人搖頭不要。仙意以爲嫌小，又指一大石曰：「我將此極大的石，點金與你用罷。」其人也搖頭不要。仙翁心想此人，貪財之心全無，可謂難得，就當度他成仙，因問曰：「你大小金都不要，卻要什麼？」其人伸出手指曰：「我別樣總不要，只要老神仙方才點石成金的這個指頭，換在我的手指，任隨我到處點金，用個不計其數。」〔註96〕

晚清方飛鴻在《廣談助・卷三十・諧謔篇・欲汝此指》則將此故事附會在八仙之一呂洞賓身上：

〔註93〕見（清）褚人獲著：《堅瓠乙集・卷四・豬無糟》（見《清代筆記小說大觀》，上海：上海古籍出版社），頁794。

〔註94〕見（清）樂鈞著：《耳食錄・卷七・淵默眞人》（濟南：齊魯書社），頁85。

〔註95〕見（明）馮夢龍著：《笑府・卷八・指石爲金》（見《中國古代笑林四書》，山東友誼出版社），頁205。

〔註96〕見（清）石成金著：《笑得好初集・願換手指》（據乾隆四年原刊家寶二集人事通正續全本，見楊家駱主編《中國笑話書》，台北：正中書局，頁445～446）。

> 一人貧苦特甚，生平虔奉呂祖，祖感其誠，忽降其家；見其赤貧，
> 不勝憫之，因伸一指指其庭中磐石，粲然化爲黃金，曰：「汝欲之乎？」
> 其人再拜曰：「不欲也。」呂祖大喜，謂：「子誠如此，便可授子大
> 道。」其人曰：「不然，我心欲汝此指頭耳。」〔註97〕

這類故事至今仍流傳於四川、雲南等地。不同的是，近代故事裡，神賜仙指
的目的是爲了讓此人發揮助人的功能，沒想到，此人發跡後，心性也變了，
神仙很生氣，便收回他的仙指。流傳於普米族的〈忘恩負義的理髮匠〉故事
裡說：有位窮人靠替人理髮過日，生活得很辛苦，但心腸很好，免費替窮人
理髮，觀音菩薩知道後，便化身爲一位窮老頭，請他理髮，見他果然心術很
好，便在他指上輕輕一吹，讓窮理髮匠變成一位好醫生，替百姓治病。此人
因有仙指，所以醫術高超，治好知府大人的病，得了很多錢，從此他便過起
闊氣的生活，也不肯再爲窮人治病，只肯醫治達官貴人的病，菩薩知道後很
生氣，故意再假扮爲窮人請他醫治，果然被他趕出去，於是菩薩又化身爲官
人，請他醫治牙病，菩薩趁他把手伸入嘴裡時，一口咬斷他的手指，罵道：「你
這個忘恩負義的東西！」斷了那根手指後，窮理髮匠再也無法替人治病，也
不能理髮，只能過討飯的日子。〔註98〕

　　從明至今，故事結構不變，但旨趣已不相同。

（二）水鬼任城隍型的故事

　　神明在人們心中向來是公義的化身，對於善心者，會給予獎勵。在曾衍
東（西元1751～1830年）所著《小豆棚・卷十・神道類・折腰土地》裡，有
位漁夫與水鬼結爲好朋友，每到晚上即一起喝酒聊天。一夜，水鬼向他辭行，
表示明日有人會投河自盡，屆時它就有替身超生。可是到了晚上，水鬼仍來
找漁夫喝酒，原因是它不忍心見此人溺斃，所以救了他。這種情形連續發生
數次，直到一回，水鬼告訴漁夫，因其一念之仁，上天決定派它至某地擔任
神職。等到上任後，祂托夢告訴漁夫，有空可至某處看祂，漁夫到此地時，
鄉民告訴漁夫，前晚大家夢神告知，要好好招待祂的朋友，當漁夫向神像禮
拜時，座上的神像竟起身回禮：

〔註97〕見（清）方飛鴻著：《廣談助・卷三十・諧謔篇・欲汝此指》（見王利器輯錄
　　　　《歷代笑話集》，上海古籍出版社），頁512。

〔註98〕見《中華民族故事大系・普米族・忘恩負義的理髮匠》（上海：上海文藝出版
　　　　社），頁330～331。

鉅野有張文翰者，館于某村口廟中。偶當月望之夕，見門外有人蹀
躞，張視之，一五十翁坐石上，廟前有積水一池，與月相映，鬚眉
可鑒。曰：「前村許姓，因愛此一泓水，故步月來游耳。」張延入燃
膏相對，瀹茗傾談，頗稱快，每夜必至，夜分而返。許曰：「向不敢
告，今交深矣，言無不盡。余前村之許茂修，五年前拖官穀無算，
赴此水死。」張曰：「百死不如一生，願君早脫此厄爲幸。」後許至，
有喜色，謂張曰：「明日午有男子來汲，索斷桶沉，覓桶而溺，是我
替身也，幸勿泄。」張賀之，夜深方散。張次日於廟中窺之，果有
人來汲，索果斷，桶果沉，人果覓桶，則起而不溺，且汲以去。張
以爲許妄，及夜許來，曰：「我不忍此孤孽子也，有母八旬，瞽而待
養，溺其於是殺其母矣。」越日，許又謂張曰：「晨有少婦自東南
來，……拾扇而溺。」果有婦來果如許言，但拾扇洋洋而去。……
許曰：「又不諧矣，吾見此婦腹膨膨，孕將臨蓐，溺之，是二命也，
如前善何？」一夕來，許著新氅冠幘，後隨一人如廝役。張驚愕，
許謝曰：「今真遠別足下矣。冥曹以我前二事，聞於帝，嘉之，授我
土地之神，明春花暖，君可一遊，我當爲君不負囊橐。」次年張如
其言，裹糧而往，不數日抵滑。至一村，村前有數人遮道而問曰：「先
生吾神之故人張文翰乎？」張驚曰：「何以知之？」鄉人曰：「前月
村中，家家得夢，夢神告我今日有鄉里來訪，爲神至交。我里中穆
卜於明日爲神開光首會，今先生果來，真奇驗也。」張晨起盥漱，
整衣入廟，見廟中神新塑，因祝曰：「故友張文翰如約來訪，許君有
靈，尚其鑒諸。」祝畢，座上神亦如鞠躬狀。〔註99〕

「落水鬼仁念放替身」型故事，從宋代流傳至清，近代於四川、遼寧、福建、
江蘇等地仍見流傳〔註100〕。與之相近者，則有「漁夫義勇救替身」型〔註101〕。
以袁枚的《續子不語·卷三·打破鬼例》爲例，李生在讀書時聽到兩鬼對話，
表示明日有某人會成爲替身等事，李生聽到後，隔天就到此地去等候這名替
死者，極力勸阻，到了晚上，鬼責備李生，李生則對鬼曉以大義：

〔註99〕見（清）曾衍東著：《小豆棚·卷十·神道類·折腰土地》（濟南：齊魯書社），
　　　　頁167～168。
〔註100〕見金榮華著：《民間故事類型索引（上冊）》（型號776），頁285～286。
〔註101〕見金榮華著：《民間故事類型索引（上冊）》（型號776A），頁286～287。

李生夜讀，家臨水次。聞鬼語明日某來渡水，此我替身也。至次日，果有人來渡，某力阻之，其人不渡而去。夜鬼來責之曰：「與汝何事，而使我不得替身？」李問：「汝等輪迴，必須替身何也。」鬼曰：「陰司向例如此，我亦不知其所自始。猶之人間補廩補官，必待缺出，想是一理。」李曉之曰：「汝誤矣，廩有糧，官有俸，皆國家錢糧，不可虛縻，故有額限，不得不然。若人生天地間，陰陽鼓蕩，自滅自生，自食其力，造化那有工夫，管此閒帳耶？」鬼曰：「聞轉輪王實管此帳。」李曰：「汝即以我此語，去問轉輪王，王以為必需替代，汝即來拉我作替身，以便我見轉輪王，將面罵之。」鬼大喜跳躍而去，從此竟不再來。〔註102〕

這類型故事原本與「落水鬼仁念放身」型同屬「水鬼與漁夫」型，其基本結構為：（一）漁夫得水鬼幫助，生活順利。（二）一日水鬼向他告別，謂將得替轉生為人。（三）漁翁破壞了計劃（或水鬼自己未實行自己的計劃），致水鬼仍是水鬼身份。（四）不久，水鬼得升土地或城隍，復向漁翁辭行。（五）他們以後，或一度再見，或永不再見。因故事發展到第（三）時有所變動，出現兩種結構，一是「落水鬼自願放替身」，一是「漁夫義勇救替身」，故金師榮華將它們獨立訂為兩型。〔註103〕

　　爾後兩型各自也都有不同的發展，在「水鬼仁念放替身」型裡，上天嘉獎水鬼，派其任神職後，結局有四種：（1）水鬼告知漁夫，已於某處擔任土地公一職。（2）漁夫往訪，水鬼贈以財物〔註104〕。（3）水鬼與漁夫從此分別，故事結束。（4）水鬼帶漁夫同去上任。而「漁夫義勇救替身」型裡，結局有五種：（1）上天嘉獎任城隍。（2）漁夫救了第一次替身後，水鬼就不肯再告訴他下一次是何時，所以沒有機會救第二次。（3）漁夫救了替身卻自己遇害。（4）水鬼投胎為漁夫的子孫，或原身還陽為友。（5）水鬼是位姑娘，借屍還魂，與漁夫結為夫婦。〔註105〕

〔註102〕見（清）袁枚著：《續子不語・卷三・打破鬼例》（見「筆」正編四冊），頁2465。

〔註103〕見金榮華著：〈「落水鬼仁念放替身」故事之衍變及其型號之設定〉（見金榮華著：《禪宗公案與民間故事──民間文學論集》，頁151～152。

〔註104〕這一種結局裡，其一是故事就此結束，另一則是接AT745型故事，借他人之銀使先富，又一則是水果所贈財物變泥，借漁夫之手復仇。

〔註105〕見金榮華著：〈「落水鬼仁念放替身」故事之衍變及其型號之設定〉（見金榮華著：《禪宗公案與民間故事──民間文學論集》，頁158～159。

這類故事所欲表達的思想，除了行善得善報、勸人爲善的教化作用外，也是「鬼界尚有『人饑己饑，人溺己溺』的情懷，況復人類？」的一種反思。另外，故事內容圍繞著「投胎轉世」的主題，而產生了很多人性的衝突與掙扎，「善／惡」、「道德／利益」在內心的糾葛〔註106〕，但若此水鬼找到替身而投胎，替死鬼必會再找替身去投胎，如此無止盡發展下去，必有一人得犧牲，也會影響到無數個替死鬼的家庭。所以故事的重點終止了「替死循環」，讓道德意志超越輪迴，也帶予人們不同視野的醒思，從故事推至人間事，與其冤冤相報無了時，不如放下仇恨結善緣，反而能有一片新氣象，具有其正面的意義。

至晚清，水鬼漁夫型的故事，則成了騙子竊物的手段，無悶居士在《廣新聞・假溺鬼》裡說，有群騙子裝成鬼對話，表示明日有婦人要投河自盡，讓住在海邊的富人信以爲眞，隔天跑去海邊救婦人，當晚又聞鬼對話說要找他算帳，接著又一陣海潮等聲，嚇得富人整夜蒙在被裡，不敢探出頭來，等到天亮，他發現財物被盜一空，才知鬼與婦人都是騙賊裝扮的：

> 海門本多盜，某翁小有所蓄，臨水其居，常獨守藏金處。一夜未寐，
> 忽聞窗外語曰：「明日漸米婦乃吾替也。」一鬼曰：「恭喜恭喜。」
> 翁意此必溺鬼，明日伺河邊，果有漸米婦至，翁力阻之。夜忽聞群
> 鬼啾唧曰：「此即救人者。」一曰：「殺之！不然吾等吾托生日矣！」
> 一曰：「即拖此人入水以代日間婦可也。」正喧雜間，石片沙泥如雨
> 霰電。翁蒙被屏息，不敢少動。天甫明，急起視之，所蓄席捲去。
> 乃悟鬼與婦皆偷者之所爲也，計亦狡矣。〔註107〕

故事內容令人莞爾，但也反映著這類故事在民間流傳的普遍性，與對人心的影響力。

（三）動物血跡示災兆的故事

這類故事大致是寫一名老婦人因行善而受到厚報，被貴人告知若見城門有血，則地陷爲湖，老婦人天天前去探視，人知其故，故意用雞血等塗其城門，老婦人見血即趕緊逃離，回頭一看，城果淪陷爲湖。

〔註106〕見謝明勳著：〈「水鬼漁夫」故事析義——以「聊齋志異・王六郎」故事爲中心考察〉（《2002海峽兩岸民間文學學術研討會論文選》），頁225。

〔註107〕見（清）無悶居士著：《廣新聞・假溺鬼》（見《清代筆記小說類編・計騙卷》），頁95。

　　故事雛型見於東漢末年，高誘注《淮南子・卷二・俶眞訓》時，曾引一則〈歷陽沉而爲湖〉的故事，敘述有一老婦常做善事，某天來了兩人告訴她，若看到城門檻上有血跡，就要往北山走，後來有人知此事，故意用雞血塗在門檻上，老婦看到了便趕緊往北山走，不過多時，整個歷陽就被湖水所淹沒：

> 歷陽，淮南國之縣名，今屬江都。昔有老嫗常行仁義，有二諸生過之謂曰：「此國當沒爲湖。」謂嫗視東城門閫有血便走上北山勿顧也。自此嫗便往視，門閫者問之嫗，嫗對曰如是。其暮，門吏故殺雞血塗門閫。明旦，老嫗往視門，見血，便上北山，國沒爲湖，與門吏言其事適一宿耳。一夕旦而爲湖也。勇怯同命，無遺脫也。〔註108〕

故事重點放在「血」示災兆。

　　魏晉時期是這故事變化的關鍵，出現兩種發展，一是帶有地方傳說性色彩，一是以故事型態流傳民間，隨著朝代遞嬗，變化情節。

　　發展成地方傳說可溯及北魏酈道元（西元470～527年）著《水經注（下）・卷二十九》：

> 《神異傳》曰：「由卷縣，秦時長水縣也。始皇時，縣有童謠曰：『城門當有血，城陷沒爲湖。』有老嫗聞之，憂懼。旦往窺城門，門侍欲縛之。嫗言其故。嫗去後，門侍殺犬，以血塗門。嫗又往，見血，走去不敢顧。忽有大水，長欲沒縣。主簿令幹入白令。令見幹曰：『何忽作魚？』幹又曰：『明府亦作魚！』遂乃淪陷爲谷矣。因目長水城水曰谷水也。」〔註109〕

傳承此篇的，在《搜神記・卷十三・長水縣》，南朝梁劉之遴（西元478～549年）的《神錄》，宋人樂史（西元930～1007年）所著《太平寰宇記・卷二十二》，明人張岱（西元1597～1679年）之《夜航船・卷二・地理部・山川・碩項湖》等均屬地方傳說系統。

　　這類傳說發展頗爲穩定，地點雖有異，但傳說均始自秦始皇期的童謠，爲大家口耳相傳，而非僅特定某一人獲得此消息。

　　以故事型態流傳民間的情形爲，舊題三國時期曹丕（西元187～226年）

〔註108〕見（漢）高誘注譯：《淮南子注釋・俶眞訓》：「夫歷陽之都，一夕反而湖。」之注，（台北：華聯出版社），頁32～33。

〔註109〕見（北魏）酈道元著，史念林等注：《水經注（下）・卷二十九》（北京：華夏出版社），頁567。

撰的《列異傳·歷陽淪爲湖》，承《淮南子》注的情節而生，但在老婦行善地方有具體著墨：「有書生遇一老姥，姥待之厚，生謂姥曰：『此縣門石龜眼血出，此地當陷爲湖。』」而南朝齊祖沖之（西元429～500年）所著《述異記·歷陽淪爲湖》與南朝梁任昉（西元460～508年）的《述異記·歷陽淪爲湖》則與此篇文字全同。這段時期有較大變化的，應屬《搜神記·卷二十·古巢老姥》一篇，老婦得救是因不食龍肉，水族龍王示災兆予老婦，使之即時逃脫：

> 古巢，一日江水暴漲，尋復故道，港有巨魚重萬斤，三日乃死。合郡皆食之。一老姥獨不食，忽有老叟曰：「此吾子也，不幸罹此禍。汝獨不食，我厚報汝。東門石龜目赤，城當陷。」姥日往視。有稚子訝之，姥以實告。稚子欺之，以朱覆龜目。姥見，急出城，有青衣童子曰：「吾龍子也。」乃引姥登山，而城陷爲湖。〔註110〕

故事雖未說出這場陷城水災是龍王報復人們食龍子的結果，不過在同書同卷的《搜神記·卷二十·邛都大姥》則已有復仇情節：某位老婦收養一蛇，蛇長大後吃了縣令的馬，縣令遷怒而殺老婦，蛇怒淹城替人母報仇：

> 邛都縣下有一老姥，家貧孤獨。每食，輒有小蛇，頭上戴角，在床間，姥憐而飴之食。後稍長大，遂長丈餘。令有駿馬，蛇遂吸殺之。令因大忿恨，責姥出蛇。姥云：「在床下。」令即掘地，愈深愈大，而無所見，令又遷怒，殺姥。蛇乃感人以靈，言：「瞋令，何殺我母？當爲母報仇！」此後每夜輒聞若雷若風，四十許日。百姓相見，咸驚語：「汝頭那忽戴魚？」是夜，方四十里與城一時俱陷爲湖，土人謂之爲「陷湖」。唯姥宅無恙，訖今猶存。漁人采捕，必依止宿。〔註111〕

唐肅宗年間，戴孚的《廣異記·檐生》，則圍繞在蛇的報恩與復仇，某人收養一條蛇，喚名「擔生」，蛇被養大成巨蟒，常吃人，只不吃某人，引來縣令懷疑，將他視爲異類，要判他死刑，結果這一夜，蛇使全縣陷如湖水中，只有某人幸免不死：

〔註110〕見（晉）干寶著：《搜神記·卷二十·古巢老姥》，頁431。
〔註111〕見（晉）干寶著：《搜神記·卷二十·邛都大姥》，頁434。《太平廣記·卷四百五十六》引唐人焦璐著：《窮神祕苑·邛都老姥》與此篇內容全同，少數字異。

昔有書生，路逢小蛇，因而收養。數月漸大，書生每自檐之，號曰
「檐生」。其後不可檐負，放之範縣東大澤中。四十餘年，其蛇如覆
舟，號爲神蟒。人往於澤中者，必被吞食。書生時以老邁，途經此
澤畔，人謂曰：「中有大蛇食人，君宜無往。」時盛冬寒甚，書生謂
冬月蛇藏，無此理，遂過大澤。行二十裏餘，忽有蛇逐，書生尚識
其形色，遙謂之曰：「爾非我檐生乎？」蛇便低頭，良久方去。回至
范縣，縣令問其見蛇不死，以爲異，繫之獄中，斷刑當死。書生私
忿曰：「檐生，養汝翻令我死，不亦劇哉！」其夜，蛇遂攻陷一縣爲
湖，獨獄不陷，書生獲免。天寶末，獨孤遑者，其舅爲范令，三月
三日與家人于湖中泛舟，無故覆沒，家人幾死者數四也。

北宋中葉，在劉斧所著《青瑣高議後集・大拇記》裡，受到《搜神記・卷二
十・古巢老姥》影響，加以發揮，使故事更顯生動：

一日，江水暴泛，城幾沒。⋯⋯城溝有巨魚，⋯⋯後三日，魚乃死。
郡人臠其肉以歸，貨於市，人皆食之。有漁者與姆同里巷，以肉數
斤遺姆姆不食，懸之於門。一日，有老叟霜鬢雪鬢，行步語言甚異，
訊母曰：「人皆食魚之肉，爾獨不食，懸之，何也？」姆曰：「我聞
魚之數百斤者，皆異物也。今此魚萬斤，我恐是龍焉，固不可食。」
叟曰：「此乃吾子之肉也，不幸罹此大禍，反膏人口腹，痛淪骨髓，
吾誓不捨食吾子之肉者也。爾獨不食，吾將厚報爾。⋯⋯」母日日
往視，有稚子訝姆，問之，姆以實告。稚子欺人，乃以朱傅龜目，
母見，急去出城。俄有小青衣童子曰：「吾龍之幼子。」引拇升山，
回視全城陷於驚波巨浪，魚龍交現。〔註112〕

流傳到清代，金埴（西元1663～1740年）的《巾箱說》寫著有位老婦遇奇人
指點，若見石獅眼睛有血，則是水患前兆：

曹州有老嫗遇異人指州治前石獅語之曰：「此獅之目若赤，則水患
至。汝於其時亟去，可免也。」嫗日視其獅甚數，人怪問之，知其
故，陰以朱塗獅目，嫗見其赤，不知爲僞也，遂亟走焉。既去數百
步，回視之，則州境果爲巨浸矣。〔註113〕

〔註112〕見（宋）劉斧著：《青瑣高議後集・卷一・大拇記》（見《宋元筆記小說大觀
（一）》），頁1089。
〔註113〕見（清）金埴著：《巾箱說卷》（北京：中華書局），頁141。

清中葉的昭槤（西元 1776～1829 年）在《嘯亭雜錄·卷十·庚子火災》中，則是寫乾隆庚子年間的一場大火，燒了一個月才平熄。在發生火災前，有位賣菜者夢人示警，若火神廟匾額上的字變成紅色，就是火災前兆：

> 乾隆庚子，城南火災，燉焚數千家，延及城樓稚堞，經月乃已。或言火災之先，有賣菜傭夢一人告曰：「京師當有火災，汝視某火神廟額字如朱，即其期矣。」某日往視，其守知詢知，因暗塗豕血以戲之。次日果是有災，人皆以為妄言。〔註114〕

從清初到中葉有關這類故事的記錄重點，均是回歸到最初重視「災兆示警」。但是到了清晚期，則有較多變化。成書於同治年間的毛祥麟之作《墨餘錄·卷三·臘氏故墟》，採錄了一則故事：

> 澇河，陝西八水之一，相傳宋元時，臘姓居此，富甲一郡，常自書其門曰：「若要臘家窮，天坍澇水空。」蓋指門前稻田八百頃，資澇水灌溉，坐收萬斛也。一日，有道人踵門化齋，而竟日不與。一媼憐之，啖以茶餅。道人臨去曰：「此間將有難，汝心頗善，尚可救，然無漏泄也。」媼求計，道人曰：「汝但見石獅眼紅，即避無顧。」未幾，館童弄硃，戲塗獅眼，媼遂倉皇遁去。至晚，風雨大作，水溢堤崩，果將臘氏所居沖為平地。聞今疾風暴雨之夕，鬼哭尚聞。
> 〔註115〕

這則故事已不是陷湖，而是淹沒某一富家。內容明顯強化善惡報應思想，富家一方的臘家，因不肯布施，竟讓祖先的豪語成讖驗。

宣鼎在光緒年間完成的《夜雨秋燈錄續集·卷四》中，收錄一則〈古泗州城〉的故事，也帶有一些傳說色彩。不同於歷朝的是，這篇對於避難過程有較多描繪，且已無善人得示災兆的情節，而是反應「生死命定」的觀念：

> 吾鄉泗州城，淪為洪澤湖久矣。土人云，為大禹命庚辰所繫水怪巫支祈逸出為害，此無稽也。州城之沉，乃明末事。其時畫士惲南田正寓僧伽禪寺，門前一水環繞，出入須楫。時已四十五日雨，淮流七十二道山溪之水全歸於此。童謠早有「石龜滴血淚，要命上東山」之語，惲甚憂之。夜靜，偶聞神鬼滿堂私議曰：「時已致矣，乞施行。」

〔註114〕見（清）昭槤著：《嘯亭雜錄·卷十·庚子火災》（北京：中華書局），頁356。

〔註115〕見（清）毛祥麟著：《墨餘錄·卷三·臘氏故墟》（見「筆」正編五冊），頁2886。

　　神曰：「尚有一僧一道未歸，一主一僕未出，姑須臾。」惲披衣起，
　殿黑無人，知水厄至，急呼僕起，攜隨身文具，倉皇拔關出走。過
　渡，見廟僧攜杖打包歸，曰：「先生何往？」曰：「吾有急，須登第
　一山耳。」天遽明，回頭一眺，則白茫茫一片水圍，成巨浸矣。

〔註116〕

至今，在浙江、吉林、福建、江蘇、西藏、湖北、江西、河北、雲南、黑龍
江等地，都還流傳著這類故事。故事隨地有所變異，西藏的〈石獅眼裡流血
的故事〉中說，某僧人告知國王，若見市場上的石獅眼睛流血，則是示現水
災之兆，這件事情將於七日內發生。國王知道後非常憂心，立刻派三名公主
天天分別到市場上觀察石獅的情形，此事被五名商人知道後，利用某晚，用
牛血將石獅眼睛塗紅，國王收到公主回報，趕緊帶著臣民到山上避難，只留
這五名商人暗中發笑，以為用點小聰明就可趁火打劫，高興得連日慶祝，正
當他們飲酒作樂時，石獅的眼睛流出了真血，但因石獅眼上被商人塗滿牲畜
的血而看不到，於是到了第七天，洪水果然淹沒了整個城市，商人與其財產
全被滾滾洪水沖得不知去向：

　　從前有個國王，家裡供養著一個僧人。這個僧人很有點神通，能夠
　預知許多事情。有一天，他跟國王說：「國王，請允許我報告你一件
　非常可怕的事情，這座城市很快就要被洪水淹沒，你和你的臣民都
　要像魚一樣留在水底。唯一可以預知洪水來臨的辦法，是你要天天
　派人去察看市場上的石獅，如果石獅眼裡流血，那麼不出七天，洪
　水就會到來。」……國王聽信了僧人的話，天天打發自己的三個女
　兒，輪流到市場買肉，其實呢，是去察看石獅的眼睛。就在石獅旁
　邊，有五個賣肉的商人，他們對公主親自買肉這件事，感到十分驚
　奇。他們在一起，就相互議論道：「天呀，國王手下有幾百個男女僕
　人，怎麼叫公主來買肉呢？這裡面一定有緣故。」有一天，他們問
　年紀最小的公主，提出了他們的疑問。小公主看看旁邊沒有人，便
　把石獅流血的事情，老老實實地講了出來。小公主走後，五個商人
　便湊在一起，你一言我一語地商量起來，他們要抓住這麼秘密，大
　大發一筆橫財。晚上，他們把牛血羊血，偷偷地塗在石獅眼裡。第
　二天，大公主來買肉，瞥見石獅兩眼鮮血淋淋，嚇得肉也顧不上拿，

〔註116〕見（清）宣鼎著：《夜雨秋燈錄續集・卷四・古泗州城》，頁170～172。

慌慌張張地跑去報告了國王。國王呢？連忙召集所有的大臣，宣布
了這個可怕的消息，丟下王宮的財產，帶著臣民百姓，逃到山上去
了。只有這五個賣肉的商人，肚子裡暗暗竊笑。他們只要了點小聰
明就得到數不清的財產和房屋。他們殺了許多牛羊，煮了大罈的酒，
每家輪流請客三天，慶賀他們憑著聰明智慧，一夜之間邊成了全城
最大的富翁。正當他們飲酒作樂的時候，石獅眼裡真正流出了鮮血，
不過，因為上邊被塗滿了牛血羊血，很不容易看出來。等到七天之
後，一場洪水淹沒了整個城市，這五個商人連同他們的財產，都被
滾滾的波濤沖得不知去向。〔註117〕

在國內流傳故事中，人為的假血讓災讖應驗，是否真為石獅所流出，並不重
要，故事背後往往具有其他含意，例如善有善報等。在西藏的故事裡，要讓
災兆應驗，則須讓石獅真流出血，反映他們是認同生活中異象示警的意義，
也看到藏人將故事重點偏於為惡者自作自受。

這類故事在發展上，有的則與洪水神話中「伏羲兄妹結婚」的故事串連
在一起，讓示兆的石獅出面幫助兄妹逃脫洪水災難，使人類得以延續。〔註118〕

（四）天上一日，人間千年型的故事

中國誤入仙境的故事，最早見於西晉葛洪（西元284～363年）所著《神
仙傳·卷一·呂恭》，主題思想在於成仙：「公來雖二日，今人間已百年。……
乃以神方授習而去……轉轉還少，至二百歲，乃入山去。」〔註119〕

西晉吳郡太守袁山松（？～401年）撰《郡國志》載：「道士王質，負斧
入山，采桐為琴，遇赤松子與安期先生棋而斧柯爛。〔註120〕」是此故事的雛
型，主角因誤入仙境，被境中仙人對奕所吸引，不知天上、人間一日相距久
遠，「斧柯爛」象徵人世時間的流逝。

南朝宋劉敬叔《異苑·卷五·撈蒲仙》裡，主角不是樵夫而是外來客，
所象徵歲月流逝的斧頭，則為手中的馬鞭：

〔註117〕見廖東凡整理：《西藏民間故事·石獅眼裡流血的故事》（西藏：西藏人民出
版社），頁181～182。

〔註118〕見劉錫城著：〈陸沉傳說再探〉（《民間文學論壇》1997年第1期）。

〔註119〕見（東晉）葛洪撰：《神仙傳·卷一·呂恭》（見《百部叢書集成·夷門廣牘》），
頁7～8。

〔註120〕見林繼富著：〈山中方七日，世上已千年——「爛柯山」故事解析〉所引（見
《中國民間故事類型研究》），頁179。

　　昔有人乘馬山行，遙望岫裡有二老翁相對撲蒲。遂下馬造焉，以策

　　注地觀之。自謂俄頃，視其馬鞭，摧然已爛。顧瞻其馬，鞍骸枯朽。

　　既還至家，無復親屬。一慟而絕。〔註121〕

到了南朝梁任昉（西元 460～508 年）的《述異記卷上》，則有較完整的敘述

與對話：

　　信安郡石室山，晉時王質伐木至，見童子數人棋而歌，質因聽之，

　　童子以一物與質，如棗核，質含之，不覺饑。俄頃童子謂曰：「何不

　　去？」質起，視斧柯爛盡，既歸，無復時人。〔註122〕

亦因這類故事具「視斧柯爛盡」的情節，衍生出有許多有關「爛柯山」的傳

說故事。

　　至清，楊鳳輝在《南皋筆記・卷二・梨花溪記》裡說，徐某遊天台山

時，被某景色所吸引而不自覺走入，遇見男女道士各一，接受熱情招待，

並贈梨花一枝，待其返家，所見家人已是第七代孫，故事情節與前朝沒有

太大變化：

　　徐彩鷥者，不知何許人，常遊天台，忽逢梨花溪，緣溪行，忘路之

　　遠近，不覺入山已深矣。徘徊瞻眺，萬慮俱清，眞有飄飄乎遺世獨

　　立，羽化登仙之想。忽一女道士，若天台仙子尚在人間者，驚問徐

　　曰：「客胡爲來此？」徐曰：「凤聞天台風景佳勝，……不圖得遇仙

　　人，仙緣不淺矣。」女道士曰：「小刹去此不遠，肯到彼一憩否？」

　　入門，則有一老道士，瞑目靜坐，有二小童各持梨花一枝，立于其

　　側，移時，老道士啓目曰：「客至已久，獻茶否？」女道士因隱徐參

　　謁，命之坐。少頃，小童捧茶至，香浮茗椀，中集梨花，飲之，覺

　　芳美適口，心膈俱清。俄而飯熟中，亦集有梨花。老道士謂徐曰：「此

　　精屑飯也，食之當不饑。」徐一飯而飽，因眷戀不忍去，遂止焉。

　　居數月，忽思歸，女道士送之行，贈以梨花一枝，囑之曰：「謹持此，

　　當不忘也。」乃出山而歸，至其家，則房產田園，迥非昔日，見一

　　老者年可八十許。徐具言所以，則其七代孫也。〔註123〕

〔註121〕見（南朝宋）劉敬叔著：《異苑・卷五・撲蒲仙》，頁 641。

〔註122〕見（南朝梁）任昉著：《述異記卷上》（見《景印文淵閣四庫全書・子部・第
　　　　　一〇五一冊》，台灣商務印書館），頁 596。

〔註123〕見（清）楊鳳輝著：《南皋筆記・卷二・梨花溪記》（見《筆記小說大觀（十
　　　　　五），揚州：廣陵書社》），頁 11361。

俞樾在《茶香室叢鈔・卷十四・爛柯事有異說》〔註124〕、《茶香室續鈔・卷十八・觀棋爛柯山不止一處》〔註125〕等，也討論到故事在宋人筆記裡，其情節單元素變化的情形。

傳至近代，浙江、吉林、福建，廣西，海南、山西、貴州、江蘇、河南、山東、湖北、遼寧等地均流傳，故事發展情形為：（一）沿續古代傳說故事的結構與思想，只在內容與細節稍作加工；（二）截取古代故事某一情節發展成完整故事；（三）將古代故事的核心情節，例如「仙人下棋」、「回家異樣」等融入到其他類型故事裡，構成復合型的故事〔註126〕。今舉流傳於浙江的故事為例：

> 荷花為替娘抓藥，拿出家裡僅有的三個銅板，來到藥店門口，看見一個乞丐模樣的白髮老頭，買藥沒錢，被藥店老板推倒了。荷花忙將錢交給老板，替老頭抓藥，自己回到家裡砍柴換錢，也好早日為娘抓藥治病。荷花這次來到山頂，發現平常歇腳的石頭上，有兩個白髮老頭在下棋，老人下棋累了，拿出他們用荷葉包的牛肉，荷花見他們口乾難咽，將身邊的半壺水遞給他們。荷花上前定睛細看，其中一位是早上遇到的叫花子，那老人笑瞇瞇地將剩下的半包牛肉給她吃，吃完牛肉的荷花，恍恍惚惚地聽到老乞丐告訴她，用荷葉煎湯，能治好娘的眼病。荷花醒來，老者不見了，她忙回家用一小塊荷葉熬湯，治好了母親的病。百姓們依照此方消除了瘟疫。從此，海鹽一帶醫生開方子，都喜歡加「荷葉」，據傳這是當年下棋仙人傳授給荷花的「秘方」。〔註127〕

故事藉「仙境一日，人間千年」型中的「觀仙人下棋」情節，摻入神仙試人心的情節，讓故事重心從過幾天神仙生活，轉向善心人受到神仙幫助得好藥。

這類故事也流傳於在土耳其、斯伐洛克、歐美等地〔註128〕，以義大利童話故事〈天堂一夜〉為例，故事男主角受死去朋友的邀請，參訪地獄後，回到世間才發現人事已非，令他驚愕不已，原來天堂一日，人間數百年，竟有如此般時差，但還來不及交待在另一世界所見所聞，旋即死去：

〔註124〕見（清）俞樾著：《茶香室叢鈔・卷十四・爛柯事有異說》，頁305。
〔註125〕見（清）俞樾著：《茶香室續鈔・卷十八・觀棋爛柯山不止一處》，頁810～811。
〔註126〕見林繼富著：〈山中方七日，世上已千年——「爛柯山」故事解析〉，頁186。
〔註127〕見《中國民間文學集成・浙江海鹽資料本》（1989年編），頁135～136。
〔註128〕見金榮華著：《民間故事類型索引（上冊）》（型號844A），頁303～305。

從前，有兩個很要好的朋友，他們立誓說，不管誰先結婚，都要請朋友做自己的證婚人。沒過多久，其中的一個人就死了。另一個到了該結婚時，來到了墓前說：「朋友，我就要舉行婚禮了，你來給我們證婚吧。」地裂開了，朋友從裡面跳了出來⋯⋯婚慶喜宴開始了⋯⋯死了的那個年輕人站了起來說：「朋友，我已經給你做過證婚人了，你能來送我一程嗎？」「沒問題，當然可以，不過只能一小會，你知道今晚可是我和妻子的新婚之夜」他們一路談天說地，不知不覺就到了墓地，活著的年輕人壯著膽子問：「聽著，我想問你一件事，你已經死了，那裡到底怎麼樣？」死去的那個年輕人說：「如果你真想知道，你也到天堂來看看吧。」墓地裂開了，活著的年輕人跟著死去的年輕人進去了，殿內有許多天使在彈著琴，供獲得幸福的人們跳舞⋯⋯花園的樹上看似五顏六色的葉子，都是些在唱歌的鳥兒⋯⋯星星上的一切真讓人百看不驗，河裡流的不是水，而是葡萄酒，土地則是奶酪。這時，年輕人突然清醒過來說：「唉，老兄，⋯⋯我得回新娘那裡去了。」死去的那個年輕人送他回到了墓地，然後就消失了。活著的這個年輕人從墓裡出來，已經認不出這片墓地了。原先的那些隨隨便便搭起來的石頭房子已經沒有了，他看到一座座高聳入雲的大廈、一列列有軌電車⋯⋯他問一位老人：「老先生，能告訴我昨天結婚的那家人在那裡嗎？」「昨天？我就在教堂裡幹活，我敢說昨天沒人結婚！」年輕人向他講述了自己送死去的朋友去天堂的事。「你在作夢，」老人說：「這是人們講的一個古老的傳說：一個新郎跟著他的朋友進了墳地，再沒回來，新娘傷心而死。」「不是夢話，那個新郎就是我！」主教聽年輕人把他的事敘述了一遍後，想起了小時候聽過的一個故事，他找出各種紀錄，開始查找：三十年前沒有，五十年前沒有⋯⋯最後，在一頁已經陳舊的破爛的紙上找到了那幾個名字。「是在三百年前。這個年輕人在墓地失蹤了，他的新娘傷心地死去了，不信你自己看吧！」「那就是我啊！」「你曾去過另一個世界？給我說說，給我說點那裡的事！」但是，年輕人卻像死人一般臉色蠟黃，倒在地上，他就這樣死了，沒來得及說出任何他在天堂裡看見過的東西。〔註129〕

〔註129〕見（義）Italo calvino 著：《義大利童話・第40則・天堂一夜》（台北：時報
　　　出版），頁187～190。

中外雖傳述著同型故事，但主題意識截然不同。在中國，反映著人們追求長生成仙、隱逸生活的思想。誠如劉守華所言：「這類故事的新奇動人之處，不在凡人遇仙，而在凡人進入仙鄉短暫停留之後所感覺到的時間觀念的巨大差異。〔註130〕」日本小南一郎在《中國的神話傳說與古小說》裡提到：「神仙世界的時間結構也與現實世界不同……這種時間流逝的差異，在南北朝時期小說被用來製造各式各樣的效果。〔註131〕」而西方故事裡無此思想，反應著對相同世界，不同的好奇探索與認知。

四、生活故事

就故事性質言之，清人筆記中的生活故事可分爲五類：婚姻、親子、道德、公案、詐騙等。

從故事裡可見清人婚姻締結方式承襲歷朝，但時人重視聘禮、以財論婚，導致當時童養媳風氣特盛。另外，受到政府獎掖節孝的影響，清代孝子故事激增，常出現殉親等愚孝行爲，以及賣孝子新聞以圖利等，當時貞女烈婦更如雨後春筍般湧現，殉未婚夫是極「合理」平常的事。

在道德故事方面，內容多爲人際間的互助故事，從中也可以看到當時一些社會問題。就公案故事所見的民事、刑事等官司，其犯罪動機不離財、色，案件內容與發生地點與商業活動有一定的關係，案中生案的情形也不少。透過詐騙故事，可見當時的騙術除了有一般常見的障眼法、美人局、迷魂法、冒認身分型、僞善型、以假物爲誘餌型、假風水以騙人、假奇術眞誆騙、劫騙法、竊騙法等以外，還出現連環騙、及久違的雅騙等情形。

清代商業活動空前繁榮；開放通商口後，外國人與國人互動頻仍，帶動文化交流，但也製造不少社會問題。詳細內容將論述於往後章節。

五、笑話故事

清人筆記的笑話故事可分成他界類、宗教類、物類、人體器官類、生活類、人物類等，現舉前四類故事說明之。〔註132〕

〔註130〕見劉守華著：《中國民間故事史》，頁721～722。
〔註131〕見（日）小南一郎著：《中國的神話傳說與古小說》（北京：中華書局），頁215。
〔註132〕生活類與人物類，將於第二章第六節討論之。

（一）他界類

「他界類」是以神、鬼世界喻指人世的笑話故事。晚清王有光的《吳下
諺聯・卷二・一鋤頭動土兩鋤頭也動土》中，寫著神明欺善怕惡的故事：

> 鄉人持鋤到田，過小廟，見一小草，一鋤去之。歸家，寒熱譫語：「太
> 歲頭上動土！」索酒索羹索金帛，百般祭獻，乃止。其兄聞之，怒，
> 持鋤而往，或亟阻之，已連下兩鋤，而廟壁毀矣。廟神命鬼卒仍到
> 其弟家作禍，鬼卒曰：「弟止一鋤，大王責其動土，已經索得酒食金
> 帛。今兄毀廟，罪浮於弟，此次應問兩鋤之罪不應仍到弟家。」神
> 曰：「爾等不知。一鋤頭動土，兩鋤頭也動土，一鋤者尚懼我，兩鋤
> 者不懼我矣，徒增其怒耳。」見可而進，知難而退，是故聰明爲神。
> 〔註133〕

反諷世人欺善怕惡。

有名閻王欲召陽間名醫至陰間替他治病，以爲若藥店門外無冤鬼者，店
內醫者必名醫，殊不知該店才新開業。這類故事最早見於明人江盈科（西元
1553～1605年）著《雪濤諧史・昨日才開店》：

> 一庸醫，偶遇閻君遣使召之治病。醫問使者曰：「醫家多矣，何獨及
> 我？」使曰：「閻君臨遣時吩咐：看醫家門首冤魂少者，即良醫也。
> 今見君門寂然，故相迎。」醫者曰：「不然，我昨日才開店耳。」
> 〔註134〕

晚清遊戲主人的《笑林廣記・卷三・術業部・冥王訪名醫》亦載：

> 冥王遣鬼卒訪陽間名醫，命之曰：「門前無冤鬼者即是。」鬼卒領旨，
> 來到陽世。每過醫門，冤鬼畢集。最後至一家，見門首獨鬼徬徨，
> 曰：「此可以當名醫矣。」問之，乃昨日新豎藥牌者。〔註135〕

故事內容相同，僅敘述方式小異。至今的山西、河南、江蘇、福建、山東、
湖南等地，仍傳述此類故事。

〔註133〕見（清）王有光著：《吳下諺聯・卷二・一鋤頭動土兩鋤頭也動土》（北京：
　　　　中華書局，據嘉慶二十五年庚辰老鐵山房原版、同治十二年癸酉作者後人補
　　　　刊本），頁65。
〔註134〕見（明）江盈科著：《雪濤諧史》（見《雪濤小說（外四種）・諧史》（上海：
　　　　上海古籍出版社），頁248。
〔註135〕見（清）遊戲主人著：《笑林廣記・卷三・術業部・冥王訪名醫》，頁42。

（二）宗教類

宗教類的笑話，可舉搬壞祖師型故事為例。故事大意是釋道儒三尊祖師象，因供奉者的信仰與觀念而不斷被搬移位置，至塑像損壞。最早見於明人趙南星（西元 1550～1627 年）的《笑贊‧三教》：

> 一人尊奉三教，塑像先孔子，次老君，次釋迦。道士見之，即移老君於中。僧來又移釋迦於中。士來仍移孔子於中。三聖自相謂曰：「我們自好好的，卻被人搬來搬去，搬得我們壞了。」〔註 136〕

明人樂天大笑生纂《解慍編‧卷九‧被人搬壞》故事裡，增加信徒互相辨論，以及搬的次數過多致使塑像損壞的情節，祖師則只有釋、道兩尊：

> 寺僧塑釋迦佛與老子同坐，一道士見之，不甘老子居次，乃曰：「慈老子生於周，至後漢方有佛法。」因移老子居首位。寺僧又謂：「吾佛神通廣大，當居老子上。」復移轉左位。二家爭竟不已，搬移十數次，土像殊損壞。老子與佛嘆曰：「我兩人過得好好的，無端被這幾個小人搬壞了。」〔註 137〕

清初，石成金（西元 1659～？年）的《笑得好‧搬老君神像》篇，就故事內容觀之，係承《解慍編‧卷九‧被人搬壞》而來，不過所爭位子略有不同，清代則是爭地位之尊：

> 一廟中塑一老君像在左，塑一佛像在右。有和尚看見曰：「我佛法廣大，如何居老君之右？」因將佛搬在老君之左。又有道士看見曰：「我道教極尊，如何居佛之右。」因將老君又搬在佛之左。彼此搬之不已，不覺把兩座泥像都搬碎了。老君笑與佛說：「我和你兩個本是好好的，都被那兩個小人搬弄壞了。」〔註 138〕

晚清遊戲主人所纂的《笑林廣記‧卷十一‧譏諷部‧搬是非》則又回到最初趙南星所述：

> 寺中塑三教像：先儒，次釋，後道。道士見之，即移老君於中。僧

〔註 136〕見（明）趙南星著：《笑贊‧三教》（見《明清笑話四種》，北京：人民文學出版社），頁 11～12。此書至 2008 年，止庵先生以西元 1958 年的《明清笑話四種》為底本，參照周作人之《苦茶庵笑話選》與西元 1983 年之《明清笑話四種》，重校整理成《明清笑話集》，於 2009 年由北京中華書局書出版。

〔註 137〕見（明）樂天大笑生纂：《解慍編‧卷九‧被人搬壞》（見《續修四庫全書‧子部‧雜家類》），頁 380。

〔註 138〕見（清）石成金著：《笑得好‧搬老君神像》（見《明清笑話四種》），頁 367。

見，又移釋迦於中。士見，仍移孔子於中。三聖自相謂曰：「我們原是好好的，卻被這些小人搬來搬去搬壞了。」〔註139〕

透過三聖詼諧之語，反映聖本無爭，但人心有異，一切唯心。

「我愛老虎」型故事，是始見清代的笑話，故事敘述沙彌自幼隨師修行，十餘年不曾下山，一回師徒下山，見到一位妙齡少女，師父擔心弟子動了凡心，所以告訴他，「她」是吃人的老虎。後來師父問弟子，這趟遠行令他印象最深的是什麼？他說他最捨不得那隻「老虎」。故事始見於乾隆後期的《續子不語・卷二・沙彌思老虎》：

> 五台山某禪師收一沙彌，年甫三歲。五台山最高，師徒在山頂修行，從不下山。後十餘年，禪師同弟子下山。沙彌見牛馬雞犬皆不識也，師因指而告知曰：「此牛也，可以耕田；此馬也，可以騎；此雞犬也，可以報曉，可以守門。」沙彌唯唯。少頃。一少年女子走過，沙彌驚問：「此又是何物？」師慮其動心，正色告之曰：「此名老虎，人近之者，必遭咬死，尸骨無存。」沙彌唯唯。晚間上山，師問：「汝今日在山下所見之物，可有心上思想他的否？」曰：「一切物我都不想，只想那吃人的老虎，心上總覺捨他不得。」〔註140〕

這類故事早於十四世紀的歐洲，義大利人薄迦丘（Giovanni Boccaccio，西元1313～1374 年）在其《十日談》中第四天篇首，即提到了這樣的思想，篇首中沒有具體故事，但反映出即使克制、禁錮在深處，也無法抗拒人類本能與情感。今摘錄錢鴻嘉等譯的其中一段：

> 最親愛的淑女們，根據有識之士的見解，又據我常常看到的很多事情和讀到的很多書籍，我總是認為妒忌的風暴和火燄只會襲擊危樓高塔或大樹的頂端，可是我發現我的想法大錯特錯了。為了躲避妒忌的風暴的襲擊，我不只逃到平地，而且還不得不藏到無人問津和幽深隱秘的山谷……可是這一切都沒能讓我躲過妒忌的狂風，它無情地吹著，吹得我遍體鱗傷，奄奄一息。〔註141〕

〔註139〕見（清）遊戲主人著：《笑林廣記・卷十一，搬是非》，頁 132。
〔註140〕見（清）袁枚著：《續子不語・卷二・沙彌思老虎》（見「正」編四冊），頁 2463。
〔註141〕見（義）Giovanni Boccaccio 著，錢鴻嘉等譯：《十日談》（江蘇：鳳凰出版社），頁 277。

至今，這則故事在陝西、甘肅、河北、湖北、浙江、福建、河南、江西等地均流傳。〔註142〕

（三）物類

物類，此指包含動物類與物品類。

以動物為喻的「動物類」笑話故事，多為借物類對話反諷人世。以遊戲主人的《笑林廣記·卷九·一毛不拔》為例，用一語雙關方式，諷刺慳吝者：

> 一猴死見冥王，求轉人身。王曰：「既欲做人，須將身上毛盡行拔去。」
> 即喚夜叉動手，方拔一根，猴不勝痛楚，王笑曰：「畜生！看你一毛
> 不拔，如何做人？」〔註143〕

這則笑話溯見《雪濤諧史·一毛不拔》〔註144〕，在今江蘇、浙江、福建、河南、山西、寧下、廣東等地亦流傳。

在吳趼人（西元 1866～1910 年）《俏皮話·走獸世界》篇裡，有位統治群獸的獸王，力行仁政，使各獸安生樂業，只有貓饑餓幾死，無處覓食。一天，諸貓紛紛向大家辭行，表示要往北方去覓食，表示京師為鑽營總會，鼠輩必多：

> 獸能行仁政，使各獸均能平等自由，各安生業。惟貓則饑餓欲死，
> 無可得食。一日，諸貓忽紛紛向各獸辭行，名片上都寫著：「恭辭北
> 上。」諸獸問：「北上何故？」貓曰：「吾等散居各處，不能得食，
> 故欲入京以謀食耳。」或曰：「北京翰林，也不過四兩銀子的館地，
> 汝等前去，何由得食？」但諸貓信心滿滿表示：「吾聞京師為鑽營總
> 會，想鼠輩必多！」〔註145〕

此篇也是一語雙關，罵盡鑽營為官之輩。

石成金的《笑得好·吃人不吐骨頭》故事，透過貓鼠對話，諷是官壓民的情形：

> 貓兒眼睛半閉，口中呼呀呼呀的坐著。有二鼠遠遠望見，私謂曰：「貓
> 子今日改善念經，我們可以出去得了。」鼠才出洞，貓子趕上，咬
> 住一個，連骨俱吃完。一鼠跑脫向眾曰：「我只說他閉著眼念經，一

〔註142〕見祁連休著：《中國古代民間故事類型研究（下）》，頁1158。
〔註143〕見（清）遊戲主人著：《笑林廣記·卷九·一毛不拔》，頁172。
〔註144〕見（明）江盈科著：《雪濤諧史》（見《雪濤小說（外四種）·諧史》），頁247。
〔註145〕見（清）吳趼人著：《俏皮話·走獸世界》（廣東：廣東人民出版社），頁95。

　　　　定是個良善好心，哪知道行出來的事，竟是個吃人不吐骨頭的。」
〔註146〕

故事結尾還有段短評：「有個會念經，也會行壞事。有個不念經，也不行壞事，請問高明人，誰是誰不是？不論經不經，只問行的事。」

　　這「貓裝聖人」型的故事〔註147〕，本是藏族一則著名的動物故事〈貓與老鼠〉〔註148〕，最初見於唐僧義淨譯《根本說一切有部毗奈耶破僧事・老貓》：

　　　　乃往昔時，有異方所，有一鼠王，與五百鼠為眷屬。有一貓子，名曰火㹖。其貓少年之時，所有鼠等，悉皆殺害，後年老邁，便作是念：「我昔少時，氣力強盛，以力捉鼠而食。我今年既朽邁，氣力微薄，不能捉獲，設何方便，而捉獲鼠？」作是念已，遍觀其地，乃見一鼠王與五百鼠而為眷屬，住此方所。即就鼠穴，詐作坐禪。時諸群鼠，出穴游行，乃見老貓安然坐禪，其鼠問曰：「阿舅，今何所作？」老貓答曰：「我昔少年，氣力盛壯，作無量罪，今欲修福除其舊罪。」時群鼠等，聞是語已，皆發善心：「因此老貓，修行善法。」即與鼠等，右繞老貓，行於三匝，便入於穴。其老貓取其最末後者而食。不過多時，其鼠漸少。鼠王既見此已，便作是念：「我鼠等漸漸數少，其老貓氣力肥盛，是事必有緣由。」其鼠王即便觀察，乃見老貓於其糞中有鼠毛骨，心即知：「老貓食我鼠等，我今深觀捉鼠之時。」作是念已，便即於窟而看老貓，乃見老貓捉最末後鼠而食。鼠王見已，避遠而立，遂說頌曰：「老貓身漸肥，群鼠積減少；食苗實根葉，糞不應毛骨。汝今修禪不謂善，為利詐作修善人；願汝無病安穩住，我今群鼠汝食盡！」〔註149〕

這則佛經故事主角是老貓，譬喻極為合理，老貓因跑不快，吃不到老鼠，所以施小詐，鬆懈鼠輩心防，才吃得到他們。有關漢譯這類佛經故事，均源自古印地的《佛本生故事選・貓本生》：

〔註146〕見（清）石成金著：《笑得好・吃人不吐骨頭》（見尹奎友等編《笑林四書》，山東友誼出版社），頁341。
〔註147〕見金榮華著：《民間故事類型索引（上冊）》（型號113B），頁40～41。
〔註148〕見劉守華著：《中國民間故事史》，頁518。
〔註149〕見王邦維選譯：《佛經故事・根本說一切有部毗奈耶破僧事・老貓》（北京：中華書局），頁75～76。

古時候，當梵授王在波羅奈治理國家的時候，菩薩投胎為老鼠。它具備無上智慧，身軀魁偉如小豬，有幾百只老鼠跟隨它，住在森林裡。有一只豺，四處游蕩，看到了這群老鼠，心想：「我要哄騙這群老鼠，吃掉它們。」它在離開老鼠洞不遠的地方，單足獨立，面向太陽，張嘴喝風。菩薩出來尋食，看到了豺，心想：「這可能是一位有德之士。」於是走上前去，問道：「賢士啊，請問尊姓大名？」「我叫有法。」「你為何不四足著地，而要單足獨立呢？」「如果我四足著地，大地承受不了，所以我單足獨立。」「你站著為何要張嘴？」「我不吃任何東西，只喝風。」「你站著為何要面向太陽？」「我向太陽致敬。」菩薩聽了它的話，心想：「這真是一位有德之士。」從此，每天清晨、黃昏，牠與群鼠一道去侍候豺。而每次侍候完畢，群鼠走時，豺總是悄悄抓住末尾的一只老鼠，吞噬之後，抹抹嘴，依舊站著。漸漸地，老鼠越來越少。老鼠們議論道：「從前我們這個住處擁擠不堪，現在卻綽綽有餘，這是怎麼回事？」它們把這情況報告菩薩。菩薩心想：「老鼠怎麼會越來越少呢？」它對豺產生懷疑，決定親自考察一下。在侍候豺之後，它讓其它老鼠走在前面，自己走在最後。豺向牠撲來。菩薩發現豺撲過來抓自己，就轉身喊道：「豺啊！你表面修行，實際作惡。你在法的旗幟掩護下，謀害別人。」說罷，念了這首偈頌：「明裡擲法旗，暗中幹壞事，騙取鼠信任，與貓相類似。」說著，鼠王一躍而起，揪住豺的脖子，咬斷豺的氣管，結束了豺的性命。〔註150〕

到了十五世紀，藏族洛卓白巴著《益世格言注釋》裡也有一篇〈貓喇嘛講經〉，內容較簡略〔註151〕。這類故事傳至十七世紀，被清人收入笑話集中。

　　至今流傳範圍，仍以西藏為主，其他四川、甘肅、新疆、福建等地的漢族與部份少數民族亦可見〔註152〕。因情節增異，趣味性也增加了。例如陳慶浩、王秋桂主編：《中國民間故事全集・西藏・貓喇嘛講經》裡，因為貓喇嘛一副虔心修行樣與滿口佛語，加上牠常讚揚老鼠而貶低其他動物，贏得老鼠

〔註150〕見郭良鋆、黃寶生譯：《佛本生故事選・貓本生》（北京：人民文學出版社），頁 81～82。
〔註151〕見馬學良等主編：《藏族文學史（下）》（四川民族出版社）。
〔註152〕見祁連休著：《中國古代民間故事類型研究（中卷）》（河北教育出版社），頁 540。

們的信任，每當牠在講經時，大家都畢恭畢敬，眼睛直望前方，貓喇嘛就趁機捉最後一隻老鼠，吃進肚裡，起先鼠類不以爲意，漸漸才發現「家族」成員減少了，詢問家屬後，知是在聽經時不見了，終於引起大家的警覺，讓鼠輩中的小頭目排在後面，見貓喇嘛又在抓老鼠時，登高一呼，所有的老鼠全看著貓喇嘛，向牠要爹娘、子女〔註153〕。另外，在《中華民族故事大系（十）‧貓兒的懺悔》裡，在原型故事上，加入了老鼠見貓念經懺悔的態度很虔誠，故意試其是否眞誠，於是趁貓念經時，把貓尾咬了一口，貓果然一動也不動，繼續念經，大家就相信牠是眞心懺悔，孰料最後仍被騙了。〔註154〕

　　以物品類爲喻，可舉吳趼人的《俏皮話──只好讓他趁風頭》爲例：

> 舟行之具，帆、檣、槳、櫓併重。一日，槳與櫓皆不平曰：「吾等皆水行之要具，而舟人於我等之位置，皆不甚經心。若帆者，則必安放於最高之位置，帆遂揚揚自得，有惟我獨尊之概，吾等盍攻之！」舵從旁勸曰：「是可以不必。渠之揚揚自得，旁若無人者，只趁一時之順風耳。倘風色不對，他便縮頭不敢出，讓君等宣勞矣。」槳與櫓曰：「此權當操之在爾，倘遇順風時，汝略向旁邊一擺，則風自不順矣。」舵嘆曰：「此等趾高氣揚的東西，何必與他爲難，你只冷著眼看他，順風有得幾時？」〔註155〕

以行船工具比喻人事，強頭草的人雖能揚威一時，一旦遭到傾軋抄算時，他就立刻縮頭開溜了，昔年意氣蕩然無存，又有何可令人稱羨的呢？

（四）人體器官類

　　至於人體器官類，較具代表的是器官互爭高下與功勞，從宋至清均流傳。故事內容是口鼻眉眼四種器官爭高下，互不相讓。最早溯源於活動於北宋徽宗年間的王讜所著《唐語林‧卷六‧口鼻眉眼爭高下》：

> 顧況從辟，與府公相失，揖出幕，況曰：「某夢口與鼻爭高下，口曰：『我談今古是非，爾何能居我上？』鼻曰：『飲食非我不能辨。』眼謂鼻曰：『我近鑒豪端，遠察天際，惟我當先。』又謂眉曰：『爾有

〔註153〕見陳慶浩、王秋桂主編：《中國民間故事全集‧西藏‧貓喇嘛講經》，頁 496
　　　　～497。
〔註154〕見《中華民族故事大系（十）‧貓兒的懺悔》，頁 618。
〔註155〕見（清）吳趼人著：《俏皮話（附新笑史新笑林廣記──只好讓他趁風頭）》
　　　　（廣東人民出版社），頁 66～67。

何功，居我上？』眉曰：『我雖無用，亦如世有賓客，何益主人？無即不成禮儀。若無眉，成何面目？』府公悟其識，待之如初。」
〔註156〕

這則故事是以五官對話爲喻來暗示府公，表明自己的重要性，但題名爲爭高下，內容較多是表現各功能以爭頭，「互爭」意味不強。但，羅燁所著《新編醉翁談錄丁集・卷二・嘲人不識羞》故事裡，五官互別苗頭的情形就明顯表露出來：

> 眉、眼、口、鼻四者，皆有神也。一日，口爲鼻曰：「爾有何能，而位居吾上？」鼻曰：「吾能別香臭，然後子方可食，故吾位居汝上。」鼻爲眼曰：「子有何能，而位在我上也？」眼曰：「吾能觀美惡，望東西，其功不小，宜居汝上也。」鼻又曰：「若然，則眉有何能？亦居我上？」眉曰：「我也不解與諸君相爭得，我若居眼鼻之下，不知你一個面皮，安放那裡？」〔註157〕

至明人無名氏撰《華筵趣樂談笑酒令・卷四・談笑門・譏爭坐席》則是承〈面皮安放〉故事，攙入文人思想，多有哲理性的敘述，各器官互以詩答：

> 陳太卿曰：「眉、眼、鼻、口者，皆是一身之神也。忽然口謂鼻曰：『功高者居上，無能者居下，理之常也。汝有何德，何如位居於我上者乎？』答曰：『吾能聞香識臭，然後與子食之，因此居汝上乎！願聞汝之才能。』口答曰：『心中欲說口先用，讀書讀史讀文章；食盡世間多美味，陳言陳語獻天王。』鼻乃乃言答曰：『休笑鼻孔無因由，知香知臭是鼻頭；鼻頭若無三分氣，蓋世文章總是休。』鼻與眼曰：『賢兄緣何更居我上乎？』眼答曰：『吾能觀善覷惡，望東顧西，其功不小，因此故在你上也。詩云：秋波湛湛甚分明，識書識寶識金銀；世人不與吾同走，白日青天去不成。』口曰：『眉毛何以居吾之上乎？』眼答曰：『我同你與鼻兄三人同去問他。』眉以善言答曰：『休侮雙眉沒志量，先年積祖我居上；若把眉兒移下去，相見成甚好模樣。』鼻曰：『與子論功，不與論樣。』眾乃喧鬧。兩閭閭知，遂解之曰：『君子無所爭，《魯書》之明訓也。亦作俗句云：我

〔註156〕見（宋）王讜著：《唐語林・卷六・口鼻眉眼爭高下》（大象出版社），頁217。
〔註157〕見（宋）羅燁著：《新編醉翁談錄丁集・卷二・嘲人不識羞》（台北：世界書局），頁41。

> 每從幼兩邊分，會合人頭寄此身，勸君休爭大與小，列位都是面前
> 人。』」〔註158〕

至《解慍篇·卷八·眉爭高下》篇，則將這些故事內容簡化，五官中僅剩眉
眼互爭：

> 目問眉曰：「我能辨別好歹，認識萬象，大有功於人。爾有何能，位
> 居吾上？」眉曰：「我也不與你爭高下，必欲我在爾下，看好不好看？」
> 〔註159〕

清代遊戲主人輯《笑林廣記·卷四·爭坐》，將《解慍篇·卷八·眉爭高下》
內容改爲較口語話：

> 眼與眉毛曰：「我有許多用處，你一無所能，反坐在我的上位。」眉
> 曰：「我原沒用，只是沒我在上，看你還像個人哩！」〔註160〕

較特別的是，這類故事流傳時，除了《華筵趣樂談笑酒令·卷四·談笑門·
譏爭坐席》一篇幾爲文人作品外，其他則是在流傳中不斷精簡內容，「互爭」
的張力被縮減了，是一般民間故事流傳較罕見的情形。今在湖南省仍見流傳。
〔註161〕

　　人體爭功能故事到了晚清，在吳趼人《俏皮話·腳權》篇裡，則加入了
四肢與五官的鬥爭，當各器官爭功勞時，大家一致認爲腳位最低，相約不與
他爲伍。腳故意罷工，讓大家感受到它的重要，願與腳和好。只有鼻子不同
意，認爲它與腳無關，腳立刻站起來走到廁所，臭氣讓鼻子哈啾不停：

> 四肢百骸，各有位置，出於天然，非可相強者也。一日耳、目、口、
> 鼻等，開五官大會，宣言曰：「我等位置最高，何等清貴。彼腳者，
> 位置於最卑下之地，吾等當相約，不與爲伍。」眾贊成。腳聞之，
> 置不與之計較。他日，有人招飲，口極欲往，一飽口福，而腳不肯
> 行，口無如之何，惟有饞涎拖一尺許而已。又他日，耳欲聽，目欲
> 視，然所以供視聽者，又皆在室外，腳亦裹而不前，耳、目亦無如
> 之何也。思悔議矣，惟鼻不從，曰：「腳雖能制汝等，惟我無求於彼，

〔註158〕見（明）無名氏撰：《華筵趣樂談笑酒令·卷四·談笑門·譏爭坐席》（見王
　　　　利器輯錄《歷代笑話集》，上海古籍出版社），頁432。
〔註159〕見（明）樂天大笑生纂：《解慍編·卷八·眉爭高下》，頁373。
〔註160〕見（清）遊戲主人著：《笑林廣記·卷四·爭坐》，頁83。
〔註161〕見《中國民間故事集成·湖南卷·寓言·五官吵架》（中國ISBN中心出版），
　　　　頁822。

> 彼其奈我何哉？」腳聞之，直行至溷廁之上，立而不動。穢惡之氣，
> 撲鼻直入，穢嘔欲死。肚與胃相謂曰：「他們在那裡鬧意見，卻累了
> 你我！」〔註162〕

各功能爭到後來，還出現排斥、勾結等現象，故事更具趣味性。四肢五官的
吵架正喻指政治上的明爭暗鬥，互為各自利益結交或叛離，不論他們如何爭
鬥，其實最苦的還是無辜百姓。

　　透過詼諧筆調，不僅將這些角色的形象寫得栩栩如生，也藉由他們的互
動對話，深刻反映了人情世態。

第四節　前人研究成果

　　就目前資料所見，研究清代筆記者，以研究蒲松齡的《聊齋志異》、紀昀
的《閱微草堂筆記》最多，遊戲主人的《笑林廣記》次之；其他尚有褚人獲
的《堅瓠集》、鈕琇的《觚賸》、劉獻廷的《廣陽雜記》、王韜的《瀛壖雜志》、
曾衍東的《豆棚閒話》、長白浩歌子的《螢窗異草》等。其研究內容，或整部
筆記、或選其中的特定主題為討論對象、或藉此體材與他書做比較性研究，
但尚未有以整體清代筆記為研究對象。筆者首先整理前賢著作摘要，並說明
本論文計完成的方向。

壹、前賢研究成果

一、專著（含論文）

（一）以整部筆記為討論範圍者

　　1. 盧錦堂著《紀昀生平及其「閱微草堂筆記」》，民國六十三年（西元 1975
年）國立政治大學中國文學研究所碩士論文。內容以考證故事背景、流傳情
形與價值為主。

　　2. 崔相翼著《「聊齋志異」研究》，民國六十五年（西元 1976 年）國立政
治大學中國文學研究所碩士論文。內容探討《聊齋志異》受《唐傳奇》的影
響情形與文學表現形式。

〔註162〕見（清）吳趼人著：《俏皮話（附新笑史新笑林廣記──只好讓他趁風頭）》，
　　　　　頁 52～53。

3. 吳玉蕙著《「子不語」研究》，民國七十四年（西元 1985 年）東海大學中國文學研究所碩士論文。內容探討是書版本、人物形象、藝術技巧等。

4. 李世珍著《艾衲居士「豆棚閒話」研究》，民國七十七年（西元 1988 年）東海大學中國文學研究所碩士論文。內容探討故事反映的政治社會現況、佛道思想以及寫作技巧等。

5. 朴正道著《「聊齋志異」研究》，民國七十七年（西元 1988 年）國立台灣師範大學國文研究所博士論文。內容為研究《聊齋志異》題材，以及所反映的社會現象、道德思想、婦女問題等。

6. 楊怡卿著《俞樾「右台仙館筆記」研究》，民國七十八年（西元 1989 年）東海大學中國文學研究所碩士論文。內容探討故事架構、寫作特色與語言特點等。

7. 徐夢林著《「螢窗異草」研究》，民國八十四年（西元 1995 年）國立政治大學中國文學研究所碩士論文。內容探討是書的故事內容、思想與表現藝術，並與《聊齋志異》作比較。

8. 陳秀香著《諧鐸》，民國八十八年（西元 1999 年）國立成功大學中國文學系碩士論文。內容探討是書反映的社會現象、因果報應觀以及表現藝術等，並在思想與表現形式上與《聊齋志異》作比較。

9. 彭美菁著《「聊齋志異」影響之研究》，民國九十一年（西元 2002 年）國立中正大學中國文學系碩士論文。探討是書在小說方面的影響，如影響同期王士禎的《池北偶談》；乾隆時期的長白浩歌子《螢窗異草》、和邦額《夜譚隨錄》、袁枚《子不語》、《續子不語》、沈起鳳《諧鐸》、《續諧鐸》、徐昆《柳崖外編》、清涼道人《聽雨軒筆記》、屠紳《六合內外瑣言》、樂鈞《耳食錄》、曾衍東《小豆棚》等；嘉慶時期的紀昀《閱微草堂筆記》、管世灝《影談》、宋永岳《志異續編》、楊復吉《夢闌瑣筆》；道光時期的陳庚《笑史》、許秋垞《聞見異辭》、湯用中《翼駉稗編》、范興榮《啖影集》等；咸豐時期的趙季瑩《涂說》、黃沐三《小家語》等；同治時期的朱翔清《埋憂集》、許奉恩《里乘》等；光緒時期的鄒弢《澆愁集》、王韜《遯窟讕言》、《淞隱漫錄》、《淞濱瑣話》、宣鼎《夜雨秋燈錄》、《夜雨秋燈續錄》、程麟《此中人語》、李慶辰《醉茶誌怪》、韓邦慶《太仙漫稿》等，以及對戲曲、電視劇之影響。

10. 洪佩伶著《鈕琇「觚賸」研究》，民國九十三年（西元 2004 年）國立嘉義大學中國文學系碩士論文。內容探討書中的文化紀聞與社會史料，以及志怪述異之事。

11. 賴湜雲著《劉獻廷「廣陽雜記」研究》，民國九十三年（西元 2004 年）國立中興大學中國文學系碩士論文。內容探討是書與《水經注》的傳承關係、政治思想，亦整理書中的台灣史事，並對故事中的志怪紀聞傳說做討論。

12. 董璆著《屠紳及其「六合內外瑣言」研究》，民國九十四年（西元 2005 年）國立成功大學中國文學系博士論文。內容探討是書故事特色、敘事特點以及整體價值。

（二）以筆記中之各項題材為研究者

1. 顏絹純著《「聊齋誌異」民間童話考論》，民國八十九年（西元 2000 年）國立花蓮師範學院民間文學研究所碩士。內容探討是書中童話故事的內容、敘事模式，與民情風俗文化等。

2. 李佩著《「聊齋志異」與民間童話》，民國九十年（西元 2001 年）臺南師範學院教師在職進修國語文碩士學位班碩士論文。內容以是書中的民間童話為研究題材，著重於探討其幻想因素與在故事中的重要性。

3. 王馨雲著《清代「聊齋」戲曲研究》，民國九十二年（西元 2003 年）東吳大學中國文學系碩士論文。內容探討以《聊齋志異》故事為戲曲角本的戲劇特色。

4. 高懷恩著《「聊齋志異」題材研究》，民國九十三年（西元 2004 年）國立彰化師範大學國文學系碩士論文。內容探討作者創作動機、題材來源、及民俗文化的紀錄價值。

5. 陳慧婷著《「聊齋誌異」的文類研究——志怪、傳奇之類型考察》，民國九十四年（西元 2005 年）靜宜大學中國文學研究所碩士論文。內容探討是書運用志怪與傳奇體例的情形。

6. 郭金燕著《「聊齋志異」動物故事研究》，民國九十一年（西元 2002 年）中國文化大學中國文學研究所碩士論文。內容探討是書動物故事的描寫特點以及反映的思想與教化意義。

7. 賴芳伶著《「閱微草堂筆記」中的觀念世界及其源流影響》，民國六十三年（西元 1974 年）國立臺灣大學中國文學研究所碩士論文。內容探討此書與六朝志怪間的傳承性。

8. 張嘉惠著《「聊齋誌異」女妖故事研究》，民國九十一年（西元 2002 年）國立中山大學中國語文學系研究所碩士論文。探討故事中的女妖形象、特質與人妖間的互動關係。

9. 金志淵著《「閱微草堂筆記」鬼神故事之研究》，民國九十二年（西元 2003 年）國立臺灣大學中國文學研究所碩士論文。內容探討故事中的人鬼互動情形與反映的思想。

10. 林允著《「聊齋誌異」鬼狐仙妖研究》，民國九十三年（西元 2004 年）國立彰化師範大學國文學系碩士論文。內容探討鬼狐仙妖與人之間的互動情形，與諷刺社會種種黑暗面。

11. 顏怡清著《「聊齋誌異」中「人靈結合」故事研究》，民國九十三年（西元 2004 年）南華大學文學研究所碩士論文。內容探討人與妖、鬼結合的故事，以及其敘述特點。

12. 葉又菁著《「子不語」鬼神故事研究》，民國九十五年（西元 2006 年）高雄師範大學回流中文碩士班碩士論文。內容探討故事中的神鬼世界與其反映社會的弊病與種種現象。

13. 吳俞嫻著《地方‧性別‧€記憶——「聊齋誌異」中的鬼魅考察》，民國九十六年（西元 2007 年）國立中央大學中國文學系碩士論文。內容探討從《楚辭》到是書「鬼」思想的演變，以及故事中反映的同性戀問題和女性意識。

14. 李康熙著《「聊齋志異」復仇故事研究》，民國九十四年（西元 2005 年）國立臺灣師範大學國文學系碩士論文。內容探討是書復仇故事的表現手法、人物形象及復仇意識。

15. 郭玉雯著《「聊齋誌異」中他界故事之研究》，民國六十九年（西元 1980 年）國立臺灣大學中國文學研究所碩士論文。內容討論他界故事的結構與與主題意識。

16. 鄧代芬著《「閱微草堂筆記」的陰間界域研究》，民國九十四年（西元 2005 年）雲林科技大學漢學資料整理研究所碩士論文。內容探討故事中人鬼互動情形、反應的佛道思想，及其諷刺社會與同情百姓的社會意義。

17. 陳韋君著《「閱微草堂筆記」情緣故事之研究》，民國九十二年（西元 2003 年）國立中興大學中國文學系碩士論文。內容探討故事中人與人之間、人鬼之間的愛情故事，及其反映貞孝觀念。

18. 陳品雁著《「聊齋誌異」婚戀故事研究》，民國九十五年（西元 2006年）國立東華大學中國語文學系碩士論文。內容以人與人、人與鬼相戀甚至結婚的故事為題材，探討其相戀方式與反映的情欲思想。

19. 劉麗萍著《「閱微草堂筆記」中的女性研究》，民國八十一年（西元1992 年）國立政治大學中國文學研究所碩士論文。內容討論故事中的女性角色、婚姻問題與行誼，並論其寫作技巧。

20. 吳聖青著《「閱微草堂筆記」與「子不語」中兩性關係研究》，民國八十九年（西元 2000 年）中國文化大學中國文學研究所碩士論文。內容探討兩部書與人與、人與異類的愛情故事，反映的貞節觀，以及對同性戀的態度。

21. 禹東完著《「聊齋志異」夢境與變形故事之研究》，民國七十五年（西元 1986 年）東海大學中國文學研究所碩士論文。是書是以夢境與變形的故事為題材，探討其神話結構、象徵手法。

22. 黃麗卿著《聊齋誌異「形變」研究》，民國九十四年（西元 2005 年）中國文化大學中國文學研究所博士論文。內容以哲學角度探討形變故事的意義與展現的精神。

23. 楊惠娟著《「聊齋志異」畸人故事及其喜劇精神》，民國八十年（西元1991 年）國立中央大學中國文學研究所碩士論文。內容以故事裡離經乖常，而為異於常人的「畸人」為探討題材，關常其喜劇精神與作者對生命的關懷態度。

24. 周正娟著《「聊齋誌異」婦女形象研究》，民國八十三年（西元 1994年）東海大學中國文學研究所碩士論文。內容探討女性形象、人際關係等問題。

25. 蔡怡君著《搜「人」記──「聊齋誌異」的「文人」探究》，民國八十六年（西元 1997 年）國立中央大學中國文學系碩士論文。內容探討是書中人的思想、人格特質，以及處於八股取士環境下的矛盾。

26. 劉惠華著《「聊齋志異」女性人物研究》，民國八十六年（西元 1997年）國立台灣大學中國文學系碩士論文。內容探討故事裡的女性形象、兩性關係等。

27. 林陳萍著《「聊齋誌異」婚戀故事中的士子形象》，民國八十九年（西元 2000 年）臺北市立師範學院應用語言文學研究所碩士論文。內容以婚姻戀事中的士子為研究目標，探討其形象愛情觀、婚姻觀與生活哲學。

28. 蘇靖媚著《「聊齋志異」僧道角色研究》，民國九十年（西元 2001 年）中國文化大學中國文學研究所碩士論文。內容介紹是書故事裡的僧道形象，及其批評科舉制度、嘲弄達官權貴、述說婚姻觀念、闡述善惡有報、說明人世如幻的道理等意義。

29. 藍慧茹著《從「聊齋志異」論蒲松齡的女性觀》，民國九十二年（西元 2003 年）國立彰化師範大學國文學系碩士論文。內容探討人與異類故事中的女性特質，及其價值觀。

30. 林慧咨著《「聊齋志異」諷刺性研究》，民國七十三年（西元 1984 年）輔仁大學中國文學研究所碩士論文。內容探討故事的諷刺手法與嘲諷科舉弊害、官場黑暗、社會道德淪喪及世人自大無知等情形。

31. 金仁喆著《「聊齋志異」之宿命論與果報觀研究》，民國七十七年（西元 1988 年）輔仁大學中國文學研究所碩士論文。內容探討故事反映的果報思想與宿命觀點。

32. 許玉薇著《明清文人的才女觀──以「西青散記」與賀雙卿為例之研究》，民國八十八年（西元 1999 年）暨南國際大學中國語文學系碩士論文。內容探討明清時期的才女觀點及其命運。

33. 陳郁秋著《「閱微草堂筆記」思想探究》，民國八十九年（西元 2000 年）東海大學中國文學系碩士論文。內容探討故事裡的官員形象、作者對科舉的建議與對理學的批判思想。

34. 陳湦瑗著《「閱微草堂筆記」傳統與現代思想流轉之研究》，民國九十三年（西元 2004 年）國立彰化師範大學國文學系碩士論文。內容探討是書寫作技巧，與反映的社會現象、價值觀與人權思想。

35. 吳淑雅著《「聊齋誌異」勸善懲惡之研究》民國九十五年（西元 2006 年）國立彰化師範大學國文學系碩士論文。內容以是書中具勸善懲惡的故事為題材，討論其表現手法與特色，並與蒲松齡之勸善懲惡做結合。

36. 楊雅文著《「聊齋誌異」果報故事研究》，民國九十五年（西元 2006 年）國立政治大學國文教學碩士學位班碩士論文。內容以及其敘事角度、敘事時間，敘事修辭等觀點，探討故事的果報思想。

（三）筆記之語言、敘事、寫作手法研究

1. 朴永鍾著《「聊齋志異」的再創作研究》，民國八十年（西元 1991 年）

國立臺灣大學中國文學研究所碩士論文。內容探討故事主題、情節與角色處理，及其互動關係。

2. 李翠蓮著《「笑林廣記」中的預設意念之研究》，民國八十四年（西元1995年）輔仁大學語言學系碩士論文。內容是從語言學角度來探討笑話的表現方式。

3. 李昌遠著《蒲松齡「聊齋誌異」精怪變化故事研究———一個「常與非常」的結構性思考》，民國八十五年（西元 1996 年）東海大學中國文學系碩士論文。作者以其指導教授李豐楙所歸納提出的「常與非常」觀點，對《聊齋誌異》中數量較多、藝術技巧亦頗為講究的精怪變化故事為探討題材，討論其創作動機、寫作手法與效果。

4. 黃巧倩著《「豆棚閒話」敘事藝術及其在白話短篇小說中的意義》，民國八十九年（西元2000年）國立暨南大學中國語文學系碩士論文。內容探討是書的敘事技巧與表現手法，與其在小說上的文學價值。

5. 郭蕙嵐著「聊齋誌異」的敘事技巧研究》，民國八十九年（西元 2000年）靜宜大學中國文學系碩士論文。內容探討故事敘事技巧，及其傳承性。

6. 柯玫妃著《蒲松齡「聊齋誌異」創作論之研究》，民國九十年（西元2001 年）國立高雄師範大學國文教學碩士班碩士論文。內容從情節安排、人物塑造、語言特色，史論形式等探討其創作技巧與價值。

7. 李淑齡著《「聊齋誌異」話本的敘述模式研究》，民國九十三年（西元2004 年）南華大學文學研究所碩士論文。內容以俄國民俗學家弗拉迪米爾‧普羅普的三十一種功能為分析方法，討論其故事情節，並探討說書與聽眾間互動的敘述美感。

8. 郭彧岑著《「閱微草堂筆記」敘事研究》，民國九十三年（西元2004年）南華大學文學研究所碩士論文。內容探討是書的主題思想、敘述特點與藝術風格。

9. 謝孟妍著《「聊齋志異」美學研究》，民國九十四年（西元2005年）中國文化大學中國文學研究所碩士論文。內容探討其主題、敘事、人物表現等美感。

10. 黃姝純著《「聊齋志異」末附「異史氏曰」的篇章研究》，民國九十五年（西元2006年）國立中山大學中國文學研究所碩士論文。內容探討篇末「異史氏曰」反映的果報思想與對社會的批判，並探討其用詞技巧。

（四）故事仿作、比較研究

1. 黑島千代著《「聊齋志異」與日本近代的短篇小說比較研究》，民國七十七年（西元 1988 年）中國文化大學中國文學研究所碩士論文。探討是書在日本被翻譯與流傳的情形，並探討其對日人石川鴻齋《夜窗鬼談》、太宰治〈清貧譚〉等作品的影響。

2. 吳聖青著《「閱微草堂筆記」與「子不語」中兩性關係研究》，民國八十九年（西元 2000 年）中國文化大學中國文學研究所碩士論文。探討二書社會背景、民情風俗、男女愛情與異類愛情故事的表現手法，及反映的貞節觀與愛情觀。

3. 黃子婷著《「聊齋志異」與「閱微草堂筆記」之仿擬作品研究》，民國九十年（西元 2001 年）國立政治大學中國文學系碩士論文。內容針對兩部作品的寫作動機、主題意識與文學技巧做比較。

4. 曾凱怡著《「聊齋誌異」與「閱微草堂筆記」狐精故事之敘事藝術研究》，民國九十三年（西元 2004 年）國立中山大學中國語文學系研究所碩士論文。內容比較兩書間的敘事焦點與人物塑造等方面的敘述特點。

（五）筆記之翻譯研究

1. 黃琪雯著《「聊齋誌異」詞彙翻譯研究》，民國九十一年（西元 2002 年）輔仁大學翻譯學研究所碩士論文。內容探討將《聊齋誌異》譯文法文的方法與時代意義。

2. 卓芳如著《俄國漢學家費施曼「閱微草堂筆記」研究之析論》，民國九十四年（西元 2005 年）國立嘉義大學中國文學系研究所碩士論文。內容研究俄國漢學家費施曼翻譯《閱微草堂筆記》作品的文學技巧，與此書和紀昀原著《閱微草堂筆記》之間的比較。

二、研討會、期刊之研究成果

以清人筆記為研究，發表於各刊物者，可歸納為三類研究方向。一是運用筆記中的資料，研究作者的文學理論，或筆記在考證的價值，或反映作者的思想，或探討作品意涵、或與現今他類作品互相比較、或流傳情形、或將該部筆記運用在其他功能上者。例如王師國良的〈明清笑話集在日本的流傳與影響〉〔註 163〕、〈程氏「笑林廣記」考論〉〔註 164〕、〈從「解慍編」到「廣

〔註 163〕見王國良撰：〈明清笑話集在日本的流傳與影響〉，（周賓、徐興無編《中國文學與文化的傳統及變革》，南京大學出版社），頁 249～254。

笑府」——談一部明刊笑話書的流傳與改編〉〔註 165〕，黃繼立的〈王士禛池北偶談「汾陽孔文谷天胤云：詩以達性，然須清遠爲尚」條考辨〉〔註 166〕，俞姒珉的〈論王韜《瀛壖雜志》之權力象徵與時代性〉〔註 167〕，葉俊慶的〈「笑林廣記」中的諧謔意義析論〉〔註 168〕，孫淑芳的〈王士禎「池北偶談」評介〉〔註 169〕，李福清的〈「聊齋志異」在俄國——阿列克謝耶夫與「聊齋志異」的翻譯和研究〉〔註 170〕，侯傑與曾秋雲合撰〈清人記憶中的澳門——以姚元之「竹葉亭雜記」的描寫中心〉〔註 171〕，吳俐雯的〈「堅瓠集」中歲時節令的探析〉〔註 172〕，劉淑娟的〈論「聊齋志異・商三官」之「女子復仇」主題與「小品」寫作模式〉〔註 173〕，錢延林的〈「聊齋志異」再上方寸〉〔註 174〕，高志成的〈紀昀多元觀點的現象解讀——以「閱微草堂筆記」爲例〉〔註 175〕，孫淑芳的〈雅俗共賞的聶小倩——從蒲松齡原著到徐克電

〔註 164〕見王國良撰：〈程氏「笑林廣記」考論〉，(《第二屆通俗文學與雅正文學全國學術研討會論文集》，2000 年 02 月），頁 335～360。

〔註 165〕見王國良撰：〈從「解慍編」到「廣笑府」——談一部明刊笑話書的流傳與改編〉，《漢學研究集刊》第六期，2008 年 06 月，頁 113～115＋117～128。

〔註 166〕見黃繼立撰〈王士禛池北偶談「汾陽孔文谷天胤云：詩以達性，然須清遠爲尚」條考辨〉，《文學新鑰》第 1 期，2003 年 07 月初版，頁 137＋139～158。

〔註 167〕見俞姒珉撰：〈論王韜「瀛壖雜志」之權力象徵與時代性〉，《國立中央大學人文學報》第 30 期，2006 年 12 月初版，頁 239～262。

〔註 168〕見葉俊慶撰：〈「笑林廣記」中的諧謔意義析論〉，《東方人文學誌》第五期第三卷，2006 年 09 月初版，頁 199～218。

〔註 169〕見孫淑芳撰：〈王士禎「池北偶談」評介〉，《僑光學報》第 20 期，2002 年 12 月初版，頁 1～28。是篇主要探討《池北偶談》的考證價值。

〔註 170〕見李福清（Boris Riftin）撰：〈「聊齋志異」在俄國——阿列克謝耶夫與「聊齋志異」的翻譯和研究〉，《漢學研究通訊》第 20 期第 4 卷，2001 年 11 月初版，頁 28～42。

〔註 171〕見侯傑、曾秋雲撰：〈清人記憶中的澳門——以姚元之「竹葉亭雜記」的描寫爲中心〉，《文化雜誌》第 59 期，2006 年夏季初版，頁 75～82。

〔註 172〕見吳俐雯撰：〈「堅瓠集」中歲時節令的探析〉，《東方人文學誌》第四期第三卷，2005 年 09 月初版，頁 193～213。

〔註 173〕見劉淑娟撰：〈論「聊齋志異・商三官」之「女子復仇」主題與「小品」寫作模式〉，《吳鳳學報》第 10 期，2002 年 05 月初版，頁 85～94。

〔註 174〕見錢延林撰：〈「聊齋志異」再上方寸〉，《中華原圖集郵協會會刊》第 9 期，2002 年 10 月初版，頁 43～45。

〔註 175〕見高志成撰：〈紀昀多元觀點的現象解讀——以「閱微草堂筆記」爲例〉，《國立臺中技術學院人文社會學報》第 5 期，2006 年 12 月初版，頁 19＋21～44＋47。

影〉〔註176〕，王秋文的〈姑妄言之姑聽之？——試論「閱微草堂筆記」的實證精神〉〔註177〕，張麗珠的〈紀昀反宋學的思想意義——以「四庫提要」與「閱微草堂筆記」爲觀察線索〉〔註178〕。

　　另一是介紹整部筆記的內容，並探討其價值者。例如黃東陽的〈清人俞蛟「夢厂雜著」初探〉，是篇介紹《夢厂雜著》刊刻情形與流傳狀況，並將內容選材分成風流閑筆、遊蹤訪勝、異人奇事、歷史事件等，有爲人立傳、批抨時風端正里俗的價值。〔註179〕

貳、論文預期目標

　　清人筆記不論在質或量上，均可謂集大成。但從上述前賢研究中發現，目前尚未有對清人筆記做系統性研究者。筆者嘗試搜羅清人筆記，力臻備全，並分析出這些筆記中的故事，將之整理分類，並以佔最多篇數的生活故事爲研究主題，希望能達到以下目標：

　　一、從清人筆記生活故事中的各類故事，觀其故事特色，與反映的社會現象、民情風俗與思想等。

　　二、針對清人筆記生活故事進行溯源，了解故事承襲歷朝與在現今的發展情形，並探討同型故事在中外流傳的變化與意義。

　　三、探討筆記故事在民間文學、歷史、民俗、人文上的意義與價值。

〔註176〕見孫淑芳撰：〈雅俗共賞的聶小倩——從蒲松齡原著到徐克電影〉，《僑光技術學院通觀洞識學報》第3期，2004年12月初版，頁1～10。
〔註177〕見王秋文撰：〈姑妄言之姑聽之？——試論「閱微草堂筆記」的實證精神〉，《國文天地》第二十期第六卷，2004年11月初版，頁61～65。
〔註178〕見張麗珠撰：〈紀昀反宋學的思想意義——以「四庫提要」與「閱微草堂筆記」爲觀察線索〉，《漢學研究》第二十期第一卷，2002年06月，頁253～276。
〔註179〕見黃東陽撰：〈清人俞蛟「夢厂雜著」初探〉，《國家圖書館館刊》第88期第2卷，1989年12月初版，頁227～238。

第二章　清人筆記之生活故事分類

　　本章將四千六百二十三則生活故事，依故事內容，分成婚姻、親子、道德、公案、詐騙與笑話等六類，每類則成一節，介紹如後。

第一節　婚姻故事

　　《禮記‧昏義第四十四》言：「昏禮者，禮之本也。將合二姓之好，上以事宗廟，下以繼后世，故君子重之。〔註1〕」《禮記‧中庸第三十一》亦說：「君子之道，造端乎夫婦。〔註2〕」婚姻不只是兩個人的結合，同時肩負廣蔭子嗣、承擔家業的使命。

　　從清人筆記生活故事可以看到時人藉由指腹、招贅、掠奪、買賣、抱養等方式締結婚姻，也有因特殊原因而成婚的情形。

壹、指腹婚（包括襁褓聯姻）

　　「指腹婚」是在母親懷孕時，雙方父母為之締結婚盟的婚姻形式。目前最早史料見於南朝宋范曄所著《後漢書‧馮岑賈列傳》，當時賈復作戰有功且受重傷，漢光武帝劉秀對他說：「聞其婦有孕，生女耶，我子娶之；生男耶，我女嫁之，不令其憂妻子也。〔註3〕」爾後，唐初李延壽之《南史‧列傳第四

〔註1〕見《禮記‧昏義第四十四》（見《十三經注疏》，台北，藝文印書館印行，頁999。

〔註2〕見《禮記‧中庸第三十一》（見《十三經注疏》，台北，藝文印書館印行，頁887。

〔註3〕見（宋）范曄著：《後漢書‧馮岑賈列傳第一》，北京：中華書局，頁665。

十八》載韋放：「初，放與吳郡張率皆有側室懷孕，因指爲婚姻。其後各產男女……（放）乃以息岐率女，又以女適率子。」〔註4〕

這種婚俗頗具爭議，宋代司馬光（西元1019～1086年）於《司馬光書儀‧卷三‧婚儀（上）‧婚》批評這種婚俗太過輕率，一旦男女長成，發現雙方條件差距甚遠，萌生悔意，往往讓親家變仇家，對簿公堂：

> 世俗好於襁褓童稚之時，輕許爲婚。亦有指腹爲婚者，及既長，或有無賴，或有惡疾，或家貧凍餒，或喪服相仍，或從官遠方，遂致棄信負約，訴獄致訟者多矣。先祖太尉書曰：「吾家男女，必俟既長議婚，既通書，不數月必成婚，故終身無此悔，乃子孫所當法也。
>
> 〔註5〕

元代以降，官方對指腹婚俗曾下禁令，《元史‧刑法志二‧戶婚》載：「諸男女議婚，有以指腹割衿〔註6〕爲定者，禁之。〔註7〕」

至清，康熙年間《上蔡縣志》載：清康熙二十五年，皇帝因見此種締婚方式「既無六禮，又無昏書，兩家毫無憑據，至於年深日久，每以炎涼起見，或有先富後貧，始定而終悔者，或有冒執希圖詎騙者，皆因婚書不立，遂致彼此混賴。」而「刊示永禁」〔註8〕。另，《大清律例‧戶律‧婚姻‧男女婚姻》條載：「男女婚姻，各有其時，或有指腹割衫襟爲親者，並行禁止。〔註9〕」但民間以此成婚者，例不繁載，也衍化出與之相關聯的「襁褓聯姻」〔註10〕。只是，隨著時空轉移，各有際遇，當男女長成，論及婚嫁，往往會考量現實因素而有所改變。

同治年間的樂鈞，在《里乘‧卷六‧指腹爲婚》故事裡寫了一樁因愛富嫌貧而悔指腹婚約的故事：有對姐妹感情很好，兩人懷孕時，互相指腹爲婚，

〔註4〕 見（唐）李延壽著：《南史‧列傳第四十八》，北京：中華書局，頁1431。

〔註5〕 見（宋）司馬光著：《司馬光書儀‧卷三‧婚儀（上）‧婚》之小字註（見《叢書集成初編》，北京中華書局）頁27。

〔註6〕 「指腹割襟」：係因有些地方男女兩家一旦指腹爲婚，兩方懷孕的妻子要分別割下自己的衣襟送給對方爲憑證信物，故稱之。

〔註7〕 見（明）宋濂等撰：《元史‧刑法志三‧戶婚》（北京：中華書局），頁2642。

〔註8〕 見（清）楊廷望纂修：《上蔡縣志‧輿地志‧風俗》（中國地方文獻學會據清康熙二十九年刊本印行），頁123。

〔註9〕 見（清）沈之奇撰，李俊等點校：《大清律輯註（上）‧大清律集解附例卷之六‧婚姻‧男女婚姻》，北京：法律出版社，頁255。

〔註10〕 襁褓聯姻是門戶相當的兩家，在冰人牽線下，男具紅柬送女家，「敬求金諾」，女則以紅柬回應「惟命是從」，換柬完畢後，藏帖於篋中，即爲定親。

後來姐姐的丈夫因仇家牽訟，家道中落，抑鬱而死，妹妹與妹夫暗謀悔約，將女兒改嫁富家子。姊姊雖知卻不敢多言，只是看到姪女時，即忍不住潸然落淚，姪女察覺姨母神情有異，再三請問原由，姐姐不得已說出實情，於是姪女想出──「假未婚生子以逼父母成全婚姻」的辦法，最後由縣官出面作主，讓這對聘定夫妻結爲連理：

> 池陽有姐妹，幼相親愛者，既嫁，各有娠，指腹約曰：「均是男也女也則已，脫一雌一雄，當締姻好。」既產，姐雄而妹雌，大喜，各申舊約，南山不移矣。無何，姐夫爲仇家牽訟，產業蕩然，抑鬱而卒。姐無以自存，嘗攜子往依妹。妹夫某乙憎姊貧，某與妹諱其前說，以女字同邑富家兒，嫁有日矣，而女實不知有舊約也。妹使姐爲女作嫁衣，姐知妹負約而不敢言，對女時潸潸淚下。女察知有異，叩之曰：「姨當爲兒喜，何哀之甚也？敢請其說。」姐第搖首而不肯言。女固叩問之，乃拭淚喟然曰：「兒不知耶？兒固吾子婦也。今已矣，夫復何言？」女聞之大驚，窮詰得其巔末。沉吟久之，曰：「噫！我知之矣。姨詰朝須托故暫回家摒擋，倘父母使人招之，固辭以疾，俟兒自來姨家再作計較。」姐如女言，詰朝與妹別，堅定三日必返。妹以女嫁期迫，須姊代爲理妝，三日不至，疊使人招之，俱辭以疾，固招不至。女乘間曰：「阿姨素憐愛兒，非兒自往招之不可。」亟懷金而往，訪知近村有貧婦新分娩，女以錢十千付姨，悄往說貧婦，願假嬰兒代哺一月。女計父必自來督趣，令姨閉門以待。姐以女連日不歸，果使乙自往趣之。乙至叩門，逾時始開，亟問姐曰：「吾女何在？」姐笑以手反指曰：「坐床者非耶？」乙至房中，見女蓬首擁被坐床上，解衣哺兒乳，見父故作羞縮狀。富家聞而恥之，亟請媒退婚索還聘物。貧婦自往索兒，女固靳不肯還貧婦益怒，亟鳴鼓訴於官。官拘女至，女乃泣陳所以。官叱乙曰：「汝以一女而字二夫，罪不容逭。此誠快婿，亟歸，好助奩資爲二人合巹，以贖汝過。」

〔註11〕

倘遇天災或兵亂，百姓倉惶逃命，往往自顧不暇，此時家人極容易走失。有些家庭，與子女逃難時分散，亂平又無處尋覓，爲了完成昔年的指腹婚

〔註11〕見（清）樂鈞著：《里乘·卷六·指腹爲婚》，頁158。

諾，父母親只好另謀他人來頂替。俞樾在《右臺仙館筆記卷二》裡說：某
翁生有一子，與鄰村某氏聯姻，後因兵亂，某翁父子失散，他遂到外地經
商，途中收養一名與親生子年紀相當的男童。數年後，某氏修書提起昔年
婚盟之事，某翁考量有養子可代，即與某氏議訂婚期，並帶養子返鄉租屋，
準備迎娶。就在此時，某翁失散已久的親生子突然回來，因找不到家人，
於是前往岳家一探究竟，岳父聽完他的自我介紹後，十分驚訝，便將他帶
到某翁租所，可是某翁不敢與己子相認，謊稱是兄長之子。但岳家暗中查
訪，得知此子才是真女婿，即表示只肯將女兒嫁給他。某翁的養子知情後，
身懷利刃來到某氏住處，以刃逼婚，某氏連忙答應讓他娶自己的女兒，但
養子要求當夜就要成親，危急之時，某氏妻想出新娘掉包的妙計，使締結
婚盟的男女終成夫妻：

> 金陵鄉間有某翁者，生一子，與鄰村某氏聯姻。兵亂，失其子。翁
> 故為行賈，因轉徙四方，收得一小兒，與其子年相若也，遂子之，
> 而即名以子之名。及金陵收復，翁仍行賈於外，而某氏則已歸矣。
> 以女年長，將遣嫁，訪得某翁所在，貽書告之。翁思己子雖失，幸
> 有養子，可以贋代真也，乃作復書，訂以是年夏秋間攜子而歸。及
> 期果至，而故居無存，乃賃屋為娶婦計。娶有日矣，翁之子忽歸，
> 歸而不得其家，乃至鄰村，要翁婦之門而求見。婦翁大駭，因親送
> 至某翁家。子見父母，牽衣慟哭。翁欲不認，則真其子也；欲認之，
> 又礙有婦翁在，乃曰：「此吾兄子，非吾子也。自幼失散，彼記憶不
> 真耳。」婦翁歸而疑焉，旋偵訪得實，乃使媒氏告曰：「原聘者吾婿
> 也，他人子安得婿吾女！」養子知事且不諧，於人定後，懷刃出門，
> 突入婦翁之家。婦翁出，因左手把其袖，而右手以刃擬之曰：「爾女
> 不我嫁，吾先殺爾及爾女，歸殺婿，吾亦自殺，四人同日死矣！」
> 婦翁見事急，請如期。曰：「不能待矣，事在今夕。」婦翁曰：「然
> 則當釋吾入內，略為小女治裝，子姑小坐。」婦翁既入，謀集健僕
> 縛而送之歸。其妻曰：「非計也，如此彼不愈恨乎？吾婿吾女終必死
> 其手。」妻曰：「彼有假子，吾何妨有假女？」乃潛自後戶送其女至
> 其叔父家，而飾一婢居青廬中，招婿入行禮。即成婚，乃語之曰：「汝
> 不告而成婚，汝父必怒，毋遽言歸，請留此滿月何如？」喜曰諾。
> 婦翁使某氏告某翁曰：「爾子已婿吾女矣，爾尚有兄之子，吾亦有弟

之女，再以相配可乎？」翁亦喻其意，使其子爲贅婿于女之叔父之
家。〔註12〕

考量現實利益而悔約的父母有之，但信守承諾、不輕落魄女婿的親家則受人
稱許。事可見於《小豆棚·卷一·張氏》，故事裡的乞丐單廷璣，單某流浪四
十年，意外遇到其幼年聘訂的岳家，其未婚妻堅持守志不嫁，岳父也不嫌棄
女婿是名乞丐，幫他安排工作，還讓他與女兒完婚：

> 單廷璣，順天人，幼即爲丐。年四十，轉徙而丐於江南蕪湖。日乞
> 食，夜枕藉人家屋檐下。夜寒甚，見一人提燈導一老者過其前……
> 翁憐而呼入門，止於旁舍，啖以粥，令寄宿。主人去，僕亦去，單
> 出行其庭而伺焉。僕出見之曰：「鼠偷！將欲暗中摸索耶？」主人出，
> 呼單曰：「吾恤爾寒，與汝舍，憐汝饑，與汝粥，何忘恩而背德？」
> 單曰：「丐感翁德，反盜翁物？丐雖不齒，丐不爲也，丐固無行，試
> 問貴爪牙，我竊安在？是誣也，翁惡乎聽？」翁曰：「是奴亦給於口。
> 汝年強，奚爲丐？」單曰：「丐五歲丐，至今心目間無非是丐，故丐
> 之外未嘗設想也。」翁問姓氏，曰：「單姓，名廷璣，京中人。」翁
> 曰：「爾父何業？」「幼不悉記，但知開銀號於某胡同，父死時業罄，
> 戚族無一人，乃爲王氏奴，爲假子，又見棄，遂爲丐。」翁點首曰：
> 「汝即單廷璣乎？汝知我爲汝翁，汝爲我婿乎？」單曰：「不知也。」
> 翁曰：「我姓張，關吏也，昔奉使令解銀入都，道被竊，銀不兌，無
> 可計，覓死所，遇汝父慨贈四百金，得竣事歸。三年復入都，訪汝
> 父時，汝已二歲，我女亦二歲，遂與訂婚姻。後四年又進京，則汝
> 父死，遍問汝，僉曰：『單貫非土著，比死則散，無可訪問。數十年
> 來音耗歇絕，然吾女爲汝守貞至今，寧知汝流離若此也？』單喜，
> 拜翁敘舅禮焉。初，翁最愛女，爲訪單，女乃守至不二，且不弓其
> 足，以示其貞。至是，始贅單而女年四十矣。嘗問單何能？單告翁
> 曰：「惟善走，南北道頗熟也，懂得些滿洲話。」翁笑置之。會關都
> 某欲接官眷，將遴一幹事者，長以其婿對。入見，關督悅，即命遣
> 發。單歸謂其妻曰：「泰山汲引我所事，我意非徒效奔走也。京師官
> 眷初來南地，誠能趁此機會於道中迎奉之，他事可圖也。耐乏資何？」
> 婦曰：：「當竭力辦。」乃出其蓄數百金付單。一路解資承奉，能使

〔註12〕見（清）俞樾著：《右臺仙館筆記·卷二》（濟南：齊魯書社），頁32～33。

> 上下男女盡得歡心。夫人大喜，抵署，盛稱廷璣能，督即命單代張
> 之關吏。爲吏三年，復爲艖，積萬金，遂報捐通判。〔註13〕

張翁不以丐婿爲辱，又提拔他，可謂知恩之人。而單廷璣雖爲乞丐，但其父
生前解人之危，無形中已留「德」與廷璣，使他在遇見岳父後，改變人生際
遇，兩家德義之行，足爲人品典範。

　　正因指腹婚從許諾到履諾，至少相隔十餘年以上，雙方人事變遷，各奔
東西，履諾不易，也因此，這些已聘訂的青年男女，能信守當年父母許下的
婚諾，縱然歷經多重考驗，堅持要找到對方才肯婚嫁的，更顯情義堅貞。山
陰俞蛟（西元 1751～?年）所著《夢厂雜著・義夫貞婦傳》，故事裡的兩名官
人程勳與劉登庸，在北京相識，互替襁褓中的子女聯姻，爾後兩人分開，劉
登庸臨終前告訴女兒，早年已替她聘訂婚約，其夫婿是淮南程允元，劉女謹
記父言，不肯再嫁，委身尼姑庵，潔身自持。程允元也時時打探劉女下落，
不思再娶。直到年屆耳順之齡，程允元終於找到劉女，結爲夫妻，劉女還以
六十高齡懷孕生子：

> 程允元，字孝思，世爲淮南望族，父勳著，運艖莢於維揚，遊京師。
> 北平平谷人劉登庸選銓曹，邂逅逆旅，締爲婚姻……劉除河東蒲州
> 守，六旬無子，臨終謂女曰：「淮南程允元，汝婿也。父母之命，媒
> 妁之言，當謹誌之。」卒後，女扶柩歸葬。勳著自劉抵任後，亦數
> 年物故。孝思服闋，正擬赴晉，聞外父卒，遂直趨平谷，訪其鄉。
> 鄰曰：「女葬親後，不知何之。」程以蕭條行李走數千里道，會逢俠
> 客贈以貲裝，得遂巡南返。先是劉居官清介，故卒後囊無餘資，女
> 以針黹度日，求婚者踵接於門。女有姑母，出家津門接引庵爲尼，
> 潛往依之。由是深藏密室，朝夕默祝冀一見程生，死不憾。而孝思
> 自落拓歸家，或有勸其別求匹偶，孝思愀然曰：「劉女存亡未卜，亡
> 則已耳；脫其尚存，守貞待字，棄之不祥。」獨處幾三十年，年且
> 五十，簞藿不充，課蒙於漕舫。與旗丁某登岸入茶肆，適有語劉女
> 事者，諦聽之，得其詳，遂詣庵求見。老尼爲陳顛末，尼轉述於女，
> 女曰：「桃夭梅實，所貴及時，衰年締花燭，聞者恥冷矣，三生緣薄，
> 夫復何言？」程要之再三，終不允。遂籲訴邑宰……反覆勸諭，責

〔註13〕見（清）曾衍東著：《小豆棚・卷一・張氏》《小豆棚・卷一・張氏》，頁 21
～22。

以大義。次日，延女進署，與程合巹。故兩人年皆五十有七。相傳
婦人五十而信水絕，今劉女六旬而孕，豈彼蒼賞善，必曲為周旋，
有加無以，以為世勸乎？〔註14〕

指腹婚因時空轉移，履諾上較有變化，但從中也更能看到人情世態。

貳、搶婚

　　搶婚，也稱掠奪婚、搶劫婚，是起源於母系氏族社會走向父系氏族社會
過度時期的婚姻締結方式，這種婚姻結合，沒有婚書也不備禮，行動上是強
迫行事，男方用暴力掠奪女子為婚，甚至掠奪成功者，還有妻子被他人再搶
的現象。史料之載見於李延壽《北史‧列傳第十九‧高允》，高昂之兄乾，欲
與崔家結親，崔某不允，昂與前即往劫婚並野合：

　　　昂兄乾求博陵崔聖念女為婚，崔不許，昂與兄往劫之，置女村外，
　　謂兄曰：「何不行禮？」於是野合而歸。〔註15〕

社會日益文明後，這種婚俗仍舊存在，但有些已是出自雙方自願，雙方會先
明定搶親日期，搶是假，以搶為名，實現男女結合才是真。清代生活故事裡，
就行動而言，可分「真搶」與「假搶」。

　　趙翼（西元 1727～1814 年）在《陔餘叢談‧卷三十一‧劫婚》裡言：「村
有婚姻議財不諧，而糾眾劫女成婚者，謂之搶親。〔註16〕」《香飲樓賓談‧卷
一‧搶親》篇裡，故事的其背景即來自原有婚盟的兩親家，因男方貧困，女
方家長欲毀婚約，女子遂想出「搶婚」方法，希望能與聘訂丈夫廝守終身，
不料陰錯陽差，男方搶回的竟是一名僧人。在僧人資助下，讓有情人終成眷
屬：

　　　女謂夫曰：「我有姑嫁某村，獨居於室，請於某日往，留宿其家，君
　　於昏夜劫我，歸即成禮，父母知之，亦無如何。（夫）諾之……率多
　　人架舟至某村，俟人靜後劫之。女至姑家欲宿，姑與鄰寺僧有私，
　　執不允，女無奈而返。抵暮，僧適至，姑方與解衣就寢，聞剝喙聲
　　甚急，起視之，忽多人蠭擁而進，徑入臥室，見衾中似有人踡縮狀，

〔註14〕見（清）俞蛟著：《夢厂雜著‧春明叢說‧義夫貞婦傳》（見「筆」十編八冊），
　　　頁 4786～4787。
〔註15〕見（唐）李延壽著：《北史‧列傳第十九‧高允》（北京：中華書局），頁 1145。
〔註16〕見（清）趙翼著：《陔餘叢談‧卷三十一‧劫婚》（河北：河北人民出版社），
　　　頁 620～621。

謂必女，裹以衾，令其夫負之去。至舟啟視，則龐然一僧也，皆大
駭。〔註17〕

這則民間故事，在光緒年間，被江蘇的采蘅子收錄在《蟲鳴漫錄卷一》中，
情節有所改變，「搶婚」者是當地豪強，孰料其計已被女主角識破，讓他搶回
空轎，惱羞成怒的他，以為女主角躲入親友家，於是再到其親友家搶一次，
等到發現搶回的是名僧人時，已為時晚矣，女主角早一步來到原先聘定的夫
家，與丈夫成婚：

> 村氓女受二十里外民家聘，俟有武生某，家故豪，結群不逞，往來
> 生事，無敢忤者，聞女美，以重金強聘之，女父母貪賄允焉。女不
> 可，密乞鄰媼通於夫家，促定吉期於數日內，父母雖心弗善，無辭
> 以覆，姑許之，而急達武生，命劫於中途……女覺之，語異者曰：
> 「我今夕于歸不成矣俟我潛匿暗處，俾劫空輿去，或暫免辱。」女
> 遂登往堂謁舅姑，舅姑大喜，即夕成合巹之禮。武生劫輿至家，啟
> 視無人，恚甚，意女有寡姑，住近劫輿地，必往潛匿。邀集群小執
> 械往奪，姑方與僧通，意必鄰人知其與僧而來捕，惶遽無措，將僧
> 藏櫝中加鎖鑰焉。武生入室遍搜無獲，試舉櫝知有人，持之而去。
> 至家……怒持梃向櫝大叱曰：「賤婢不願富貴，甘心從田舍
> 郎？……」且叱且擊，用力過猛，櫝破而寂然無聲，秉燭視之，赫
> 一僧腦裂斃矣。〔註18〕

有的人利用「搶親」奪得原聘之妻，卻因不是兩廂情願，最後事情仍告吹
的。徐珂（西元 1869～1928 年）在《清稗類鈔（五）・婚姻類・劫婚》中
說，蘇人某原意屬友人的兒子王七為女婿，孰料長大後的王七變成浪蕩子，
蘇人某將女兒另許他人，王七得知後，心有不甘，在女子出嫁當天，他帶
著一群無賴少年劫女而歸，女子不願嫁給王七，上吊自盡，雖被救回，轉
而絕食求死。地方官知此事後，以劫婚非禮、雖有婚姻之議卻無實質證據，
女子又誓死不從為由，判定岳家出資五十銀作為王七將來娶親費用，王七
也不得再爭此女：

> 蘇州葑門內有王七者，與富仁坊巷某姓有連，父卒後，某姓撫育之，
> 視猶子也。婦有一女，與年相若，初意即以為婿，即王年長，則一

〔註17〕見（清）陸長春著：《香飲樓賓談・卷一・搶親》（見「筆」正編四冊），頁 2643。
〔註18〕見（清）采蘅子著：《蟲鳴漫錄卷一》，頁 3692～3693。

流蕩子也，婦乃悔前議，許嫁其女於骨門外某生。娶有日矣，王聞之，糾合無賴少年十餘輩劫其女歸。女至王家，閉門號泣，雉經矣。破門入，救之，復甦。女遂絕食求死。事聞於官，官以王劫婚，非禮也，諭之曰：「汝謂某姓先曾有婚姻之議，然空言無實據。女既誓死不汝從，汝又何愛焉？」乃判某姓婦以銀幣五十畀王……女則歸之某生。〔註19〕

「假搶」的搶婚，已不同於原始的掠奪婚，它是透過搶奪婚姻的行為以完成婚姻締結的本意，通常是為了解決無力娶親的窘境。《清稗類鈔（五）・婚姻類・劫婚》記載杭州的張阿福，自幼與王家有婚約，可是家境貧困，年至三十仍無力娶妻，女方頻頻托媒婆催婚，但媒婆說，男方實在沒有錢下聘，女方母親想出「假搶完婚」辦法讓他們成親：

張阿福，自幼聘王氏女為妻，年三十矣，貧不能娶。女亦年二十有七，其母屢託媒媼趣阿福婚。媼曰：「彼貧，奈何？」母曰：「彼無婚費，我亦無嫁資，無已，其搶親乎？」——阿福大喜，乃期於偶日糾眾劫女去，母故招集比鄰至，張氏奪女，則合卺已畢，賀客盈門矣。〔註20〕

原始掠奪的結婚習俗，至清則成了貧困人家為省去聘禮與宴請的另一種解套方式。

參、買賣婚

買賣婚姻即是將女性視為物品交易的婚姻。原始的買賣婚，起因女子出嫁造成女方家族少了一勞動力的損失，男方為「購買」妻子，必須向女方付出一定數量的牲畜或錢財，漸漸的才衍變出文明的六禮婚俗。在清代，還是有此婚俗，見於《清稗類鈔・婚姻類・八寨苗以牛行聘》條所載：

貴州八寨苗為黑苗類，近寨置空舍，男女未婚者群聚唱歌其中，情洽，即以牛行聘。女嫁一二日即歸女家，仍向婿索錢，曰鬼頭錢，不得則另嫁。〔註21〕

〔註19〕見（清）徐珂著：《清稗類鈔（五）・婚姻類・劫婚》（北京：中華書局），頁2099～2100。

〔註20〕見（清）徐珂著：《清稗類鈔（五）・婚姻類・劫婚》，頁2099。

〔註21〕見（清）徐珂著：《清稗類鈔・婚姻類・八寨苗以牛行聘》，頁2017。

具代表性的買賣婚故事，是發生於康熙年的「標銀售婦」，見於《清稗類鈔·婚姻類·夫妻老少之互易》：

> 康熙時，總兵王輔臣叛，所過擄掠，得婦女，不問老少妍媸，悉貯之布囊，四金一人，任人收買。三原民米某年二十未娶，獨以銀五兩詣營，以一兩賄主者，冀獲佳麗。主者導入營，令自擇……負之以行，至逆旅啟視，則蒼然一老嫗也，年近七旬。悔恨無及。無何，一斑白叟控黑衛，載一好女子來投宿，扶女子，繫衛於槽，叟自述劉姓，年六十七，昨以銀四兩自營中買得一囊人，意得甚，拉米過市飲酒，米從之去。嫗俟其去遠，踆踆至西舍，啟簾入，女方掩面泣。嫗嘆曰：「是造化小兒，顛倒眾生，不可思議矣。老身老而不死，遭此離亂，且不端窘一少年，亦何忍！爾家老翁龍鍾之態，正與老身年相當，況老夫少妻，未必便利。彼二人一喜一悶，不醉無歸，我二人盍易地而寢。明日五更，汝與少年郎早起速行。」二更後，叟與米皆醉歸，奔走勞苦，亦各就枕。三更後，米夢中聞叩戶聲，披衣啟視，則嫗也。米訝曰：「汝何往？」嫗止之，令勿聲，旋入室告之。米且驚且喜，因揭衾促女起，囑之再四，米與女泣拜，即以青紗障女面，扶之出店。翌日，叟見嫗，大驚，詰知其故，拳之，嫗亦不稍讓，叟欲策蹇追之，居停曰：「彼得少艾而遁，豈復遵大路以俟爾追耶？汝苟自知而安分，載媼以歸，老夫老妻，正好度日，勿生妄念也。」叟癡立移時，氣漸平，遂與俱去。〔註22〕

這種付費後，令男方自擇的買賣婚姻方式，對女性極不尊重。

　　從買賣婚中延生發展出來的，還有一種「典妻婚」。典妻婚或稱「典妻」、「典婚」、「承典婚」，是以典雇方式來確立暫時性的夫妻關係，典雇契約是通過金錢交易。這種婚俗，在魏晉南北朝已見，蕭子顯（西元487～537年）所著《南齊書·王敬則傳》載王子良奏書中寫：

> 建元初狡虜游魂，軍用殷廣。浙東五郡，丁稅一千，乃有質妻賣兒，以充此限。〔註23〕

到宋朝時很普遍，南宋李燾（西元1115～1184年）編《續資治通鑑長編》載，

〔註22〕 見（清）徐珂著：《清稗類鈔（五）·婚姻類·夫妻老少之互易》，頁2041。

〔註23〕 見（梁）蕭子顯著：《南齊書·列傳第七·王敬則》（北京：中華書局），頁482～483。

熙寧七年（西元 1075 年）因為旱災、蝗災頻仍，「百姓質妻賣女，父子不保。
〔註24〕」元祐元年（西元 1086 年），蘇軾在一奏摺中寫道：「二十年間，因欠
苗至賣田宅雇妻女者，……不可勝數。」元代忽必烈於至元十五年（西元 1278
年）初定江南時，因看到典妻婚帶來的問題，於是下了禁令，《元典章·五十
七典》載此此婚俗後遺症：「輕則添財再典，甚則指以逃亡，或有情不能相捨，
因而殺傷人命者有之。」……所以，「遍行禁治」。明代也同樣明文禁止，《明
律·戶律》規定：「凡將妻妾受財典雇與人為妻者，杖八十；典雇女者，杖六
十；婦女不坐。若將妻妾妄作姐妹嫁人者，杖一百，妻妾杖八十，知而典娶
者，各與同罪，並離異，財禮入官。」《大清律例》亦規定：「將妻妾典雇與
人為妻妾者，杖八十。」

　　儘管歷代官方下了禁令，迫於種種因素，此風仍盛存民間。趙翼（西元
1727～1814 年）在《簷曝雜記·卷四·甘省陋俗》篇寫道：

> 其有不能娶而望子者，則僦他人妻，立券書期限；或二年，或三年，
> 或以得子為限。過期則原夫促回，不能一日留也。客遊其地者，亦
> 僦以消旅況。立券書限，即宿其夫之家。限內客至，其夫輒避去。
> 限外，無論夫不許，即其妻素與客最篤者，亦堅拒不納。欲續好，
> 則更出僦價乃可。〔註25〕

丁克柔（西元 1840～1897 年）在《柳弧·卷三·富貴無子》中，寫一名官人
為求子嗣，想與多子女的漁夫換妻，借婦生子，漁夫貪圖厚利應允。但春宵
一度過後，妻妾皆不願繼續跟對方相處，各自歸還其家。官人的妾與漁夫發
生關係後，果然產下一子，雖與自己無任何血緣關係，官人竟如獲珍寶般視
為掌上明珠，只是終究非己骨肉，當發現孩子的言行舉止均酷似漁人時，官
人震怒之餘，居然把孩子踢死了：

> 宦人某貴而大富，星相家決其無子，廣置妾媵，瑋弄渺然。一日，
> 攜眷泊舟於某處，見有漁婦姿首明潔，年方少艾，舟中多子女。宦
> 者呼漁人詢之，答曰：「妻也。」問賣否？漁人以為戲也，笑應之。
> 宦正色曰：「不然，余大富貴，惟無子，余姬妾甚多，皆不如爾妻之
> 多子女，余願以美妾某易爾妻，并贈耳多金，爾可從此不漁矣。爾

〔註24〕見（宋）李燾著：《續資治通鑑長編（十）·卷二百五十二·神宗熙寧七年》（北
　　　　京：中華書局），頁 6154。
〔註25〕見（清）趙翼著：《簷曝雜記·卷四·甘省陋俗》（北京：中華書局），頁 76。

妻得其所，爾得金，余得子，一舉而三善，備何不利爲？」漁人歸
謀諸婦，宦謀諸妾皆強而後可。漁得金數百，乃互易之，是夕，彼
此構精焉。詎料，此妾與漁人春風一度，遂有孕，彌月生一子，宦
者喜甚。子年八歲，人無知者。一日，宦者觴客，忽其子以衣爲網
以繩爲綱，在客前擲衣如灑網狀，座客有無意戲言者曰：「此漁人子
也。」宦中其隱，又醉後，怒麾踏之，子遂死。〔註26〕

典妻婚是極不尊重女性人權的作爲，被丈夫變賣的妻子，多數是極不願意的，
但在丈夫「曉以大義」下，只得屈從。俞樾在《右臺仙館筆記卷四》中說，
寧波地區，有名因饑貧而被丈夫變賣的妻子，在丈夫一句：「婦人失節固是大
事，然使母餓死事更大矣。」她只得答應了。後來知道返家時間遙遙無期，
選擇自盡：

> 寧波鄉間，有唐某者，以采樵爲業，一母一妻，以捆屨織席佐之，
> 而常苦不給。值歲歉，饔飧缺焉，聞鄰村有王姓者無子，欲典人妻
> 以生子。唐謀於母，將以妻典焉。妻不可。唐曰：「婦人失節固是大
> 事，然使母餓死事更大矣。」婦乃諾之。典於王，以一年爲期。而
> 婦有姿，王將典契中一字改爲十字，唐不能爭。婦告眾曰：「吾隱忍
> 爲此者，以爲日無多而可以活姑與夫之命也。若遲至十年，吾行且
> 就木矣，其奚贖焉。」乃投水死。〔註27〕

「典妻」在清代出現的情形，多是因一方圖財、一方想借婦生子。

清代極重視夫權，加上長久以來，傳統家庭教育的訓條，女性被定位爲
丈夫（夫家）的財產，或賣或典，身不由己，有時還得面臨丈夫與友人易妻
尋歡的窘境。在《耳食錄・二編》裡說道，甲、乙兩人是好朋友，乙妻美姿
儀，甲趁友人不在，到乙家偷情，一回被乙捉到，甲便跟他商量：「若不深責，
願意荊婦薦枕席，易內而處，亦猶行古之道也。」乙於是答應不追究，甲無
以謝乙，儘管甲婦不肯，仍強逼她答應。〔註28〕處於社會弱勢的女性，無法
抗拒夫權的種種不合禮，其心聲也不易獲得共鳴認同，無疑是禮教環境的犧
牲品。

〔註26〕見（清）丁克柔著：《柳弧・卷三・富貴無子》，頁128。

〔註27〕見（清）俞樾：《右臺仙館筆記卷四》，頁80～81。

〔註28〕見（清）樂鈞著：《耳食錄・二編・卷六・易內》，頁227。

肆、招贅婚

　　「招贅婚」也稱「倒插門」、「入贅上門」，是由男子出「嫁」到女方家中為婿的婚姻，始於家庭組織步入一夫一妻制時，男方家庭貧無以娶妻，只好讓男子質身妻家，任勞役。秦漢時期，贅婿地位很低，若有戰事，即被政府列為首先遣送邊地擔任戍衛兵卒的對象。但是到了宋代，走向小家庭制，有女無子的人家，反而千方百計替女兒選一名佳婿以繼承家業，「贅婿補代」的責任，讓他們變成女方家中極重要的成員，受到高度尊重。至清代，招贅婚通常出現於兩種情形，見陝西《洛川縣志》：

> 富裕之家，子死不願媳婦改嫁，而為之招夫；有女無子，為之招婿，
> 以婿作子。〔註29〕

以婿作子，最容易發生爭奪家產的情形。多數贅婿入贅時，滿心以為女方家產均為己有，孰料岳丈突然有嗣，有的贅婿選擇移尸謀財，有的索幸與妻子、穩婆等串通，殘殺新生兒，斷絕岳家命脈，例見《子不語‧卷八‧石灰窯雷》：

> 某翁家頗小康，無子有二女，贅婿相依。翁販穀粵西，買妾歸，婦
> 有孕矣。其次女夫婦私議，若得男，吾輩豈能分翁家財，乃陽於妾
> 厚，而陰設計害之。及分娩得男，落地死，翁大恨，以為命不宜子，
> 不知乃次女賄穩婆，扼吭絕之也。翁痛不已，解衣裹死兒瘞之後圃。
> 次女與穩婆心猶未安，往啓視之，忽霹靂一聲，女斃而死兒甦矣，
> 穩婆亦焦爛猶未死。〔註30〕

不過，並不是所有的贅婿都居心不良，陸長春在《香飲樓賓談‧卷二‧泰州冤獄》裡寫一名寡婦，獨自扶養女兒長大成人，替女兒招婿，婚後，夫妻倆對老婦人十分孝順，補代招贅原營造美滿家庭，能讓老婦頤養天年。詎料，寡婦的弟弟覬覦其家產，在其姊被盜殺害時，堅稱是甥女及其婿所為，夫妻倆受不了嚴刑逼供，只得誣服：

> 泰州某媼，家小康。夫死，遺一女。年及笄，贅婿於家。女夫婦事
> 媼甚謹，里黨無閒言。媼有弟，飲博無賴，常稱貸於媼，媼與女皆
> 扁遇之。一日，女早起，見母室雙扉豁然，呼之不應，入視之，則

〔註29〕見余正東主修、黎錦熙總纂：《洛川縣志‧卷十五‧贅婚──俗「招親」》（見
　　　　《中國地方志叢書》，成文出版社），頁512。
〔註30〕見（清）袁枚著：《新齊諧──子不語‧卷八‧石灰窯雷》，頁154。

> 母為人殺死，血流滿地，駭極而號，急呼婿告鄰里，共來審視，不
> 知何人所戕也。媼弟適至，素嫌女，且覬其資，遂指為女夫婦所殺，
> 鳴之官。以嚴刑訊之，遂誣服。……鄰里咸知其冤，然畏媼弟攀陷，
> 莫敢伸訴也。逾六年，合縣獲盜，招承此案，盜曰：「初入室，欲行
> 劫，為媼所執不能脫，遂刃之。」〔註31〕

招贅婚姻最易出現的問題，不是入贅女婿覬覦家產，心謀不軌，就是因其為
贅婿身分，表面上是女方家的兒子，卻很難使親族信服，而產生財產上的糾
紛，不論何者，都可能鬧上公堂，甚至賠上性命。

伍、童養媳婚

清人鄭燮（西元 1693～1765 年）在《鄭板橋集・詩鈔・姑惡》描寫著童
養媳的生活，道盡這種婚姻的心酸：

> 小婦年十二，辭家事翁姑。姑今離作苦，持刀入中廚，
> 析薪爇手破，執熱十指枯……姑曰幼不教，長大誰管拘！
> 今日肆詈辱，明日鞭撻俱，五日無完衣，十日無完膚。
> 吞聲向暗壁，啾唧微嘆吁。姑云是詛咒，執杖持刀鋸。
> 豈無父母來，洗淚飾歡娛；豈無兄弟問，忍痛稱姑劬。
> 疤痕掩破襟，禿髮云病疏。一言及姑惡，生命無須臾。〔註32〕

童養媳婚是女子在幼年時期，即被父母賣予婆家，由婆家扶養，長大成為其
媳婦的婚姻方式，在清代很流行，有其社會背景因素：（一）對貧苦人家而言，
產男可以增加生產力，可是產女等於多一吃飯人口，無多餘能力蓄養時，則
「生女畀人抱養，長即為抱養者媳〔註33〕。」（二）清代重視門第、財富，一
場婚禮雙方費用頗大，所以「農家不能具六禮，多幼小抱養者〔註34〕。」童
養媳婚可以減少婚嫁開支，對男方來說，不但抱養時不用負擔財禮，又多一
個打理家務的助手，且等到正式結婚時，儀式比明媒聘娶簡單得多，通常是
婆家擇一吉日，讓童養媳與己子拜堂圓房，即成夫妻，女方不索聘金，也無
傾家蕩產備嫁妝之憂，雙方皆大歡喜。

〔註31〕見（清）陸長春著：《香飲樓賓談》（見「筆」正編四冊），頁2646。
〔註32〕見（清）鄭燮著：《鄭板橋集・詩鈔・姑惡》（北京：中華書局），頁99～100。
〔註33〕見嘉慶年間：《安徽縣志》。
〔註34〕見同治年間：《新城縣志・卷一・風俗》。

童養媳婚姻美其名爲「待年媳」，實際上等同是婆家的無價勞工，有做不完的家事，《清稗類鈔・婚姻類・直隸有娃娃親》寫道：

> 燕趙之間，居民家道之小康者，生子三五齡，輒爲娶及笄之女。家貧子多者輒利其聘貲，從俗恣嫁焉。女至男家，先以父母禮見翁姑，以弟呼其婿，一切井臼、烹調、縫紉之事，悉肩任之。夜則撫婿而眠，晝則爲之著衣，爲之飼食，如保姆然。子長成，乃合巹。其翁姑意謂雇人須工貲，又能終日無歸家之日，惟聘得貧家女，則所費不多，而指揮工作可以如意。〔註35〕

這種婚姻不僅不具六禮，往往連合巹之日也無需請客，所以「輒爲人所蔑視，翁姑亦往往虐遇之。〔註36〕」童養媳遭受虐待時，多是求助無門，薛福成在《庸盦筆記・卷四・雷救人命》裡，有位童養媳整天被婆婆虐待，一天因紡紗時，紗少了一捆，婆婆堅持誣陷是她拿去賣給鄰家而鞭笞不止，童養媳只能默默承受，直到後來忽然打雷，雷把家中的牛打死，腹肚裂開，發現紗在其中，才知是被牛誤吞入肚：

> 無錫北有農家養一童媳，其姑遇之甚虐。督使撚棉放紗，每日以十索爲度。一日忽少紗一索，苦搜不得，其姑謂其偷賣鄰家也，既嚴撻之，又將置之死地。忽陰雲四合，雷聲陡作，震死家中一老牛，其腹亦已劈開，有紗一索，宛在腹中，蓋牛實吞之也。〔註37〕

童養媳在婆家被視爲「財產」而非家庭一份子，毫無尊嚴，會被婆家轉賣〔註38〕，若遇饑荒時，還可能成爲桌上食。明末清初間，王逋在《蚓菴瑣語》說：亂世饑荒，易子而食、綁架幼童爲食的情況很多，甚至有些人生子即棄，選擇領養他人之子，領養後即殺來吃，在這風氣下，童養媳即成了食人肉的主要來源之一，其中一名年僅八歲的童養媳，公婆見她白胖肥嫩，決定宰殺爲食，童養媳聽到這番對話後，嚇得連夜跑回娘家求救，當親生父親得知此事，竟言肥水不落外人田，自行將女兒烹煮食之：

> 彼鄉有一民家幼女，嫁與鄰人爲童媳。女體肥，翁姑欲殺而食，女

〔註35〕 見（清）徐珂著：《清稗類鈔（五）・婚姻類・直隸有娃娃親》，頁 1993〜1994。
〔註36〕 見（清）徐珂著：《清稗類鈔（五）・孝友類・金桂銀桂官婦之孝友》，頁 2425。
〔註37〕 見（清）薛福成著：《庸盦筆記・卷四・雷救人命》（見《清人筆記叢刊（四）》），頁 3240。
〔註38〕 見（清）紀昀著：《閱微草堂筆記・卷二・廟祝救人》，頁 45。

> 知，遁，歸述其故。父視女曰：「有此肥兒焉，可與別人充饑耶？」
>
> 乃自烹而食之。〔註39〕

童養媳是貧女在極年幼時被賣至夫家，即使立契，也只寫明爲何而賣、賣予何家，並沒有明確寫定將來會與養兄成親，所以童養媳長大以後的婚姻全憑養父母決定，自然會出現問題。《閱微草堂筆記·卷十·難斷之獄》中寫道：有對青年男女訟於官，原因是父母已故，男女各自長成，男方以女爲童養媳之故，認爲理當爲妻，女方則視男爲親兄長，不肯答應：

> 有幼女幼男皆十六七歲，并呼冤于輿前。幼男曰：「此我童養之婦，父母亡，欲棄我別嫁。」幼女曰：「我故其胞妹，父母亡，欲占我爲妻。」問其姓，猶能記，問其鄉里，則父母皆流丐，朝朝轉徙，已不記爲何處人也。問同丐者，則曰：「是到此甫數日，即父母并亡，未知其始末，但聞其兄妹稱。然小家童養媳，與夫亦例稱兄妹，無以別也。」〔註40〕

雖然有人認爲，童養媳早年到婆家未嘗不是件好事：「翁姑任教養之責。及笄後，使習保姆，則他日教養子女，保育易，成材亦易。〔註41〕」但從清人所記錄當時有關童養媳生活與處境可知，其際遇多數十分悲慘，且在大清律上，也完全無法保護他們的人身安全，生死掌握夫家手中。

陸、其他特殊婚姻結合

清代除了上述婚姻結合情形，還有一些際遇等因素而結合的婚姻。

一、同性成婚

清人筆記中，同性相戀的故事已非偶例，也出現了同性成婚的情形。王士禎（西元1634～1711年）在《居易錄卷二十八》裡即記載，有位漁戶名張二，與王某發生不倫之戀，後來張二娶王某爲婦，兩人抱子扶養，「夫妻」恩愛數十年，直到養子長成，過門媳婦發現婆婆竟是「男」的，此樁同性婚姻的故事才被揭發出來。

〔註39〕見（清）王逋著：《蚓菴瑣語》（錄自「筆」三編十冊），頁6488。
〔註40〕見（清）紀昀著：《閱微草堂筆記·卷十·難斷之獄》，頁280。
〔註41〕見吳存浩著：《中國民俗通志·婚嫁志》（山東：山東教育出版社），頁69。

二、冥婚

冥婚，又稱冥契、冥配、幽婚、鬼婚、配骨、嫁殤婚、幽婚等，是男女生前未婚，死後由其親屬按婚禮理儀尋找配偶，舉行婚禮，然後將男女雙方的尸骨依夫婦禮儀合葬的一種婚俗〔註42〕。

冥婚在西周時已存在。《周禮・地官・媒氏》言：「禁遷葬與嫁殤者。〔註43〕」可見當時已冥婚已為風俗。唐人鄭慶餘在其《書餘》中，將冥婚列入常時家禮，五代後唐明宗則持反對態度：「婚，吉禮也，不可用於死者。」〔註44〕此俗至清代十分盛行。觀其原因有二：一是清代貞女倍出，殉未婚夫的女子多不可數，夫家咸感其義，決定讓倆人冥婚，以致此時冥婚情形大增，今舉《清稗類鈔・貞烈類・黃烈女未嫁殉夫》一例：

> 黃烈女，楚人，許字同縣李氏子。未嫁而李卒，女誓死歸，守三載矣，一夕，夢李來迎，次日即卒。女家執古禮，葬黃氏塋旁，其舅往哭之，墓忽自裂，乃與李合葬焉。〔註45〕

另一情況則是清人論婚重財禮，冥婚往往可以替男方家庭帶來一筆財富，以致有些地方，若其子不幸早夭，即爭相找富室亡女為之婚配，《清稗類鈔・婚姻類・山西冥婚》記載這一風俗：

> 俗有所謂冥婚者，凡男女未婚嫁而夭者，為之擇配。且此男不必已聘此女，此女不必已字此男，固皆死後相配者耳。男家具餅食女家備奩具。取日，紙紮男女各一，置之彩輿，由男家迎歸，行結婚禮。此事富家多行之，蓋男家貪女家之奩贈也。此風以山右為盛，凡男女納采後，若有夭殤，則行冥婚之禮。女死，歸於婿塋。男死而女改字者，則覓殤女結為婚姻，取吉合葬，冥衣，楮鏹，備極經營，若婚嫁然。且有因爭冥婚而興訟者。〔註46〕

多數冥婚是出自父母對已逝子女的心意，歸納故事裡所見，有兩種情形，一是男女雙方私譜戀情，不為雙方父母所容，先後殉情，父母深感懊悔，舉行冥婚合葬，故事可見於《右臺仙館筆記卷一》：

〔註42〕見吳存浩著：《中國民俗通志・婚嫁志》，頁429。

〔註43〕見（唐）賈公彥等奉敕撰、（清）陸德明釋：《周禮・地官・媒氏》（見《十三經注疏》，台北：藝文印書館印行），頁218。

〔註44〕轉引自吳存浩著：《中國民俗通志・婚嫁志》（山東：山東教育出版社），頁430。

〔註45〕見（清）徐珂著：《清稗類鈔（七）・貞烈類・黃烈女未嫁殉夫》，頁3104。

〔註46〕見（清）徐珂著：《清稗類鈔（五）・婚姻類・山西冥婚》，頁1996。

揚州某甲，生一女，年破瓜矣，頗有姿色。其東鄰爲某氏別業，某
子爲邑諸生，讀書其中，翩翩少年也。女屢入園采花，與生有私，
女父母知而防閑之，遂絕跡。一日女至曰：「殆矣！父母將爲我擇配
矣。君急以媒妁來，或猶可及也！」言已即去。生告父母，初不可，
強而後者。媒者致命，女父母曰：「齊大非吾偶也，且知女私於生，
恐異日不爲舅姑所禮。」竟謝絕之，而許女於他族。女知事不諧，
服阿芙蓉膏死。生聞之，亦自經死。兩家父母皆大悔，卒合葬焉。
〔註47〕

民間相傳，未婚且早逝的女子，死後飄無定所，無家可歸，原生家庭並非其
家，其靈不能久居，以致即使它們生前無意中人，父母爲了讓它們死有所居，
仍會想盡辦法安排冥婚。光緒年間，蘇人百一居士在《壺天錄卷下》：

黃渡鎮有盛心衢者，素設太興郵車肆，家道小康。生二子，長理車
務，已授室生孫矣。次業儒，頗稱聰慧，惜年未及冠，玉樓赴召。
幼私蓄十金，留圖授室，臨終時，乞爲其生後盡用。父母睹此遺金，
常以未結姻緣爲憾。時里居相近有凌氏女者，幼即失怙，僅有老母，
並無弟昆，年近破瓜，竟遭慘折，母以家貧托，終期飲泣。初擬爲
亡女贅婿，另爲納妾，以續半子之香煙，無如女玉碎珠沉，願爲坦
腹者，則無其人。繼聞盛氏次子未婚而沒，倩人說合，聯死後姻，
盛亦樂從。於是涓吉行聘合巹，並議以長兄之次子嗣焉。〔註48〕

對於早逝未婚男子，因其未婚而亡，不能過繼兄弟的子女，其孤墳也不能進
宗族塋地，也無子孫去祭拜掃墳，必須先替他找一亡女冥婚，才能過繼。《耳
郵卷二》寫道，某人臨死前，希望能過繼弟弟孩子爲己子，但弟弟以兄未婚，
不能有嗣爲由，替她與另一亡女冥婚：

華亭顧秉藻，幼而慧，父母皆奇愛之。咸豐十一年，與諸昆弟奉其
母避兵滬上，得疾而卒，臨終遺母衣，請以重子兄禮柩爲嗣。母泣
而許之。無何母亦卒，及亂定還里，諸昆弟將如母命，而以秉藻未
娶，不得有嗣。適金山錢氏有女，未許嫁死，與稟藻年相若也，遂
媒合之。仿迎娶之禮，迎其柩歸，合葬於秉藻之墓。按此事自古有

〔註47〕見（清）俞樾著：《右臺仙館筆記卷二》，頁 15。
〔註48〕見（清）百一居士著：《壺天錄卷下》（見《清代筆記叢刊（三）》），頁 2862。

之，遷葬嫁殤，媒氏職其明禁，而鄭司農注周官曰：「今時娶會是也。」則漢代固有此風。魏武帝爲鄧哀王聘甄氏亡女合葬，亦尋世俗之見耳。〔註49〕

冥婚的特點是，用人間婚禮爲亡者舉行合葬，此婚俗盛行不輟，是因人們深信，人死後有靈，若無婚姻，也就無人奉祀靈位，而成爲游魂，必須透過冥婚使亡魂延傳子嗣，也使世間人替亡者盡最後一分心力，承如百一居士所言：「揆其父母之心，殆亦悲痛之極，不得已而出此者。」〔註50〕但究竟亡者是否眞能如世間人所安排，相守在一起，則不得而知。

三、天婚

天婚指的是天意安排的婚事，以雷雨風雪等大自然氣象爲媒。故事架構爲，有兩家同日娶親，途中因避風雪而同停轎某處，雨雪停後，因抬錯轎而拜錯堂，只得與拜堂對方成爲眞正的夫妻，在《粵屑‧風雨易妻》與《耳食錄‧卷二‧雪媒》等均載此故事，今舉後者〈雪媒〉爲例：

> 崇仁有倆姓同日娶婦者，一富室賈姓，一士族謝姓。新婦一姓王，名翠芳；一姓吳。吳貧而王富，兩家香車遇於陌上，時彤雲佈空……積雪封之一二寸，共憩於野亭。久之而雪愈甚，恐日暮途遠，各擁香車，分道而去。是夜，翠芳將寢，環視室內，奩具甚薄，且分己物，疑續家質而易之，怪嘆不能忍，乃問婿曰：「吾紫檀鏡台安在？可令婢將來，爲我卸妝也。」婿笑曰：「卿家未有此物來，今從何處覓？」翠芳曰：「賈郎何必相誑！」婿又笑曰：「吾眞郎，非假郎也。」翠芳曰：「謂郎姓賈耳。」婿曰：「某姓謝。」翠芳聞言大駭，乃啼呼曰：「賊徒賣我！」問故，翠芳唯啼呼不止。謝母怒叱曰：「家本儒素，誰曾作賊？汝父母厭我貧薄，教汝作此伎倆耶？誰能畏汝！」翠芳曰：「吾聞汝家本姓賈，今姓謝何也？」母曰：「拙婢？豈有臨昏而易姓者乎？然則汝家亦不姓吳乎？」翠芳悟曰：「吾知之矣。汝婦自姓吳，吾自姓王。吾來時，途次遇一嫁娘，同避雪亭下，微聞旁人言此婦吳氏，其婿家吾亦聞之，不能記憶——殆汝家婦也，而吾乃賈氏之婦。雪甚寒極，兩家車從倉卒而行，其必兩誤而互易之

〔註49〕見（清）俞樾著：《耳郵卷二》（見「筆」正編七冊），頁4207。
〔註50〕見（清）百一居士著：《壺天錄卷下》（見《清代筆記叢刊（三）》），頁2862。

矣。速使人覘於賈氏,當得其故。」眾咸以為然。而賈氏相距三十
里,使者明日乃達,則延陵季女已共賈大夫射雉如皋矣。蓋吳女凝
視妝奩,亦頗知有誤,而心豔其富,姑冒昧以從之。至是知之,佯
為怨怒。而盆水之覆已不可收,即賈氏之子亦不欲其別抱琵琶也。
使者反報,翠芳欲自盡,或勸之曰:「王謝之昏本由天定,殆姻緣簿
上偶爾錯注,合有此顛倒。今賈氏已昏於吳,則阿卿自宜歸謝,尚
何負哉?」翠芳不可。謝氏乃馳介詣王公,告以故。王公深異曰:「非
偶然也!」即遣媒者來告:「願為秦晉。」翠芳以父母之命,乃始拜
見姑嫜,同牢合卺,成夫婦之禮。厥後,賈氏陵替,吳女憤恚而卒。
謝氏子補諸生,終身伉儷,兒女成行。而翠芳以順婦稱焉。是事也,
時人謂之雪媒。〔註51〕

近人藕香室主人編《稀奇古怪不可說‧新娘錯嫁》內容幾與此篇全同。天婚
故事在清代不止其一,因錯陽差,改配對偶,固然令人費解,但時人相信,
姻緣天定,看似錯配的對象,在冥司姻緣簿上才是真夫妻。

四、患難成婚

患難中見真情而結成的婚姻有兩種情形,其一是英雄救美,意外得妻的
佳話。《清稗類鈔(五)‧婚姻類‧高斗意外得妻》故事中的高斗,借宿農家,
夜見盜賊欲欺農家女,立刻與盜賊格鬥,農家女才得以保全貞節,她堅持必
嫁高斗:

雍正初,東光有農人某,粗具中人產。一夕,有劫盜,不甚搜財物,
惟就衾中曳其女,入後圃,仰縛於曲項老樹,蓋其意本不在劫也。
女哭罵,客作高斗睡圃中,聞之,躍起,挺刃出,與鬥,盜悉披靡,
女賴以免……語曰:「我身裸露,可令高斗見乎?」父母喻意,遂以
妻斗。〔註52〕

同書的〈賣糕得妻〉,則是寫兄嫂二人帶著妹妹四處流浪討食,道旁休息時,
正見有人在賣糕餅,嫂嫂饑餓難忍,想要吃糕,哥哥買糕回來,但沒有分給
妹妹,賣糕者見狀,把賣剩的糕餅全送給妹妹吃。爾後,妹妹不肯再隨兄嫂
前行,寧願跟賣糕者過日:

〔註51〕見(清)樂鈞著:《耳食錄‧卷二‧雪媒》,頁23～24。
〔註52〕見(清)徐珂著:《清稗類鈔(五)‧婚姻類‧高斗意外得妻》,頁2047。

光緒丙子、丁丑間，直隸大無，有兄嫂二人挈其妹至天津求食，行
至子竹林，日將暮矣，休於道左。有以小車載糕而鬻者，適在其旁，
嫂饑欲食，兄乃出錢買糕，夫婦共食之，不與妹。妹旁坐啜泣，賣
糕者大不忍，乃推車就女，曰：「糕垂盡矣，值無多，盡以食汝，不
賣直也。」已而三人皆食畢，兄嫂起，招妹偕行。女曰：「前路茫茫，
將安往？往而無食，亦不得生。吾受此人一飽之恩，不如從之去，
免為兄嫂累也。」賣糕者喜，曰：「吾固無妻者，得為妻，何幸如之。」
轉求之兄嫂，兄嫂曰：「既彼此皆願，吾何間焉。」賣糕者乃以車載
女，并招兄嫂至其家。翌日成禮，掃旁舍，居兄嫂。其家固不甚貧，
有驢二頭，分一與其兄，使賃於人，食其值。〔註53〕

另一種則是俠女救書生，結果嫁予書生為妻的故事，可見於《清稗類鈔（五）·
婚姻類·孫淇娶盜妹》：孫某本來要搭船回老家成親，不意坐上盜船，盜者即
舟子兩兄弟，同船還有一女子，是盜者之妹，見孫某美豐姿，她決定救他，
後來由縣官作主，讓孫某娶盜者妹：

孫淇賈於杭，美丰姿。一日，以完娶歸，過太湖，覓船以進。舟子
兄弟二人，盜也。有妹，年十七八，少頃，舟子附岸曳纜，舟中惟
女與孫。女曰：「子今夜恐不佳。」以手去板，出白刃示之。孫投地
求救……，女乃問曰：「爾箱有多金否？」孫白以無，女為設計，謂
可佯病呼痛，付匙與舟子，開箱覓藥，冀免禍。迨舟子回舟，孫如
其言，舟子開箱，以無藥告，孫自言誤記。二人又登岸，女曰：「子
衣服甚華，恐終不免。」因授以刀，使伏暗中，俟其鑽首進，即手
刃之，孫雖持刀，而戰慄不已，女乃進艙持刀。移時，其兄長果鑽
首進，女手刃之，其次兄聞無聲息，疑孫有備，不敢入。趨至船頭，
女躍上篷，持刀刺之，次兄亦死。見官後，官既見辯累累，又兩人
實為江湖大盜，女雖有殺兄罪，然大盜因此而殄，功不可沒，命孫
妻之。孫之妻家聞之，遂解約，女乃隨孫至家，成夫婦，女事翁姑
孝……頗以賢婦稱於里中。〔註54〕

從婚姻故事發現，「財」對婚姻的影響力，貧困環境中，使得婚姻成為一種交
易，也因為背景財力懸殊，使得聘定婚姻頓生變化，這些都是忽略婚姻的本

〔註53〕見（清）徐珂著：《清稗類鈔（五）·婚姻類·賣糕得妻》，頁2103。
〔註54〕見（清）徐珂著：《清稗類鈔（五）·婚姻類·孫淇娶盜妹》，頁2089。

質意義。不過，有的婚姻撮合則是患難中見眞情，找到得以託付一生的對象，更感珍貴。

第二節　親子故事

本節討論的親子故事，包括父母與子女間的互動關係，也論及公婆與媳婦間的互動情形。

壹、親子互動關係

一、子孝於親

在政府以純孝立風教風氣下，清代有關孝子的故事頗多，就筆記生活故事所見，其孝行有：殘己救親疾、買妻養親、千里救親、代親受死、險境救親等。

（一）殘己救親疾

「割股食人」，春秋戰國時期已見；漢晉時，俗傳可用子女之肉治療親疾。唐人陳藏器在其所著《本草拾遺》裡提到，人肉可治羸疾，自此民間割股療親風氣大盛〔註55〕。至宋，政府大力提倡孝道〔註56〕，以致時人「勇者割股，怯者廬墓。〔註57〕」蔚爲風尙。雖然到了元代，對傷體救親的行爲下達禁令〔註58〕，明太祖咸表示：「臥冰、割股，……皆由愚昧之徒，尙詭異，駭愚俗，……不在旌表之例。〔註59〕」另，明宣德年間，一女剖肝治母病得愈，爲請旌表

〔註55〕見（宋）歐陽修、宋祁撰：《新唐書‧卷一九五‧孝友傳序》：「唐時陳藏器，著《本草拾遺》，謂人肉治羸疾，自是民間以父母疾，多割股肉而進。」

〔註56〕見（元）脫脫等撰：《宋史‧卷四五六‧孝義傳序》：「太祖、太宗以來，剖股割肝，咸見褒賞。」北京：中華書局，頁13386。例可見於大觀二年，有名孝子見母有眼疾，於是割己眼予母食，母親眼疾遂癒，朝廷特補太醫助教，不理選限。

〔註57〕見（元）脫脫等撰：《宋史‧卷一五五‧選舉一》蘇軾之言：「夫欲興德行，在於君人者修身以格物，審好惡以表俗，若欲設科立名以取之，則是教天下相率而爲僞也。上以孝取人，則勇者割股，怯者廬墓。」，頁3616～3617。

〔註58〕見（明）宋濂等撰：《元史‧刑法志》：「諸爲子行孝輒以割肝剖股埋兒之屬爲孝者並禁止之」另《元典章‧卷三十三‧行孝之部》亦規定：「行孝割股不賞、禁臥冰行孝、禁割肝剜眼。」

〔註59〕見（清）張廷玉等撰：《明史‧卷二九六‧孝義一》（北京：中華書局），頁7593。

時，宣宗亦言：「身體髮膚受之父母不敢毀傷，剖腹刳肝此豈是孝，若致殺身，其罪尤大……」而不允〔註60〕，看似政府禁止此風，卻於史傳、縣志中，屢見割股療親而受旌表之例。〔註61〕

　　至清，人們以刳體療親爲俗尙，這類故事如雨後春筍般在各地湧出。今舉黃鈞宰《金壺逸墨・卷三・奇孝》的毛馮氏爲例，毛氏於婆婆重病之時，刳肝療姑：

> 馮焚香籲天求以己肝愈姑病，乃取刀刺腸肝尖躍出，急割之，置之
> 盤中。夜半兒唬，入撫其兒，兒臥復出，慮肝少不足愈病，拜告已，
> 復淘肝出，左握肝、右持刀，力割一葉，煎之以奉姑。食畢病良已。

〔註62〕

另外，也有捨身救親的故事。在張潮輯《虞初新志・卷八・吳孝子傳》中寫道，吳某見父親重病不起，於是齋戒沐浴，焚香祝告天地，願代父死，禱畢，獨行三百里至山上，捨身投崖：

> 父道隆病久瘓不能起，前後血並下，醫莫能愈，紹宗惶恐無所出，
> 將謁太華山，自投捨身崖下代父死。乃齋戒沐浴，焚香告天地，刲
> 肘血書，獨行三百里至山上，宿道士管遜吾寮，明晨升殿焚疏，投
> 崖下時，傳駭聚觀，道士使買棺就往殯……。方紹宗之自投崖也，
> 立空中，開目視足下有白雲起紋，遙望見石門門上一大孝字，俄而
> 三神人命之曰：「孝子，吾左側石有仙篆九十二畫，記歸書紙食汝父。」
> 因叩頭謝，不覺在殿上。歸，父垂絕不能言，如命治之，空中皆聞
> 香氣，甫入口即言：「是何藥耶？」其疾若失。〔註63〕

這類行孝方式，年齡最小者僅十歲，見於康熙年間褚人獲所著《堅瓠續集・卷三・孝童》：

> 順治癸巳四月，泰安州守策馬泰山下，忽見一片白雲自山巓搖曳而
> 下，中有一人端然正立，飄然墜地，一童子也。守驚問之，童曰：「兒

〔註60〕見（明）余繼登著：《典故舊聞・卷九》（見「筆」三十三編第三冊），頁153。

〔註61〕見（清）張廷玉等撰：《明史・卷二九六・孝義一》：「沈德四，祖母疾，割股療之愈。已而祖父疾，又割肝作湯進之，亦愈。洪武二十六年被旌，尋授太常贊禮郎。上元姚金玉昌平、王德兒亦以割肝愈母疾，與德四同旌。」頁7593。

〔註62〕見（清）黃鈞宰著：《金壺逸墨・卷三・奇孝》（見「筆」正編第五冊），頁2806。

〔註63〕見（清）張潮著：《虞初新志・卷八・吳孝子傳》（見《清代筆記叢刊（一）》），頁248～249。又，（清）吳陳琰著：《曠園雜志・上・投崖不死》同載此事。

姓孔，兒十齡矣，母病不可起，私祝泰山，願隕身續母壽。母幸愈，

故赴捨身巖上以踐夙言，不意其至此也。」守敬異之，以所乘輿載

童子，並與粟肉，資送以歸。〔註64〕

故事中尚可見七歲幼童呂斅孚見母病危，割右股肉，令五歲的妹妹放入爐火
中，煮熟送予母食〔註65〕；九歲孝女割股療親等〔註66〕等，這些表現出殘己
救親行為的孝童，年齡均低於十歲。孝心可感，但年幼之齡，手無縛雞之力，
可否舉刀自行刲割？腳力有限卻能跬步遠行山頂，隕身救親等，這些超乎常
理的現象，有待商榷之處。

（二）賣妻養親

迫於糧盡等因素，賣妻養親的故事，在各地時見流傳。今舉梁恭辰的《北
東園筆錄初編·卷四·舵工許某》為例，在廈門港擔任舵工的許某，貧困無
以養親，適逢鄰人汪三貪許妻美色，以利誘之，許某以十金來孝養母親為代
價，選擇賣妻：

舵工許某者，事母孝，妻某氏有姿而貞。居廈門港時，英鬼已迫岸，

許家食盡。鄰有汪三者悅許妻色，乘其饑困，以利誘之。許某曰：「能

以十金活我母，即鬻妻於彼。」汪三即以米四斛銀八兩為聘，約即

夕成婚。〔註67〕

陳康祺在《郎潛紀聞二筆·卷一·蔡以臺鬻妻養母》亦寫道，蔡以臺，貧無
以養親而賣妻，妻子抵達主人家，說出實情，乞求主人讓她從事雜役工作，
主人感動應允，至某日，得知其夫是何人之後，無條件送還：

閩中蔡殿撰以臺，赤貧至孝，無以為養，將鬻妻，其夫人不忍拂，

請行。抵富家，白其故，其改執爨役。主人感動，遂如指。一日召

墨客入書齋，適遇夫人，相對泣，主人駭詰之，知客即蔡也，乃送

還夫人。〔註68〕

〔註64〕見（清）褚人獲著：《堅瓠續集·卷三·孝童》（見《清代筆記小說大觀（二）》，
上海古籍出版社），頁1580。

〔註65〕見（清）陳康祺：《郎潛紀聞三筆·卷九·呂斅孚於七齡時割股》，頁806。

〔註66〕見（清）俞樾：《茶香室三鈔·卷七·九歲女子割股》（北京：中華書局），頁
1096。

〔註67〕見（清）梁恭辰著：《北東園筆錄初編·卷四·舵工許某》，（見「筆」正編九
冊），頁6001。

〔註68〕見（清）陳康祺著：《郎潛紀聞二筆·卷一·蔡以臺鬻妻養母》，頁338～339。

（三）千里救親、尋親

千里救親故事，在清人筆紀裡，有緹縈救父型。嚴有禧在《漱華隨筆·卷二·女子叩閽》載，康熙二十八年，聖祖南巡經淮揚，遇蔡蕙上疏訟父冤：「妾聞緹縈爲父鳴冤贖罪，漢文帝憐而釋之，千古傳爲盛典，今臣妾父被仇害，……妾願效緹縈之故事，冒死鳴哀……」帝遂免其父死罪。〔註69〕

陳康祺於《郎潛紀聞三筆·卷二·悲唐行》則說，守備唐汾犯法，幼女念及祖母無人奉養，投牒刑部，願入官爲婢，留父養祖，官員們憐其孝心，屢爲乞請，終獲破例，太守還爲之賦《悲唐行》：

> 康熙年間，守備唐汾犯法，當戍上陽，而家有老母。其幼女投牒刑
> 部，願入官爲婢，留父養親，情詞淒楚，涕落無聲。諸曹郎憐其孝，
> 屢爲乞請，而卒格於例。〔註70〕

無獨有偶，在同書卷四〈幼女叩閽求赦父罪〉篇裡，年僅十一歲的孝女佘酉州，因父被外放湖北，她匍匐入京，叩請釋放，嘉慶皇帝念女孝心可嘉，加恩赦回：

> 嘉慶十七年，四川重慶州十一歲女子佘酉州，以其父佘長安遣戍湖
> 北，其祖父母年逾八旬，無人侍養，匍匐入京，叩請釋放。臺臣爲
> 之奏請，帝以佘長安原犯罪尚非常赦所不原，念女年幼至性，加恩
> 釋放回籍。〔註71〕

至於千里尋親的孝子，大致有兩種情形，一是不知親人是否安在，憑記憶遠尋。俞樾所著《薈蕞編·卷十三·孫福》中說，年僅三歲即與父親失聯的孫福，長大後傭身尋父，卻遍尋不著，常於無人處仰天哭泣，後夢神人示出父親的影像，終於在城南市區找到父親，父子相認，喜極而泣。〔註72〕

尋親得遇者固然可喜，可是千里遠行，終於找到親人下落，結局是天人永隔，其悲痛又何以言喻。孝子們含悲負骨歸，這類孝行在清代各書裡屢見傳載。此孝子可舉《薈蕞編·卷十·曹起鳳》的故事爲例，曹父在蜀地從商，突然音訊全無，起鳳從蜀客口中得知父親已死，他兩度含悲踏上千里尋父骨之途：

〔註69〕見（清）嚴有禧著：《漱華隨筆·卷二·女子叩閽》（見「筆」十八編七冊），
　　　　頁4184。
〔註70〕見（清）陳康祺著：《郎潛紀聞三筆·卷二·悲唐行》，頁677。
〔註71〕見（清）陳康祺著：《郎潛紀聞三筆·卷四·幼女叩閽求赦父罪》，頁713。
〔註72〕參見俞樾：《薈蕞編·卷十三·孫福》（見《清代筆記叢刊（四）》），頁3717。

潘君贈之金四十兩，遂就道陸行道河南，歷陝西，走成都南抵滇界，西逢金川，書牒於背，逢人輒哭訴所由，無知者逾年，金盡乞於徽蘇，禱於諸葛武侯，神示所向，遂東行。道險，踵血流，匍匐失道七日，無人蹤，及酉陽積雪盈不能前，踣土穴中，兩日，有主人項生、許生過，聽群鴉繞穴而鳴，即之，見僵尸焉，而氣微屬，視背牒，咤曰：「孝子！孝子掖之歸，飲以湯，問故，止孝子宿，進酒肉，弗食曰：「誓不見父棺，不食此矣。」其夕夢經荒原，一老父與數人坐林中，見孝子，拍手大笑語曰：「月邊古，蕉中鹿，兩壬申，可食肉。」覺而識之，遂辭去，兩人止之曰：「此處苗疆天寒地凍，前行且餒死，盡度歲乃行。不得已從之。一日隨兩人出行，遇荒原，如夢所見，白楊下有棺纍纍然，孝子心動淚下不止，兩人問故，語之夢，兩人曰：「有徽人胡生者，居此日久，盍往問之。」胡生遂引訴之酉陽巡檢，告知州白君，飭里長察諸棺，多有主名，一棺獨無，啟棺見骨，孝子漬血驗之，沒骨，棺有牙牌文曰：「蕉鹿。」孝子曰：「是矣！月邊古，胡也；茭中鹿，牌也，何疑乎？」祭畢，以餒肉食孝子曰：「向之不食肉者，未見父棺也，今則既見矣，憶與子遇穴中日在壬申，今六十有一日，而又值壬申，夢盡驗矣。豈非天哉！」孝子再拜而謝。〔註73〕

（四）代親受死

面對仇家傷害父母，孝子們挺身而出，代親受死之例，見於《薈蕞編·卷九·張士仁》。年僅十三歲的張士仁，與父親同寢。有仇家躲在床下伺機謀害，張士仁發現後，叫不醒醉倒的父親，只好以手護著父親，指頭幾被仇家剁斷，仇家仍不肯罷休，士仁又延頸求代，仇家看了十分感動，與張父盡釋前嫌，重新和好：

孝子姓張名士仁，年十三，與父同寢。父醉臥，有仇家預伏床下。孝子忽心動，起剔燈，仇露刃自床下出。孝子呼不父不應，遽以手當之，指欲墜。度不能免，乃涕泣延頸求代。仇感動，擲刀於地，呼其父醒曰：「爾有此子，吾不忍害爾也。」釋怨如平常。〔註74〕

〔註73〕見俞樾著：《薈蕞編·卷十·曹起鳳》，頁3702～3703。又《熙朝新語卷十二》同載此事。
〔註74〕見（清）俞樾著：《薈蕞編·卷九·張士仁》，頁3697。

浙江孝子盧必陞，見父身陷賊營，他深入盜穴，捧金求贖，令賊人大爲感動，俞樾將其事蹟載於《薈蕞編·卷五·盧必陞》：

> 壬子土寇竊發，懷江公陷賊營，孝子匍匐探其穴，贖以金，不應，繞岸哭三畫夜不絕聲，賊感動，爲引至父前。拔刀環向，刃欲下數次，孝子冒刃，叩頭流血。忽狂風四起，大雨如注，舟幾覆，凶黨震駭，乃得釋。時賊中有倪姓者，因而嘆曰「眞孝子也。」〔註75〕

在張邦伸所著《錦里新編》一書中，載數則孝感盜賊的故事，其中年僅七歲的李長亨，遇賊作亂，父親爲賊所執，長亨泣求代父被執，賊人感動而釋其父〔註76〕；同期，年幼的張泰階也是因如此孝行，使父得救。〔註77〕

（五）險境救親

故事中，孝子面臨險境，不顧自身安危，奮力救親者，可舉兩類爲代表。一是遇水災救母的故事，初見於蒲松齡的《聊齋誌異·卷四·水災》：

> 康熙二十一年，山東旱，自春徂夏，赤地無青草。六月十三日小雨，始有種粟者。十八日，大雨沾足，乃種豆。一日，時門庄有老叟，暮見二牛鬥山上，謂村人曰：「大水將至矣！」遂攜家播遷。村人共笑之。無何，雨暴注，徹夜不止，平地水深數尺，居廬盡沒。一農人棄其兩兒，與妻扶老母，奔避高阜。下視村中，已爲澤國，并不復念及兒矣。水落歸家，見一村盡成墟墓。入門視之，則一屋僅存，兩兒併坐床頭，嬉笑無恙。咸謂夫妻之孝報云。〔註78〕

這類故事另含災兆一型的部份成份，強調的是孝子在危急中捨子救母。爾後徐錫麟的《熙朝新語卷十五》篇裡，原本丈夫要救妻子，但妻子要丈夫先救婆婆：

> 妻曰：「母在內，何先顧我也？」某捨妻而先救母出，但回頭已找不到妻子，只見其屍體，母子倆哀痛之際，妻子突然復生，人云：「蓋造物嘉其孝，特活之數外也〔註79〕。」

〔註75〕見（清）俞樾著：《薈蕞編·卷五·盧必陞》，頁3671。
〔註76〕見（清）張邦伸著：《錦里新編·卷七·李長亨》（見「筆」四十一編八冊），頁431。
〔註77〕見（清）張邦伸著：《錦里新編·卷七·張泰階》，頁415。
〔註78〕見（清）蒲松齡著：《聊齋誌異·卷四·水災》，頁244。
〔註79〕見（清）徐錫麟著：《朝熙新語卷十五》，頁6072。

高繼衍的《蜨階外史・卷一・某巳》、百一居士的《壺天錄卷上》與丁治棠的《仕隱齋涉筆・卷一・孝免劫》等均載，內容有小異。較大變化者見徐珂之《清稗類鈔・孝友類・楊璞襁母逃水》，藉由弟弟的自私與哥哥孝順後的結局，強化孝道的重要：

> 伊洛水緽之年，楊璞者，與其弟奉母居。弟饒於資，璞懦且貧。水至，弟以筏載其妻逃北山，母呼之不應，竟去。璞怒，襁母於背將浮沉。抵北窰，水勢奔驟，若有挈之者，旋躍入大溜中。山上人望之，如黿鼉漂潰不沉，亦下神隄灘，村民救之登岸。頃之，有一婦人抱子漂下，母遙望，忽號曰：「吾婦與孫也！」拯之，果然，翼日歸。其弟舟將抵北山下，山石崩，壓舟，夫婦俱溺死。〔註80〕

「虎口救親」的故事大意爲，有父母被猛虎啣去，孝子奮不顧身救親於虎口中。最早見於《元史・卷二○一・列女傳・姚氏救母》，明代則有王樨登的《虎苑・卷上・少女扼虎救父》。至清，在《蜨階外史・卷一・虎口奪母》、《右臺仙館筆記卷十三》與《清稗類鈔・孝友類・劉某殺虎救虎》均載之。其中俞樾之述最爲生動，孝子因此獲贈官職與銀兩：

> 童子劉某，浙江遂安人。年十四，薪采以養母。一日自山中歸，且行且歌，鄰人奔告曰：「虎啣爾母去，猶歌邪？」童子大驚，棄薪而歸。荷鐵叉以出走吾虎。及之，以叉籍其後。虎怒，釋母，還噬童子，張其口呀呀然……困甚，久之復躍，帶叉而仆。童子亦仆。起，亟負母歸，呼鄰人往視，虎則死矣。納之官，官賜童子錢十萬。

〔註81〕

不惟人子如此，孝媳亦大有人在。《談異・卷六・勝芳孝婦》篇中說劉廣海出外謀生，一日家遭鄰火波及，其妻勝芳從夢中驚醒，選擇先將婆婆背出，才返火場尋覓三名親生子，以致九歲幼子燒成灰燼，感動鄰里，報官旌表。〔註82〕

這些孝子爲了救父母親，不只拋自己生死於腦後，也能割捨骨肉，像這等孝行，往往受到政府表揚，鄰里共譽。

〔註80〕見（清）徐珂著：《清稗類鈔・孝友類・楊璞襁母逃水》，頁2481。

〔註81〕見（清）俞樾著：《右臺仙館筆記卷十三》，頁268。

〔註82〕見（清）伊園主人著：《談異・卷六・勝芳孝婦》（見「筆」七編五冊），頁5657。

二、不孝子忤逆雙親

故事裡出現子忤逆父（母）親的情況爲有：棄親與弒親。吳慶坻（西元1828～1924 年）在《蕉廊脞錄‧卷八‧孝謹之報》中說，有位寡婦，獨自撫養四名兒子長大成人，可是兒子們都不願意孝養她，她只好獨自居住，三餐輪流到孩子們家中吃飯。某年除夕，仍無一名兒子願收留，僅有四媳婦好心予她飯吃，讓她不勝感傷，投水自盡：

> 居民鄔姓，兄弟四人，而不能養其母。蓋家素貧，子長，各使營生計，而四子以次排日供膳。會除夕，當伯供食，則先闔扉示弗納。母至，呼不應，以杖擊扉，亦不應，母哭而返。季之婦，賢者也，居恆奉姑謹，母既不得食於長子，乃走告寄婦，婦勸慰，且留之食。季弗欲，婦乃乞鄰得米一碗，又鐺底焦飯升許，以布縛之，使姑攜歸。母以悲憤不克自申，過池上，坐地哭，竟投水死。〔註83〕

鈕琇（西元？～1704 年）的《觚賸續編‧卷四‧噬逆》也寫道，趙午在荒年時，先後賣掉所有的子女，家中只剩老母與妻子，因爲家鄉實在找不到可食之物，趙午只能到鄰村討飯，他見母親胃口很好，常生厭棄之意，幸好趙妻很孝順，總是隨侍在婆婆身邊，趙午無機可乘。後來，饑荒日益嚴重，趙午只好帶著她們一路行乞，走到半路時，他要妻子先行，自己會陪老母慢慢走，孰料其意竟是支開妻子，以勒死自己的親生母親，自己不久也被老虎噬嚙，妻子大嘆丈夫並非死於虎，乃是死於天懲：

> 康熙壬申癸酉歲。渭南縣民趙午鬻其子女已盡，家有一母一妻，無所得食，單其副甑，就粟湖廣，午以其母老兒善飯，常生厭棄之意。行至商州山中午，午謂婦曰：「老婦步履艱難，汝負擔先行，俟我挾之徐走。」婦是其言，遂於前途息肩以待。午狂奔追及，婦問姑何在？午曰：「少頃即至矣。」婦怒曰：「龍鐘老人，何以令其獨走？」以擔授午，仍回舊路覓姑。午掌摑其婦數十，攜擔竟去。婦回至一僻所，見其姑面縛於樹，以土塞口，氣將絕矣。婦亟解姑縛，摳口出土，捧泉水灌之，乃甦。負姑行二里許，其夫已爲虎噬，投擔委衣，殘齒狼籍。婦視而啼曰：「天乎！趙午大逆，遭此虎暴，非死於虎，死於神也！」〔註84〕

〔註83〕 見（清）吳慶坻著：《蕉廊脞錄‧卷八‧孝謹之報》，北京：中華書局，頁242。

〔註84〕 見（清）鈕琇著：《觚賸續編‧卷四‧噬逆》（見《清代筆記叢刊（一）》，頁206。

三、父母教子無方釀成禍

父母對子女教養方面，有些父母因過度寵溺，最後反害了子女。李慶辰在《醉茶志怪・卷四・愛哥》裡寫道：有位富人五十歲得女，取名愛哥，溺愛過於常情，她每餐要吃雞舌羹，一杯羹就要殺了數十隻雞才能作成，富人不曾吝惜。長大以後，愛哥常女扮男裝，人們莫辨雌雄，其女也忘其身分，常以丈夫自居，到後來居然被某官女看重，央人提親，父親急得不知如何是好。愛哥於是找來一位優伶，替他贖身後，把他扮成女子，假做自己的「妾」，等到官女嫁過來發現後，已爲時晚矣，但在愛哥要求之下，其與優伶所生的孩子，權充官女與愛哥所生，因三人關係非比尋常，到最後優伶反而愛上官女，冷落愛哥，致愛哥抑鬱而終，富人痛如割心，以丈夫禮埋葬她，自此官女與優伶兩人常常夜遊不歸，並處處以愛哥女扮男裝等事威脅富人，富人恐事舉發，只好任其索求。富人因一己溺愛，不僅誤了愛哥一生，也害了自己。〔註85〕

有則民間盛傳的「劣子臨刑咬娘乳」的故事，敘述一個竊賊的悲劇，其母親過度溺愛兒子，以非爲是，讓他從小竊變大盜。鄒弢在《三借廬筆談・陳阿尖》裡，有此記載：

> 陳阿尖，農家子也，六七歲時，有販魚蛋者過其門，陳赤體竊一尾，背貼牆上，掩之，復竊兩蛋，夾兩脇垂於下，客不知也。比去，陳持以歸，母大喜，陳亦自得計，因萌學竊意。……數年後，家大裕，亦不作農矣。（後犯案無數，被判死刑）臨刑呼母至，謂欲一含乳，死乃瞑目。母憐其子，袒胸使含之，陳盡力咬去一乳，恨曰：「若早勖我以正，何至今日！」〔註86〕

此型的故事，在明代《讀書鏡・芒山盜》即載，近代的四川、浙江、北京、河北、雲南、湖南、寧夏等地均流傳。〔註87〕此外，早在公元前四百年的《伊索寓言》即說了這樣的故事：故事裡的孩子是偷同學的寫字板，母親不但非有訓斥他，還表揚他，後來他又偷了一件外衣交給母親，母親對他更是讚賞有加，隨著年齡增長，他偷的東西越來越貴重，但母親卻不阻止，直到一天，

〔註85〕見（清）李慶辰著：《醉茶志怪・卷四・愛哥》（濟南：齊魯書社），頁177。
〔註86〕見（清）鄒弢著：《三借廬筆談・卷五・陳阿尖》（見《清代筆記叢刊（四）》，頁3513。
〔註87〕見金榮華著：《民間故事類型索引（中冊）》（型號996），頁440～441。

他終因行竊被抓，送進法場，臨刑前，他要求與母親貼耳說幾句悄悄話，就在他母親俯身聽他說話時，他突然狠狠地把母親耳朵咬下，母親怒責他大逆不道，他則回答說，如果當初他偷寫字板時，母親肯責備指正他，今日也不致落到被判死刑的境地。〔註88〕

貳、公婆與媳婦互動關係

媳婦對公婆恪盡孝道，代代例不繁載。至清代，受到政府旌表獎勵與社會道德規約的影響，故事裡有越多越多近乎至愚孝的行為。徐錫麟在《熙朝新語卷四》中，寫著許某的妻子，因為婆婆病已沉痾，情急之下，割腎予婆婆補元氣，她的父親知道此事後，非但沒有心疼，反而與有榮焉地說：「可以愧天下之為人婦而漠視其舅姑者。」〔註89〕

為了孝養公婆，忍辱賣笑的孝媳，可見於《閱微草堂筆記・卷三・郭六》裡的郭六，在饑荒時刻，其丈夫自度不能生存，選擇到外地乞食，而將病老的雙親託予郭六，她做苦工仍無力顧養公婆，又無鄰人肯幫助她，只好賣身孝養公婆，待丈夫回來，把公婆交到丈夫手上，自己則選擇自盡：

> 郭六，淮鎮農家婦，不知其夫氏郭父氏郭也，相傳呼郭六云爾。庸正甲辰、乙巳間，歲大饑。其夫度不得活，出而乞食於四方，瀕行，對之稽顙曰：「父母皆老病，吾以累汝矣。」婦故有姿，里少年瞷其乏食，以金錢挑之，皆不應，惟以女工養翁姑。既而必不能贍，則集鄰里叩首曰：「我夫以父母托我，今力竭矣，不作別計，當俱死。鄰里能助我，則乞助我；不能助我且賣花，毋笑我。」陰蓄夜合之資，又置一女子，然防閑甚嚴，不使外人覿其面。越三載餘，其夫歸，寒溫甫畢，即與見翁姑，曰：「父母並在，今還汝。」又引所置女見其夫曰：「我身已污，不能忍恥再對汝，已為汝別娶一婦，今亦付汝。」已往廚下自剄矣。〔註90〕

在婆媳互動方面，婆婆欺負媳婦的故事也不少。董含《三岡識略・卷二・妒婦伏法》裡說：有位媳婦與公婆同住，婆婆的嫉妒心很強，一直覺得自己的

〔註88〕見（古希臘）伊索著：《伊索寓言・小偷和他的母親》（江蘇：譯林出版社），頁174～175。

〔註89〕見（清）徐錫麟著：《熙朝新語卷四》（見《清代筆記叢刊（二）》），頁1691。

〔註90〕見（清）紀昀著：《閱微草堂筆記・卷三・郭六》，頁59。

丈夫與媳婦有不倫之情，常想出各種辦法來試探他們。某晚，婆婆僞裝成公
公，調戲媳婦，媳婦情急之下，狠狠地把婆婆的耳朵咬下來，可是媳婦氣憤
難耐，以爲眞是公公所爲，於是拿著咬下的耳朵，返回娘家跟兄長哭訴，兄
長認爲親家翁的人品端正，應不會發生此事，所以並不在意，沒想到媳婦竟
因此含恨自盡，等到兄長去親家探問虛實，才知事情眞相：

> 上海楊獅橋有少婦典翁姑同居。姑妒甚，屢以新臺疑翁思，有以試
> 之。一日薄暮，婦織窗下，姑竊翁衣巾服之，儼然翁矣，突至後偎
> 婦面。婦大怒，囓絡一耳，姑負痛掩面走，佯稱病匿床間，其婦信
> 以爲翁也，持耳奔訴兄，兄以翁爲人素端謹，未信。至晚，婦怨恨
> 雉經。兄乃僞訪翁，欲於坐執間，翁出迎，則雙耳宛然而衣有血痕，
> 告以故，曰：「此必我妒婦所爲。」遂偕入室，登榻去被，耳亡其一
> 矣。〔註91〕

這類故事最早見於馮夢龍編纂的《古今譚概・謬誤部第五・婆奸媳》，今日的
江蘇仍傳述著。〔註92〕

除了善妒，有些婆婆外遇，還逼媳婦與外遇對象發生姦情，致死媳婦選
擇自盡。陸以湉（西元1802～1865年）在《冷廬雜識・卷三・吳烈女》寫道，
吳氏女因家貧而被婆家抱作童養媳，她的丈夫與公公同在外地做事，家中只
留她與婆婆獨處。她的婆婆與族人有私情，族人也看上吳氏女，婆婆逼女服
從，吳氏女不肯，婆婆便將她打得體無完膚，又謀使族人強暴得逞，吳女不
堪受辱自盡：

> 吳烈女，以貧故養於夫家，夫約李新，佐父九臯治肆事湖北，女獨
> 與姑居。姑與疏族李大磯通，使女給事左右，女不肯，姑怒，撻女
> 無完膚。大磯與姑謀，并污之以塞其口，姑於是爲好言誘女曰：「大
> 磯有恩於汝夫，汝善事之，汝夫歸，以汝爲能報德也。」因出金跳
> 脫與之曰：「此大磯所贈。」傍晚，女浴於室，大磯從暗中突出，門
> 已閉，遂自後窗投於水，鄰媼救之起，微有氣，至夜半蘇，復自投
> 水竟死。〔註93〕

〔註91〕見（清）董含著：《三岡識略・卷二・妒婦伏法》（見《四庫未收書刊・第肆
輯第二十九冊》，頁653。
〔註92〕見祁連休著：《中國古代民間故事類型研究（下）》，頁1037。
〔註93〕見（清）陸以湉著：《冷廬雜識・卷三・吳烈女》，頁174。

婆婆本爲人媳模範，孰料其身行不正，還要陷媳婦於不義，實有違家庭倫常。但在清代男性常至外地工作的社會中，這等新聞故事，卻時可見於清人筆記中。

參、故事反映的特點

從故事裡發現，清代孝子故事如雨後春筍般湧現，對父母常有激烈的行孝表現，傷體殉身在所不惜，孝心誠然可取，孝行卻有違「身體髮膚不敢毀傷」的古訓。觀其背後原因，和當時政府大力褒獎行孝者有關。

販賣子女的情形，宋代即見，民間也出現易子而食，清代故事裡仍見這類記載，在封建統治影響下，父親對子女有教養之責，但子女也是父親的財產，或賣或殺，均控於親手。以致故事中出現：公婆要宰殺童養媳，童養媳跑回家求救，反成了父親盤中肉情形〔註94〕；或者在沿海一帶，多是全家族一起經營船舫，爲了吸引船客，船戶的女兒往往被強逼接客。在《夜雨秋燈錄續集・卷三・珠江花舫》寫道：

> 江山近水人家，各置一巨舫，面板明窗，巨麗宏敞。父盪槳，母操
> 墮，，兄弟執纜，女任烹調。其女持率幼習絲竹歌舞，破瓜時，便
> 時應客……將以誘過客，弋重資也。富商大賈，往往傾囊登岸。

〔註95〕

清人黃安濤寫了一首〈宰白鴨〉詩：「宰白鴨，鴨羽何離徙，出生入死鴨不知。鴨不知，竟爾宰，累累死囚又何罪，甘伏籠中延頸待。殺人者死無所冤，有日不肯波濫翻。爰書已定如鐵監，由來只爲香燈錢。官避處份圖結案，明知非辜莫區判。街頭血濺三尺血，哀哉性命輕於毛，勸君牘尾愼畫押，就中亦有能言鴨。〔註96〕」清代的福建泉、漳一帶，有所謂的「宰白鴨」，有錢人家殺了人，出錢雇用窮人來代替凶手抵罪，實際上就是「頂凶」〔註97〕。

陳其元在《庸閒齋筆記・卷三・福建宰白鴨之慘》即寫父親當年曾始理的案件：陳某審理一件鬥殺案時，發現屍身有十六處傷口，非一人所能爲，可是年僅十六歲的兇手，堅稱是自己一人犯案，陳某反覆提訊，供詞一字不

〔註94〕見（清）王遒著：《蚓菴瑣語》（錄自「筆」三編十冊），頁6488。
〔註95〕見（清）宣鼎著：《夜雨秋燈錄續集・卷三・珠江花舫》，頁146。
〔註96〕見柏樺著：《柏樺談明清奇案》，廣東：廣東人民出版社，頁110。
〔註97〕見柏樺著：《柏樺談明清奇案》，廣東：人民出版社，頁110。

誤，直到定案後，陳某私下問他爲何要攬罪，少年才說出被父親賣予富人頂罪之事，這類故事，即使遇到廉明判官，也愛莫能助：

> 先大夫在讞局，嘗訊一門殺案，正兄年甫十六歲，檢屍格則傷有十餘處，非一人所能爲，且年稚弱，似亦非力所能爲。提取覆訊，則口供滔滔汩汩，於詳文無絲忽差。再四開導，始垂泣稱冤，即所謂「白鴨」者者也……斷斷不肯翻供矣。先大夫遇諸門，問曰：「爾何故如是執之堅？」則涕泗曰：「極感公解網恩，然發回之後，父母又來罵曰：『賣爾之錢已用盡，爾乃翻供，以害父母乎？』若出獄，必處爾死，我思進退皆死，無寧順父母而死耳。〔註98〕

故事反映出清代父母視子女爲財產一部份，不知尊重子女也有其生存與選擇生活方式的權利。

第三節　道德故事

在清人道德故事裡，可以看到人世情義的可貴，這些行善守正之人，付出無所求，常在無形中也救了自己。大抵這些人物的行爲表現有：「慨贈銀囊，解人財困」、「替人醫貧，救人性命」、「助人重生」、「知禮守份」等。

壹、慨贈銀囊，解人財困

清代有位很有名的義賊叫做苗喜鳳，關於他的故事，多書記載，今取《清稗類鈔・婚姻類・苗喜鳳嫁被賺女》述之。這名義賊劫來的財物，不是用於自身享樂，而是濟貧扶困。一回，他行竊至某處，看見貧女跪求上天允她刲體療親並減己壽救母病，大爲感動，立刻予她三十金作醫藥費，並叮嚀她切勿刲股傷身。幾個月後，喜鳳再度來到孝女家中，卻打聽到，孝女之母不幸病逝，孝女被地方富豪子弟強掠爲妻之事，喜鳳立刻趕往富豪家中搭救，親手殺了富家子，帶孝女逃離此地。還替她尋覓歸宿，並無怨無悔地撫養孝女的弟弟長大成人：

> 義賊苗喜鳳短小力，嘗行竊江南，過某村，聞小屋有泣聲，陟步窺之，一女跪庭中，焚香瓦鼎，方小語曰：「弟幼家貧，僅老母相依，願減壽增母，無力市藥，請以臂肉和血，爲母起病，求神鑒佑。」

〔註98〕見（清）陳其元著：《庸閒齋筆記・卷三・福建宰白鴨之慘》，頁53。

言已，小刀。喜鳳知孝女，哀而敬之，捷下中庭，探懷出銀，授之曰：「此三十金，可作醫藥資，數月後我當復來，幸勿剮股傷身也。」言訖，一躍而逝。女驚定，知遇俠客，乘夜延醫，而母竟不救，女哀毀不欲生……數月後，喜鳳來探，則破屋塵封，杳無人跡。問之鄰，始悉顛末。先是，女母傭城紳家，女亦時往助母操作，紳子涎女美，出金啗母，欲納爲妾，以有夫辭。公子怒，欲強逼之，母訴於紳，始得免。因以紡織度日，不復至紳家。公子恨未釋，比紳死，女母亦亡，公子乃授計家人，賺女至家，囚之密室，欲污之，女驚叫，則絮塞其口，喜鳳以嘆得女耗，至紳家，聞南樓有呼救聲，破窗入，手刃公子，救女出。負女至野，謂之曰：「卿弟何在？可同往吾家避禍。」女告以弟所匿地。次早，催船返桐廬。女感甚，而欲委身事之。喜鳳曰：「我豈好色者？救卿復娶卿，人將謂我不義矣。」卒爲女擇一士人，備奩嫁之。女之弟依喜鳳爲活，得成立。〔註99〕

苗喜鳳雖爲盜賊，卻行事正直，不欺暗室，予人醫金還復救人於淫賊手中，可謂解人倒懸之苦，替非親非故的孝女照顧弟弟，其善行足爲人效。

像這般善心人士，有時在幫助別人之後，冥冥中竟救了自己。這類故事在清代雷同者多，可歸納爲兩類：一是「貧女報恩」型，一是「秀才年關救窮人」型。

「貧女報恩」型的故事，在《北東園筆錄》、《採異錄》、《翼駉稗編》等書均載，故事發展結構如下：有兩家女子同日婚嫁，一者爲貧，一者爲富，爲了避雨，花轎同時停在某處相遇，兩人互談心事。富家女知貧女甚苦，於是將手飾等贈予貧女。雨停後，兩人各自被抬往夫家成親。貧女因有手飾變賣，與丈夫做小生意，生活日漸富裕，但富家女婚後，命運多舛，竟流落到爲人乳母的際遇。巧合的是，昔日貧女正好要找一名奶娘，介紹人將曾是富家女的婦人帶上前時，貧女立刻認出她就是當年的恩人，趕緊替她準備一間乾淨住所，又將她的家人接來住，並把一半家產分給她過生活，以報昔年贈金之恩，今舉《北東園筆錄三編・卷二・貧女報恩》爲例：

一日兩家俱嫁女，一巨富一極貧。至中途相值，雨慎至，昇者各一綵輿置郵亭中，貧女於輿中哭甚哀，久之，富家女亦心動，遣媵問

〔註99〕見（清）徐珂著：《清稗類鈔（五）・婚姻類・苗喜鳳嫁被賺女》，頁2104。

之，曰：「我母家故窮，所適又乞人子，明日不知何，若是以悲。」
富家女為之側然，……貯荷囊二各緘金錠一，約重二十餘兩，乃使
婢納諸貧女之懷，貧女受之，正欲問姓名，適雨霽，與夫聚集，兩
兩分路。貧女嫁後，出所贈金俾其夫權子母，逐什一之利，乃行大
賈，家驟起，生男，視若掌珠，擇汝媼哺之。媼來時，諸婢僕指示
屋後樓三楹云：「每清晨，主母盥洗畢，即捧香屏從人詣其上，汝慎
勿登，違則必不恕也。」所哺子，漸能行，忽攀躋欲上，阻之則號
啕，不得已從之登入，其中則空洞無物，惟設香案，南向一龕障以
幕，媼揭視久之，不覺失聲哭，爭訊之。問何為哭，媼又揮涕曰：「適
見其中所懸荷囊，與我嫁壓袖者相似，是日行至途中，並所貯贈一
嫁娘，爾時母家夫家皆極盛，初不介意，亦不知其可貴也。」主問
汝嫁為何時，媼以某年日對；問是日遇雨否，媼曰：「不雨，則我之
荷囊固在也。」主聞而默然，尋其夫來。次日主家張燈采，并召其
族人皆至，命四僕引入四婦，自室中擁媼出，令各按二人上坐，勿
使動，主人主母倒身下拜，拜已起而言曰：「曩蒙應金者乃我，賤夫
婦非媼無以有今日，藏荷囊示不忘也，日日頂禮，冀相遇也，財分
為二，不敢專也。」田產薄二分，存其一，而以一歸翁媼。〔註100〕

至於「秀才年關救窮人」型故事，早在宋代《夷堅志》即有，見於〈丁志‧
朱承議〉〔註101〕。至清代，《小豆棚》、《里乘》、《堅瓠集》等筆記均收錄，今
舉《小豆棚‧卷四‧玉鉤形》為例：有一位私塾教師辛某，在年終時，帶著
薪水回家，在渡口處遇見一對夫妻在岸邊痛哭不已，辛某上前關懷，得知是
其家甚貧，債主催討急迫，不得已要賣妻，妻子不願離去，兩人決定共赴黃
泉，辛某聽了很不忍，便把薪水全送給他們過生活，返家後，辛妻得知丈夫
義舉，也很高興，即使除夕過得寒酸，他們也能樂在其中，辛某的善舉，也
在不久之後獲得吉穴、中舉等善報：

夜夢至一處，瓊樓玉宇，有聯續其句曰：「關關金鎖戶，卷卷玉鉤
窗。」辛覺，書于壁間。明春赴館。居停延地師葬母，辛以二親未
殯，請師留意。至一處，見鹿臥地，人至奔去，師曰：「此金鎖玉

〔註100〕見（清）梁恭辰著：《北東園筆錄三編‧卷二‧貧女報恩》（見「筆」正編九
　　　　冊），頁 5950～5951。
〔註101〕見（宋）洪邁著：《夷堅丁志‧卷二十‧朱承議》，台北：明文書局，頁 705。

鉤形，吉地也。」因憶與夢合，但不知爲誰氏地。適前與金之人至，見辛曰：「先生得非恩人乎？自得金完債，今少溫飽，常念未報德。今何事至此？」辛言求葬地，指鹿眠處。人曰：「此吾業也。」即邀至家，願書契與之，且爲助工營葬。數年後，辛聯捷，官至都賓。〔註102〕

「天道不遠，常與善人」，這些人以一念之善，竟爲自己帶來無形的福報。

貳、醫者仁心，活人性命

這類故事的主角，其共同特質就是具仁者心腸，具有道德勇氣，還能運用智慧，救人生命並保全受助者的自尊。

光緒年間，陸長春在《香飲樓賓談·卷一·醫貧》中說，有位名醫葉天士，任何疑難雜症患者前來求診，均能對症下藥，使其藥到病除，但是有一天，來了一名六脈均調的病人，請葉天士醫「貧」，葉天士運用智慧將他治好了：

> 葉笑曰：「是疾也，亦頗易治。子於晚間來，取方一服，即愈矣。」
> 至暮，鄉人敲其門，乞醫貧良藥，葉令拾城中橄欖核種之，高其值，勿賤售也。葉自是藥引皆用橄欖苗，病者爭往購，數日，苗漸稀，求者益眾，值益昂，鄉人獲錢無算，苗盡而藥引亦除矣。既而鄉人具禮來謝曰：「賴公力，已全瘳矣。」〔註103〕

宋人楊儀在《高坡異纂·卷下·針救產婦》中寫道，一名醫者見到難產而死的婦人，就他直覺判斷此婦只是血滯而非已死，所以不顧眾人反對，將她救活。這類故事傳到清代，多數故事裡的救人者爲醫生，但在吳熾昌《客窗閒話初集·卷二·齊叫化》裡，救人者非醫生，而是乞丐：

> （齊叫化）又與同丐游於村落，見殯者四人，輦一白木棺，血涔涔下。齊熟視之，呼曰：「若奈何殺活人於棺中耶？既露我等目，當爲復仇！」揮丐群圍之，棺不得行。輦者曰：「毋得鹵莽！死者爲子婦，因難產，胎攻上心，亡已周日矣！」齊曰：「必啓棺與我觀之。」輦者怒。正喧爭間，有識者曰：「此齊叫化，良醫也！汝盍啓棺，伊必

〔註102〕見（清）曾衍東著：《小豆棚·卷四·玉鉤形》，頁67～68。

〔註103〕見（清）陸長春著：《香飲樓賓談·卷一·醫貧》（見「筆」正編四冊），頁2639。另，（清）許秋垞著：《聞見異辭·卷二·吳郡神醫》亦載。

爲説。」筆者大悦，以棺回家，出其尸置室中。齊以針刺心下，喚
眾出曰：「速命婦女伺之，將產矣！」眾退，嫗入，哇然一聲，子產
而婦醒。齊大笑，不索一錢，掉臂竟去。〔註104〕

成書於道光後期，許秋垞所著《聞見異辭・卷二・吳郡神醫》篇裡，其主角
則是葉天士。清末吳趼人的《趼塵筆記・神醫》篇，神醫爲上海的喬鎮。較
爲不同的是在《香飲樓賓談・卷一・神醫》一文裡，增加一段：「死者爲大，
誰敢爲開棺負責，醫者承擔」的細膩描寫，更突然醫者的道德勇氣：

　　吳門薛生白微君雪神於醫，治疾屢著奇效。嘗遇數人舁新棺出城，
　　棺縫中血水淋漓，其色甚鮮。薛曰：「止若等舁活人奚往也？」舁者
　　曰：「此某家產婦，死已越宿，奚言活也？」薛固爭其不死，哄動一
　　市。適縣令至，詢得其故。令素重薛名，曰：「君能起死人而肉白骨，
　　誠善，萬一不能活，開棺之罪，將誰承之？」薛因素紙筆書自甘承
　　罪狀，遣告喪家，其夫亦至，乃發棺視之。薛曰：「此兒抱母心故暈
　　絕，一針可活。」以長針刺其心窩，婦大呼一聲，兒已下，而婦亦
　　漸蘇，視兒手則針眼存焉。令連稱神醫而去。越日，夫具禮踵門謝，
　　薛笑而卻之。〔註105〕

這故事至今於上海、福建、河南、陝西、甘肅、河北、江西、海南等地仍流
傳著。〔註106〕

參、助人重生，隱人惡行

　　助人之人，在施醫施藥施糧之際，更需要顧及受施者的自尊。在胡源
怍《採異錄・卷四・里長行仁》裡寫道：有一人很窮，到最後實在活不下
去了，於是他到市上買了毒藥，放在最後一餐飯裡，和妻小約好，要共赴
黃泉同死。這時，正好里長到窮人家索賦，看到他們正在吃飯，也想一同
用餐，卻被窮人竭力阻止，里長不悦，最後窮人只好告訴他實情。里長聽
了很難過，立刻贈他五斗米，並要窮人去其家裡拿，孰料，窮人拿回來後，
米內藏金五十兩，窮人立刻拿去還，里長則說，此銀應是天賜，要讓窮人

〔註104〕見（清）吳熾昌著：《客窗閒話初集・卷二・齊叫化》，頁3357。
〔註105〕見（清）陸長春著：《香飲樓賓談・卷一・神醫》，頁2636。
〔註106〕見祁連休著：《中國古代民間故事類型研究（下）》，頁1101。

過生活。〔註 107〕里長見里民因貧而活不下去，悄悄將金子藏在米內送給他，並說這是天賜之物，爲的即是讓里民心裡不要有任何負擔，付出無所求的心量，足爲人嘆。

故事裡，助人之人，運用智慧，使受助者能自食其力，活出一片天。道光年間，許奉恩在《里乘・卷六・甲與乙爲善友》中說：甲乙兩人是好朋友，甲貧而乙富，一日，某甲要外地去謀生，把家中妻小托負給某乙，某乙立刻答應要好好照顧他們。可是某甲才離開不久，家中即貧無以食，甲妻讓而子到某乙家求助，某乙卻冷笑說，當初的承諾只是戲言，甲妻無奈之際，某乙的僕人剛好來，聽聞主人無情無義，替甲妻打抱不平，且替她想辦法，最後才知這實是某乙避嫌接濟的方式：

> 甲與己善爲友，甲貧而乙富。甲將遠出貿易，托家室於乙，乙毅然諾之。甲既去匝月，妻以食用不給，遣子往乙求助。乙冷笑曰：「囊與而翁言，特戲耳。若眷口多人，將仰給於我，……雖銅山亦易崩也，請別爲計。」子怏怏歸，返命於母。甲妻嘆曰：「今天下所謂金蘭之友者，類如此矣！」米罄薪絕，舉室愁對，計無所之。忽乙之老僕來，甲妻數其主人負諾之非。僕亦頗爲不平，義形於色，且曰曰：「人情反覆如此，焉用友？夫人第請息怒，老奴聞夫人一家皆精女紅，曷不以針黹生活，較勝求人？」甲妻曰：「汝言固善，奈無資何？」僕曰：「果爾，老奴自有良策，老奴常爲主人會計，各店頗蒙取信。夫人應須何物，老奴可暫往各店支取，俟鬻物償資，亦無不可。」甲妻大喜稱謝。遂央僕貸得針線布帛等類，日督妾女子婦諸人壹意刺繡……僕即攜去代鬻于乙，乙不吝厚價，甲一家食用賴以不乏，久之，漸有贏餘，舉家甚德老僕，而益不直乙，乙自甲去後，亦絕不過問。初甲出門，既歸，見家室無恙，意是乙所賙恤，（妻）乃痛數乙所爲，并誦僕得。乙見甲歸，大喜，執手敘闊，情誼殷拳。甲忿不能遏，作色曰：「別後以家室相累，今幸不致餓莩，微君之惠不至此！」乙笑曰：「君疑僕耶誠然，老僕之代夫人經營者，皆鄙人之所籌畫而指使者耶。鄙意如夫人暨諸弱息皆在妙齡，君既遠出，舉家無主，若使坐食偷安，反恐逸蕩生事，故藉針黹使之作苦，閑

束身心……又高其值而利誘之，則更有所貪而益忘倦。」乃使左右
臾一箱至，見頻年所購各物堆積其中，曰：「僕留此實無所用，請仍
攜歸，俟女公子迨吉，小助妝奩可也。」甲至此始知乙用心之深，
用情之摯，感激涕零。〔註108〕

某乙作法，智義兼備，與人銀兩有盡時，予之謀生能力，既能長久又能讓人
自食其立，活出生命價值。這類故事在民間流傳很廣，至今於吉林、河南、
山西、福建、河北等地仍見傳述。〔註109〕

　　乾隆年間，吳熾昌在《客窗閒話續集・卷一・吳封翁》裡也說了一則助
盜重生的故事：一天，吳封翁在庭園看見有竊賊躲在樹端，他不動聲色，請
樹上君子飲酒，知其困境後，慷慨贈金，助其重生：

> 除夕，請翁入宴，二婢執燭前導。翁仰見樹端伏人，即止不進。囑
> 二婢曰：「汝等留燭于亭，歸告太夫人，我守靜已久，不願附熱鬧場，
> 可移樽獨酌，以適我意。」太夫人知翁性情，不敢拂，命僕移筵就
> 之。翁摒退家人，仰樹呼曰：「樹上君子，此間已無外人，盍來一敘
> 耶？」樹上人聞之，戰慄幾墮。翁曰：「老夫豈執汝哉？毋恐。」其
> 人下，叩首稱死罪。翁視之，鄰人某也。翁曰：「不能周濟鄰居，以
> 至為非，老夫之過也。汝其飽餐，當以二十金畀汝，卒歲之餘，小
> 作貿易，足以度日矣，切勿再為此事，他人不汝恕也……且陷老母
> 於不義。」翁乃予銀，並布裹食物送之牆下，曰：「歸遺爾母，汝仍
> 出此，勿使我家人知，以留汝顏面。」（翁卒），忽有靈隱寺方丈大
> 和尚來，哭之慟甚，不知是何交情。和尚造膝密告曰：「僧本鄰居，
> 前曾為盜，蒙老大人不責其罪，反以廿金為助，藉以奉母。母卒，
> 棄去為僧，皆老大人之德有以成之。」〔註110〕

以今日慈善眼光觀之，吳翁保全行竊者自尊，又贈金助他營生，這安身兼安
心的作為，才是真能助人重生之道。

肆、知禮守份

　　故事中具道德表現的人物，也許不識字，出身平凡，但行事守正守義。

〔註108〕見（清）許奉恩著：《里乘・卷六・甲與乙為善友》，頁154～155。
〔註109〕見金榮華著：《民間故事類型索引（中冊）》（型號893B），頁345～346。
〔註110〕見（清）吳熾昌著：《客窗閒話續集・卷一・吳封翁》（見《清代筆記叢刊（四）》，
　　　　頁3373。

王士禎在《香祖筆記‧卷四》寫道，清初賣水人趙某，他原本要買一婦人作妻子，沒想到買回來的竟是一位白髮蒼蒼的老婦，老婦表示，自己是因兵亂與家人失散，趙某不肯冒犯踰禮，於是將老婦當成母親般奉養，老婦深爲感動，決定再幫他買一女爲妻，巧合的是，所買回的，居然是老婦失散許久的女兒，在老婦人主持下，替兩人完婚：

> 居數日，嫗感其忠厚，曰：「釀錢本欲得婦，今若此，反爲君累，且
> 奈何？吾幸有藏珠一囊紉衣中，當爲君易金娶婦，以報德。」越數
> 日，於市中買一少女子入門，見嫗相抱痛哭，則嫗之女也，蓋母子
> 俱爲旗丁所掠而相失者，至是皆歸遜所。嫗即爲之合巹成禮。〔註111〕

這些小人物一念誠善助人，到最後往往會讓自己獲得不可思議的福報。

清代棄嬰之事時有所聞，無條件扶養棄嬰至成人的善心人不少，例見百一居士所著《壺天錄卷下》：有一年賊亂時，開銀樓的某甲無力保護出生才兩個月的兒子，只好把他遺棄路旁，後來被鄉民陸某發現，將嬰孩抱回家照顧，即使後來陸妻也生了兩名兒子，陸某仍將棄嬰視如己出，棄嬰長大後，陸某替他娶親，棄嬰完全不知自己的父親實是養父。直到有一天，棄嬰的養母生病了，在病中遇到一件很不可思議的事：

> 鄉人婦病劇，既蘇，乃言病中見一婦，自云棄嬰之母，告以姓氏住
> 址，懇與歸宗。棄嬰猶豫未信，不意某甲逕至家，詳述當時棄嬰服
> 色，一一符合。……乃更對眾滴血，亦復交。鄉人許歸宗，自是兩
> 家遂如姻婭。〔註112〕

俞樾在《耳郵卷三》亦有一則故事：有一人的兒子病幾死，但他看到溺女仍好心收養，結果其子病情竟轉危爲安。〔註113〕

道德故事的意義，不僅於表現人的道德行爲，透過故事亦在勸人「念誠」與「心善」的重要。

第四節　公案故事

古代衙門受理的案件，包括有確切罪行的大案，以及百姓間芝麻蒜皮的

〔註111〕見（清）王士禎著：《香祖筆記卷四》（見《清代筆記叢刊（一）》，頁632。
〔註112〕見（清）百一居士著：《壺天錄卷下》（見《清代筆記叢刊（三）》），頁2857。
〔註113〕見（清）俞樾著：《耳郵卷三》（見「筆」正編七冊），頁4225。

細事糾紛，審理者即是地方官，他們除了理事斷案，尚需兼做人際和事佬。今就清人筆記裡的公案故事，分民事案件與刑事案件說明之。

壹、案件類別

一、民事案件

《周禮‧秋官‧司寇第五》陸德明釋「以兩造禁民訟入，束矢於朝，然後聽之」曰：「訟謂以貨財相告者，以下對文，獄是相告以罪名也。〔註114〕」至元代，法律將民間婚姻、財物、土地等糾紛謂爲「雀角鼠牙之撓」〔註115〕，清代把「雀角鼠牙之撓」類的訴訟歸爲「細事」〔註116〕，即今之民事，處理方式可見於汪輝祖（西元 1730～1803 年）在《佐治藥言‧息訟》所言：「詞訟之應審者十無四五，其里鄰口角、骨肉參商細故，不過一時競氣，冒昧啓訟，否則有不肖之人從中播弄。果能審理平情，明切譬曉，其人類能悔悟，皆可隨時消釋。」目的是：「懲貪黜邪，以端風俗。〔註117〕」故事裡，出現的民事糾紛有以下幾種情形。

（一）與婚姻有關的民事案件

因婚姻關係而起的糾紛有抬錯花轎拜錯堂、代嫁娶引起的錯配因緣、愛富嫌貧毀婚約、一女二嫁、未婚有孕等。

「抬錯花轎拜錯堂」的故事，在第一節已中已提，這類故事的後續發展，還有爲之上公堂者，例如胡源祚之《採異錄‧卷三‧易婚》裡，陳某與徐女自幼定親，兩家財力相當，後來陳某因出天花，留下麻臉駝背的後遺症。其鄰居韋某，幼聘鄭女爲妻，雙方皆爲書香世家，韋某清秀，但鄭女唇青臉黑。巧合的是，這四家都選在同日婚娶，且在行經差路時相遇，正好遇上大雷雨，

〔註114〕見（漢）鄭玄注、（唐）賈公彥疏：《周禮‧秋官‧司寇第五》（見《十三經注疏‧周禮》，台北：藝文書局印行），頁 517。

〔註115〕見（元）佚名著：《居家必用事類全集‧辛集‧獄訟》（見《續修四庫全書‧子部‧雜家類》），頁 629。這句話本意出自《詩經‧召南‧行露》：「誰謂雀無角，何以穿我屋？誰謂女無家，何以速我獄？誰謂鼠無牙，何以穿我墉？誰謂女無家，何以速我訟？」內容原是形容強凌弱的訟爭，後世就以「鼠牙雀角」離比喻細微末事的爭訟。

〔註116〕見（清）剛毅著：《牧令須知‧卷一聽訟（附告示）‧》：「嗣后有鼠牙雀角互相爭鬥，盡可投明親族，鄰里爲之理處。」（見沈雲龍主編《近代中國史料叢刊》第六十五輯，據光緒巳丑孟冬所刊，台北：文海出版社），頁35。

〔註117〕見（清）汪輝祖著：《佐治藥言‧息訟》（見「筆」六編十冊），頁 6198。

於是同將花轎抬入廟裡停歇，待風雨止息時，天色已黑，各自倉促把花轎抬回家拜天地，結果，陳某與鄭女因自形慚穢，皆恐被對方看到自己的形貌，所以匆匆就寢並發生夫妻關係；韋某則是見妻子美如天人，不同於事前所聞的黑臉女，查問後得知是徐女，以禮待之，不肯進房。次日一早，雙方家長發現抬錯花轎拜錯堂後，鄭家喜女嫁入富室，徐女也仰慕韋某的書生氣息，不覺後悔，但是陳某不甘心美妻換醜妻，鳴官控告，判官堂上做公親：

> 邑陳氏子稚尺即聘定徐女為妻，家皆素封。陳子旋出天花，面大麻，一晴突出而背且駝焉。徐女及笄，嬌嬈綽約，畫中人也。其鄰鄉韋氏子世業儒，幼聘定鄭女為室，彼此皆以教讀為業，韋子長而秀穎，而鄭女乃青唇黑臉者，鄉居同在數十里內，知之者咸為天公錯配為憾事也。二月之望，二家同擇此日婚娶，半途合路處，兩家相遇，同行鄉間，迎親彩輿貧富無甚異，道旁觀者不辨其某鄉某家也。是日天氣暗霾，至此更大雷雨，以風昏不見人，各异入破廟中，接連並置而亦之約二時，久雨略小而暝晦如故，且時值日暮，從人匆遽，昏黑中舁肩輿分路行，初更方及門，富室鼓吹喧闐，然風雨益驟，堂中燈燭拒息，幾不成禮，草草送入洞房，即自形慚穢，急登床以被蒙首，新婦亦惟恐郎窺，以袖障面潛就枕焉。郎素豔其妻，一旦偎紅倚翠，不啻劉阮之到天台也，遂成于飛之樂。次早女先起而東方白矣，郎隨起，彼此覿面大驚，急喚伴娘詢之，則與新人不相識，問為鄭女，然後知避雨時與徐家錯异也。韋氏子家貧，門庭冷落，自歸洞房花燭一前，女偷窺婿美秀而文，婿眄新人光豔奪目，异乎所聞，駭極，即告母詢問，乃知其徐家女也。韋氏子以彼富我貧，齊大非耦，囑母伴新人，而己出外舍親朋清談達旦，兩家父母聞而急至，徐母問女將何彼從？女曰：「天也。」蓋陰懷西祖意。鄭父母至陳家，見女歸富室，喜溢眉宇，而陳子以妍易媸，不勝憤，訟之公庭，訊知陳鄭業已成親，韋子避嫌而俟堂著，於是義韋而斥陳，判曰：「韋郎能守禮文，坐以待旦，陳子已成仉儷，訟則終離。天孫女應嫁裝航，鳩盤荼合婚鬼卒，以故風雨師引線，風伯為媒，人何與焉，天作合矣，貧富自安於命。」〔註118〕

〔註118〕見（清）胡源祚著：《採異錄‧卷三‧易婚》（見「筆」三十七編十冊），頁252～255。

至於代親嫁娶引起的錯配因緣的故事，褚人獲（西元1625～1682年）在《堅瓠癸集・卷三・姑嫂成婚》中說：自幼聘訂的男女主角，因男主角病疴，男方家人希望能成親沖喜，女方家長恐女兒受委屈，即讓兒子扮女裝，代姊過門，而男方父母也考量兒子重病，不當近女色，即命小女兒代兄長伴嫂，孰料，各代家人拜堂的兩人同處一室，竟私爲夫婦。當事情揭發後，父母官權充月老，巧點鴛鴦譜：

> 劉璞者，其妹已許裴政，璞所聘孫氏，其弟潤亦已聘徐雅之女。而璞以抱疴，婦翁以婿方病，潤亦少俊，乃飾爲女妝，代姊過門，父母謂子病不當近色，命其幼女伴嫂，而兩人竟私爲夫婦。逾月，（劉）女有娠，父母窮問得之，訟之官。官乃使孫劉爲配，而以孫所聘徐氏償裴，三對夫妻各諧魚水。〔註119〕

類似的故事最早見於宋人羅燁的《醉翁談錄・丙集卷之一・因兄姐得成夫婦》，也被馮夢龍取材寫成《醒世恆言・卷八・喬太守亂點鴛鴦譜》〔註120〕。明代王同軌的《耳談・卷十一・娶婦得郎》，馮夢龍的《古今譚概・雜智部第三十六・嫁娶奇合》均載。至今的江西仍流傳這類故事。〔註121〕

　　這種男女雙方各有一男一女而終成兩個婚緣雖屬巧合，但往昔在民間似也不是絕無僅有，其背景在於民間沖喜婚俗之說。

　　清人論婚，重視親家財力，若發現親家經濟困窘時，則會萌生毀婚之意，有的甚至鬧上公堂。諸聯《明齋小識・卷七・當堂作親》故事說：王姓醫師將女兒許配給蔡姓友人的孿生子，後見蔡家清貧，決定反悔前訂婚約，將女兒另許陳家。蔡某不肯答應，訟之縣衙，縣官見蔡某甚貧，即使將王女娶回，恐亦無力照顧，於是判王醫師付給蔡某雙倍的聘金做爲賠償，並做主讓王女與陳氏完婚：

> 醫生王某，生女，未晬歲，適友蔡姓孿生子，遂以女字其次子。歷數年，蔡氏貧，陰欲諼信，恰逢孿生之長子死，王將女另許陳姓。蔡控於縣，謂子已納采，王訴女許字長子，媒妁不敢左右袒，無監確供，案爲寢閣，待盧邑尊蒞任，見陳尚文雅，家可溫飽，蔡則鶉

〔註119〕見（清）褚人獲著：《堅瓠癸集・卷三・姑嫂成婚》（見《清代筆記小說大觀（二）》），頁1494。

〔註120〕見（明）馮夢龍著：《醒世恆言・卷八・喬太守亂點鴛鴦譜》（台北：三民書局），頁141～162。

〔註121〕見《中國民間故事集成・江西卷・李知縣巧斷風流案》，頁650～652。

衣百結，蔡色黯然。乃倍罰其聘儀還蔡，而陳與王當堂成合卺禮。

〔註122〕

有些父母爲了貪圖聘金，還讓已婚的女兒再嫁他人，且反控訴女兒在婆家失蹤，企圖將罪歸咎親家。事見藍鼎元在《鹿洲公案‧三山王多口》所說的故事：縣民民陳阿功鳴官控訴女兒勤娘在婆家失縱，懇求縣官作主。縣官提訊陳阿功的親家與女婿，發現問題是在陳阿功，卻苦於陳阿功善於狡辯，最後縣官利用心理戰術，終於讓陳阿功認罪：

> 有陳阿功者，以急究女命來告，云勤娘嫁鄰鄉林阿仲爲妻，于歸三年，未有男女，未有男，仲母許氏素酷虐。九月十三日，我造其家看視之，則女已杳無蹤跡，不知係打死滅屍，抑嫁賣他人也。問：「汝女曾否往來汝家？」曰：「八月來，九月初六日方去，有王阿盛可質。」攝訊遇陳阿仲母，許氏切切鳴冤云：「寡守十七年，始娶一婦面，媳婦連月歸寧，七月間往復者二。……速之數次，皆不還，不知何故。至此十三日，陳阿功忽到我家欲索女命，此必係阿功立心不良，欲圖改嫁故藏匿耳。」問陳阿功：「女在汝家，以何日旋去？輿耶？步耶？何人偕之行？」曰：「女九月初六日言歸，貧人不能具肩輿，遣其弟阿居送之，半途步行而去。」問：「汝兩家相距遠近幾何？」曰：「十餘里。」阿仲母子大呼曰：「並無歸來，左右鄰可質。」問王阿盛：「汝於何日何處遇見陳女旋家？」曰：「聞阿居言之耳，未見也，我家里許，有三山國王廟，我九月六日鋤園道左，見阿居自廟歸來，言：『吾父命我送姊還家。』我問：『姊在何處？』阿居曰：『去矣。』我所聞如此而已，餘不知也。」問：「陳家貧富何如？」阿盛曰：「貧甚。」「至廟幾里？」曰：「三里許。」「林家至廟幾里？」曰：「六七里。」呼陳阿功詰之曰：「汝女既已適人，汝家又非甚富，值茲米珠薪桂之秋，日日歸寧，何爲且夫家促回三四汝不聽，去又何爲初三來請，汝既不依，豈有初六無故自行送去之理，又不令汝子送至其家，半途而返，與無干之王阿盛之何意？汝子無心一言，汝又從何而知？遂援引以作證據，其爲汝改嫁播弄機巧無疑也。」阿功呼天撲地哭曰：「父子至情，蔬水可甘，何必富婿家？催促再三，堅不

之許，自覺過當，送還補過，理所當然，兒子尚幼，離家不敢太遠，至於半途則婿家亦已在近，我怪兒回太速，詰以未至半途，而言已經過廟，有阿盛叔看見。今有女無蹤，是以牽連及之，我生不知女子從一而終，豈有婿在別嫁之理？」喚阿居問之，則年方十歲，云：「送姊至廟前而返。」問：「何不送至其宅？」曰：「父命我回家牧牛，聽姊自去。」嚇之曰：「姊現在汝家嫁人，何敢欺我？汝不實言，斷汝指矣。」阿居懼，哭而不言，再三餌之，總曰：「無此事？」問「廟有僧否？」曰：「無有。」「有乞丐否？」曰：「無有。」「有人家否？」曰：「無有。」「有樹林否？溪河池塘否？」曰：「無有。」終疑陳阿功所賣，較成機局，而阿功刁悍，阿居幼小，皆難於刑訊，思南人畏鬼，以言試之。召兩造謂曰：「汝二家俱無確證，難定是非，既道經廟前，則三山國王必知。汝等且退，待我牒王問虛實，明日再審。」越次日，直呼陳阿功上堂，拍案罵曰：「汝大非人類，匿女改嫁，，且聽信訟師，欲以先發制人，汝謂人可欺乎？人可欺天不可欺……三山國王告我矣。汝尚能強辯乎？汝改嫁何人？在於何處？得價幾兩？我拒知之，汝不贖還，今夾汝矣。」阿功懼不能答，伏地叩頭求寬……：「是也，為窮餓所驅，嫁在惠來縣李姓者，聘金三兩，願鬻牛以贖之。」……阿功使其妻王氏往惠來求贖，李姓勒令倍償財禮。王氏鬻一牛及幼女，得六金贖之。……陳阿功荷校兩月幾斃命，謂其妻曰：「早知三山王多口，悔不將牛與幼女早賣，免受此苦楚也。」〔註123〕

清人有關婚姻的民事糾紛，多是為財而起，而且為達目的，他們事前還會有畛密佈局，自導自演一樁訟案。

別於財力因素的婚姻糾紛，也有與外遇相關的，沈起鳳（西元 1741～1801以後）於《諧鐸·卷十一·片言決斥》中說，一名女子未婚懷孕，才嫁到夫家五個月就臨盆，丈夫一怒就將丈人告上官府：

錢塘袁公簡齋，……不阿權勢，引經折獄，有儒吏風。時民間娶婦，甫五月誕一子，鄉黨訕笑之。某不能堪，以先孕後嫁訟其婦翁。越日，集訊於庭，兩造具至，觀者環若堵牆。公盛服而出，向某舉受

〔註123〕見（清）藍鼎元著：《鹿洲公案·偶記下·三山王多口》（見《叢書集成三編》十八冊），頁 123～124。

賀。某色愧，俯伏座下。公曰：「汝鄉愚，可謂得福而不知者矣。」
繼向其婦翁：「汝曾識字否？」對曰：「未也。」公笑曰：「今日之訟，
正坐兩家不讀書耳。自古白鹿投胎，鬼方穿脇，神仙荒誕，固不必
言。而梁嬴之孕逾期，孝穆之胎早降，有速有遲，載於史冊。總之
逾期者，感氣之厚，生而主壽；早降者，感氣之清，生而主貴。主
壽者，若堯年舜祚；主貴者，不意遠微，即如本縣，亦五月而產，
雖甚不才，猶得入掌詞垣，出司民牧。謂予不信，令汝婦入問太夫
人可也。」某唯唯，即命婦抱兒入署。少選，兒繫鈴懸鎖，花紅繡
葆而出。婦伏拜地下曰：「蒙太夫人優賞，許螟蛉作孫兒矣。」公正
色謂某曰：「若兒即我兒，幸善視之。他日功名，勿使出我下可耳。」
繼又顧眾笑曰：「爾眾中有明理之士，幸諒予心，誤以前言爲河漢
也！」〔註124〕

袁枚深知新婦對丈夫不貞，若從理判，兩人只有離婚一途，世無勸人分離之
理，但也擔心非父親生的孩子，將來在家中易遭受排斥，於是巧言勸說，將
本被視爲拖油瓶的孩子，解爲天生異子有奇相，並請母親收養初生兒爲義孫，
保全這對新人婚姻關係，也護守即剛出世孩子未來的命運。袁枚將所讀經典
活用於排解糾紛中，處事以和爲貴，面面俱到，傳爲佳話。

（二）與家庭有關的民事糾紛

清人家庭裡常見糾紛，多與外遇、財產有關。爲了侵佔或謀奪財產，親
人反目在所不惜，甚至鳴官上訟。至於外遇問題，則有兩夫共爭一妻，以及
母親與外遇對象共謀陷害親生子的情形。

爭家產的故事，最常發生在手足之間，《鹿洲公案‧兄弟訟田》即載，有
對兄弟爲爭家產起訟，判官使兩人對坐相看，又一起吃飯等方式，使兄弟兩
人感悟，握手和好：

故氏陳智有二子，長阿明，次阿定，少同學，壯同耕，兩人相友愛
也，娶後分產異居。父沒，剩有餘田七畝，兄弟互爭，親族不能解，
至相搆訟。余曰：「田土，細故也；弟兄爭訟，大惡也，我不能斷，
汝兩人各伸一足合兒夾之，能忍耐不言痛者，則田歸之，但不知汝
等左足痛乎？右足痛乎？佐右惟汝自擇，我不相強汝。」兩人各伸

〔註124〕見（清）沈起鳳著：《諧鐸‧卷十一‧片言決赤》（見《清代筆記叢刊（一）》），
　　　　頁880。

一不痛之足來，阿明、阿定答曰：「皆痛也。」余曰：「噫，奇哉！汝兩足無一無痛乎？汝之身猶汝父也，汝身之視左足猶汝父之視明也；汝身之視右足猶汝父之視定也，汝兩足尚不忍，舍其一，汝父兩子，肯舍其一乎？此事須他日再審。」命隸役以鐵索一條兩繫之，封其鑰口，不許私開，使阿明、阿定同席而坐，聯袂而食，並頭而臥，行則同起，居則同止，便溺糞穢同蹲同立，頃刻不能相離，更使人偵其舉動詞色，日來報。初悻悻不相語言，背面側坐，至一二日，則漸漸相向，又三四日，則相對太息，俄而相與言矣。未幾，又相與共飯而食矣。余知其有悔心也。問二人有子否？則阿明、阿定皆有二子，或十四五，或十七八，年齒亦不相上下，命拘其四子偕來，呼阿明、阿定謂之曰：「汝父不合生汝兄弟二人，是以今日至此，向使汝止孑然一身，田宅皆爲己有，何等快樂？今汝等又不幸皆有二子，他日相爭相奪，欲割欲殺，無有已時，深爲汝等憂之。今代汝思患，預防汝兩人各留一子足矣。」命差役將阿明少子、阿定長子，押交養濟院，賞與丐首爲親男，取具收管存案，彼丐家無田可爭，他日得免於禍患。阿明、阿定皆叩頭號哭曰：「今不敢矣。」阿明曰：「我知罪矣，願讓田與弟，至死不復爭。」阿定曰：「我不受也，願讓田與兄，終身無怨悔。」〔註125〕

紀昀於《閱微草堂筆記・卷十一・滴血》則記錄一樁弟謀佔兄產的訟案，結果意外牽出妻子外遇的窘事：

晉人有以資產托其弟而行商於外者，客中納婦，生一子。越十餘年，婦病卒，乃攜子歸。弟恐其索還資產也，誣其子抱養異姓，不得承父業。糾紛不決，竟鳴於官。官……依古法滴血試，幸血相合，乃笞逐其弟。弟殊不信滴血事，自有一子，刺血驗之，果不合。遂執以上訴，謂縣令所斷不足據。鄉人惡其貪媚無人理，僉曰：「其婦夙與某私暱，子非其子，血宜不合。」眾口分明，具有微驗，卒證實奸狀。拘婦所歡鞫之，亦俯首引伏。弟愧不自容，竟出婦逐子，竄身逃去，資產反盡歸其兄。聞者快之。〔註126〕

〔註125〕見（清）藍鼎元著：《鹿洲公案・偶紀上・兄弟訟田》（見《叢書集成三編》十八冊），頁112～113。

〔註126〕見（清）紀昀著：《閱微草堂筆記・卷十一・滴血》，頁299。

為了防止爭家產糾紛，有些長者臨死前，在遺囑上暗藏機關，保護遺孤，最後是在官員善注句讀與解讀下，讓財產物歸原主。例見陸壽名所著《續太平廣記‧卷七‧精察‧奉使者》：

> 有富民張老者，妻生一女，無子，贅某甲於家。久之，妾生子名一飛，育四歲而張老卒。張老病時謂婿曰：「妾子不足任，吾財當畀汝夫婦耳，但養彼母子不死溝壑，即汝陰德矣。」於是出券書云：「張一非吾子也家財盡與吾婿外人不得爭奪」婿乃據有張業不疑。後妾子壯，告官求分，婿以券呈官，遂置不問。他日奉使者至，妾子復訴，婿乃仍前赴證，奉此者因更其句讀曰：「張一非吾子也，家財盡與，吾婿外人，不得爭奪。」曰：「爾婦翁明謂吾婿外人，爾敢有其業耶？詭書飛作非者，慮彼幼爲耳害耳。」於是斷給妾子，人稱快焉。〔註127〕

此類故事，從丁乃通《中國民間故事類型索引》記載可知，在明代已有〔註128〕，今日的浙江地區也有流傳〔註129〕，故事裡的老翁在臨終時，寫了兩份遺囑：「老漢古稀生下一子人都說非是我子焉家產全部付與女婿外人不得前來爭執。」交給女婿及兒子，可是他暗中告訴年幼的兒子，若姐夫待其不善，則可於長大後請判官據此遺囑做主。果然女婿把岳父的繼妻與小兒子都趕出去，小兒子長大後鳴官求助，女婿不以爲意，帶遺囑上堂，但他萬萬沒想到，岳父早已看透他的心思，在遺囑內暗藏玄機，用明礬水點出句讀：「老漢古稀生下一子，人都說非，是我子焉。家產全部付與。女婿外人，不得前來爭執。」等到他後悔卻已來不及。〔註130〕

　　爲防女婿或外人侵產，長者雖能在臨終遺囑上做事前防範，但對早有企圖霸佔財產的人而言，他們的技倆層出不窮，若非官員詳察，恐難破案。例如馮晟《談屑》所述〈易尸滴血〉故事裡，贅婿在岳父出殯日，故意與一家同舉喪事的喪家起衝突，在混亂之際，先行易棺，再讓妻子以親弟與亡父滴血不合爲由，向官員控訴親弟非父所生，夫妻倆意圖將家產據爲己有，索幸官員幕友提供良方，才讓此案水落石出：

〔註127〕見（清）陸壽名著：《續太平廣記‧卷七‧精察‧奉使者》（見「筆」十編八冊），頁4635。

〔註128〕見（美）丁乃通著：《中國民間故事類型索引》（型號926M*），頁209～210。

〔註129〕見金榮華著：《民間故事類型索引（中冊）》（型號926M.1），頁389～390。

〔註130〕見陳慶浩、王秋桂等編：《中國民間故事全集‧浙江‧暗藏玄機》，頁321～324。

紹興富翁某，有三子，而并娶婦，先後皆死。有女贅婿於家，爲司
管鑰。老年乏嗣，意甚鬱鬱，遂復置簉室，未逾年生子，而翁遂棄
世。家無男丁，一切喪事惟婿指揮。舉殯日，適與鄰村喪家同，鼓
吹儀杖各爭道，至於交鬨，停喪路側。鬨罷而葬，其俗然也。既葬，
女控於官，謂抱中兒非翁出。長媳聞之怒，詣官自訴謂實係翁子，
如不信，請啓棺滴血。官責狀，長婦甘誣抵罪。驗之不入，長婦係
獄。次婦控於上台提審，委驗如前，次婦亦坐收，三婦憤甚，走而
控於京。適大僚某公在浙按事，就便查辦。大僚調集卷宗，熟思無
策，謂非翁子，而兒婦三人鑿鑿指認，且甘罪迭控，自係眞情；謂
是翁子，而屢次滴血不入，訪之刑件，亦別無弊寶，不解所由。聞
某幕以折獄名，卑禮厚幣聘之來。幕思之數日，忽拍案曰：「得之矣。」
因請於大僚先滴女血爲驗。大僚頓悟，召女謂曰：「爾弟非翁出，爾
非翁出乎？盍先試汝？」女色變，滴之亦不入。大僚怒，嚴鞫之，
女不能禁，泣曰：「此事溪由婿。」急逮婿，一訊而服。蓋於舉殯時，
故與鄰村同日而路旁爭鬨，乘亂易棺。老謀深算，人情所不及料也。
爲按律治罪，而釋婦。〔註131〕

幕僚或知贅婿有侵產之心，早做疇謀，在其小舅與岳丈血滴中，必有一誤，
索幸讓其妻也用滴血方式，與其亡父核對，眞相立現。

　　至於因外遇而起的民事糾紛，采蘅子在《蟲鳴漫錄卷一》說了一則兩夫
共爭一妻，判官利用「僞死測眞情」方法將婦女判還予原夫的故事：

某邑甲久客於外，十年無耗，婦及幼子貧窶實甚，乃招衣於家。乙
故業成衣者，攜貨就婦居，新其屋宇，門設縫肆，儼然有妻有子。
半載，甲歸，見門庭改易，不敢入訪。知其故，鳴官，官傳乙對簿，
彼此爭欲得婦。官不能決，密令隸臥婦於門板，覆以蘆蓆，詭言某
婦羞忿自盡，昇至堂上。諭曰：「婦今已死，孰願領尸棺殮？」乙云：
「我已豢養半年，所費不少，刻下本夫已歸，不能再埋死婦。」甲
云：「久客無耗，其曲在我，婦改適非得已，今死願殮。」官命啓蓆，
婦故無恙，乃斷令甲領而逐乙焉。〔註132〕

〔註131〕見（清）馮晟著：《談屑·易尸滴血》（見陳重業主編：《折獄龜鑑補譯注·卷
　　　　一·犯義·易尸滴血》），頁133。
〔註132〕見（清）采蘅子著：《蟲鳴漫錄卷一》（見「筆」正編六冊），頁3692。

為了能與外遇對象天長地久，卻又礙於子女牽絆，有的母親索性與外遇對象共同陷害親生子。沈起鳳在《諧鐸・卷十一・三杖惡奴》故事裡即說：某家奴與守寡的主母發生姦情，但礙於小主人之故而不敢過於張揚，於是慫恿主母控告小主人。縣令故作生氣狀，要對不孝子施以重刑，但判定均由「家奴」代受，藉責小主人之名，實重懲惡奴：

> 里中有惡奴與主婦通，而礙於其子，唆主婦以忤逆控縣。公廉得其實，拘叔氏舅氏一併聽鞫。至日喚惡奴上，問：「兩黨親族，拒不列名，爾何抱主婦控？」惡奴曰：「小人蒙主人豢養，日望小主成家，不意下流自居，主母束之，反肆抵觸，赴愬兩黨親族，視同秦越，不得已，冒嫌抱控。」公曰：「忠心為主，勞怨不辭，汝可謂義僕矣。」惡奴頓首曰：「小人素有好人之目，里黨所共知也。」公頷之，喚忤逆兒，年十四五，恂恂儒雅，訊其逆母之故，但流涕不言。公偏怒曰：「不孝之罪，律有明條，三尺法何可輕宥？」遂飛籤下，兒痛哭，叔與舅代為哀免，而惡奴面有喜色。公顧而笑曰：「爾小主尚在童年，刑杖一下，立當斃命。汝素號好人，且受主人數年豢養，盍代一杖？」呼兩旁隸曳下重杖，曰：「代不孝者，杖勿從輕也。」責至四十，血肉交飛，繼又罪其叔曰：「爾與乃父為同胞，而不能禁約其姪，至令以忤逆播間，亦當受責。」叔伏地乞恩，公笑曰：「一客不煩二主，有好人在，爾無畏耳。」又曳下代責二十，曰：「杖已代矣，枷又何辭？」大書「枷號好人一名，俟忤逆兒改過日釋放」，奴杖痕已重，復荷重枷，不旬日竟死。〔註133〕

徐珂將此故事收入《清稗類鈔・獄訟類・滑稽判案》，至今雲南地區仍流傳。〔註134〕

　　在父系社會裡，為了錢財典妻賣女是很普遍的現象，他們視妻女為己財產，清代也不例外。至此時，尚出現了「婿賣岳母」的特殊情形，見於胡承譜所著《隻麈譚・婿賣妻母》，有一位女婿，因賭博輸了不少錢，無力償還，結果竟與鄉中無賴串通，將妻子賣給某戶人家當新娘，又騙岳母頂替出嫁。岳母得知被女婿騙賣，非常生氣，安排讓女兒嫁入此戶人家。女兒原婆家得

〔註133〕見（清）沈起鳳著：《諧鐸・卷十一・三杖惡奴》（見《清代筆記叢刊（一）》），頁879～880。
〔註134〕見祁連休著：《中國古代民間故事類型研究（下）》，頁1329。

知後，鳴官控告，太守得知來龍去脈，對岳母的處理大嘉讚賞，並責備女婿，要他拿出一半的財禮，給岳母養老：

> 某鄉民某，狂蕩無行，千金之產耗立盡，只遺一婦少艾。婦母某氏，
> 年五十許，孀居無子。一日，婿因賭方逼債倉迫，串通鄉棍，私領
> 少年娶婦者陰窺其妻，暗立賣契五十金，擇日過門。屆期則迎妻母
> 至，以半朝九葷為辭，五鼓催起肅衣裙，梳洗，整簪珥。裝既畢，
> 而陰令娶婦家肩輿人抬歸。質明抵門，娶婦家放花爆，迎進中堂，
> 陳設香爐花瓶燭台。鼓樂作，新郎拱候輿旁，啟輿，一老婦走出問
> 故。新郎懊悔退避，如不欲狀。旁一婦人哭謂曰：「新娘掉了包矣。」
> 老婦人凝人片時，乃攬旁婦袪，徐徐步進內房，曰：「我知之矣。好
> 語新郎君，且莫聲張，管在老身，限七日內，還爾一少年標緻老婆
> 也。」蓋老婦者，私念其婿如此無行，何能養女得所，不如以女轉
> 嫁此人。屆期女盛裝至，則以前所陳香爐燭花瓶爆鼓樂導進中堂，
> 老婦自來啟轎，扶女出轎，告以爾夫立契買爾，爾母主婚。隨呼新
> 郎展拜成禮，送房合巹。婿家聞之，竟鳴於官。官為江公于九太守，
> 隨票拘兩造質審，娶婦者以賣契呈驗，婦母率婦跪訴根由，江公拍
> 案叫絕曰：「世上有此等有膽有識老婦人，著實可嘉！」因喚其婿責
> 之曰：「爾自賣老婆，奈何以岳母頂缸？姑念爾已失婦，且免爾責，
> 其追出財禮之半，給爾岳母養老女家焉。」〔註135〕

岳母得知被女婿騙賣時，能以靜制動，也替女兒另謀歸宿，連判官也感到佩服。

（三）與侵佔爭產有關的民事案件

　　清代故事裡出現侵產糾紛，所佔多是他人牲畜、物品、金錢等，另外也有誣控拾金不昧之人的情形。

　　王應奎（西元1684～1757年）在《柳南隨筆卷四》裡說了一則賣菜和賣米人，同爭一個栲栳，鬧到衙門的故事。縣令下令審栲栳。等到隸卒把栲栳打破，有菜子從縫中滾出，答案自見：

> 固始縣有二鄉人入城，維舟一處，一為賣米者，一為賣菜子者，爭
> 一栲栳，至相撲擊。其栲栳本賣菜子者物也，遂訟于官。時乃宣言

〔註135〕見（清）胡承譜著：《隻塵譚・婿賣妻母》（見《叢書集成新編第八十九冊》，台北：新文豐圖書公司），頁345。

於眾曰：「此事不必審人，即審栲栳足矣！」於是命隸取栲栳杖之，
時觀者如堵，不解所以。迫杖下而栲栳破，有菜子自縫中滾出，賣
米者乃叩穎服罪，一時頌令神明云。〔註136〕

此類故事民間流傳甚廣〔註137〕，溯見《南史・卷七十・循吏傳》的「鞭絲破
案」，爾後有唐代的《疑獄集・卷一・季令鞭絲》〔註138〕，宋代鄭克撰《折獄
龜鑒・卷六・李惠（附錄：傅琰鞭絲）》、桂萬榮編《棠陰比事・傅令鞭絲》，
明代馮夢龍《智囊補・察智部卷九・得情・傅琰》、張岱的《夜航船・卷七・
政事部・燭奸・斷絲及雞》等均有此類故事，清人慵納居士的《咫聞錄・卷
二・葛青天・審柳斗》。流傳至民國，《中國偵探案・打笸斗》〔註139〕亦載，
近年吉林、浙江省仍流傳。

　　清人以農業為生者多，牛隻是家中極重要的牲畜，故而常成為爭訟的對
象。《柳南隨筆卷四》說道，有兩人爭牛成訟，縣令命人牽來兩家的母牛，置
於一旁，然後命人鞭打小牛，其中一頭母牛立刻出現狂怒狀，即知這家母牛
是小牛的母親，小牛則為此家所有，案情也就水落石出：

有子求進士盛王贊者，吳縣人也。嘗為蘭谿知縣。有兩民爭一犢成
訟，盛乃使牽兩母牛置於旁，而箠掠其犢，一母牛作觳觫狀，遂得
實，歸其主。〔註140〕

這個故事最早見於江盈科的《談叢・判詞・判牛》，馮夢龍的《智囊補・膽智
部卷十二・識斷・祝知府・判牛》，樂天大笑生纂《解慍編・卷十三・判牛》
亦載。至今則流傳於福建、浙江、湖南、湖北、陝西等地。〔註141〕

　　上述故事裡的判官是利用母愛來判斷，有的判官則是觀察小牛對母親的
孺慕之情來判定小牛歸屬誰家。徐崑國著（西元1691～1761年）《遯齋偶筆・
乳牛》裡的判官，則是接受訟牛案後，就把小牛關起來餓兩天，再將兩家的
母牛，各繫於東、西兩旁的樹下，然後放出小牛，見小牛立刻衝向東邊樹下

〔註136〕見（清）王應奎著：《柳南隨筆卷四》，台北：中華書局，頁82。
〔註137〕見金榮華著：《民間故事類型索引（中冊）》（型號926F），頁380。
〔註138〕見（唐）《疑獄集・卷一・季珪智鞭絲》（見《景印文淵閣四庫全書・子部・
　　　　第七二九冊》），頁799～800。
〔註139〕見（清）吳趼人著：《中國偵探案・打笸斗》（見《吳趼人全集（七）》），頁
　　　　89。
〔註140〕見（清）王應奎著：《柳南隨筆卷四》，頁82～83。
〔註141〕見祁連休著：《中國古代民間故事類型研究（下）》，頁933。

的母牛身旁喝奶，母牛也對牠舔舐不止。判官又命人將小牛牽到西邊樹下的母牛身旁，小牛不肯靠近，且西邊的母牛對小牛也無疼惜之情，於是判定這頭小牛歸屬東邊母牛主人家所有：

> 余師陳秋田先生，令廣西之荔浦。有甲乙俱畜牸牛，乙牛有犢，甲訟其奪己之犢而無驗，乙力詆其誣。詢其色皆同，乃令乙牽犢至，閉諸廄，不飼以草具者二日。令牽二牸牛至，甲東而乙西，繫諸庭樹，牽犢出縱之，犢見東樹所繫牸牛，亟就乳，牸舐之不置。牽就西，弗近也，牸亦無繫戀狀，訟立剖。○蓋乙犢死，偶借甲犢飲乳，因其毛色相似，故從而冒之也，杖乙，還甲犢。〔註142〕

這類故事可以溯見至唐代的《朝野僉載・卷五・放驢搜鞍》，歷經宋、明、清，至近代的四川、吉林、河南、江蘇仍流傳。〔註143〕

　　另外也有官員接獲人訴己鴨被偷時，將兩造鴨隻帶回公堂，再命雙方各自呼叫鴉子，看鴨子跟誰誰，察知牲畜歸誰所有。可舉趙吉士（西元 1628～1706 年）《寄園寄所寄・卷上・囊底寄・智術》故事為例：

> 有失鴨數十者，控於休寧廖令騰煌。廖曰：「近有來求鬻而未遂者乎？」曰：「有金姓人曾來。」蹤跡之，鴨具在，金強辯不服。料悉取兩家鴨，雜於堂，命各呼之。金呼之不應，失鴨者以竹竿呼，果成群而走，且曰：「吾鴨有火絡印左掌。」驗之，果然。其中一鴨不應呼，且無掌印，金擲以絞辯。廖曰：「爾積竊也。俱人覺，故買一他鴨雜其中耳。」金報服，責而還之。〔註144〕

除了侵佔物產，也有佔人財產者。徐珂的《清稗類鈔（三）獄訟類・趙清獻折獄》錄有一則公案故事，內容起於盲者與屠者是好朋友，一日，屠者錢被盲者偷，但盲者反喊冤枉，判官為了讓偷者心服口服，決定讓「錢」說話，命官吏取來一盆清水，把錢投入水中，水面立刻浮出一層油，答案自然分明：

> 浙閩總督趙清獻公廷臣之折獄也，摘發如神，其最傳人口者數事：

〔註142〕見（清）徐崑國著：《遜齋偶筆・卷下・乳牛》（見「筆」十四編十冊），頁6345。

〔註143〕見金榮華著：《民間故事類型索引（中冊）》（型號926G），頁380～381。

〔註144〕見（清）趙吉士著：《寄園寄所寄・卷上・囊底寄・智術》（見「筆」七編五冊），頁2625。

> 有盲者與屠者善，一日入屠室，虛無人，筐有錢五百文，懷之走。
> 屠者覺而追於途，盲者撫膺辯曰：「天乎，吾辛苦積此錢，乃欺吾瞽
> 而要劫乎！」眾皆憤憤。趙過，爲遮訴焉，屠者亦泣陳。趙笑命吏
> 取盆水，投錢其中，浮脂熒熒，乃斷歸屠者。〔註145〕

這類「誰偷了賣油條小販的銅錢」故事，較早出現於《國朝先正事略・浮脂辨盜》，故事較簡單，泖濱野客撰的《野客讕語・審石獅》增加故事戲劇張力，吳趼人也寫入《札記小說・卷油汙辨盜》。至今這則故事遍傳各地，上海、福建、海南、河南、北京、寧夏、甘肅、陝西、湖南、湖北、四川、浙江、江蘇、山東、河北、山西、江西等地均傳述之〔註146〕，在歐洲也可見。〔註147〕

　　另一種因財而起的糾紛，則是拾金不昧反受誣。有人掉了錢財卻不自知，被另一人拾起，拾金者在原地等候失主，終於等到失主，但因失主不願贈金答謝，反而說錢數不對，誣爲拾金者所竊，兩人爭執不休，請判官定奪，故事可舉徐錫麟之《熙朝新語卷十二》爲例：

> 乾隆二十九年，蘇州樂橋，有李氏子，每晨鬻菜於道，得錢以養母。
> 一日，拾金一封，歸而遺其母，發之，內題四十五兩。母駭而卻之
> 曰：「汝一蕘人，計力所得，日不過百錢，分也，今什伯之，不祥，
> 且彼遺金者，或別有主，遭鞭責死矣。」促持至其所，遺金者適至，
> 語以故，還之，其人得金馳去，市人怪其弗謝也，聒之，令分金酬
> 賣菜者。其人不肯，詭曰：「予金故五十兩，彼已匿其五，又何酬焉？」
> 市人大譁，有司過而訊之，佯怒賣菜者，鞭之五，而發金指其題，
> 謂遺金者曰：「汝金故五十兩，今題四十五兩，非汝金矣。」以授賣
> 菜者：「汝妄得吾鞭，以是償汝。」〔註148〕

金師榮華在〈拾金者的故事試探〉文裡提到，此類故事爲國際型故事，在歐洲、中東、印度等地均有，並推論出此故事係出自中國元代〔註149〕，因當時用紙幣，紙幣質輕，掉了巨款而不知尚合情理，但若掉整袋硬幣而不察，則有些牽強。另外，以社會環境而言，唐宋爲了貿易之便而發行飛錢、交子等，

〔註145〕見（清）徐珂著：《清稗類鈔（三）獄訟類・趙清獻折獄》，頁998。
〔註146〕見祁連休著：《中國古代民間故事類型研究（下）》，頁1120。
〔註147〕見金榮華著：《民間故事類型索引（中冊）》（型號926D.3），頁372。
〔註148〕見（清）徐錫麟著：《熙朝新語卷十二》（見《清代筆記叢刊（二）》），頁1724。
〔註149〕見（元）楊瑀著：《山居新話・卷一・矗以道斷鈔》，及（元）陶宗儀著：《輟
　　　耕錄》。

但與百姓生活無關，直到元朝，鈔票面值大小都有，民間使用紙鈔就普遍了，也才有支持成此故事發展的背景。〔註150〕

這類故事在明清時期頗爲流傳，有馮夢龍之《古今譚概・顔甲部地十八・聶以道斷鈔》，清代趙吉士的《寄園寄所寄・卷十・驅睡寄・聶以道斷鈔》，朱翊清的《埋憂集・卷六・譎判》，徐珂《清稗類鈔・獄訟類・閩縣拾金案》等。今流傳於江蘇、浙江、山西、四川、西藏等地。〔註151〕

除了侵佔糾紛，民間爲田界、墳地而起的爭執也不少。許奉恩在《里乘・卷八・張靜山觀察折獄》故事裡說，有兩戶人家共爭墳地，已爭了三十餘年，仍無法結案，原因在於一方地契遺失，另一方得之後意圖騙佔，遂起興訟。縣令先曉以大義，接著，縣官又虛設情境，觀兩家行爲反應，藉以判斷此墳地歸屬誰家：

> 張靜山觀，特擢新安太守，甫下車，有兩姓爭墳互控者，稽核舊牘，已歷三十餘年矣。吏曰：「此案每新太守蒞任，例來互控，因兩姓俱無契據，無從剖決。」公親自登山，兩姓俱至。一姓係望族，其人納貲以郡丞候選；一姓係老諸生，年已七十許。公諭之曰：「汝兩姓爲祖興訟，歷久不懈，孝思可嘉。惟聞自經具控，彼此阻祭，爲汝祖者，毋乃餒而汝心安乎？」兩姓皆伏地請罪。公曰：「汝兩姓各執一詞，皆近情理，迆恨兩無契據耳。昨特虔禱，宿城隍廟中，果見神傳家中人至，稱係某姓之祖，被某姓誣控，求我判斷，我以許之矣。願一經明白宣示，眞假既分，是非立決。此後是其子孫方准登山展祭，非其子孫即不得過問。兩姓皆當別祖，過此以往，不能幷至此隴矣。」老諸生乃走伏墓前，草草三叩首畢，起身乾哭，顏色怩怩。郡丞乃伏拜墓前大哭曰：「子孫爲祖宗興訟，多年不辭勞苦，今郡伯禱神夢，一言判斷，究不知是非眞假，可否不謬，倘所夢不實，爲子孫者，此後不能致祭矣，言念及此，能勿悲乎！」痛哭臥地，暈不能興，斯時觀者如堵，無不惻然太息。公笑謂眾曰：「觀兩人別墓情形，眞假是非，汝眾人當共喻之，尚待吾宣示乎？」共贊郡丞爲眞孝子而不直老諸生。老諸生自言知罪，誓無反復。〔註152〕

〔註150〕見金榮華著：〈拾金者的故事試探〉（見《禪宗公案與民間故事——民間文學論集》），頁39～58。

〔註151〕見祁連休著：《中國古代民間故事類型研究（下）》，頁802。

〔註152〕見（清）許奉恩著：《里乘・卷八・張靜山觀察折獄》，頁243～245。

另有遇相同訟案的官員，則是採道德勸說，例見《閱微草堂筆記・卷十七・兩家爭墳山》，故事裡兩造也是因明代戰火而無地契，互爭某地是己祖墳，官員勸他們，縱然有人拜了自己的祖先，但對祖先毫無損失，何不樂見其祭獻：

> 有兩家爭一墳山，訟四五十年，閱兩世矣。其地廣闊不盈畝，中有二冢，兩家各以爲祖塋。問契券，則皆稱前明兵焚，已不存，問地糧串票，則兩造俱在。其詞皆曰：「此地萬不足耕，……所以百控不已者，徒以祖宗丘隴，不欲爲他人占耳。」蔡西齋爲甘肅藩司，聞之曰：「此爭祭非爭產也，盍以理喻之。」曰：「爾既自以爲祖墓，應聽爾祭。其來爭祭者既願以爾祖爲楚，於爾祖無損，於爾亦無損也，聽其享薦亦大佳，何必拒乎？」〔註153〕

爭墳訟案自古至清例不繁舉，它們雖不類前所述侵產案件，具有實質利益損益問題，卻往往爭執不休，與中國重視孝道和風水有關，不祭祖是大不孝的行爲，將受陰懲，或功名不舉，或居處不安等。另外，祖墳風水影響歷代子孫發展，所以特別爲人重視。

二、刑事案件

（一）竊盜官司

竊是指在物主不知情的情況下，將財物據爲己有；劫盜則是利用恐嚇、傷害等方式來奪取財物。

舟子謀財害命的事情，在清代時有所聞，歸因於清代商業活動繁榮，商人往來貿易阜地多需透過船隻，舟子懂得察言觀色，得知該商人是攜物前往販賣，或者是攜資返鄉，等到船行水中央或夜深時刻，即進行竊劫，有時是舟子一人獨自犯案，有時他們也會合夥船上其他人或海盜等。胡文炳在《折獄龜鑑補》裡說，有位貨主運紙貨上岸盤點時，發現少了十幾捆紙，認爲是船戶所偷，船戶不服，他們決定請求官判。判官將他們留在現場，並發出十幾張差票，要差役到城內外紙舖店，向各家要一捆紙來，接著判官問船戶可知紙上有何記號？每捆價格多少等，船戶均稱不知，貨商則能清楚交待哪些捆有那些字號、並且都有本商號的字號。於是，判官要貨主前去確認從各家紙舖取來的紙貨裡，哪些是自己的，然後又按字號傳這些舖戶上堂，問他們貨從何來，大家均指是船戶賣給他們的，船戶無法抵賴，只好認罪：

〔註153〕見（清）紀昀著：《閱微草堂筆記・卷十七・兩家爭墳山》，頁536。

　　廓太守，蜀人也一日，有紙貨船停岸，報失紙數十捆，求緝。廓曰：
「此必船戶所盜。」失紙者究詰船戶，船戶不服，復相持至官。廓
止二人候訊。頃出差票數十，命役將城內外紙鋪各鎖一捆至。人皆
詫異，俱往觀。廓命閉二門，使不得出。須臾升堂，問船戶：「紙上
作何記號？」曰：「不知。」問：「每捆值錢多少？」曰：「不知。」
問失紙者曰：「幾捆有某字號，幾捆又有某字號，總共有本商字號。」
廓曰：「贓貨俱在，汝自認之。」失紙者曰：「某某非，某某號固是
也。」按號招鋪戶曰：「爾等與船戶朋比為奸，當受何罪？」鋪戶曰：
「實不知盜貨，因貪廉價，故售之。」問：「售自何人？」指船戶曰：
「此人是也。」遂照數起還原物，并追船戶所得錢，分歸鋪戶。責
船戶杖百，枷示失物之處。〔註154〕

但不是每位失物者都能很幸運尋回物品，有時他們不但找不回己物，尚因竊
物者東窗事發，感到顏面無光，懷恨在心，對他們施以報復。例如朱翊清《埋
憂集・卷四・賈荃》裡的賈荃，幼聘江府，在她要嫁入江家前幾天，有一賣
珍珠的老婦人到賈家向她兜售，賈荃挑了幾顆珍珠並將自己收藏的十幾顆，
交給老婦人，請代穿一頂珍珠鳳冠，結果原珠被調包，家人代為理論，婦人
遂惱羞成怒，散播賈荃已有身孕的流言，使親家變冤家，鬧上公堂。〔註155〕

　　（二）人命官司

　　為了謀財、或姦情爆發、或為愛情而致傷人命的刑事案件，清代筆記搜
錄不少。另外，也有因被動植物毒液所侵而喪命的案件，這類故事若非官員
明察秋毫，往往會被歸咎於人為因素。

　　1. 謀財害命

　　謀財害命的故事各朝例不繁舉，清代也不例外。李元度在《國朝先正事
略・卷三十九・文苑・汪舟次先生事略・汪懋麟》裡，記錄一則異鄉客寄宿
某家被殺，尸體與馬匹分被帶至異地。官員利用異鄉客之馬找到殺人者的故
事：

　　汪蛟門懋麟，官刑部主事時，有城南武某，以車一馬一販米於南花

〔註154〕見（清）吳靖符：《客窗閒話・認紙獲盜》（見陳重業主編：《折獄龜鑑補譯注・
　　　　　卷四・犯盜・認紙獲盜》），頁571～572。

〔註155〕見（清）朱翊清著：《埋憂集・卷四・賈荃》（見《清代筆記叢刊（四）》），頁
　　　　　3156～3157。

圍，宿董之貴家。之貴利其貲，殺之，以車載尸，鞭馬曳之他去。

武父得尸於道，得車馬於劉氏之門，訟諸官，謂劉殺其子。蛟門曰：

「殺人而置其車馬於門，非理也。」乃微行，縱其馬，至之貴門，

跳躍悲鳴衝戶入。即令收之貴，一訊而伏。時驚以為神。〔註156〕

不僅朋友間為財奪命，即使親子間一旦貪財心起，逆倫之案也有所聞。在王
嘉禎所著《在野遺言・卷一・崑山逆案》故事裡，有位商人做完生意返鄉途
中，到女兒家探訪，父女談話間，商人無意間流露獲得一筆資金，準備替兒
子完婚，女兒心起謀財害命之意，親手殺了父親，幸因被一旁三歲兒所見，
無意間露口風，才破此案：

某翁木工也，往湖廣作商販數年，攜五百金歸，行至女家，見女無
恙，欣然入室，各道近況。翁曰：「得五百金，欲為兒娶婦。」女自
忖曰：「老昏耄！將瘠我而肥彼耶？不使歸，金將焉往？」遂治具供
饌，食畢時，天氣炎熱，邀翁澡身，既至，則沸湯灌頂淋漓遍身，
傾刻而斃，割肉而埋之庭。一三歲兒見之，餘無知者，五百金撫為
己有矣。初翁之登岸也，囑舟子至洞庭將行李付其家，數日後必返。
其子久待之不歸，遂往崑山過酒肆而問之。主人曰：「爾翁半月前過
此攜一傘至女家，迄今未見還也。」子至女家問之，女背而與之言
曰：「未嘗來也。」子亦漫應之。良久，女謂弟遠來，倉卒無以供，
具殺雞而食之入湯，伐毛兒從旁觀曰：「此雞何形似阿爹？」實人呼
外祖為阿爹也。女禁以目，子覺據抱兒出曰：「我與兒覓塘食去者。」
至茶肆問之，一一得其狀，遂同往擊鼓鳴冤，官往驗，視則石縫中
髮辮出焉，嚴刑訊之，婦吐其實論如律。〔註157〕

2. 因姦情、強暴或愛情喪命

至於因姦（或為強暴，或為愛情）喪命的公案故事有四種情形：男女因
姦情被發現而遭殺害；因發生外遇而謀害配偶；目睹他人姦情，被姦者殺人
滅口；施暴者加壓於受暴者，使其至死或受威脅等。

男女因姦情被發現而遭殺害之例，可舉長歌白浩子（西元？～1788 年）

〔註156〕見（清）李元度著：《國朝先正事略・卷三十九・文苑・汪舟次先生事略・汪
　　　　懋麟》（見《續修四庫全書・史部・傳記》第五三九冊），頁88。
〔註157〕見（清）王嘉禎著：《在野遺言・卷一・崑山逆案》（見「筆」三編八冊），頁
　　　　4887。

所寫《螢窗異草初編・卷三・貨郎》的故事：某農家盛產竹子，家的附近有一片茂密竹林，鄰縣某貨郎與此家關係良好，常到此村販賣繡花等商品後，即寄宿其家，結果與農家女發生戀情。一天被農主發現，怒不可遏，立刻用農具往貨郎頭上丟去，遁時貨郎腦漿四溢，一命嗚呼。農主怕家醜外揚，命小兒子將貨郎屍體埋在竹林裡。幾年後，小兒子想賭博又沒有錢，所以偷砍竹子去賣，農主很生氣，把小兒子扭送官府，小兒子怕官府治罪，大聲說出昔年父親殺人事：

> 耒陽之地亦多竹，近邑某村有農家，所植猶伙，方圓數畝，密葉陰森，日色無能少入。鄰縣某貨郎，時來村中售其花繡之屬，與某家習熟，遂以螺贏目其父，輒信宿不行。其家有女年長，而猶然待字。貨郎以親狎之故，積漸與之通，一門皆罔覺其事。一日，其父返自田間，室中適無人，瞥見貨郎與其女挽頸交吻，狀甚猥褻，遂大怒，即以力田之器，突前擊之，貨郎不及防，破腦而死。父究不忍於其女，且俱揚醜聲，乃呼其仲子，舉而瘞之於竹下，築高垣以圍之，計劃周密，里中皆莫能知。事隔數年矣……其子賭無貲，又私乏園竹而市之。父知而大恚，將復控之官，且撻之流血。其子深怵官威，窘極而呼曰：「阿翁何以呈為！若用寸鐵斃予命，仿若人埋之竹園，夫誰得而知之？」其父益恚，驅而撲之。其子遂狂呼於市，閭里無有不聞者。比鄰某素與之有閬，聆之，曰：「嘻！異哉，其子之言也。向曾有是人，往來市貨於此，彼家猶與之稔，稱父子焉，後忽不見，疑其自歸。以此言觀之，得毋為老幸所戕乎？」於是白諸里甲。……拘某父子至，俱不承。其鄰證之曰：「若某日為若父所撻，不嘗云云乎？」其子乃俯首無語。公以刑威之，仍強辯，不言其實。公乃關行鄰邑，詢貨郎之有無，以定真偽。閱數日，貨郎之弟至。衣巾登堂，則已入泮矣，泣陳曰：「某年十三齡，兄即行販不歸。今又數載，音耗渺然。某又少未更事，不能遠涉尋兄。老母為此血淚盡枯，或存或亡，惟父師憐而鞠之。」熊公既知有其人，亦嚴訊某父子，加刑者屢矣，而狂供不一，莫得屍之所在，案久不結。因逮其女到官，則嫁夫有年，亦既抱子。公并不一詰，惟令與其父兄同繫一室，而獨懸其兄之拇指於樑，且密遣幹人伺之，竟日亦不再提訊。至夜分，

其兄不能復耐，乃呼其妹曰：「若貪淫貽禍於父而又苦我肌膚，誠何忍？」其妹慚不言，其父訶之曰：「汝耐片刻，我可得生，爾妹亦免為人笑。」其子亦忿恨曰：「若父女晏然，而官獨窘我，豈謂我獨非人乎？」其妹亦溫言慰之，絮語達旦，罄吐其情。幹人突出曰：「招具矣！看汝能翻供耶？」俱伏罪。〔註158〕

清人筆記故事裡，因外遇而謀害配偶的公案，多起因於妻子外遇，遂謀害丈夫至死。許聯陞《粵屑・鎔錫灌喉》故事裡的婦人，是讓不知情的丈夫服毒致死，幸因官員察覺服喪婦人裝扮有異，主動調查亡者死因，加上一名漢子酒後吐真言，此樁殺夫案才被揭發：

李公因公下鄉，見山傍有少婦，豔妝哭於墓，訝之，以問左右。左右曰：「素衣也。」公益異之，於是飭役帶回署細加研鞫。婦曰：「氏夫病死葬此，鄰里皆知之。」……然終懷疑不釋。夫無親丁。其鄰憤而上控，以縣無故押寡婦。府札限半月，不得實情，即以「枉法故入人罪」揭參。公荒甚，夜間私出，潛往婦鄰近密訪，數日皆無耗。一日薄暮遇雨，見山側小茅屋，趨之。有老婦應門，導入室，既而一漢子年二十餘自外至，婦曰：「此豚兒也。」於是與漢對酌，情頗洽。久之，漢酩酊醉矣。忽問客由城經經過否，知新官誰也，曰：「李官在此，何以有新官？」曰：「聞李官以某婦一案革職矣，好官受屈冤哉！此事包龍圖亦審不出，惟我知之。」因擊案曰：「實告君，我本小偷也。小人有母，無以為養，聊藉此作生活。是晚，婦夫病甚，予欺其左右無人，欲思行竊。乘他門虛掩，潛身入隱暗處。婦方徘徊外室，若有所待，俄見一人貿貿然來，暗中識之，是鄰鄉之武舉也，與婦調笑。既而聞婦夫呻吟聲，婦曰：『已煎藥矣。』遂擎藥入，時病者昏而仰臥，婦扶其首，將藥灌入口。病者狂叫而絕。竊見所煎藥乃銅勺，餘瀝尚存，則錫也。駭極遁去。此事其誰知之？官亦何由知之？」公曰：「何不出而為彼申雪乎？」漢曰：「吾黌夜入人家，非奸即盜，自投羅網，烏乎敢？」公曰：「穿窬之事，不可長也。吾與若卿傾蓋相知，囊中頗有長物，助子行賈以孝養，可乎？」其人大喜。次日，即與同至城。……出漢子證之情，不能

〔註158〕見（清）長白浩歌子著：《螢窗異草初編・卷三・貨郎》（北京：人民文學出版社），P.98～100。

遁。開棺起驗，果錫塡塞咽喉。蓋毒藥則可驗，灌錫則無跡，故用錫云。〔註159〕

另有妻子外遇後，想離開丈夫，與奸夫同處，遂串通衙門女役等人，誣陷丈夫走私鴉片，想陷丈夫於囹圄的故事，見厲秀芳所著《夢談隨錄卷上》：

> 有訟妻被拐，訪明逃于鄰邑……知前夫出門未歸，久無音耗，鄰人憫其妻之無依而勸之嫁，非後夫之拐而逃也。眾供確然，判歸前夫，案已結矣。官媒索其妻之飯食錢於前夫，允歸措錢來攜婦。越日，有汛兵羅玉者，獲販鴉片煙犯人投案，乃即尋妻之前夫也。第令押下，次早傳官媒及其妻，隔別研訊。余先語其妻曰：「爾賄營兵誣拿爾夫，彼官媒已招矣，爾焉抵飾？」其妻即伏罪……管媒乃自供出，因後夫往別婦，婦不忍捨，官媒曰：「無難，吾鄰有羅將爺者，善辦事，盍往求之？」羅曰：「方今功令，禁鴉片煙最嚴，吾以是誣之，雖至輕亦徒罪，汝二人可常合也。」酬以錢七千。是日適前夫來攜婦，過羅門，羅呼與語，硬以鴉片煙置諸其懷，捉之送案。兩婦所供，無一字訛，乃各予掌責，令前夫將婦領去。語于汛官開羅糧，根追鴉片所從來，詭謂買自州城者。幕友以不崇朝而案破，謂余何若是之神。余曰：「昨所呈者錢許鴉片耳，而以云販，有是情乎？方其投案時，即已洞然，及得兩婦所供，乃若余親見之者。」〔註160〕

還有一種情形則是女子在婚嫁前已與他人發生感情，婚後即與此人謀害親夫，故事見於《見聞續筆‧卷二十二‧成衣匠奸計》：

> 有鄉人新娶，滿月後，送其妻歸寧。途遇成衣匠某，謂鄉人曰：「爾氣色不佳，當有大難。須在房中壁過百日，方無事。」鄉人信之，宋妻至岳家而返，以告父母，果然足不出房，茶飯則其母從窗中送食。月餘，其妻帶箱而歸，妻爲送食，鄉人復發狂疾。婦奔出房，將門倒鎖。一日晚，婦曰：「房中馬桶數日不倒矣。」乃開房門，忽鄉人自內跑出門外投於河。眾大嘩救，杳不可得。燭之，則遺鄉人之衣於河灘，婦號哭不已。鄉人之父母見子已死，婦又年少，不如嫁之。已爲擇配，婦不願嫁。後其母爲主婚，許配成衣匠某，即前

〔註159〕見（清）許聯陞著：《粵屑‧鎔錫灌喉》（見陳重業主編《折獄龜鑑補譯注‧卷三‧犯奸下‧鎔錫灌喉》，頁429～430。
〔註160〕見（清）厲秀芳著：《夢談隨錄卷上》（見「筆」十四編十冊），頁5688。

途中所遇者，遂嫁之。後輿人議曰：「投河無尸，一可疑也。姑為擇
配，則願守；母為擇配，則願從，二可疑也。」於是訟於官。官謂
發狂投河事甚匆忙，萬無既到河邊，猶從容脫衣之理。立提成衣匠
及婦到案，嚴刑之下，盡得其實，從床下得鄉人尸，奸人淫婦皆置
於法。初，婦之未嫁也，與成衣匠有私。二人預為設計，先令避災
不出房門。婦歸時某即藏於箱內，乘夜謀殺之，埋尸床下。某素識
水性，因佯狂投河，乃從別處上岸，又置鄉人之衣於水邊，使人益
信為鄉人之死。〔註161〕

這類故事在《蟲鳴漫錄》更複雜曲折，寡婦在獨子死後，替媳婦招來一名贅
婿，夫妻倆孝順寡婦如親生母，直到一日寡婦之親人到家人寄住，發現事有
蹊蹺，才揭發這名贅婿原是媳婦婚前相好男子所假扮。〔註162〕

　　有的人即使沒有發生不軌之事，不幸因目睹（或得知）他人奸情，結果
被奸者殺人滅口。《談屑》故事中說：有位年輕人才十二歲，就被人殺死，棄
屍山嶺下，嬸嬸鳴官訴冤，董姓官員到山嶺下勘驗後，發現犯案者即是其嬸，
因奸情被侄子發現，所以殺人滅口：

邑中有嬸侄同居者，侄甫十二齡，被人殺於嶺下。審報官詣驗，董
驗畢將返，已行三十里，忽揮從者趨嬸家。入門，見嬸妙年麗質，
心疑之，注目怒視，嬸神色遑遽。復至室中，遍察蹤跡，見木櫃上
有血點痕，詰之，嬸曰：「此殺雞所污。」董曰：「殺雞自在廚下，
何至在臥榻前？」并以指爪刮而餂之曰：「雞血淡，人血鹹，此必係
人血也。」嬸面色如土，嚴鞫之，始吐實。蓋嬸有外遇，為侄所見，
恐其播揚，殺以滅口。〔註163〕

齊學裘的《見聞續筆‧卷七‧淫婦殺子伏誅》裡也說，有位繼母在丈夫死後，
即因有外遇對象，無辜的繼子一回代繼母之奸夫傳話，繼母羞赧之際，與奸
夫把孩子殺死：

侍御某中年喪偶，續娶妻某氏。前妻遺一子，甫數齡，未幾侍御亦

〔註161〕見（清）齊學裘：《見聞續筆‧卷二十二‧成衣匠奸計》（見《續修四庫全書‧
　　　　子部‧雜記》第五三九冊），頁777。
〔註162〕見（清）采蘅子著：《蟲鳴漫錄卷一》（見「筆」正編六冊），頁3693。
〔註163〕見（清）馮晟著：《談屑‧察奸擒盜》（見陳重業主編：《折獄龜鑑補譯注‧卷
　　　　二‧犯奸上‧察奸擒盜》），頁277。

死。某氏性淫毒，虐待其子，凌辱不堪。侍御殁後，某氏大有外遇，公然宣淫，而人前猶偽爲清洁。一日某氏爲鄰婦招去作葉子戲，下午值所歡來，見某氏不在家，乃告其子曰：「今日我夜里來，可告訴汝母作水餶餷等我。」言畢而去。其子遂尋至鄰家，當眾人前照所囑之話告某氏，鄰眾哄然一笑，某氏羞愧難當，比其子歸，而已亦隨即回家，痛恨其子，用馬箠笞之數百下，忿尚未息。而所歡來，某氏譙讓之，所歡曰：「我原令其俟汝歸時再説，未令其往鄰家也。」亦以腳踢之，而已奄奄一息矣。某氏與所歡商議，此子萬不可留，留必爲害，遂以利剪闇其勢，兒一痛而絕。某氏裹以席片，令所歡埋之。所歡攜之出，時天甫四更，滿街寂靜，所歡出門數步，便見有十餘人談笑而來，俱而回。少頃復出，又見之，如是者數四，天已大明。不得已仍臥之炕上，覆以被。詎鄰人晚間聞兒啼聲，夜半寂然，心甚疑。次日至其家探之，入便問兒所在，某氏色變，告以病。鄰婦上炕撫之，則氣絕久矣，下身血跡淋灕。鄰婦歸告其夫，同往堆上報明，稟官驗之。步軍統領奏交刑部，議以某氏「故絕夫嗣」抵罪，所歡亦伏誅。〔註164.〕

在《談屑‧移屍焚屍》裡，有一婦發生外遇，被丈夫發現，隱忍不說，當婦人發現丈夫已知其姦情時，遂與姦夫共謀，趁丈夫喝醉回家時，將他勒斃，又自焚其舍，讓屍體通身焦黑，勒痕模糊，自喜萬無一失，故意哭得很傷心，報官驗屍，本想了結此事，索幸官員覺得疑點重重，追查後發現是婦人自導自演：

山右民婦有外遇，爲夫所覺，尚隱忍未發也。婦微窺其意，告於所私，謀斃之。一夕，其夫醉臥，遽以帛勒其項，已氣絕。復恐跡彰，自焚其舍，尸通身焦黑，頸痕模糊，方喜得計，報官驗視。婦搶地哀號泣訴。官曰：「爾非與夫同室耶？」曰：「然。」「然則曷爲夫死而爾生？」曰：「火起時因其醉臥，推之不醒，及燄熾，不得已捨之出走，故免於難。」官曰：「此係死後被焚，非生前之故……視爾夫死，兩手握拳。如果焚在生前，雖醉人亦必以手護痛，今堅握其掌，

〔註164.〕見（清）齊學裘：《見聞續筆‧卷二十二‧成衣匠奸計》（見《續修四庫全書‧子部‧雜記》第五三九冊），頁451。

其爲死後不能運動可知……。」婦不能隱，遂并逮奸夫，正其罪。
〔註165〕

除了上述姦情因素外，也有不幸因被強暴者不肯屈服於施暴者，用力反抗，而淪落被施報者殺死的命運。《談屑》裡的故事是這麼說的：有位小偷入屋偷物時，看到屋主的女兒正熟睡在床，心生歹念，想強暴她，不料女孩子發現後嚇得大聲呼叫，小偷用帶來的尖刀直刺她的喉嚨，頃刻倒地身亡，並將兇刀放在鄰家某生的書箱裡，嫁禍給他，官員一時難判，直到小偷因他案事發，連同此事一併招供，此案才得以昭雪：

> 衢州某生，家於鄉，年甫弱冠，從師讀，宿於書塾。一夕，村中演劇，乘興往觀，忘闔其扉。有偷兒掩入，苦無長物，貪黷未驗，因穴壁以通其鄰。鄰女及笄，方獨臥，偷兒欲污之。女窹而號，禁之不得。偷兒恐人覺，出所攜尖刀刺其喉，血注立死。偷兒逌遽，……以刀藏書笥中。生故懦於言，以凶刀起獲，百喙難辭，遂誣服。事隔十餘年，偷兒以他案發覺，供及前由。〔註166〕

有些受暴者則是未喪命，但被施暴者所控，以致家人束手無策，只好求救官府。官員唯恐人質受傷，採以靜制動方式，先卸除暴者心防，再命衙役扮成強盜僞作搶劫，破門而入，同步擒拿施暴者與救出人質。這類故事可舉。《談屑》所述爲例：

> 富人有一子，珍如掌上珠，爲之娶婦而美，并居於樓。其僕悍且黠，見婦豔治，欲淫之，輾轉萌毒計。凌晨早起，持繩索、鐵釘與刀，踏胡梯而上，遽闔其扉，以大釘箝之。出一繩繫其夫於樓柱，以一繩縛其婦於床，強與之合。婦求死不得，欲拒不能，偕夫號於樓上。其父母欲救之，則門閉不得入；欲破其扉，僕則揚言於樓：「若破扉，必先殺其子。」翁媼惜子命爲所挾，無如之何。僕旦夕索飲食，不敢不豐。控於官，皆以子爲所劫，不克補治……擯不准理，歸而飲泣，僕在樓聞之，益揚揚自得。一夕，忽見火光照耀，有數十人打門入室，旋聞樓下作乞命聲、搜物聲。僕甚驚，又聞群盜嘩曰：「其上有樓，定爲藏鏹處，盍劫之？」僕方惶懼，已見眾斧其門，蜂擁

〔註165〕見（清）馮晟著：《談屑：移尸焚尸》（陳重業主編：《折獄龜鑑補譯注·卷二·犯奸上·移尸焚尸》），頁279。
〔註166〕見（清）馮晟著：《談屑：偷兒移禍》，頁284。

至，欲匿樓後，旋爲盜縛。然盜非他，乃縣中之捕役也。〔註167〕

爲了追求愛情，不惜殺害或陷害情敵的故事，自古有之。清代有類「水泡爲證報冤仇」〔註168〕的故事。故事裡的加害者者在與所愛慕對象成婚後，無意間透露昔年的殺人罪行，妻子聽後方知受害者竟是自己的親人等，憤怒告官舉發，害人者遂接受法律制裁。故事可舉徐珂的《清稗類鈔（三）·獄訟類·渾源州誤殺案》爲例：有名老師育有一子一女，在其學生群中，他一直很賞識寒門出身的恭勤，想把女兒嫁給他，也常留他住在家中陪兒子讀書。某夜，老師的兒子因爲太熱而與恭勤換床位，不久，從屋頂上掉下一物，鐵鉤直接貫穿老師兒子的胸口，當場斷氣，人們皆說是恭勤所爲，尤其同學中，家境寬裕的某甲，更極力慫恿老師要將他送官懲處，恭勤因不堪刑訊而誣服。恭勤入獄後，不久，某甲即派人來議婚，且表示願孝養老師與師母，兩人成婚滿月餘，一天，帶有醉意的某甲告訴嬌妻，是費盡心機才娶到她的，妻子很驚訝，詰問其故，某甲才把當年雇用殺手，本欲殺恭勤，無意殺死妻兄的事說出來：

> 栗恭勤公，幼貧而孤。其師某，爲同邑明經，老名宿也。有同學某甲年少家裕。師女子各一，子年二十餘，不辨菽賣，女及笄，婉淑明慧，父母愛之如掌珠，素器恭勤，欲以歸。彼此皆有意，女亦微聞其說，第未明議聘耳。恭勤以貧故，常宿於齋，師之子伴焉。一夜，師子曰：「躁不能寐，願與子易位。」恭勤難之，強而後可。俄自屋墜一物，鏗然有聲師子大呼，鐵戈貫胸，氣絕矣。恭勤懼而號，師出，見子慘死，謂公勤謀殺……嚴刑逼訊，遂以謀殺誣服。恭勤在獄待決矣，女既無所歸，甲遣冰人來議婚，且願養夫婦老。許之。既合巹，彌月，甲小飲微醺，告女曰：「費盡心血，乃能娶汝。」女詰之，曰：「汝兄之死，乃我買盜某爲之，本欲賊栗某，何期誤傷汝兄？然栗某得罪，我始得與汝合，亦天緣也。」女佯歡笑，益勸之醉。某酣臥，女藏刃於懷，徹夜不眠，向曙，至縣署擊鼓爲兄雪冤，官廉得情，以某甲並盜抵法，而釋恭勤。女大言於堂曰：「我已誤歸某，今爲兄故，出首本夫，前生孽緣也。」出刃自剄死。〔註169〕

〔註167〕見（清）馮晟著：《談屑：僕佔主妻》，頁275。
〔註168〕見金榮華著：《民間故事類型索引（中冊）》（型號960），P.410～411。
〔註169〕見（清）徐珂著：《清稗類鈔（三）·獄訟類·渾源州誤殺案》，P.1034。

此型故事就目前可得資料而言，首見於北宋徐積的《節孝先生文集・卷三・淮陰節婦》：有位商婦長得很漂亮，同邑中某商人戀其美色，於是趁遠行經商時，將他丈夫殺死後，偽裝成仁義之人，撫恤其家，令商婦很感激，進而嫁給他。直到一天，家裡淹大水，水現浮漚，此人見之發笑，商婦覺得很奇怪，頻頻追問，此人才說出昔年之事：

> （加害者）恃已生二子，不虞其妻之仇己也，即以實告知曰：「前夫之溺，我之所為。已溺復出，勢將自救，我以篙刺之，遂得沉去。所刺之處，浮漚之狀，正如今日所見。」義婦默然，悟其計，而復仇之心生矣。即日俟其便，即以其事奔告有司，卒正其獄，棄其仇子。夫仇既復，又自念以色累夫，以身事仇，二子，仇人之子也，義不可復生。即縛其子赴淮投之於水，已而自投焉。

同型故事，在南宋莊綽《雞肋編・卷下・淮陰節婦》〔註170〕亦載，故事情節有些不同，受害者死前指著水泡說：「他日，此當為證！」讓故事具復仇意味，往後情節似乎都是依此伏筆而衍生，冥冥中自有報應。與之時間相近的《夷堅志補・張客浮漚》〔註171〕故事裡，結尾處則增添了害人者受審時說：「但云鬼擘我口，使自說出！」加強冥報不爽之意。然而，三者相同之處，是女主角皆有自盡殉夫的行為。

〈張客浮漚〉一故事，在元代被改編成雜劇《磋砂擔滴水浮漚記》，劇情幾乎雷同，惟在結尾部份，是由被害子父子的亡魂，將害人者捉入地獄〔註172〕。除了雜劇，元詩〈陶九嫂〉也引用了這個故事。〔註173〕

到了明代，陸容（西元1436～1494年）在《菽園雜記・卷三》也錄了這則故事，故事前半情節承襲前朝，但事情被揭發的原因，則有變化：

> 洪武中，京民史某與一友為伙計。史妻有美姿，友心圖之。嘗同商於外，史溺水死，其妻無子女，寡居。持服既終，其友求為配，許之。居數年，與生二子。一日雨驟至，積潦滿庭，一蝦蟆避水上階，其子戲之，杖抵之落水。後夫語妻云：「史某死時，亦猶是耳。」妻

〔註170〕見（宋）莊綽著：《雞肋編・卷下》（北京：中華書局），頁98～99。
〔註171〕見（宋）洪邁著：《夷堅志補・卷五・張客浮漚》，頁1590。
〔註172〕見顧希佳著：〈多行不義必自斃──「奪妻敗露」故事解析〉（見劉守華編：《中國民間故事類型研究》），頁682。
〔註173〕見顧希佳著：〈中韓「烈不烈女」傳說比較研究〉，頁321。

問故，乃知後夫圖之也。翌日，俟其出，即殺其二子，走訴於朝。
〔註174〕

這種「蝦蟆避水」的情節，被許多通俗小說所運用，例如張應俞之《江湖歷覽杜騙新書·婚娶騙·因蛙露出謀娶情》、《西湖漁隱主人的《歡喜冤家·第七回·陳之美巧計騙多驕》等。〔註175〕

此型故事在宋代時，故事即已定型，流傳中，「受害者死前預言」的情節漸漸褪去，保留「水泡等證物與情景，引發害人者記憶」的情節，加以發揮。

到了清代，這兩個情節則已不復存在，事情被揭露是發生於男主角酒後吐真言，《清稗類鈔》各在「獄訟類」與「婚姻類」錄了兩則同型故事，而在婚姻類的〈沙氏女被人誘婚〉裡，則更完整交待，是因某天男主角對女主角做出與十餘年前相同的調戲行為，觸動女主角的敏覺，先將丈夫灌醉，讓他酒後說出實話，今摘錄這段重點如下：

> 沙裕昌，蛋號也，次女獨豔絕。某美丰姿，有文名，婚有約也，將嫁而某殂。女泣請守貞，翁諾之。一夕，入廚作晚炊，忽有捫其胸者，大驚，亞視之，新雇之童廝所為也。童年約十六七，來僅旬日，頗慧，惟見女，輒目灼灼似賊。女至是大怒，力掌其頰，童被責，急遁。越數年，行有新販客某至，年約二十餘，操浙語，舉止甚豪，自言新設蛋釦於浙東，需貨甚夥，特來訂購，翁待以上客。翁知其尚未娶，欲為媒致一佳婦，屢有所告，某皆不允，察其意，似已有所屬。翁屬人致詢，某曰：「吾若取妻，必如翁之次女而後可。」女素孝，聞父言，即許諾。翁遂屬人通言於某，願以次女奉箕帚，惟謂須入贅耳。越三年，生二子矣。一日，戚串中有喜事，某往賀，飲酒逾量。及歸，女適在廚，某乃躡足至女後，潛以手捫其乳。女驚視，怫然曰：「夫妻雖恩愛，當相敬如賓耳。此何時，此何地，乃遽肆輕薄耶？」某側其首笑謂女曰：「可再掌吾頰，吾不復遁也。」女頓憶童廝昔年調戲事，詰之，不答。越翼日，女置酒於房，與對酌，酒酣，以言餂之，且謂婚數載矣，何事不可言，君果為誰，宜以實告。某以被酒故，不覺吐實，蓋某即昔之童廝也。〔註176〕

〔註174〕見（明）陸容著：《菽園雜記·卷三》（見《明代筆記小說大觀（一）》，頁392。
〔註175〕見顧希佳著：〈中韓「烈不烈女」傳說比較研究〉，頁683。
〔註176〕見（清）徐珂著：《清稗類鈔（五）·婚姻類·沙氏女被人誘婚》，P.2067～2069。

觀之，故事歷經近千年傳述，原始「復仇」思想被淡化了，固守點則是在「女主角貞烈」的表現。明代雷燮的《奇見異聞筆坡從脞・池蛙雪冤錄》，在故事結尾，加了一篇女主角的遺書：「夫出不幸，妾終相隨，曰節曰義，庶幾匪虧。曰仇已復，曰冤已雪，甘心瞑目，貞貞烈烈，千載之下，以愧不洁。」可用以說明此型故事在中國的主題意識。傳至清代，女主角還出親手殺死丈夫仇人再自盡，其行爲或可謂貞烈最佳的寫照。

　　此型故事在韓國與德國均流傳。韓國稱爲「烈不烈女」型，在西元二十世紀採錄到的故事裡，其反映的思想與中國相同，重在「女子貞烈與否」，故事中的「證據」則是丈夫死前的口吐泡沫，結尾除了殉夫外，增加立碑之說：

> 新上任的郡守路過少婦的墓地，郡守的馬忽然站在原地動也不動了。當地人向郡守說了少婦的故事，郡守對著墓地說：「我會給你立個墓碑的。」話音剛落，馬就朝前走去。後來，郡守把少婦的事情都刻在墓碑上。〔註177〕

中韓文化交流淵遠源長，孫晉泰先生表示此型故事是受到中國影響的〔註178〕，的確有幾分道理，一因：故事裡情節與宋代極相似，同是丈夫遇害→害人者假情假義照顧其家→受害者之妻感動之餘，與之結婚→看到屋檐滴下的水珠（〈張客浮漚〉），想到當年受害者死前誓言（《雞肋篇・淮陰節婦》、〈張客浮漚〉）→說出當年事→婦人告官再自殺。或可推測，它是吸收宋代三篇情節的綜合版。

　　中韓皆重視婦女守貞節，但普遍旌節建碑的社會現象，則是盛行於中國明清時期，梁恭辰等筆記故事裡，出現節婦在世請旌不成，化作鬼魂時，仍求官員作主，替她上奏旌表等情節，可見當時對旌節立碑的重視。在韓國，故事出現爲此婦立碑的情節，其前提還是太守行經墓地，馬突然不走，待太守允諾立碑，馬才走等靈異狀況，反映此婦對旌表的重視，而此則是在民國初期採到的故事，從這些細節的增異，及其反映的思想，初步判斷，韓國故事應是受中國影響而衍生，更強調「貞烈」教化的重要性。

　　另外，德國《格林童話》也有這型故事：有位裁縫伙計見財生害意，被害者在死前曾說：「明亮的太陽會揭露眞相。」後來裁縫伙計找到好工作，結

〔註177〕見顧希佳著：〈中韓「烈不烈女」傳說比較研究〉，頁683。（顧希佳先生引孫晉泰著：《韓國民族說話的研究》，漢城：乙酉文化社，頁61〜63）。

〔註178〕見顧希佳著：〈中韓「烈不烈女」傳說比較研究〉，頁326。

婚後也繼承岳父事業，過著美滿的日子，直到一天早上，他坐在窗前，妻子端上咖啡，太陽照射其上反射的光映在牆上，畫了一個個小圈，他喃喃自語說道：「是的，它要揭露真相，但是它辦不到！」妻子不解丈夫的話，堅持要他說出來，裁縫伙計才說出多年前的事，結果妻子便到教母那裡去，把丈夫的事說了，全城都知此事，裁縫伙計被判了死刑。〔註 179〕不同的是，中國故事裡，妻子揭發丈夫的惡行，是為了替親人報仇〔註 180〕；而德國則是一樁謀財害人的故事，妻子基於道德而揭發此事，完全不見「復仇」情節與貞烈思想。

此型故事至今在寧夏、遼寧、河北等地仍流傳，證據不限於水泡，也有屎可郎等〔註 181〕。此外，近代故事重點轉移至「水泡為證」上，婦女殉夫等貞烈行為已不復見〔註 182〕，反映著故事在流傳過程裡，實受大環境的影響。

3. 動（植）物毒液害人命

在人命官司裡，除了人為因素外，也有因動植物毒液致人死的情形。這類故事，早於數百年前的《夷堅支丁·營道孝婦》即載：

> 村婦養姑孝謹。姑寡居二十年，因食婦所進肉而死。鄰人有小憾，訴於臘毒。縣牒尉薛大圭往驗，婦不能措詞，情志悲痛，願即死。薛疑其非是，反覆扣質，婦曰：「尋常得魚肉，必置廚內柱穴間。貴其高燥，且近如此歷年歲已多，今不測何以致斯變？」薛趨詣其所見，柱有蠹朽處，命劈而取視，乃蜈蚣無數結育其中。……以實告縣，婦得釋。〔註 183〕

同朝的宋慈所著《洗冤錄·荊花毒案》，明代馮夢龍編《智囊補·察智部卷九·得情·許襄毅等》與張岱的《夜航船·卷十七·四靈部·麟介·魚羹荊花》等均有此類故事。

至清，亡者所中的毒液在動物上有蠍毒、蜈蚣毒、蜥蜴毒等，植物則有荊花毒等。各舉一例說明。

〔註 179〕見 Jacob Grimm & Wilhelm Grimm 著，徐璐等譯：《格林童話故事全集·明亮的陽光下顯真相》，台北：遠流圖書公司，頁 150～152。

〔註 180〕見《中國民間故事集成·寧夏卷·月夜明冤》兩則，頁 460～462、頁 462～464。

〔註 181〕見《中國民間故事集成·河北卷·觀雨洩密》，頁 701～703。

〔註 182〕見陳慶浩、王秋桂主編：《中國民間故事全集·遼寧·水泡捎信把冤報》，頁 402～403。

〔註 183〕見（宋）洪邁著：《夷堅支丁·卷一·營道孝婦》，台北：明文書局，頁 975。

在許奉恩《里乘‧卷八‧某氏子》裡的某氏，長年在外經商，回家後，婆婆要媳婦殺一隻雞煮給兒子吃，結果某氏一吃就死了，勘驗結果是中毒而死。縣官懷疑媳婦有外遇對象才毒害丈夫，嚴加拷訊，媳婦不勝苦楚，只好誣服。巡撫覺得事情有異，到某氏家，跟其婆婆詳問平日生活情形，婆婆自嘆年邁體衰，不能獨自遠行替媳婦申冤。巡撫一邊與婆婆閒談，一邊假托肚子餓，讓人買一隻雞回來煮熟後，放在某氏當時吃飯的地方，即是葡萄架下。巡撫仔細觀察，只見碗中熱氣不斷往上升時，葡萄架上垂下一絲，此絲落入碗中，巡撫便拿出碗裡的一塊雞肉餵狗，狗兒吃後立刻暴斃。巡撫見狀，命人去葡萄架上搜尋，找到一只長約四寸的蝎子，原來葡萄架上垂下的絲條，正是這蝎子吐出的毒液，案情終於水落石出：

> 某氏子頻年出外貿易，家惟有一母一妻。母老而且盲，賴婦賢孝，籍針黹以供甘旨。他日，某氏子歸，母喜命婦烹雌食之，中夜，某氏子暴亡。鄰里以為異，鳴之官。驗之，果是中毒。邑令疑婦有私，倍加拷掠，婦不勝其苦，遂誣服。問奸夫為誰，婦本無私，況所識素無多人，倉卒間遽以十郎對。十郎者，某氏子在服之弟也。初某氏子出門時，囑十郎時為省母，籍代支理家政。母與婦甚德之。今婦迫於嚴刑，不得已以十郎塞責。令籤拘十郎至。十郎見婦泣曰：「嫂氏云何？」婦亦泣曰：「叔、叔、叔……」語未畢，已哽咽不能成聲。令見其情狀，拍案叱之曰：「奸夫淫婦，在公堂之上猶不知恥，而靦然人面相對，嚶喔作兒女子醜態耶？」乃不容十郎置辯，橫加鞭楚，死而復蘇者數次，十郎無奈，亦遂誣服。獄具，論辟。中丞某公……改裝易服，親詣某氏子家，見嫗，備崖末。嫗泣曰：「客固不知，老婦與彼，名雖姑婦，恩逾母女，終朝廝守，坐臥不離，何由有私？乃有司刑逼誣服。聞巡撫某公，公明仁恕，獄上，萬一希冀獲得平反，不謂……況冤莫白。惜老婦不能上叩九閽，一為申雪耳。」公又問：「十郎為誰？」嫗曰：「彼乃老婦之猶子。吾而出門時，以老婦及家政相托。少年誠謹，德反成仇。想孽由前世，夫復何說？」公不勝嘆息。既詰得食雞一事，便托腹饑，出錢命市一雞。倩人烹好，即置於鄉人子所具食之處，乃一葡萄架下。公留心默察，見熱氣上薰。少選，架上一絲下縋，直入碗中。公知有異，取一臠飼犬，犬斃。乃謂嫗曰：「爾婦之冤，我能代申，爾姑待之。」嫗不解所謂，

> 但合手稱謝而已。公將孰雞裹以旋署，檄邑令及承訊各官至，以實
> 告之。命呼一犬至，飼以雞一臠，果立斃，眾始服罪。命人往搜架
> 上，得一蠍，長四寸許，蓋所縋之絲，即是物也。〔註184〕

中植物毒液方面，陸壽名在《續太平廣記・卷八・精察・許襄毅》裡的婦人
擇是因送食物予丈夫途中，經過荊林，荊花毒液滴入盒中，使丈夫吃下盒中
食物後即死去：

> 單縣有田作者，其婦餉之，食畢死。翁故曰：「婦意也。」陳於官，
> 不勝箠楚，遂誣服。自是天久不雨，許襄毅公時官山東曰：「獄其有
> 冤乎？」乃親歷其地，出獄囚，遍審之。至餉，婦乃曰：「夫婦相守，
> 人之至願，鴆毒殺人，計之至密者也，焉有自餉於田而鴆之者哉？」
> 遂詢其所饋飲食所經道路。婦曰：「魚湯米飯，度自荊林，無他異也。」
> 公乃買魚作飯，投荊花於中試之，狗彘無不死者，婦冤遂白。即日
> 大雨如注。〔註185〕

這類故事流傳數百年，致使人中毒的動植物雖有異，但不變的是，故事背景
均發生於家庭中的（公）婆媳、夫妻關係。現今仍傳於上海、浙江、福建、
山東、河北、陝西、四川等地。〔註186〕

貳、公案故事反映之情形

一、刑事案件的犯罪溫床

從這些公案故事中發現，刑事案件部份，泰半與商賈相關，多為劫盜、
謀財害命等。

本應渡人從此岸到彼岸的船隻，成了犯罪溫床。這些商賈船客一旦船離
岸邊，他們的生命、財產就掌握在舟子手上。而假扮舟子的盜賊或起歹念的
船戶們，只要把尸體往河裡一投，受害者就像氣泡一樣在人間蒸發，不易找
到犯罪證據，為此，官吏也必需更費心思觀察。托名宋永岳所著〈老捕〉
的故事裡，有位商人被殺死後，遲遲找不到兇手，一名資深捕役即帶著縣役
閒坐河邊品茶，實是觀察過往船隻，突然見某舟經過，老捕即說舟子即是盜

〔註184〕見（清）許奉恩著：《里乘・卷八・某氏子》，濟南，齊魯書社，頁223～225。
〔註185〕見（清）陸壽名著：《續太平廣記・卷八・精察・許襄毅》（見「筆」十八編
　　　　八冊），頁4619～4620。
〔註186〕見祁連休著：《中國古代民間故事類型研究（中）》，頁744。

賊，原因在於其：「舟尾曝一新浣繡被，青蠅群集。凡人之血跡雖浣去，而腥氣終不能除，蠅之集也，如是之多，非殺人之血，安得如此？〔註187〕」對查案人員而言，任何蛛絲馬跡都透露玄機。

　　旅社也是經常發生命案的地方，有時店主即是盜賊。商賈或旅客在外地投宿旅社是極平常之事，但若他們身繫重資，則成了他人覬覦謀害的對象，這些盜者最嘗利用的誘餌即是美色。無悶居士在《廣新聞·俞三娘》故事裡說道，某盜在一交通要道開設客棧，其妻姿色尤媚人，許多人經她一勸酒，即醉夢迷離，盜者即趁機殺之奪財，異鄉客常就這樣無故命喪異處：

　　　　盜者俞三，設客寓於邯鄲道上。妻三娘，尤能媚人。客有入店者，
　　　　必令三娘出陪，清歌侑酌，狎昵倍至。比醉夢模糊，則隔牆探黃麻
　　　　圈，套頸上，勒殺之。客死無算。幕客某宿其店，俞入問曰：「旅店
　　　　寂寞，可喚媳婦兒來唱曲？」客曰：「不必。」俞曰：「暖酒來罷？」
　　　　客曰：「不飲。」俞見酒色不可動，遂反身出。明日客去，俞曰：「房
　　　　錢，小錢二吊。」客曰：「安用如許？」俞曰：「買命錢，不貴。」
　　　　客駭其語，不得已，如數償之，去。間語山東某令……令大怒，縛
　　　　送官。俞至官，則所供皆平日殺客狀，及客姓氏……夫婦皆棄市。
　　　　〔註188〕

俞蛟在《夢厂雜著·張振奇》一篇裡也說，河南有一大盜開設旅店，明為客棧，暗中實行謀財害命之事：

　　　　河南人張振奇者，嘗為盜被獲……得末減，發遣滇南大理府彌渡安
　　　　插。彌渡為滇中通衢，振奇構屋，作逆旅主人，以速往來之客。數
　　　　年，橐漸盈，取妻生子女各一。大理別駕駐彌渡，因結納胥役，凡
　　　　官署所需猶難購覓者，謀諸振奇無不得，於是村人咸誇其豪俠多才。
　　　　一日，有楚客奇而宿其居，又一騎馱箱篋，其同行侶宿他所，次早，
　　　　叩門呼楚客，則云五鼓早發矣。某大駭，謂數千里同行，何以今日
　　　　忽然獨往？且昨晚分手時，固有約也。因入內、見兩騎繫櫪下，詢
　　　　客去何以騎猶在耶？答以客有急，貨騎而往。某知有異，鳴于官。
　　　　時別駕習成風居振奇訊之、不伏。率役親赴振奇家，其後圍一室，

〔註187〕見陸林主編：《清代筆記小說類編·案獄卷》，頁165。
〔註188〕見（清）無悶居士著：《廣新聞·俞三娘》（見陸林主編：《清代筆記小說類編·
　　　　案獄卷》），頁104～105。

錮閉殊嚴，啓之空洞無物，牆下微露辮髮，抉之得尸二十一具，皆
剖腹實灰其中，攢手足而反縛之。始直認不諱云：「遇孤客囊豐者殺
之；客侶多者，則出妻女爲餌，置迷藥於酒中，記二十餘年以來，
殺死過客三百八十餘人。」〔註189〕

故事反映出，旅居異地之人，若能耐得孤寂，堅持遠離酒、色，方是保身之
道。

自古至今，犯罪者犯罪動機不離財、色，其財包括了「物」之侵佔，其
「色」也涵蓋了不倫戀的愛情等。就「財」方面，從故事裡亦可看出，清代
商業繁榮冠於歷朝，提供盜賊更多犯案機會，商機無形中也伴隨著殺機。

二、案中生案

官員查辦某案過程裡，有時也會會現整個事件因加入若干人事而衍生出
案中案，但實際上仍屬同一事件；另一種情形則是是本爲一案，卻在辦理此
案時，發現另一未揭發的案件。

長歌白浩子的《螢窗異草二編‧卷三‧定州獄》裡，丈夫對妻子返娘家
觀戲深感不滿，趁妻子觀戲不備，竊其鞋一只，待妻子返家，故意以妻子少
一只鞋諷刺她，妻子羞愧難當，上吊自盡，丈夫見狀，嚇了一跳，趕緊將屍
體背到遠處井中棄置。不料井中婦死而復甦，向外求救。路過僧人想救他，
苦於無計，正好經過的少年想出一計，不意此計乃是陷僧入井，自己吊出此
婦後，即殺害此僧並強佔此婦。後在家屬報案，官員以計誘下，才找到這名
犯下殺人罪的少年：

直隸定州有村民婚於近村某家，民有孀母，素嬰疾病，幷曰惟藉婦
操。婦年二九，頗風格，民更密於防閒，以故歸寧之期絕少，婦與
其父母皆不滿。時屆秋成，其岳家村中演戲侑神，適民母疾小愈，
岳浼人言，欲迎女歸，母許之，婦遂盛妝而往。……民又往爲言五
以勞疾作，理宜遄歸，絮絮不止。婦貪觀劇，甚不願，乃曰：「盡此
一夕耳，姑即抱恙，暮夜亦無所事，請俟戲終，明晨旋返。」民不
能強，遂悻悻去。乘夜悄然復往，乃於從人中委蛇行，潛身廊廡，
婚案中絕無知者。時雜據正盛，金鼓雷鳴，滿場喧哄。負凝睇已久，

〔註189〕見（清）俞蛟著：《夢厂雜著‧鄉曲枝辭‧張振奇》（見「筆」十編八冊），頁
4808～4809。

漸忘形骸，頻以一足垂下。民知其無備，仰而企之，竟褫其只履，而婦猶漠然弗知。乃婦失履未久，頓覺足冷，捫之則蓮瓣已脫，心疑狂且所爲，不勝愧悔，將歸其夫家。……婦侍姑寢，然後趨就己室，恐夫覺，不敢燃燈。及夫問以依誰，始遽曰：「予來家。」夫又曰：「大好戲文，詰朝聞將復演，汝何遽歸？」婦益默然，竊思俟夫寢，始可取履以更。乃夫又詢曰：「既歸，何不以炬來？」婦甫對曰：「夜闌火爐，暗中固可寢也。」夫知其意，忽起曰：「待予爲汝燃燭。」婦懼，急匿其足，夫早見其無履，乃佯笑曰：「汝以此足來，跡殊有異。」婦無以對。夫曰：「履在足上，今不見，其事可知，予猶以汝爲室耶？」婦惶恐無以自容，又慮爲鄰里笑，竟縋帛於樑而自縊。及夫聞聲驚寤，起而撫之，體已冰矣。大佈且悔，復計婦夜歸，當無知者，若潛逆其尸，反誣其父，禍可免。因斷其縋，負之出戶，投諸鄰寺井中……往岳家逆婦。翁媼言已送歸，婿力白其無，具控於官，公頗心疑，拘婦之姑庭訊之，所供與送者同，始吐實，公命加以桎梏，押往覓尸，令善泅者出諸淵泉，則闐然一髡，即寺僧某也。蓋婦尸墜井，適掛於坎，未至沒水，縛少緩，竟以更生。始悟入井，乃呼號望救。適寺僧五鼓起，聞井中有聲，急引修綆拯之，井深九仞，婦手膩力怯，多方竟不能上。正惶急間，俄一少年貿然來，亦鄰家學圃者……僧語以故，少年曰：「不仁哉，吾師也！寧有慈航普渡，而高居彼岸者乎？若素能浚井，予縋汝下，渠乃可上，何計不及此？」少年用力，婦果出。睨之，貌頗婉麗，心大動，少年四望有巨石，力掫，之下諸井，適中僧顱，竟斃於水。婦見僧斃，知非好相識，大懼欲走。少年語婦曰：「僧與予言，意頗不善，予故力救汝，今將送汝歸。但衣溼恐不可耐，俟燥而後行。」婦信之，反感其德，乃起堅扃其戶，裸而以手挪之，正白身無備，少年早已破窗突入，婦遂無以自主。少年謂婦曰：「僧以汝死，歸將涉訟，予必誣汝同謀，況予送汝返，汝夫益疑，汝有三命耶？汝能從予去，以汝爲妻。」婦許諾，但曰：「一履又陷泥中，汝丐得之，乃可行。」少年見有斥鈎兩灣，喜極以畀婦。婦訝曰：「此予之故，是何由得入子手？」少年方言其故，二役破扉入曰：「殺人賊果在此！」〔註190〕

〔註190〕見（清）長歌白浩子著：《螢窗異草二編・卷三・定州獄》，頁234。

原本只是一樁單純夫妻嘔氣的家務事，卻衍生出殺人命案，咎其源頭，實不離美色所誘。

另外，故事也出現辦某案時，意外發現另一未報之案，可見於梁恭辰在《北東園筆錄初編・卷四・貞女明冤》：有一老人雇車前往南城，不料半途猝死，車伕趕緊報官，因當時天色已黑，所以官員命兩名差役看守好這具屍體。到了半夜，兩名差役各自找火苗取暖，回到崗位上時，卻發現屍體已經不見，恐官員怪罪，某差役想到偷屍代替之法。可是第二天官員驗屍發現是女屍，就把他們抓起來拷問，才說出是到某處找替屍的事。官員下令找詢無名女屍的家人，才揭發另一樁冤案：

> 乾隆辛亥春，京師德勝門外一老人僱車往南城，未至而死。御者赴官報驗。日暮未及檢，命里甲二人守之。更深冷甚，守者各覓火向煖，既官，屍烏有矣。懼罪計無所出，有黠者曰：「吾見僻處厝一棺，已被挖，可偷其屍代之。」遂往發焉。黑夜間不復審視，匆遽將屍覆置驗所。明日官來檢驗，則女屍也。項有扼痕，共相駭愕，嚴鞫守者，迫於刑，遂吐實，亟拘屍主至，嚴訊之。蓋西人某姓女，其父娶一後婦，婦本有夫，以貧故，僞爲兄妹而賣之以度生，某貪其色，娶焉，前夫以親故，時相往來。……久之，爲女所窺，遂共扼殺以滅口。比某歸，給以暴病死，亦弗究也。至是鞫得其情。以二人抵罪。顧老人之屍烏有也，遍索弗獲，姑繫車夫與里甲以待。忽一日有老人言於官曰：「前日所失之屍即吾也。吾夙有痰疾，冷則發，發則如死。至中夜醒，見黑暗無人意御者棄我而去耳，暗中尋路自返。孰意興此大獄哉！」官出車夫及里甲驗之，確，並釋之，案乃結。[註191]

這類故事在明代祝允明的《猥談・失屍案》即出現，與馮夢龍的《古今譚概・雜智部第三十六・醉毆奇禍》，兩者的背景是兩個醉漢打架，某甲被打得昏死過去，某乙趕緊離去。某甲被誤爲死者停屍待審，但半夜醒來後他就離開了，讓守屍不力的官役背黑鍋，判死刑。清代則是在此故事上，讓守屍者尋找替身，因此替身引申出案外案。

上述情形反映在可見的公案之外，還有很多未報、未結之案外案等待昭雪。

〔註191〕見（清）梁恭辰著：《北東園筆錄初編・卷四・貞女明冤》（見「筆」正編九冊），頁5897。

第五節　詐騙故事

　　清人筆記中之詐騙故事，詐騙內容可歸為三類：騙婚、騙財物、拐騙兒童婦女等，騙徒善用人性弱點，搏取受騙者的信任，趁其不備之時，行詐騙之術，以達目的。

壹、騙婚

　　騙婚故事是利用美色誘人、使之上當，以達騙財目的，騙徒有時會欲擒故縱，讓受騙者因急於事成，以致沒有詳加思慮，就落入陷井。

　　清代有所謂的「瘦馬家」，是從抄家官女或民間騙奪極年幼的女孩，教導她們才藝，等其長大再賣人作妾，圖買者豐厚的聘禮。康熙年間的龔煒，在《巢林筆談・卷四・瘦馬家和白螞蟻》裡述此情形：

> 郡人有收取婦女，塗飾賣人作婢妾者，謂之瘦馬家，蓋以嬌養得名。
> 居間謂之白螞蟻，言其無縫不棲也。此輩相為表裡，於是買妾者輒
> 往揀擇，中意則昂其價，否則犒以零星，謂之看錢。遂有浮浪者，
> 但辦看錢，故作揀擇，以恣調趣。而瘦馬家往往驅使螞蟻百端誆驅，
> 呈樣者以醜易美，隱年者指婦作女，甚有鼓樂送至舟中，喜嬪詭言
> 新人害羞，且莫相接，而又以遺忘箱籠為辭，登岸脫去。受誆者方
> 施施自得，揭巾諦視，乃一冠帶泥神；迴顧從人多散，急往其家理
> 論，鄰舍皆云昨宵暫賃，不知所往。欲鳴官，又無指名，吞聲忍氣
> 而已。〔註192〕

故事可見於潘綸恩的《道聽塗說・卷十・徐延贊》：某生參加廟會時，遇到一對姐妹，驚為天人，因她們僕從甚眾，無由得會，只好暗裡跟蹤她們回家，得以知其住所。從此以後，某生戀戀不忘，常在這對姊門家門口前徘徊，終於等到這家男主人出來。當侯姓主人知道某生是從異地前來參加科考的讀書人後，主動邀請他進門，勝情招待，並冒昧求賜墨寶，某生慨然答應。潤筆之時，見到筆硯精良，非常人所有，贊嘆不已，主人稱是家妹之物。兩人在談話中，某生得知廟會所遇雙姝即是主人的妹妹時，內心歡喜不已，立刻探問女方是否已有歸宿，得知此女守寡在家，某生透露求婚之意，主人故左右

〔註192〕見（清）龔煒著：《巢林筆談・卷四・瘦馬家和白螞蟻》，北京：中華書局，頁96。

而言他，要某生莫急，妹妹很有思想，非他人能勉強，此事慢慢再議。主人先派先派家中老婦陪某生回家，照顧某生起居，兼作爲中間傳喚之人。某生急於娶得此女，事事聽從老婦意見，不意自己已落入陷井，最後不僅賠上一筆聘金，且新娘又被調包：

嫗言：「兩月前有溧陽客，年富而貌揚，願拌二千金聘作結髮原配，姑鄙薄其才而拒之，今何信君之決也！」生曰：「姑誠許我乎？」嫗曰：「出扇索書者，非官人意，正大姑雀屏之選耳。及視君書扇，眉飛而色舞，非才高北斗，何便動人如此！」生曰：「想天緣之合也，然前客二千金猶不能聘，，今所需當幾何？」嫗曰：「老婦從中裁決，既附葭莩，事事須倚泰山，不在聘金厚薄也。」遂相與定議，卒以千四百金過禮結婚，擇吉親迎。……既入洞房，燈影中覺其人不類，秉燭審視，不惟美遜大姑，貌且在小姑下也。問其故，新人曰：「彼騙耳，並無姐妹行，所謂小妹者，乃收養女也，即妾亦以三十貫錢於月前買得者。」生曰：「清涼會中瞠目甚審，不虞汝之冒替來也，當縛送以官，毋俾逃脫。」新人曰：「君若興訟，理不得直也。君之所聘者，侯某之妹，而行道所見者乃侯婦也。爲婦者，刻眉成線，髮不覆額，彼未欺君，君實自誤耳。即有善訟者亦不能以聘人之妹而奪人之婦也。妾以憑媒行聘，同拜花燭，若以貌陋而不納，君不訟侯，侯且訟君矣。」……生以所遭告其兄延贊，（贊）訪弟遭騙處，背負青布袱，逡巡走其巷。騙適出，見贊負重裹，有絲露于袱角……（贊）故呼問之曰：「僕覓絲行而迷於道，敢請所向焉。」侯曰：「我即絲行也，可入坐論之。」……侯既飲客茶，索袱開其裹，僅于露處略綴數絡絲，滿中皆麻縷也。侯駭問曰：「客偽爲貿絲者，意將何作？」贊曰：「未敢相欺，僕非貿易者，久聞大名，願隨左右，乞傳衣缽耳。」侯曰：「事事伶俐，孺子可教也。惟杭州地方幅員湊集，水衡山積，往當大獲。」于是師弟兩人輕裝至浙，館舍甫定，而侯偶患感冒，贊曰：「先生且安高枕，願出覓數金，爲修進贊之儀。」乃朝而出暮而歸，果獲白金十兩，告侯曰：「西湖之上，術亦行也，先生請留寓調養，明日某仍獨往。」侯以贊往返僅一日，所互已十金，是真捷足者，遂聽其去。贊兼程而行，不數日已回金陵，告侯婦曰：「事急矣！先生以案破繫獄，僕幸漏網，伏處城中者三日，思

欲以貲緣脫其罪，不速逃，家屬財產俱當入官，今當疾檢珍藏，視
可意者緘置一二籠，余往買棹艤待于水西門外，雞鳴城開，可竄而
脫也。……」因囑嫗曰：「今惟主母一人先挈緊要物攜婢以行，小姑
與嫗皆居守以待後至者就遷焉。」……是日風利，頃刻即抵太平，
呼弟延慶視之曰：「此非汝以千金納聘者乎？」慶曰：「然，何由得
之？」贊告之以故，且問婦曰：「汝夫以千金賣汝，是即委禽之子南
也，自謂當意否？」婦曰：「敗子多行不軌，妾復何戀焉！」〔註193〕

故事中的侯某，即是所謂的「瘦馬家」，他先以妻子為誘餌，並與老婦唱和，
想藉色騙財，使某生入其陷阱，又將買來的女子假作自己的妹妹，嫁給某生，
圖其厚聘，不意最後反被高手所騙，人財兩失。

　　類此手段以騙財的故事，清代例不繁舉，雷君曜在《騙術奇談‧娶妓被
騙》裡所記的騙子，則是將老婦整容，易妝成美豔妓女，使貪於美色的富家
子被其表面容貌吸引而無法自拔，這名妓女故意將自己的身價抬得很高，富
家子呼請再三，她最後只肯輕唱大江東去一曲。他日，富家子再度請她唱一
首，妓女若不勝力，表示喉疼，願意彈一首鳳凰曲代替，富家子被她的嬌羞
迷得神魂顛倒，整天沉戀於妓館裡。某日，妓女懇求他替她贖身，富家子一
口應允，攜得美人歸後，才發現是個騙局：

秦淮妓館有馬又蘭者，以畫蘭稱，陳氏女，因能畫蘭，知前明有馬
湘蘭名重一時，故冒馬姓。……非富商貴官不易見。浙江某公子素
稱豪橫者也，慕又蘭名，命舟招之……又蘭入艙……唱《大江東去》
一闋，曲終而東方白矣。他日又蘭請公子宴。興既酣，公子命又蘭
歌，又蘭托以腕故，著纖纖兒代歌。又蘭命兩雛婢置琴於几，然後
操求鳳之曲。公子雖欲去而弗能舍也，留住月餘。一夕又蘭謂公子
曰：「阿母以兒為錢樹子，雖萬金弗放兒去，如公子見憐，明晨即去。
兒於公子去後托病謝客，兒甘受責待公子，母畏公子威，復能不惜
千金，而身得出樊籠，恩無比焉。」公子曰：「諾。」如其言。又蘭
歸公子於浙矣。歸後未幾，見又蘭于曉起時，髮有素絲，額多皺跡，
公子訝而問曰：「卿年幾何？」曰：「五十有三。」曰：「卿曷不早言？」
曰：「公亦未嘗早問。」曰：「卿技有幾？」曰：「無他，惟善一曲琴

〔註193〕見（清）潘綸恩著：《道聽塗說‧卷十‧徐延贊》，合肥：黃山書社，頁 227
　　　　～233。

耳。」曰：「何曲？」曰：「定情之夕面試之矣。」曰：「卿能歌乎？」
曰：「否。」曰：「卿能畫乎？」曰：「否。」曰：「然則人多言卿能
歌與畫者，何哉？」曰：「假母藉此以騙人耳。」曰：「即以卿言推
之，歌僞畫僞，卿之妝亦僞矣。」曰：「然。」〔註194〕

以老僞少的騙婚，不只靠裝扮，也有用混人視聽方式，騙徒故意將一老一少
同帶至某處，少者鮮麗老者垂髦，但不告知欲售係爲何者，讓受騙者誤以爲
所娶爲少，以致上當。《仕隱齋涉筆‧趣騙》裡說，在四川有位稱作安士敏的
人，略有學識，曾考上縣學資格，但爲人狡狹，被他捉弄欺騙的人，不知凡
幾，卻又對他莫可奈何，連當地的學政也上了他的當。有名年屆耳順之齡的
學政，喪偶，想找名少婦續弦，安士敏主動表示要幫忙他找尋，實際上則是
從孤貧院找來一名老婦，又請己妻打扮得光鮮亮麗，陪扮在旁，讓學政以爲
安士敏所找的是陪伴的少婦，歡喜付出百金聘禮，等到發現時，安士敏振振
有詞，且此老婦也不善罷休，學政只好再付巨資送回老婦，人財兩失：

> 江北某學官初蒞任，忽喪偶，年六旬矣，欲續弦，且覓青年者。安
> 伺其意，代爲之媒，且給曰：「少婦多不願老人，公鬚白矣，當染烏
> 藥，貌作中壽，方得佳偶。」官曰：「藥從何購？」安曰：「予蓄是
> 藥，染鬚立效，俟調配停匀，可來取。」官飭紀取藥，安以鍋煙調
> 漆一杯，命小姊授之。官鬚多而密，糊其藥，膠黏一片，見風立乾。
> 梳之，碎且斷，屢濯不去。急呼安驗之。安故驚曰：「婢子誤甚，所
> 予藥乃膠漆合成，山荆用抹假纂者，胡顛倒至此？無法可解，不如
> 鞾之，返老爲童，更中少婦意。」官惑其言，強剔之。逾數日，安
> 報曰：「得之矣！東鄰某婦青春新寡，美而賢，翁姑奇貨居之，非百
> 金作聘不諧。」官曰：「婦果佳，百金何嫌？須相其人，然後定價。」……
> 諾以某日會館演戲，在廟樓上相之。安乃歸與妻謀，在孤貧院尋一
> 老媼，陰受之計，命妻於是日華服濃妝，冒作媒婦，在樓闌徒倚，
> 流目送媚，侍老媼作侍人，不即不離，隨身周旋。謀定，引官對樓
> 閒望，安渾渾指曰：「如婦可乎？」安妻固有姿，又加豔飾，光彩動
> 人，官以此少婦矣，許之。安又言之曰：「百金價高，仔細瞧定，
> 一日終身，勿後悔。」官點首者再，歸交百金，謀某日迎親……及

〔註194〕見（清）雷君曜著：《騙術奇談‧娶妓被騙》（見「筆」三十二編三冊），頁
　　　　　1324～1326。

下輿，乃一老嫗，大驚問安，安曰：「前相者實此人，非有僞也。」
官曰：「係年少者。」安正色曰：「師勿妄言，前日少婦乃門生媳婦，
伴師母作侍者，錯疑則名分有礙。」官憤甚，欲吐不可，欲茹不能，
盛氣入室去。老嫗乃大言曰：「堂堂明倫官娶我爲妻，有聘有媒，無
端見棄，夫婦之倫安在？」……官無已，復出錢四十千，乃脫手去。
〔註195〕

此外，騙子熟稔時人喜歡到外地買妾，一旦交易完成，則行舟返鄉，他們便
以泥佛充當新娘坐入轎中，當天則連「人」帶轎送上船，等船開後，男子揭
開轎簾，發現娶回的竟是塑像，已爲時晚矣。例見於薛福成《庸盦筆記・卷
四・娶妾得泥佛》：

> 吾鄉有某生，買舟渡江赴通州一帶訪購（妾）。某生既省小費，又欲
> 速成。會有客來言一鄉民願鬻其女，導往觀之，其色甚美，問其價
> 則甚廉，但須以花轎迎娶……屆期以花轎迎至舟中，女家有二嫗來
> 扶女出轎登床，衣服楚楚，紅帕障首，某生但覺其穠纖合度而已。
> 然二嫗方伴坐床上，不能遽前揭帕。某生犒輿夫等既畢，嫗亦辭去，
> 某生……遽揭其帕，則一泥像，甚爲端麗……正欲追媒嫗理論，已
> 有村人數十謹譟而至，且曰：「此吾村觀音菴之大士像也，環而祈福
> 者且千戶，何得擅抬至此？」某生惶遽失措，一老翁出爲排解，某
> 生乃苦訴其見紿之狀，老翁對眾言曰：「姑念此人異鄉遠客，願諸君
> 稍恕其褻嫚菩薩之愆，但今出洋銀二百元，以示薄罰，吾輩自异佛
> 回村，何如？」某生不得已，出洋銀二百元，付之。〔註196〕

光緒年間，俞樾在《右臺仙館筆記卷二》裡也記這一類故事，地點是在江蘇，
所娶回的是「稻草人」。

「瘦馬家」的手法出奇入勝，總是想盡辦法欺騙買者。從紀昀的《閱微
草堂筆記・有選人納一姬》裡，還可拾得另一種騙法：某選人用廉價買回貌
美女子爲妾，選人悅其色美而值廉，也就答應了，不久，另一名選人買妾也
遇到相同的情況。巧合的是，這兩名選人是同年友，某日閒話家常，談及彼
此買回的妾的情況，發現兩人所買竟是同一女子：

〔註195〕見（清）丁治棠著：《仕隱齋涉筆・趣騙》（見《清代筆記小說類編・計騙卷》），
　　　　　頁429～430。
〔註196〕見（清）薛福成著：《庸盦筆記・卷四・娶妾得泥佛》（見《清代筆記叢刊（四）》），
　　　　　頁3239～3240。

有選人納一姬，聘幣頗輕，惟言「其母愛女甚，每月當十五日在寓，十五日歸寧。」悅其色美而值廉，竟曲從之。後一選人納姬，約亦如是。選人初不肯，則舉此選人為例，詢訪信然，亦曲從之。二人本同年，一日話及，前選人忽省曰：「君家阿嬌歸寧上半月耶？下半月耶？」曰：「下半月。」前選人大悟，急引入內室視之，果一人也。蓋其初鬻之時，已預留再鬻地矣。〔註197〕

在騙婚故事裡，受騙者不限於男性，連女性也會掉入騙徒圈套。黃鈞宰《金壺浪墨・卷六・騙婿》裡說，有位住在旅店的客人，接獲家人傳來妻子的死訊，哀悽不已，店主看了為之動容，表明要替他續弦，他客人不但不答應，反而用滿口道義之詞來推託，讓主人更加肯定他的為人，把女兒託負給他，到後來才知他是以退為進的騙子：

某姓者以賃寓為生，嘗有客從江南至，云是縣令引見者……出入裘馬甚都，主人子朝暮聚談，亟相契洽。一日，有老僕倉卒問訊至，叩頭呈書，客展讀未竟，號泣失聲。問之，則夫人產難亡矣。……時主人女年方及笄，媒氏為客議婚，客不可，曰：「先室亡未逾年，何忍及此？」主人益重之，屢議而後許。擇期入贅，逾月忽晨起，不知所之，奩篋釵釧盡失，市中索逋負者，聞信踵至，計又不下千金，皆曰：「是汝婿也，不然誰貰貸者？」主人遍起客笥，空無所有，唯存鉛錫數十方而已。〔註198〕

騙婚者之所以能致勝，均因他們能展現迷人的條件，使受騙者心亂意迷，無法理智思考，趁其迷亂之際，一步步聳恿他們墮入騙局。

貳、騙財物

為了騙取財物，騙子們使出各種技倆，有的假冒王公貴族身份，或者裝死搏人同情，或者偽做善心人等，並利用人們阿諛獻媚、貪小便宜、獲取暴利、走旁門等心態，使人「甘心」受騙。

一、利用人際間奉承或報恩心態以行騙

徐珂在《清稗類鈔・棍騙類・騙三千金》中說：和珅在得勢之時，人咸

〔註197〕見（清）紀昀著：《閱微草堂筆記・卷十六・有選人納一姬》，頁514～515。
〔註198〕見（清）黃鈞宰著：《金壺浪墨・卷六・騙婿》（見《清代筆記叢刊（四）》，頁2911。

稱他「和中堂」，冒名其子行騙者，大有人在。某天，一名自稱是和中堂兒子的少年，向太守借銀三千兩，太守的幕僚擔心此少年是冒名騙財，卻又不敢冒然盤問，但他們知道和中堂的兒子很會寫大鵝字，所以請太守讓少年寫大鵝字，即可從筆跡辨真假。少年從容答應，臨陣又故發脾氣離去，太守不敢得罪，「甘願」奉上三千兩銀，等到發現被騙時，少年已不知去向：

> 有少年至金陵，住承恩寺，自稱爲和中堂子，與當道相往來，言於
> 江寧守，乞借銀三千兩。守允之，與幕賓密議，恐其僞。幕賓有曾
> 居京都者，譫知和之子善書大鵝字，曰：「盍招飲，而置筆硯，請其
> 書鵝字，則真僞立辨矣。」守從之。飲次，從容祈請，少年大笑曰：
> 「君何以知我善此？備善筆否？可令人磨墨，書畢再飲。」乃伸紙
> 於案，注濃墨於硯。少年取筆醮墨，方欲落紙，忽投筆怒曰：「爾非
> 乞我書，蓋疑我爲騙子，欲留筆據耳。吾父若知之，我何以自解？
> 銀不敢借，酒亦不必飲。」乃拂袖徑出，忿忿升輿去。守惶懼，速
> 送三千金，殷勤謝過而歸。此晨偵之，已不知何往矣。探知和子實
> 未出京，前者乃騙子也。〔註199〕

同書中的〈騙黃金二百兩〉，也是發生相類似的情況。行騙少年得知某官欲報某公之恩，所以假冒某公之子，向他借二千金，並表示父命促急，某官心雖生疑，且請某公的門生前來確認此少年是否爲某公之子，但因事隔多年實難認出，只好請少年寫書爲證，少年生氣說道：「乘我有乾求之時，故索我書，乃以賣文字之文丐視我耶？」悻悻離去，某官趕緊追上，並給了他兩百兩黃金。不久，某公的真公子來了，相較其氣質、應對等，才知上騙子的當。但爲時晚矣。〔註200〕

　　少年此招騙術即是抓住官員們「得罪不起和珅」，寧可信其是而不可信其非的心態，是以得逞。

二、利用貪小便宜心理以行騙

　　國人購物喜歡議價，希望能用最低價格獲取最高利益，買到便宜貨即沾沾自喜，騙子們即利用這種貪小心態，先予人甜頭，再一步步引入陷阱。例

〔註199〕見（清）徐珂著：《清稗類鈔（十一）·棍騙類·騙三千金》，頁5402。
〔註200〕見（清）徐珂著：《清稗類鈔（十一）·棍騙類·騙黃金二百兩》，頁 5402～
　　　　5403。

見《子不語‧卷二十三‧偷牆》：有一富人要買磚造牆，某甲知道後，告訴富人，他與某王爺很熟，知道最近王府外牆正要拆舊磚換新磚，若買舊磚應可以折價購買，並願意幫忙到王府跑一趟，跟王爺情商，只要王爺點頭即可。於是富人便派自己的僕人跟他一道去，兩人到王爺府時，正好遇到王爺下朝回來，某甲即攔馬頭下跪，並用滿語跟王爺嘰咕許久，王爺點點頭，某甲帶著僕人前去丈量後，回頭跟富人報價。富人毫不猶豫地把錢付了，等到要去拆磚時，才曉得是騙局：

> 富人欲買磚造牆。某甲來曰：「某王府門外牆，現欲拆舊磚換新磚，公何不買其舊者？」富人疑之，曰：「王爺未必賣磚。」某甲曰：「微公言，某亦疑之，然某在王爺門下久，不妄言。公既不信，請遣人同至王府，候王出，某跪請，看王爺點頭，再拆未遲。」富人以為然，遣家奴持弓尺偕往。故事，買舊磚者，以弓尺量若干長，可折二分算也。適王下朝，某甲攔馬頭跪，作滿洲語喃喃然。王果點頭，以手指門牆曰：「憑渠量。」甲即持弓尺率同往奴量牆，縱橫算得十七丈七尺，該價百金，歸告富人，富人喜即予半價，擇吉日，遣家奴率人往拆牆，王府司閽者大怒，擒問之，奴曰：「王爺所命也。」司閽者啟王，王大笑曰：「某日跪馬頭白事者，自稱某貝子家奴，主人要築府外照牆，愛我牆式樣，故來求丈量，以便如式砌築，我以為此細事，有何不可？故手指牆命丈，事原有之，非云賣也。」富人謝罪求釋，所費不貲，而某甲已逃。〔註201〕

這故事在徐珂的《清稗類鈔‧棍騙類‧騙牆》，吳熾昌之《客窗閒話初集‧卷七‧假售殿材》等亦載。

另外，鄺玅《澆愁集‧巧騙》裡的金某，以賣珠寶為業，沒想到因一時貪便宜，反而不識物品真偽，被騙百兩：

> 金某偶過鬧市，見一人破衣短服，手持墨晶眼鏡，半露袖外，匆匆竟過。旋有一人，畫扇春衫，衣服都麗，急追破衣人，以番奴二尊與之，似欲市其眼鏡者。破者曰：「少至番奴四數，否則無多饒舌。」言畢，又匆匆前去，似恐人追及情景。春衫人急尋典舖質衣，實其四數。洎乎再至，而破衣人已不見。忽回顧金某，私問曰：「君適見

〔註201〕見（清）袁枚著：《新齊諧——子不語‧卷二十三‧偷牆》，頁444～445。

持晶鏡者否?」曰:「不知。」其人頓足曰:「可惜!適晶鏡價值百
兩,彼不知從何竊取,今當面錯過矣。」金亦不之答。其人悵悵引
去。金走向前未半里,忽見破衫人在一僻巷中窺探,若有所伺,晶
鏡仍在手內。金一時利心輒起,私喚破衣人至僻處,索觀之,見規
圓頗大,飾以金足,信為真品,付值市之。比歸,欣然示人,識者
笑曰:「君遇騙矣,此廣東燒料貨也。」後悔莫及矣。〔註202〕

除了這種設計騙局來誆騙貪便宜的人之外,到了晚清,商業繁榮,同行競爭
激烈,為吸引客源,有些店家打出「本號休業在即,照本賤賣」;「遷移在即,
脫或求財」等口號,利用買主以為此時貨價必低,趁機採買的貪小便宜心態,
薄利多銷〔註203〕。再者,業主也貼出「自今日始,照碼九折」等標語,吸引
過客,以為貪得折扣而盡情購買,卻不知原本並非此價,而是早已加在折扣
數上,買者貪迷不悟。〔註204〕

三、利用獲取暴利心態以行騙

俗云天下無白食,一分耕耘一分收穫,但人心總想著用最簡易快速的方
式,獲取最大的財富,自古即有煉金術,明知是術士詐財技倆,但代代受騙
的人不少,至清代依然。今舉《明齋小識・卷六・種銀子》為例:有一遠客
借宿寺中,與僧主相談甚歡,遠客告訴僧主,他學有「種銀術」,只要埋銀於
地,誦咒拜禱,七天後就能以一得十,起先僧主不信,先拿出一銀讓遠客試
之,果然七天後即得十銀,令僧主佩服得五體投地,決定多多益善,不僅掏
盡積蓄財物,還向鄰寺借貸,全部交給道士「種銀」,結果道士一拿到錢就不
見人影,當僧人發現事情有異,趕緊挖掘藏金之地,發現那些「本金」早已
消失無蹤,只見零磚碎瓦而已:

> 塔院僧性鄙吝,有江西客來寓,間以酒肉啖僧,頗相中。後密謂曰:
> 「我習種銀術,欲助汝,汝有意乎?」僧問何謂?曰:「以銀埋地,
> 有符籙拜禱法,閱七日,一可得十。」僧未信,姑付銀一,邀其種。

〔註202〕見(清)鄒弢著:《澆愁集・巧騙》(見《清代筆記小說類編・計騙卷》),頁
332〜335。

〔註203〕見(清)徐珂著:《清稗類鈔(十一)・棍騙類・商店以休業遷移為騙》,頁
5464。

〔註204〕見(清)徐珂著:《清稗類鈔(十一)・棍騙類・商店以減價折扣行騙》,頁
5464。

客踽步庭前，喃喃作咒語，掘地埋之。至期啓視，則粲然者十矣。
僧大喜投地，曰：「可多種乎？」曰：「何不可？母多則子愈多，唯
紙錨亦須多焚耳！」僧乃罄其己之所有，又將衣帽及鍾罄鐃鈸之屬
盡質典，不足，復借鄰寺之鍾罄鐃鈸，亦質於典。侵曉，詣城買紙
錨數十千，欣欣付客作法。……至明午，客亡，兩三日無跡。急掘
所藏，則零磚碎瓦而已。僧搶呼欲絕。〔註205〕

俗云：「害人之心不可有，防人之心不可無」，若被害者將損失加害給無辜者，
實是不道德的行為。《咫聞錄・卷九・嫁禍自害》故事裡的當舖伙計，遇到騙
子來典當，結果被騙三千兩，店主不甘心受騙，暗中造假偽借券，放在路上，
讓想貪圖暴利的人拾得後，用三千金贖回「贋物」，把自己的損失嫁禍於想貪
圖暴利之人，不知騙徒也利用他這種害人心態，讓無辜的圖利者成為誘餌，
反過來再向肆主敲詐一次：

嘉興某典肆中，一日有青衣輩數人袍服整潔，侍從皆小艾，入肆問
有朱提幾何。答曰：「若有物質，不駒多寡俱質之，奚必問資數也。」
其人去，移時昇一籃至，延之入，啓視之，皆黃金所製重器……曰：
「此乃某府之物，緣主人有要需，欲質銀三千。」平金交訖。既去，
細視之，乃銀胎而金衣也，然已無及矣。肆中定議，凡質偽物而虧
其本，攤償於肆中執事人。此物虧金過多，而執事修工無幾，即終
歲停支，非十餘年不能清此暗項。……肆主亦以賠金數多，不能令
其枵腹從事，因念彼以偽物誆金，必不來贖。乃生一計，令各執事
不許聲張，命另書偽券，棄諸途，俾行路者拾之，必將利其中之所
贏而具資以贖焉，則嫁禍於人矣。早起，有某生赴市拾焉，視券中
之質本甚大，意必貴介所遺，若贖而鬻之，獲利必厚。無如家僅糊
口，並無餘資，遂欣欣然謀諸親友，咸皆念某生平日之清正謙和，
樂與湊銀，以贖使之得利，以豐其家……生邀親友同至肆中，持券
向問，請開篋以視，肆中人曰：「當僅兩日即來看物，足下能寧買次
券乎？」曰：「然。」肆中人即發篋陳示，且炫稱物之貴重，以歆動
之，歸即湊三千金與生，生加子金，依券贖回，載而鬻之五都之市，
歷視數家，俱曰偽金，竟無售主。砍而驗之，乃白金為胎，外裹黃
金許厚，計所值不過數百金，某生計鬻以肥家，今傾家不足以償貸，

〔註205〕見（清）諸聯著：《明齋小識・卷六・種銀子》（見「筆」正編五冊），頁3317。

號哭而回。……赴水覓死，忽有過而問者曰：「子非贖偽金者乎？」曰：「子何以知之？」曰：「吾見子形而知之也。子即回家，攜所贖偽金隨我而來，必獲償子之資，毋戚也。」生聽其所為……（過路者）謂生曰：「子之累不少矣。」設筵款待，留數日，計償質及子金外，又贈資斧。不數日，前青衣者忽挾資持券至某肆中，取所質物，肆中大驚，肆主無計可解，願受罰賠。喪資數萬乃完其事，肆中資本一空。〔註206〕

倘若此生心不貪謀暴利，亦不會遭此際遇。

誠然當舖受騙是無辜的，但為了讓店內減少損失，不惜嫁禍他人，幾害人命，實非良策，最後騙者求贖原物，使店主無物可還，反賠上店內所有資金，或可為他店鑒誡。此事流傳開來後，各家當舖無不小心防範，可是仍有某當舖遇到典當偽金器者，店主以嘉興當舖之事為誡，他不嫁禍他人，而是反誘典偽金器者出來贖物，運用機智，為自己討回公道：

金陵某典肆亦有質偽金器，一如禾中故事。肆主曰：「禾中肆欲脫己害而陷人，其心尚可問乎！不如隱忍焉，其失也猶小。」既而密構金匠，仿其物而為之，輕重大小，一如所質，無少差異，越月始成。因號於眾曰：「某質偽金，喪本已多，是物恰可以偽亂真，然難逃識者之目。與其見是物而歉歔，不如毀此物而免害。」約某日攜赴報恩寺，邀郡中各肆商同往觀之。眾商閱畢，即當火於鼎而冶熔之。眾商不知其計也，郡中喧傳其事。質金者聞物已毀，心起訛詐，具資持券來贖。肆中人裝若慌張，持券故為遲遲……須臾，舉篋畀之。質者再四熟識，喪氣而去。〔註207〕

溫適汝對這兩家所遇相同事但不同處理方式，做一評價道：「禾商之計只顧目前，未曾慮及事後，此下愚之智，禍之旋踵，已早見之，何足為詐也。若金陵之商，可謂譎而不失其正，是真詐也已矣！」〔註208〕

四、濫用善良人性以行騙

除了投機、貪色之人會受騙外，騙子也會濫用人的同情心騙取財物。俞

〔註206〕見（清）慵訥居士著：《咫聞錄・卷九・嫁禍自害》，頁4507。
〔註207〕禾，即嘉禾，是浙江嘉興舊稱，禾中故事，是指前述嘉興典肆發生的事。
〔註208〕註同前二之註。

樾在《右臺仙館筆記卷四》中說，有一乞丐在街上哭泣乞討，請大家資助他爲父親安葬，在他旁邊即有一個用蘆蓆覆蓋的尸體，上半身被遮住，雙腳沒有穿鞋襪，觀者紛紛掏錢協助，這時，有位叼著煙筒的老翁，不小心把煙灰落在尸體的腳上，結果尸體的腳指頭突然縮了一下，大家才恍然大悟，原來是乞丐騙錢：

> 金陵城中，有以蘆蓆覆一尸者，其上半身不可見，下半身則褲僅及膝，雙足不屨不襪，挺然不動。尸旁立一丐者，向眾涕泣，募錢收斂，云死者其父也。於是觀者甚眾，頗有哀而予錢者，或百或數十，一時積有千餘，丐猶未足，請益哀。有老翁持筒吸淡巴菰，餘爐適墮於尸足，足爲之縮。眾大驚，既而晤其僞也。乃大笑。死者掀開蘆蓆而起，曰：「愈矣！愈矣！」捲蘆蓆向眾叩頭謝，共荷錢而去。
> 〔註209〕

有的騙子則是裝病博人同情，懈人心防。施山在《姜露庵雜記‧膏藥騙爐》裡說，某位騙子則是假裝病痛，引來老婦人關心，借他銅爐熱藥膏，沒想到騙子恩將仇報，趁老婦不備之際，劫走她的銅爐：

> 吾越一老嫗，冬日提銅爐，造次不釋手。偶憩雲門散花亭，忽一人蹣跚來，呻吟痛楚。嫗問之，曰：「我木工也，升屋而顚，傷及腰膂，貼藥膏，以天寒未溶而脫。」遂於腰間出一巨膏示嫗。嫗矜之，令炙於爐，其人磬折鳴謝。少頃膏化，曰：「此膏方烈異常，一嗅其氣，神已醒快，眞奇藥哉！請試之。」嫗甫以鼻歆氣，其人乃力摁其口封之，取爐急走。比嫗揭其膏，拂唇而呼，亭卒趨視，而其人遠矣。
> 〔註210〕

至於《小豆棚‧徐國華》故事裡，騙子則是利用人子孝心，故意先在豬上寫著亡者的名字，又假做好心人，告訴其子其父投胎某家，徐子見後十分傷心，花了很多錢才把這隻豬，並恭敬飼養在圈裡。不久，這隻豬變大變肥後，白毛盡脫變成黑色，「徐國華」三字都不見了，才知道是被人所騙：

> 徐國華，虎而冠，以雄稱。……當徐氣絕時，徐子尚在某家豪賭云。
> 且其子又愚，不知生理，嘗爲人所市弄而魚肉之。……年餘，有宿

〔註209〕見（清）俞樾著：《右臺仙館筆記卷四》，頁81。
〔註210〕見（清）施山著：《姜露庵雜記‧膏藥騙爐》（見《清代筆記小說類編‧計騙卷》），頁339。

遣人至，謂其子曰：「宿某家產一豕，身有白毛成字，作『徐國華』，非汝尊者名乎？」與其子往宿，果見豕，如所云。抱豕痛哭，若見所生，乃欲售之。……往來關說，終以二百金贖之。圈而歸，敬以豢之……後豕肥腯，毛盡脫，渾變黑，字跡全無，始知宿遣某以術弄也。……以火烙豕身，摻藥而字，使白毛焉。〔註211〕

五、利用無知弱點以行騙

清代筆記裡記錄不少人搜集古書、古物等，以附庸文雅之事，但搜集者並無鑒賞能力，以致常落入騙徒設計的騙局中。毛祥麟在《墨餘錄·卷一·好奇售偽》有則故事是這麼說的：詹某出身名門，但大家都笑他沒有學識，於是他四處購書，幾年後藏書甚多，但這些僅止於給別人看，詹某本身沒有看過，對書籍版本與內容好壞，一概不知。某天，某書商找了一部百卷的鈔本，用五十兩銀子買了下來，希望能賣個好價錢，當他去找詹某時，詹某並未把這部書放在眼裡，也沒有購買的意願，商人很爲難，只好找詹某親戚全某商量，全某很有學問，詹某很信任他。全某知情後，跟商人商量，要分一半的利潤，商人答應，於是全某設計讓詹某以八百兩買下此書：

詹某，胥之子也，或譏其不學，乃出資市書，不數年而東觀西園之富，不是過矣。……同邑某羨書價之獲殊厚也，乃於郡中覓得抄本書百卷，以五十金得之，冀售善價，而詹某竟不閱，卻其書，某窘，乃商於詹之戚全某。全固稍通文墨，爲詹所信任者，問某需價幾何，曰：「得三百金足矣。」全某曰：「然則當售八百金耳，以四百金與我，尚有百金，分給其司籍者；書當假我一觀，緩七日來取。」某唯唯。及期，全令易一人將書去，并授其言，且曰：「如我教，價可得矣。」其書詹本未閱，置而不疑。越日，全至詹處，翻閱諸本，檢得是書，佯詫曰：「此籍何來？」詹曰：「亦欲售者。」全曰：「索價幾何？」曰：「未之問也。」曰：「速與議價，遲恐爲識者所得。」詹問：「是書何所奇？」全曰：「書成某代，素無刊板，世唯二部，一藏內府，一在民間，前朝某相國懸萬金求之，不得，不意今入賈人之手。」因於架上取《四庫書目》，檢示詹，果如所語。詹喜曰：「余費金巨萬，藏書雖充棟，恰愧無祕本，今始得矣。」未幾，某

〔註211〕見（清）曾衍東著：《小豆棚·卷四·徐國華》（濟南：齊魯書社），頁52。

往取書，詹問值，某曰：「事不諧矣，此書係郡宦家藏，爲其子弟所竊，昨已有人蹤跡至，急欲收歸，不能售也。」……詹令某即往商，價固勿論。某再往返，始言非千金不可，全勸給八百金而成。詹既得書，勸曰：「此宦家物，若泄於人，必滋訟累。」詹遂秘之，其謀故終不泄。聞《四庫全書》所載，全蓋陰抽其架上本，指一書，嵌抄本名，僞撰提要，仿原樣雋頁以易之耳。〔註212〕

作者毛祥麟在篇末有感而發說道：「蓄書備觀覽，與收藏自是兩事。且其人必先博雅，而後鑒核始精，并須有大力能購，爲問海內，當此者有幾？奈何啖名之輩，搜採未多，輒講板刻，浮慕汲古之名，總無開卷益。」

時人胸無點墨卻想表現爲儒雅之士的心理，成了騙子圖利工具；搜藏奇珍之物，卻無鑑賞能力，只圖炫人耳目，歸咎不過是滿足自我的虛榮心，是另類追求清名的表現。

六、趁人之危以行騙

在所有騙局中，最令人髮指的莫過於趁人之危行騙，這種情況，常常受騙者與詐騙者是具朋友關係的，詐騙者知受騙者的弱點，更易下手。《清稗類鈔（十一）‧棍騙類‧騙押櫃銀》說了一則詐騙者趁朋友經濟窘困時，慫恿朋友賣妻，獲取押金，得以找到工作，結果卻把這押金騙走，受騙者人財兩失，最後竟走上絕路：

楊阿七以小負販爲業，滬人也，……患傷寒，臥病三月，醫藥之需，悉出自質貸。病起資罄，束手無策，日惟與妻周翠珠一餐雙弓米而已……一日爲其友李德寶邀入城，啜茗於邑廟之得意樓。俄而有一人至，狀如傭保，與德寶略相識，執手問無恙。而德寶已不甚記憶，展問邦族，其人乃自言爲甬人費少梅，執事於福州路某煙館。德寶語以阿七落魄狀，少梅曰：「今何機緣之巧，吾館中方將易一堂倌，彼如有意，當代圖之……館中須押櫃銀六十圓，他日有別就，可付還。……若在館一日，即有一日之子全。」……阿七大喜，惟曰：「予今饔餐不繼，告貸無門，將奈何？」德寶乃語阿七曰：「子無慮，吾當爲子謀之。」……明日訪阿七，語曰：「吾力棉，未能爲子有所籌，

〔註212〕見（清）毛祥麟著：《墨餘錄‧卷一‧好奇售僞》（見「筆」正編五冊），頁2859～2860。

謀之不臧，滋愧。然有金惠生者欲娶婦，盍以尊夫人貨之，可得善價，自是而押櫃銀有所出……。」其明日，德寶果挈銀幣八十圓及已寫之契至，語阿七曰：「三日後，惠生當以輿迎尊夫人，此銀幣，慎藏之……將取以付押櫃銀也。」……阿七乃以六十圓交德寶，德寶曰：「今日我往交銀，明日子可到館矣。」阿七乃以十圓謝之，強而後受。自是德寶終不至，阿七往訪之，門扃之。阿七自是人財兩失，越日投黃蒲江死之。〔註213〕

騙取財物是多數騙徒最終目的，騙法或有不同，但歸納觀之，騙徒性格慧黠，其騙取花招也反映時下社會所流行的情況，他們對世事、人性均能掌握，才能輕易得逞。

參、拐騙兒童、婦女

　　清代拐騙兒童以販賣獲利者，常將騙來的孩童藏於窖內，官員想要緝查也就格外困難。《述異記‧卷下‧拐賣人口》記載這種情形：

> 有小孩穆小九兒在燈市口買杏子，應奎（騙子名）賒杏，令跟去取錢，騙至麵舖，給小九兒麵吃，臉上打一掌，隨即昏迷無知，跟至老虎洞住一夜，即轉送劉三窖子內鎖閉。〔註214〕

故事中騙子所用的騙術，類如現今的金光黨，先在手上抹藥或把藥放在食物裡，藉由觸摸被害人，或者讓被害人吃下放藥在內的食物，使他們昏沉不知事，然後將其帶走。

　　拐買兒童還有一種是透過婢女先與主人培養感情，再伺機拐騙小主人的情形。《清稗類鈔（十一）‧棍騙類‧以婢拐女》寫道：有位騙子得知某人喜歡買婢女，於是先跟其家僕人攀關係，漸漸才跟僕人說，鄰家有幼女要賣，此女秀外慧中，若其主人肯納，必定是好人選。在僕人引薦下，這名婢女進到主人家，因為作事勤快俐落，深得主人夫妻倆的器重。主人育有一女，與此婢女年紀相當，常常結伴遊玩。某日，婢女就趁買麥芽糖的機會把小主人誘跑了：

> 有買婢而失女者，騙子曰謝明庵，知唐石卿之喜蓄婢也，納交於其

〔註213〕見（清）徐珂著：《清稗類鈔（十一）‧棍騙類‧騙押櫃銀》，頁5461～5463。

〔註214〕見（清）東軒主人著：《述異記‧卷下‧拐賣人口》（見「筆」三編九冊），頁6736。

> 僕邵升。越一月，語升曰：「君家主人亦多婢矣，吾鄰有幼女曰馬蘭
> 英者，年可十二三，秀外慧中，能伺人意，若令其給事左右，必得
> 主人歡，他日當挈之以來。」……果偕蘭英至。升挈之以見石卿，
> 石卿大悅，出百金購之。蘭英貌美而服役勤，石卿及其婦皆愛之。
> 石卿之女曰文昭者，尤與之暱。一日，蘭英偕文昭戲於後園，適有
> 鬻餳簫者過，園有扉，蘭英聞簫聲，急與文昭啓扉出，欲購之，則
> 簫聲已遠，追躡之，則皆登柳陰所繫之小舟而逸矣。〔註215〕

極為殘忍的，則有采生折割為利誘拐小兒之事，是計誘加強力合力逼迫，被
騙來的孩子，或毀其面目，或傷手足致重殘，以其畸型為偶，做雜技表演，
以獲厚利。在《清稗類鈔（十一）·棍騙類·采生折割》中說，乾隆年間，長
殺市上出現一個似犬非犬的異物，被官員發現，以帶回讓太夫人觀賞為由，
將此犬帶回訊問，揭發其慘無人道的際遇：

> 乾隆時，長沙市中有二人，牽一犬，較常犬稍大，前兩足趾較犬趾
> 爪長，後足如熊，有尾而小，耳鼻皆如人，絕不類犬，而遍體則犬
> 毛也。能作人言，唱各種小曲，無不按節，觀者如堵，爭施錢以求
> 一曲。縣令荊某途遇之，命役引歸，託言太夫人欲觀，將厚贈之。
> 至則先令犬入內衙訊之，顧犬曰：「汝人乎？犬乎？」對曰：「我亦
> 不自知為人也，犬也。」曰：「若何與偕？」對曰：「我亦不知也。」
> 因詰以二人平素所習業，曰：「日則牽我出就市，晚則歸納於桶，莫
> 審其所為。一日，因雨未出，彼飼我於船，得出桶。見二人啓箱，
> 箱有木人數十，眼目手足悉能自動。其船板下臥一老人，生死與否，
> 我亦不知。」荊拘二人鞫之……極刑訊之，始言此犬乃以三歲幼孩
> 作成，先用藥爛其皮，使盡脫，次用狗毛燒炭，和藥敷之，內服以
> 藥，使創平復，則體生犬毛，而尾出，儼然犬也。此法十不得一活，
> 若成一犬，便可獲利終身。……問木人何用？曰：「拐得兒，令自擇
> 木人，得跛者、瞎者、斷肢者，悉如狀以為之，令之作丐求錢。」
> 〔註216〕

至於拐騙婦女部份，可見《清稗類鈔（十一）·棍騙類·拐帶婦孺》的故事：

> 婦女騎驢遊弋村落間，見有鄉婦騎驢出者，其夫若從後，則故策驢

〔註215〕見（清）徐珂著：《清稗類鈔（十一）·棍騙類·以婢拐女》，頁 5452。
〔註216〕見（清）徐珂著：《清稗類鈔（十一）·棍騙類·采生折割》，頁 5381～5382。

令傍鄉婦驢以行，遂以鄉婦戶通名居，佯與殷勤，而陰策驢令行漸
速，鄉婦不覺亦速，則已與其夫隔遠。如是數轉，鄉婦路迷急遽，
則慰之曰：「勿恐，前途有吾親串家，可往小憩，若旴，即可宿。」
遂引至匪所入門此婦即他匿……使其黨污之。〔註217〕

騙徒常利用同性疏於防範的心理，由女騙子主動親近受騙者，與之攀談，不
知不覺中離開其熟悉地方，等到受騙者發現時，往往已墮入陷井中，只能任
人擺佈販賣了。

　　江蘇一帶，還有所謂「白螞蟻」、「黑螞蟻」的拐騙集團，他們藉由媒婆
穿梭某些寡居或丈夫遠行的婦女，或騙或誘使其改嫁，若不肯答應則誘至異
地，黨伙權充轎夫，將她們抬到異地去賣，事見《見聞瑣錄·黑白螞蟻》：

蘇州城鄉有一班媒婆，出入人家，見有寡居者，有夫不在家與夫醜
陋愚憨者，則以淫辭褻百端誘動其心以嫁人。及嫁時，所得醮金二
三百元，皆此輩瓜分，其家僅得二三十元而已。或有心動不及嫁，
願同私逃者，則帶至他處賣之，其色美，則得金愈多，謂之「白螞
蟻」。又有一班無賴子，專以謀賣婦人為事……初亦使媒婆誘動之，
誘不動則勸之入廟燒香，倩其黨為轎夫，上轎後，則异至一二百里
外賣之，謂之「黑螞蟻」。〔註218〕

有的婦女則沒有那麼幸運被誘騙，而是被拐賣人口強行劫走的，江蘇一帶的
無賴子則是成群到村中劫美女，再施以極刑，使之屈服被賣：

揚州以上，高郵、邵伯、淮安、清江、宿遷、沭陽一路，有無賴子
數十成群，帶刀劍洋槍，瞥見村莊美婦女，夜即圍其屋，縛入深僻
地中，設立刑具，內指一人，謂所縛婦女曰：「明日當賣汝，汝當認
之為夫。賣後三日午時，汝當出至門首，望見某人，汝即告主人曰：
『我實為人拐賣至此，吾夫已尋至門前矣。』汝依言否？」或未即
允，極褫其衣，鞭打燒香，身無完膚，必得允後止，允後又謂之曰：
「汝或僞允，不至門首，夜即縛汝回，如前施刑。」……此風非獨
江北，漢口以上，天門、沔陽、沙市、樊城一路尤甚……所劫婦女，
路逢親戚不敢認，認則夜必褫衣毒打……有一婦賣後，泄其事於買

〔註217〕見（清）徐珂著：《清稗類鈔（十一）·棍騙類·拐帶婦孺》，頁5379～5380。
〔註218〕見（清）歐陽昱著：《見聞瑣錄·黑白螞蟻》（見《清代筆記小說類編·計騙
　　　　卷》），頁521。

主,不至門前,此輩夜遂入屋攫出,寸斬門首而去。〔註219〕

這類拐賣人口的故事極少被揭開的,是因他們多是集團組織,行動極具計劃且防密,對於被拐騙來的婦女也進行精神折磨至屈服為止:

> 使其黨污之,名之曰「滅恥。」婦人既被恐嚇,又失身於人,則心漸灰矣。因令他匪偽為受主者,向匪家購以為妾,而好言問其自來。婦人必泣訴其冤苦,乃偽為不忍者,而退諸匪家,則又痛扶之。徐察其果無變志,乃又使一匪購之,問如前。如再言,再扶之,如是三四,最後愈慘酷,直俟其不敢復言,始令人攜至市鎮賣之,故絕鮮破案者。〔註220〕

拐賣人口從是誘拐再販予他人,從中圖利的一種詐騙方式,在清代,詐騙者往往與劫盜結合,強行擄掠,為獲更高利益,再三轉賣或致殘,對以極不忍道的待遇。他們是製造社會不安的一群,卻是法理最難束縛的一群。

這些騙徒心思畛密,將人性弱點玩於股掌之中,他們多數早有預謀,少部份為臨時起意,也看到在當時已有具規模的詐騙集團組織,在各地佈下眼線,尋找獵物,再聯合行騙,分散受害者注意力,讓人防不勝防。

第六節　笑話故事

鐘敬文先生在〈民間笑話〉文中,對笑話的特質有這樣一段註解:

> 笑話取材於生活的片段,它往往從現實事物發展中最關鍵的地方,用巧妙的人物對話或自白來揭露矛盾……總是在最令人注意的地方,突然用帶有俏皮的出人意料的話語,結束故事,使聽者大笑起來,是笑話最精采和藝術力量最激動人心的地方。〔註221〕

以幽默風趣方式表達對人世感受,並達諷刺警惕之意的故事,漢代司馬遷的《史記・滑稽列傳》是早期代表之作,爾後則有魏邯鄲淳(約132～221年)之《笑林》、晉陸雲(西元262～303年)之《笑林》、隋侯白之《啓顏錄》、宋蘇軾(西元1037～1101年)之《艾子雜說》、宋邢君實的《拊掌錄》等。明

〔註219〕見(清)歐陽昱著:《見聞瑣錄・放鷹》(見《清代筆記小說類編・案獄卷》),頁456～457。

〔註220〕見(清)徐珂著:《清稗類鈔(十一)・棍騙類・拐帶婦孺》,頁5381。

〔註221〕見鐘敬文著:〈民間笑話〉(見《笑話研究資料選》,頁211,中國民間文藝研究會湖北分會印,1984年10月初版)。

代時期，笑話在傳統基礎上大加發展，有浮白主人的《雅謔》、《笑林》；江盈科的《雪濤諧史》、馮夢龍輯之《笑府》、《古今譚概》、《智囊補》，王世貞（西元 1526～1590 年）編《調謔篇》、趙南星的《笑贊》、潘游龍的《笑禪錄》、劉元卿（西元 1544～1609 年）《應諧錄》〔註222〕等笑話書問世，除了輯錄歷代笑話之外，也有不少創作作品。

至清代，笑話可謂集大成，例如遊戲主人所著《笑林廣記》，有四分之一的作品即是出自馮夢龍的《笑府》，另也取材自《笑倒》與《笑得好》。此外，晚清末年小石道人著的《嘻談錄》、《嘻談續錄》，內容多採自明人劉元卿的《賢奕編・應諧》、浮白主人的《雅謔》、《笑林》，以及清康熙年間石成金所編的《笑得好初集》與《笑得好二集》，而是書與程世爵所編《笑林廣記》幾同出一徹。

除了這些專輯笑話書籍外，其他清人筆記也記錄了不少笑話。今就清人輯錄與創作的生活笑話加以分類並進行討論，從中觀其人物形象特質與人情世態。

壹、生活中的笑話故事內容

就笑話故事產生背景將內容，可分為夫妻間的笑話、人際間的笑話與官民間的笑話等。

一、夫妻間的笑話

清代筆記輯錄的夫妻間笑話故事可歸納為三種，一是丈夫怕老婆（家有悍妻），一是夫妻的事，一是夫死妻再醮。

丈夫怕老婆的故事，游戲主人在《笑林廣記・卷五・殊稟部・吃夢中醋》裡說，有名妻子吃「夢中醋」，生氣丈夫夢到娶妾且笑出聲，丈夫發誓，以後晚上不睡覺，就不會再做夢：

> 一懼內者，忽於夢中失笑，妻搖醒曰：「汝夢見何事，而得意若此？」
> 夫不能瞞，乃曰：「夢娶一妾。」妻大怒，罰跪床下，起尋家法杖之。
> 夫曰：「夢幻虛情，如何認作實事？」妻曰：「別樣夢許你做，這樣
> 夢卻不許你做的。」夫曰：「以後不做就是了。」妻曰：「你在夢裡

做，我如何得知？」夫曰：「既然如此，待我夜夜醒到天明，再不敢睡就是了。」〔註223〕

有一太守也是極怕老婆的，原本他見屬下被妻子打傷，勃然大怒，要把屬下的妻子找來懲戒，不料這句話被後堂的縣官夫人聽到，立刻發威，縣官嚇得連忙請屬下回去，此故事最早見於樂天大笑生纂《解慍篇・卷六・葡萄架》，清代可舉《笑林廣記・卷五・殊稟部・葡萄架倒》之述：

> 有一吏懼內，一日被妻撻碎面皮。明日上堂，太守見而問之，吏權詞以對曰：「晚上乘涼，被葡萄架倒下，故此刮破了。」太守不信，曰：「這一定是你妻撻碎的，快差皂隸拿來。」不意奶奶在後堂潛聽，大怒搶出堂外，太守慌謂吏曰：「你且暫退，我內衙葡萄架也要倒了。」
> 〔註224〕

不僅官民如此，即使帝王也需容忍悍妻，《笑林廣記・卷一・古豔部・啟奏》記載一官員向皇帝告狀，表示家有悍妻，皇帝卻傳旨要他忍耐，因比起皇后發威，臣之妻還算是小巫見大巫：

> 一官被妻踏破紗帽，怒奏曰：「臣啟陛下，臣妻囉唣，昨日相爭，踏破臣的紗帽。」上傳旨云：「卿須忍耐。」皇后有些憊賴，與朕一言不合，平天冠打得粉碎，你的紗帽只算得個卵袋。」〔註225〕

女性外遇在封建社會裡，是敗壞門風之事，但在《笑林廣記・卷六・閨風部・拜堂生子》故事裡，有位新媳婦過門，拜堂時當場生下一個兒子，婆婆感到羞愧，連忙叫人把剛生下的嬰兒帶進房內，新媳婦竟以為是婆婆愛孫子，懊悔沒有將另外兩位也帶過來：

> 有新婦拜堂，即產下一兒，婆愧甚，即取藏之。新婦曰：「早知婆婆這等愛惜，快叫人把家中阿大、阿二都領了來罷！」〔註226〕

晚清徐珂在《清稗類鈔（四）・詼諧類・各自一試之》則寫一對夫妻，結婚很久，妻子仍沒有懷孕，丈夫藉此理由要求娶妾，妻子不允，她建議丈夫，不如兩人各找另一異性試試，看究竟是誰出了問題：

〔註223〕見（清）遊戲主人著：《笑林廣記・卷五・殊稟部・吃夢中醋》（四川：重慶出版社），頁96。
〔註224〕見（清）遊戲主人著：《笑林廣記・卷五・殊稟部・葡萄架倒》，頁96。
〔註225〕見（清）遊戲主人著：《笑林廣記・卷一・古豔部・啟奏》，頁5。
〔註226〕見（清）遊戲主人著：《笑林廣記・卷六・閨風部・拜堂生子》，頁116。

王菊娶妻久不育，將娶妾，商之於妻，妻不答。一再商之，則曰：「此不知是誰之過，其各以一人試之，可乎？」〔註227〕

夫死再嫁的婦女，多為社會所鄙，也是人們諷刺的對象。在《笑林廣記・卷六・閨風部・扇屍》中說，有位婦人在丈夫死後，立刻用扇子將屍體煽涼，原因是若要再嫁須待屍冷，反映急待再嫁心：

夫死，妻以扇將尸扇之不已。鄰人問曰：「天寒何必如此？」婦拭淚答曰：「拙夫臨終吩咐：『你若要嫁人，須待我肉冷。』」〔註228〕

這個情節較早見於馮夢龍的〈莊子休鼓盆成大道〉，細節不同的是，此處是掘墳替代掘屍體。在國外，此情節也可見於德國的民間故事。〔註229〕

二、人際間的笑話

人際笑話最常見的是諷刺阿諛奉承之人，可見於光緒年間獨逸窩居士所著《笑笑錄・高帽子》，故事裡的老師勸勉學生要懂得逢迎獻媚，學生贊嘆老師品德高超，世無幾人，老師聽後飄然自得，不自覺也陶醉在奉承話中：

世俗謂媚人為頂高帽子。嘗有門生兩人，初外放任，同謁老師者，老師謂今世直道不行，逢人送頂高帽子，斯可矣。其一人曰：「老師之言不謬，今之世不喜高帽如老師者，有幾人哉！」老師大喜。既出，顧同謁者曰：「高帽已送去一頂矣。」〔註230〕

這類「不受奉承的人」型故事，在清代之前未見記錄，爾後則有數篇發展，除了俞樾的《俞樓雜纂・卷四十八・一笑》外，清末歐陽昱的《見聞瑣錄・大小帽子》著墨對話內容，增加諷刺張力：

某太守，天下第一諂佞者，由進士部曹放某省知府。其座主某尚書，端方嚴正，最惡趨媚一流。太守往謁之，尚書訓之曰：「為官宜上不負君，下不負民，方不愧為讀書人。」太守曰：「唯。唯。」尚書又問曰：「此去到官，以何者為最要最先？」太守曰：「門生做高帽子一百頂，此最要而先者。」尚書色變。太守曰：「容門生詳述：今之

〔註227〕見（清）徐珂著：《清稗類鈔（四）・詼諧類・各自一試之》，頁1888。

〔註228〕見（清）遊戲主人著：《笑林廣記・卷六・閨風部・扇屍》，頁129。

〔註229〕見金榮華著：〈馮夢龍「莊子休鼓盆成大道」故事試探〉（見《民間文學與中國文化國際研討會論文集》，頁31～34。）

〔註230〕見（清）獨逸窩居士著：《笑笑錄・卷六・高帽子》（見「筆」正編五冊），頁3147。

大吏，非善於稱頌則不悅，如逆其意旨，非獨不能爲國治民，且立
登白簡矣。故古人亦有『善事上官，無失聲譽』之言。若朝廷內外，
皆能如老師講究理學名臣，斥點一切巧邪柔媚，則高帽子非惟不必
用，亦且不敢用矣。」尚書色遂和，首領之。太守出，笑語人曰：「本
做高帽子一百頂爲到省用，今送去一頂，止九十九頂矣。」

如今已頗見流傳，故事不僅世人喜帶高帽子，連關公與閻王都喜人奉承。〔註
231〕今舉一閻王喜人拍馬屁之例，出自《中國民間故事集成・江蘇卷・閻王也
喜歡拍馬屁》：某役的妻子被王四奸污、自己不敢聲張反被陷害革職，積憤成
疾，不久就死了，死後他向閻王告狀，閻王怒捉王四，王四說拍馬屁是事實，
其他事是虛。閻王問他是否能拍得動其馬屁，王四即說：「王爺你本來長生不
老，無須恭維你年輕；陰間的東西都是無價之寶，也就說不上價錢；再說王
爺管理陰陽，英明果斷，洞察秋毫，鐵面無私，小的哪敢捧拍啊！」雖說不
拍馬屁，實已奉承閻王，令閻王心感歡喜。王四又辯稱，某役的是生死簿所
定，非他造成，閻王覺得很有道理，把他放回陽間，還賜他十年陽壽，返陽
路上，王四暗自竊喜：「想不到閻王也喜歡拍馬屁的！」〔註 232〕

流傳於江蘇的《中國民間故事集成・江蘇卷・閻王也喜歡拍馬屁》也十
分有趣：

有一日，太白金星帶領仙童，捧著一大摞高帽子出外遊玩，在南天
門外碰上關公。關公問：「你帶這麼多高帽子做麼呢？」太白金星回
答：「如今的人都喜這個東西，我拿去哄一哄他們。」關公聽了，心
裡不大舒服，帶著幾分氣說：「你莫一篙子打了滿船的人，我關羽一
生就最不愛戴高帽子！」太白金星哈哈一笑說：「你莫見氣，我說的
是凡人，他們不能和你相比，哪個不曉得，你……生是蓋世英雄，
死了還能顯聖，大名鼎鼎的武聖人哪會喜歡俗里俗氣的高帽子呢！」
關公聽了這一番話，不曉得幾高興！他們分手後，各自趕路，太白
金星的仙童忽然驚叫起來：「不好了，這摞帽子差一頂，只怕是掉在
路上了，我得趕快找去！」太白金星一笑：「不用找了，那頂高帽子
剛才給關公戴上了！」〔註 233〕

〔註231〕見金榮華著：《民間故事類型索引（中冊）》（型號 1620B），頁 584。
〔註232〕見《中國民間故事集成・江蘇卷・閻王也喜歡拍馬屁》，頁 776〜777。
〔註233〕見《中國民間故事集成・湖北卷・關公戴高帽子》，頁 75。

被世人視為「正義形象」化身的關公，在民間故事流傳裡竟也成了喜受奉承之人，反映了這種戴高帽子心態，似乎已成了社會普遍的現象。

　　當社會型態從農業漸轉向工商業，因借貸而產生的糾紛變多了，有的人欠錢不還，還跟借主講了一番頭頭是道的道理。石成金在《笑得好二集・轉債》裡寫道，有人向某人借了六兩銀子，每月五分利息，到年終應共計三兩六錢利息，可是他本息不還，反而請債主再給他四錢銀子，換成總共欠銀十兩的欠條，接下來每年都如法泡製，最後被債主猜中其心思，照這種借法，等兩人死了，這人也不用還錢了，所以不肯再借給他：

> 一人借銀六兩，每月五分起息，年終該利三兩六錢，不能還，求找四錢，換十兩欠帖，許之。次年十兩加利，年終該六兩，又不能還，求找四兩，改二十兩欠帖，亦許之。至第三年，本二十兩、利十二兩，共該三十二兩，又不能還，求找八兩，換四十兩文契，主人遲疑不發。債主怒曰：「好沒良心！我的本利哪一年不清楚你的，你還不快活呢？」借到一百年自然清楚，何也？欠帖也不用換，銀子也不用找，兩人俱開交矣。〔註234〕

有意賴帳的借款人，承如石成金所言：「不借，當初由你；借了，任我遲延。〔註235〕」他們抱持這種心態，跟債主饒舌盡說歪理，但錢既已借出去了，就在借款人手上，有心抵賴，債主也莫可奈何。《笑得好二集・回債》裡的借銀人，見到債主討債，非但不慌張，還振振有詞跟主人說理，最後索幸表態「就是不還銀子」：

> 一人欠銀多時，路上遇見銀主，曰：「你欠我的銀子許多時刻，該還我了。」欠人曰：「遲是遲了，我有一個譬喻在此，你明白了，自然不向我要銀子。譬如這銀子日前已經還了你，你自然用去了，難道又來向我要麼？」銀主說：「好蠻話！你若還了我，我又在別處生利了。」欠人曰：「此說既然不通，還有一說。譬如我往遠處去，你也來尋我要銀子麼？」銀主曰：「少不得候你來家，更要得狠！」欠人曰：「我又勸你，譬如只當我遠處去不曾回來，自然遲些回來要了。」銀主曰：「你現在我當面，怎麼說不曾回來？」欠人曰：「還有一說，你再三定要我還銀子，我沒銀子還你，自然相罵相打。譬如一拳打

〔註234〕見（清）石成金著：《笑得好二集・轉債》，頁392。
〔註235〕見（清）石成金著：《笑得好二集・回債》篇後評述，頁390。

死了我，那時除銀子沒得，反要經官受刑，必到破家蕩產，坐牢償命，懊悔不來。若是我打死了你，我是該受罪償命，你難道又活轉來再向我要銀子麼？今你我安安靜靜，倒不快活，何苦定要打罵，自尋晦氣。」銀主聽完，發怒曰：「任你會說蠻話，我只是要你還銀子。」欠人大喊曰：「我說了許多好話，你都不聽，任你會要銀子，我只是不還你銀子！」〔註236〕

這類用歪理抵賴的借款人，不僅沒有檢討自己，還會要主人將心比心設想，例如《笑得好二集・要豬頭銀子》故事裡，某人因鳥遺糞在他的帽子上，以為是不祥之兆，於是跟屠戶賒一豬頭，虔禱鬼神以求消災，事後卻不肯付錢，屠戶跟他討賣豬頭銀子，此人卻說，若是鳥糞遺在屠戶身上，屠戶本身就需要用豬頭祈求消災，哪有機會得銀？說來說去，盡是歪理：

> 一人新年出門，偶遇翁中飛鳥遺糞帽上，以為不祥欲求神禳解。因向屠家賒一豬頭，用訖，屢討不還。一日，屠人面遇曰：「不見你多日了，該的豬頭銀子，也不可再遲了。」答曰：「遲是遲了，只是我有一譬喻對你說。譬如這個豬不曾生頭，也來向我要銀子罷？」屠人曰：「亂說！哪個豬沒頭的。」曰：「既然此說不通，還有一說。譬如去年我還了銀子，你用過也沒有了。」屠人說：「一發亂說，若去年討額來用，又省下我別的銀子了。」欠人低頭沉吟曰：「此說又不通，我索性對你說了罷，譬如這堆鳥糞撒在你的頭上，怕你自己不用豬頭禳解，哪裡還有銀子留到而今呢？」〔註237〕

三、官民間的笑話

清代官民間的笑話，諷刺性強，揭露官員貪贓，斂財、昏庸的一面。《笑林廣記・卷一・古豔部・有理》故事是這麼說的，有兩人涉訟官司，因為被告賄加倍，使得原告反受責：

> 一官最貪。一日，居兩造對鞫，原告饋以五十金，被告聞知，加倍賄托。及審時，不問情由，竟抽籤打原告。原告將手作五數勢曰：「小的是有理的。」官亦以手覆曰：「奴才，你講有理。」又以手一仰曰：「他比你更有理哩！」〔註238〕

〔註236〕見（清）石成金：《笑得好二集・回債》，頁390。

〔註237〕見（清）石成金：《笑得好二集・要豬頭銀子》，頁390。

〔註238〕見（清）遊戲主人著：《笑林廣記・卷一・古豔部・有理》，頁3～4。

此理非講道理，而是看誰最有「禮」。

這故事至今仍見流傳於湖北等地〔註239〕。其中流傳在陝西乾縣的〈『魚』民不如『瓜』重〉篇裡，仍是用一關雙關法來暗示，但互動方式已不是用手勢：

> 過去，有兄弟兩人為財產打官司。老大買了個大西瓜，掏空內瓤，裝進五十兩銀子，暗中送給了縣老爺。老二買了一條鮮魚，掏去內臟，裝進三十兩銀子，也暗中送給了縣老爺。兩人心裡都以為有把握打贏官司，單等縣老爺升堂。一日，差人傳兩人上堂。他們陳述了各自的理由。經大老爺一番「公斷」，老大自然「有理」。老二著急，疑心老爺忘了自己送的「魚」，就提醒道：「老爺，我就是那個『魚』（愚）民！」縣老爺驚堂木一拍，斥則道：「你這個『魚』（愚）民，還不如你哥這個『瓜』種（重）！」〔註240〕

公堂上的判官收賄，其他官員平日利用職缺之便，也盡其所能斂財。清代每年都有祭孔大典，依例都要屠戶輪流上繳豬羊，用於祭祀，所繳牲品需由學官驗收。在清末楊汝泉編《滑稽故事類編‧嘲訕俳諧類‧鈔助羊肥》裡，有位學官十分貪婪，對繳來的牲品總是挑東撿西不滿意，頻頻退換，目的即是要屠戶賄賂他。學官作風傳開後，有一年到了祭祀前夜，屠戶只繳出一隻小羔羊，學官原本很生氣，但屠戶又拿出一吊錢說，這些錢可以使羊長肥大些。學官立刻眉開眼笑，交了差的屠戶，昂首離去：

> 直隸諸屬，每遇上丁祀聖，屠戶具羊豕，學官必屢斥其瘦瘠，雖十易皆不適於用，必屠戶納貲於廣文，始諾。有宰羊者，于省牲之夕，羊仍弗至，縣中飛籤促之。宰夫始徐徐入，寬衣博袖，袖中沉沉有物，吏曰：「汝職供羊，羊至乎？」曰：「至矣。」袖中出小羔。吏曰：「羔焉足祀？」宰夫曰：「另有一物。」因出鈔十餘千，且曰：「羔瘠小，此所以助羔之肥，且使之碩大也。」吏笑。宰夫黯然而去。〔註241〕

反映當時有錢好辦事的社會風氣。以致，在《笑林廣記‧卷一‧古豔部‧貪

〔註239〕見祁連休著：《中國古代民間故事類型研究（下）》，頁1137。
〔註240〕《中國民間故事集成‧陝西卷‧笑話‧『魚』民不如『瓜』重》，頁702。
〔註241〕見（清）楊汝泉著：《滑稽故事類編‧嘲訕‧俳諧類‧鈔助羊肥》（見《中國歷代笑話集成（五）》），頁86～87。

官》故事，即以茄樹下埋錢為喻，諷刺官民間存在著有錢者生，無錢者死的現實互動關係：

> 有農夫種茄不活，求計於老圃。老圃曰：「此不難，每茄樹下埋錢一
> 文即活。」問其何故，答曰：「有錢者生，無錢者死。」〔註242〕

官員的素質也是人們揶揄的對象，《笑笑錄‧卷四‧告荒》裡的告荒者，以其人之道還治其人方式，諷刺官員的邏輯能力：

> 有告荒者，官問麥政若干，曰三分。又問棉花若干，曰二分。又問
> 稻收若干，曰二分。官怒曰：：「有七分年歲，尚稱糧荒耶？」對曰：
> 「某活一百幾十歲矣，實未見如此奇荒。」官問之。曰：「某年七十
> 餘，長子四十餘，次子三十餘，合而算之，有一百幾十歲。」哄堂
> 大笑。〔註243〕

有的則是利用雙關語，暗嘲官員，判案是非不明，《笑林廣記‧卷一‧古豔部‧糊塗》裡的盲人：

> 一青盲人涉訟，自訴眼瞎。官曰：「你明明一雙清白眼，如何詐瞎？」
> 答曰：「老爺看小人是清白的，小人看老爺卻是糊塗得緊。」〔註244〕

這則故事最早見於明代浮白主人的《笑林‧青盲》，同朝的趙仁甫在《聽子‧見官就糊塗》篇裡，前面有較長的鋪場情節：

> 一人患眼病，目力不佳，一日上街衝撞了出巡的官老爺，受到嚴屬
> 斥責。其人忙申訴自己眼睛有病。官老爺問他，難道你什麼都看不
> 見嗎？其人答道：「尚能看到一點，但見官老爺就是糊塗的。」
> 〔註245〕

到了清朝，游戲主人則又回歸到浮白主人之說。這故事現在尚可聞於湖北等地。〔註246〕

大抵這些笑話故事都是以詼諧筆調，對人性弱點以諷謔的，其語言精煉，故事短捷，對事象一針見血，直揭其弊。

〔註242〕見（清）遊戲主人著：《笑林廣記‧卷一‧古豔部‧貪官》，頁3。
〔註243〕見（清）獨逸窩退士著：《笑笑錄‧卷四‧告荒》（見「筆」正編五冊），頁
　　　　3109。
〔註244〕見（清）遊戲主人著：《笑林廣記‧卷一‧古豔部‧糊塗》，頁4。
〔註245〕轉引自見祁連休著：《中國古代民間故事類型研究（下）》，頁1028。
〔註246〕見祁連休著：《中國古代民間故事類型研究（下）》，頁1028～1029。

貳、笑話故事中的人物形象

在清人笑話故事裡，有四類人物特徵較爲明顯：一是守財奴，一是傻瓜，一是富家子弟，一是竊賊，在幽默筆鋒下，角色個性鮮明，也深具寓意。

一、守財奴

俗云：「錢，錢，錢，命相連。」可謂守財奴寫照。爲了錢，他們連命都不要，其身教還影響下一代，往往青出於藍更勝於藍。

（一）置生死於度外，思錢產於心懷

有位守財奴，瀕臨死亡，卻不畏懼，一心只盤算著如何節省喪葬費，其子受到父親身教言教影響，決定將父親屍體切塊當肉賣，不僅不花一毛錢，還可賺錢，讓守財奴聽後開心不已，此故事見於《笑林廣記·卷九·貪吝部·賣肉忌賒》：

> 有爲兒孫作馬牛者，臨終之日，呼諸子而問曰：「我死後，汝輩當如何殯殮？」長子曰：「仰體大人惜費之心，不敢從厚，縞衣布衾，二寸之棺，一寸之槨，墓道僅以土封。」翁攢眉良久，責其多費。次子曰：「衣衾棺槨，俱不敢用，但具蒿荐一條，送於郊外，謂之火葬而已。」翁猶疾其過奢。三子嘿喻父意，乃詭詞以應曰：「吾父愛子之心，無所不至，既經殫力於生前，并惜捐軀於此后？不若以大人遺體，三股均分，暫作一日之屠兒，以享百年之遺澤，何等不好？」翁乃大笑曰：「吾兒此語，適獲我心。」復戒之曰：「對門王三老，慣賴肉錢，斷斷不可賒。」〔註247〕！

這故事最初見於明人樂天大笑生纂的《解慍篇·卷七·死後不賒》，內容較簡單，直接交待妻子死後屍體的處置方式：

> 一鄉人，極吝致富，病劇，牽延不絕氣，哀告妻子曰：「我一生苦心貪吝，斷絕六親，今得富足，死後可剝皮賣與皮匠，割肉賣與屠，刮骨賣與漆店。」必欲妻子聽從，然後絕氣。既死半日，復蘇，囑妻子曰：「當今世情淺薄，切不可賒與他。」〔註248〕

〔註247〕見（清）遊戲主人著：《笑林廣記·卷九·貪吝部·賣肉忌賒》，頁173。
〔註248〕見（明）樂天大笑生纂：《解慍篇·卷七·死後忌賒》，頁372。

這故事要到明人憨憨子的《笑林評·死後不賒》篇，所交待的對象才由妻子轉為兒子。在現今甘肅、陝西、河南、山東、江蘇、安徽、上海、福建、四川、河北、湖北一帶仍傳述這則故事。

也有守財奴，命在須臾猶議價的。故事敘述一人溺水之際，還要求兒子，若往救者索價太高，不可答應。這類故事最早見於《雪濤諧史·只許三分》，馮夢龍之《笑府·卷八·刺俗部·溺水》較簡略，明人樂天大笑生纂《解慍篇·卷七·一錢莫救》，將文字通俗化，還帶有戲劇笑果：

> 一人性極鄙嗇，道遇溪水新漲，吝出渡錢，乃拼命涉水。至中流，水急沖倒，漂流半里許。其子在岸旁覓舟救之，舟子索錢，一錢方往，子只出五分，斷價良久不定。父垂死之際，回頭顧其子，大呼曰：「我兒！我兒！五分便救，一錢莫救。」〔註249〕

至清，石成金在《笑得好·溺水》裡說：

> 有人溺水，其子呼人急救，許以重酬。父於水中探頭高喊曰：「是三分銀便救，若要多的，不必來。」〔註250〕

故事今尚可見於青海、陝西、四川、湖北、福建、河北等地。〔註251〕

與之相近的有莫射虎皮型，最初見於馮夢龍的《笑府·卷八·刺俗部·射虎》〔註252〕，石成金《笑得好初集·莫砍虎皮》將內容改成通俗話：

> 一人被虎啣去，其子要救父，因拿刀趕去殺虎，這人在虎口裡高喊說：「我的兒！我的兒！你要砍只砍虎腳，不可砍壞了虎皮，才賣得銀子多。」

至今在寧夏、陝西、河北、上海一帶，還可聽到這一故事。〔註253〕

還有一類的守財奴，守錢守到最後一刻，仍不肯輕易放手。可舉黃圖珌（西元 1698～1759 年）《看山閣閑筆·詼諧·財命相連》為例：有位吝嗇老人，看到江上有一枚遺落的銅錢，連忙走過去取，孰料潮水突然湧上灘，老人家被捲進江中淹死，第二天屍體浮出水面，結果那枚銅錢還被他緊緊握在手裡：

〔註249〕見（明）樂天大笑生纂：《解慍篇·卷七·一錢莫救》，頁 372。
〔註250〕見（清）石成金著：《笑得好初集·溺水》，頁 340。
〔註251〕見祁連休著：《中國古代民間故事類型研究（下）》，頁 925。
〔註252〕見（明）馮夢龍著：《笑府·卷八·刺俗部·射虎》，頁 198。
〔註253〕見祁連休著：《中國古代民間故事類型研究（下）》，頁 1000。

　　一翁見江灘遺錢一枚，遂往取之。俄頃潮至，避之不及，被淹致斃。次日，尸浮巨木而出，手尚握錢。見者嘆曰：「此翁深得財命相連之旨矣。」〔註254〕

故事傳述過程中，情節常出現複合情形。例如《笑林廣記・嗇刻鬼》裡的守財奴，不只命在須臾猶議價，即使死後到閻王處報到，還要爲錢盤算：

　　有一極嗇刻人，眞是不怕餓死不吃飯，人人皆以嗇刻鬼呼之。這一日過河，連擺渡錢都不肯花，寧可涉水而過。行至中流，水深過腹，勢有滅頂之凶，急呼岸上人來救。人曰：「非二百錢不肯救。」嗇刻鬼曰：「給你一百文何如？」頃刻，水已過肩。又呼曰：「給你一百五十文何如？」岸上人仍不肯救。竟自溺水而亡，孽魂來至閻王殿前。王曰：「你這嗇刻鬼，在陽世視錢如命，一毛不拔。今日來至陰司，帶他去下油鍋。」鬼卒帶至油鍋前，只見油聲鼎沸，烈燄飛騰。嗇刻鬼曰：「這許多油，可惜太費。若把這油錢折給我，情願乾鍋焦。」

〔註255〕

流傳至近代，貴州省〈莫將錢當肉賣了〉故事裡，被錢噎住幾死的守財奴，臨死仍與兒子討論用什麼方法最省錢：

　　有個貪財又摳的財主，去看娃娃家滾錢玩。一個銅錢滾到他腳邊，他急忙用腳踩住，滾錢的孩子一邊找錢一邊問：「伯，看到錢沒得？」……（財主）假裝幫小孩們找錢，趁小孩們不注意，飛快地把銅錢放進嘴裡。這時，有個小孩又問：「伯，你找著了沒有？」他剛開口說了個「沒」字，錢就划到了喉管。錢卡在喉管裡他吃不能吃，話不能說，過了兩天，他快要死了，三個兒子都來到床前，想聽遺言，財主一句話也說不出來。大兒子只好說：「伯，你老家放心去，我們一定把你的喪事辦得熱熱鬧鬧的。」財主聽了直搖頭二兒子說：「伯，我知道你老人家一生節儉，死後我用穀草包著你埋了算了。」財主也搖頭。三兒子說：「我說伯，你死以後，把你的肉割下來拿去賣，這樣一不花錢埋，二還可以賺一筆錢。」財主一聽，高興地叫了一聲「好！」正巧銅錢畫下喉管，財主可以說話了，他清

〔註254〕見（清）黃圖珌著：《看山閣閑筆・詼諧》（見《四庫未收書刊・第拾輯第十七冊》），頁774。

〔註255〕見（清）程世爵著：《笑林廣記・嗇刻鬼》，頁265～266。

> 清嗓子接著説:「老三啊!只是你在開邊時,要下細一點,莫把錢當
>
> 肉賣了喔!」〔註256〕

將守財奴在各故事的形象串連起來,更添趣味性,也反映此角色在人們心中的既定印象。

除此,清末城市已有保險業,對守財奴而言實是一大福音,解決他們擔憂財產安全的困擾。吳趼人在《俏皮話・性命沒了錢還可以到手》中說,有位暴發富緊守財產,房門裝上西洋的上等好鎖,一把鑰匙隨時帶在身上,只能由他親自開關,可防外賊進、內賊出,保護周到,又辦理人壽保險,這樣一來,就算被燒死,也有賠款到手,甚合其意:

> 某甲本簍人子,忽發巨財,居然席豐履厚,棉團團作富家翁矣。而
> 素性多疑,所居室保有火險。每夜必手自關門下鑰,其鑰爲外洋上
> 等貨,且鑰匙僅有一枚,甲自佩之;至明晨,始手自啓鑰。無間風
> 雨寒暑,必躬必親。蓋既恐外賊之入,復恐內賊之出也。人或謂之
> 曰:「子防賊可謂周備矣,其如何燭何?」甲曰:「我保有火險,何
> 妨?」人曰::「火燭自有賠款,然倘夜間失火,不及啓門,奈何?」
> 甲聞言,頗以爲慮。尋思得一計,徑往保人壽險若干,并爲其家人
> 子女各保若干,詡詡然告人曰:「從今而後,雖火燭亦無妨矣。」人
> 又詰之曰:「子不俱燒煞耶?」甲狂笑曰:「我已保了人壽險,縱然
> 燒煞,我沒了性命,那賠款錢總可以到手也,怕他什麼?」〔註257〕

(二)教子有方,青勝於藍

守財奴慳吝成性,教子也有方法,《笑林廣記・卷九・貪吝部・下飯》裡寫道,某位守財奴父親,教導兒子「以看代吃」的省錢辦法:

> 父曰:「古人望梅止渴,可將壁上掛的腌魚望一望,吃一口,這就是
> 下飯了。」二子依法行之。忽小者叫云:「阿哥多看了一眼!」父曰:
> 「鹹殺了他!」〔註258〕

而這些守財奴之子也不負父親教導,平日處事頗有乃父之風,例如《笑林廣記・卷九・貪吝部・好酒》,有父子二人扛酒,不小心路滑跌翻,父親立刻大罵兒子,只見兒子反過來責備父親還不快來惜酒:

〔註256〕見《中國民間故事集成・貴州卷・莫將錢當肉賣了》,頁894~850。
〔註257〕見(清)吳趼人著:《俏皮話(附錄新笑林廣記新笑史)・性命沒了錢還可以
到手》,頁241。
〔註258〕見(清)遊戲主人著:《笑林廣記・卷九・貪吝部・下飯》,頁173。

父子扛酒一罎，路滑跌翻。其父大怒，子乃伏地痛飲，抬頭謂父曰：

「快些來麼！難道你還要等甚菜？」〔註259〕

這故事最初見於明人陳眉公的《時興笑話・卷下・好酒》，清代的《笑倒・好酒》與此篇全同。至今仍流傳於四川、湖北、天津等地。〔註260〕

將守財奴之子，青出於藍更勝於藍的表現描寫得淋漓盡致的，莫過於《俏皮話・守財虜之子》：有位守財奴怕兒子在外花錢，從小便不讓他出門，兒子雖已二十多歲，卻沒有一點生活常識，只想著攢錢。一天，他看到家中的母貓生小貓，讓他感嘆若銀圓有雌雄，將它們配在一起，生出小銀圓，不知該有多好：

> 守財虜生一子，既長成，猶不使出門一步，蓋恐其浪用也。故其子雖已弱冠，猶不辨牝牡，而吝嗇乃有父風。一日，所畜貓，忽生小貓數頭，，子見之，詫爲異事。問人曰：「貓何故而能生子？」人笑告知曰：「此雌貓也，配以雄貓，自能生小貓矣。」子默然久之。一日，持洋錢問父曰：「此洋錢不知是雌的，還是雄的？」父曰：「洋錢有何雌雄之別？」子嘆曰：「眞是可惜，倘洋潛亦有雌雄之別，一一代配合之，所生小洋錢，正不知幾許也。」〔註261〕

清人筆下的守財奴，只知守財生財，錙銖計較，殊不知若能善用財物增長見聞，與人接際，所生之財更不可計量。

二、傻瓜

清人笑話故事裡的傻瓜，在生活能力與邏輯判斷上，常惹出令人啼笑皆非的笑話。其特質有：不知思辨、不解事理、不曉變通、不識鏡中己及健忘等。

（一）不知思辨

這些傻瓜其一特質是，對極平常的事情無法思考析辨，以及該如何裁決。例如《笑林廣記・卷五・殊稟部・買醬醋》中說，有名祖父拿兩文錢讓孫子去買醬油和醋，孫子先是問哪個錢買醬油，哪個錢買醋？後又問哪

〔註259〕見（清）遊戲主人著：《笑林廣記・卷九・貪吝部・好酒》，頁175。
〔註260〕見祁連休著：《中國古代民間故事類型研究（下）》，頁954。
〔註261〕見（清）吳趼人著：《俏皮話（附錄新笑林廣記新笑史）・守財虜之子》，頁48。

個碗裝醬油，哪個碗裝醋？祖父見孫子傻里傻氣、連基本的生活常識都不懂，氣得責打他，結果兒子回來見狀，竟也拿一隻棍子往自己身上猛打，跟父親嘔氣：

> 祖付孫錢二文，買醬油、醋。孫去而復回，問曰：「那個錢買醬油？那個錢買醋？」祖曰：「一個錢醬油，一個錢醋，隨分買，何消問得？」去移時，又復轉問曰：「那個碗盛醬油？那個碗盛醋？」祖怒其癡呆，責之。適子進門，問以何故，祖告之。子遂自去其帽，揪髮亂打，父曰：「你敢是瘋了？」子曰：「我不瘋，你打得我的兒子，我難道打不得你的兒子？」〔註262〕

這則故事最早應可推源於明人陸灼的《艾子後語·孫兒》：

> 艾子有孫，年十許，慵劣不學，每加榎楚而不悛。其子僅有是兒，恒恐兒之不勝杖而死也，責必涕泣以請。艾子怒曰：「吾為若教子不善邪？」杖之愈峻。其子無如之何。一旦，雪作，孫搏雪而嬉，艾子見之，褫其衣，便跪雪中，寒戰之色可掬。其子不復敢言，亦脫其衣跪其旁。艾子驚問曰：「汝兒有罪，應受此罰，汝何與焉？」其子泣曰：「汝凍吾兒，吾亦凍汝兒。」艾子笑而釋之。〔註263〕

樂天大笑生纂的《解慍篇·卷九·自凍悟親》，人物有所改變，由父子改為母子，至清代，這類故事的處罰方式則由「凍」轉為「打」，且把孫子不乖的原因改為癡傻不解事理的原故，有其父必有其子，讓故事更合理。至今在甘肅、安徽地區仍見流傳。〔註264〕

清人筆記笑話故事中，也有不懂得年歲算法的夫妻，因不知任何人同是年增一歲，因兒錯算未來女婿的年紀，起了爭執，故事見於《笑林廣記·卷五·殊稟部·較歲》：

> 有人生一女，某戶人家以兩歲兒來議親，此人很生氣說：「何得欺我！吾女一歲，他子兩歲，若吾女十歲，渠兒二十歲矣。安得許此老婿！」妻子跟他說：「汝算差矣！吾女今年雖一歲，等到明年此時，便與彼兒同庚，如何不許？」〔註265〕

〔註262〕見金榮華著：《民間故事類型索引（中冊）》（型號1215A），頁478。

〔註263〕見（明）陸灼著：《艾子後語·卷四·米言》（見王利器輯錄《歷代笑話集》，上海藝文出版社），頁154。

〔註264〕見祁連休著：《中國古代民間故事類型研究（下）》，頁859。

〔註265〕見（清）遊戲主人著：《笑林廣記·卷五·殊稟部·較歲》，頁112。

此型故事，在宋代《艾子雜說・明年當與你同歲》即有，《解慍編・卷九・明年同歲》承蘇軾之說。明代的《五雜俎・事部・卷四》篇，對話者是兩名老人互相較歲：

> 有老嫗相讓道。其一曰：「嫗年幾何？」曰：「七十。」曰：「吾六十九歲，然則明年吾與爾同歲矣。」〔註266〕

至今在陝西、湖北、河南、江蘇等地都流傳此故事。〔註267〕

（二）不解事理

清代衙門，受刑者買通他人代受刑罰的情況不少，大家都希望能免除刑責，但有人挨板還稱謝的。《笑林廣記・卷五・殊稟部・代打》寫道，有人以三銀錢雇鄰人代其受罰，結果方受數杖，鄰人就痛得受不了，於是拿出所得三銀賄賂行杖者，果然稍輕。鄰人出衙門後，連忙向此人道謝：

> 有應受官責者，以銀三錢，雇鄰人代往。其人得銀，欣然願替。既見官，官喝打三十。方受數杖，痛極，因私出所得銀，盡賄行杖者，得稍從輕。其人出謝前人曰：「蒙公賜銀救我性命，不然，幾乎打殺。」〔註268〕

有些憨實丈夫發現妻子外遇，捉奸捉得一只鞋，十分憤怒，可是在妻子巧計調包證據後，他們反而以爲是自己的錯，《笑林廣記・卷五・殊稟部・認鞋》故事是這麼說的：

> 一婦夜與鄰人有私，夫適歸，鄰人逾窗而出。夫攫得一鞋，罵妻不已。因枕鞋而臥，謂妻曰：「且待大明，認出此鞋，與汝算賬！」妻乘其睡熟，以夫鞋易去之。夫晨起復罵，妻使認鞋。見是自己的，乃大悔曰：「我錯怪你了，原來昨夜跳窗的倒是我。」〔註269〕

這故事最出見於趙南星的《笑贊・認鞋》，江盈科的《雪濤諧史》也有一則，馮夢龍的《笑府・卷六・殊稟部・認鞋》將敘述口語化，清代小石道人輯《嘻談續錄・卷上・認鞋》與清末程世爵的《笑林廣記・認鞋》全承自馮夢龍之說。此類故事至今於寧夏一代亦流傳〔註270〕。

〔註266〕見（明）謝肇淛著：《五雜俎・事部・卷四》（見《明代筆記小說大觀》，上海古籍出版社），頁1850～1851。

〔註267〕見祁連休著：《中國古代民間故事類型研究（下）》，頁638。

〔註268〕見（清）遊戲主人著：《笑林廣記・卷五・殊稟部・代打》，頁107。

〔註269〕見（清）遊戲主人著：《笑林廣記・卷五・殊稟部・認鞋》，頁104～105。

〔註270〕見《中國民間故事集成・寧夏卷・笑話・跳窗的原來是我》（中國ISBN中心出版），頁683。

　　有一種則是奸夫不打自招型。故事大意為：某婦人與他人發生不倫關係，
丈夫剛好敲門進來，奸夫趕緊躲在米袋裡，丈夫便問妻子袋裡裝的是什麼？
袋裡的奸夫連忙應聲說是米。此類故事最早見於明人陸灼的《艾子後語‧卷
四‧米言》：

> 燕里季之妻美而蕩，私其鄰少年。季聞而思裒之。一旦，伏而覘焉，
> 見少年入室而門扄矣，因起叩門。妻驚曰：「吾夫也，奈何？」少年
> 顧問：「有牖乎？」妻曰：「此無牖。」「有竇乎？」妻曰：「此無竇。」
> 「然則安出？」妻目壁間布囊曰：「是足矣。」少年乃入，懸之床側，
> 曰：「問及則紿以米也。」啟門內季，季騙室中求之，不得，徐至床
> 側，其囊累然而見，舉之甚重，詰其妻曰：「是何物？」妻甚懼，囁
> 嚅久之，不能答。而季屬聲喝問不已，少年恐事露，不覺於囊中應
> 曰：「吾乃米也。」季因撲殺之，及其妻。〔註271〕

這則故事重點偏向丈夫捉奸。明代謝肇淛（西元1567～1624年）的《五雜俎‧
卷四‧米言》與近人楊汝泉之《滑稽故事類編‧第八編‧米言》，均出此篇。

　　趙南星著《笑贊‧米》則將其敘述簡化。馮夢龍之《笑府‧卷十一‧形
體部‧米》亦是簡化文字，但與趙南星之文不同。兩者只保留奸夫不打自招，
至於丈夫捉奸與殺奸的情節已省略。

　　清人遊戲主人在《笑林廣記‧卷五‧殊稟部‧是米》也錄一則：

> 一婦人與人私通，正在房中行事，丈夫叩門。婦即將此人裝入米袋
> 內，立於門背後。丈夫入見，問曰：「叉袋裡是甚麼？」婦人著忙，
> 不能對答。其人從叉袋中應聲曰：「米！」〔註272〕

較特別的是石成金的《笑得好初集‧裝做米》，將文字變得得通俗話，還出妻
子先下馬威、奸夫與本夫抗辯、反諷本夫等情節：

> 有人行奸，不意親夫忽然回家，敲門甚急。某人驚慌失措，婦令躲
> 於門後，將一布袋連頭套起，躲藏好了才去開門。問夫曰：「你回家，
> 適值我小便也，等我起來才好開門，你因何這樣著急？你原說今夜
> 不回家的，因何又回家呢？」其夫戰慄曰：「我今晚幾乎自喪了一條
> 性命，因與一婦人行奸，誰想他的親夫一時間回家，我驚得無處藏

〔註271〕見（明）陸灼著：《艾子後語‧卷四‧米言》（見王利器輯錄《歷代笑話集》，
　　　　　上海藝文出版社），頁155。
〔註272〕見（清）遊戲主人著：《笑林廣記‧卷五‧殊稟部‧是米》，頁112。

身，沒奈何躲入他廚房柴堆裡，哪曉得那個人關門的時候，又點燈遍處照看，我見他的燈到廚房裡來，我甚驚慌，身子就發起顫來，那人看見柴草動搖，曉得有人，就拿了一把刀來殺我。那時我著了急就飛走出來，用力將他推倒，我才得脫身飛跑出門，不是這等僥倖，已經被他殺了。至今魂不在身上，你說可不怕死人麼？」妻曰：「怪道你這等驚慌，也都是你自討的苦吃。」其人見妻搶駁，就去照直著拴門，因見門後有物，指問妻曰：「這是一堆什麼東西？」妻見問及，驚不能答。只見布袋亂搖，袋內戰兢兢的答曰：「這是一袋米呀！」夫曰：「米哪裡會說話的，這分明是個人了。你到我房裡來作甚的？」這人又在袋裡戰兢兢地說道：「你既然在別人家裡做得柴，難道我在你家裡就做不得米？」〔註273〕

這則故事大抵發展至清代，現今已不甚流傳。從兩代故事轉化可見，外遇本是見令人憤怒不恥的事，至清反而變成是一種普存現象，奸夫比本夫理直氣壯，因爲本夫也好不到哪裡。

這群傻里傻氣的人們，不解事理，自然遇事也不知事情輕重。《笑林廣記・五・殊稟部・籴米》中說：有一人持銀到市場上買米穀，結果在回家路上把米袋遺失了，卻安慰妻子銀子拴在米袋上，不會丟：

> 有持銀入市籴米，失叉袋於途，歸謂妻曰：「今日市中鬧甚，沒得好叉袋也。」妻曰：「你的莫非也沒了？」答曰：「隨你好漢便怎麼？」妻驚問：「銀子何在？」答曰：「這倒沒事，我緊緊拴好在叉袋角上。」
> 〔註274〕

這故事最早溯源於唐代的《朝野僉載卷二》：

> 昔有愚人入京選，皮袋被賊盜去。其人曰：「賊偷我袋，將終不得我物用。」或問其故？答曰：「鑰匙尚在我衣帶上，彼將何物開之？」

到了明代的《五雜組・事部卷四・鑰匙在我衣帶上》承唐代之說，清代才從被偷改爲自己遺失。至今在湖北、陝西、上海、浙江等地均流傳此故事。

（三）不曉變通

不知變通的傻瓜，可以《笑林廣記・卷五・殊稟部・藏鋤》爲例，故事裡的丈夫不懂得時然後言，越說越錯：

〔註273〕見（清）石成金著：《笑得好初集・裝做米》，頁354。
〔註274〕見（清）遊戲主人著：《笑林廣記・卷五・殊稟部・籴米》，頁106。

夫在田中耨耕，妻喚吃飯，夫乃高聲應曰：「待我藏好鋤頭，便來也！」乃歸，妻誡夫曰：「藏鋤宜密，你既高聲，豈不被人偷去？」因促之往看，鋤果失矣。因急歸，低聲附妻耳云：「鋤已被人偷去了。」〔註275〕

這故事最初見於《笑府‧卷六‧殊稟部‧藏鋤》〔註276〕，今仍傳於河北、寧夏地區。〔註277〕

父親教導兒子人際處事之道，告訴他說話不要把話說死，兒子照做了，但「父親變多了」。故事見《笑林廣記‧卷五‧殊稟部‧活脫話》：

父誡子曰：「凡人說話，放活脫些，不可一句說煞。」子問：「如何活脫？」時適有鄰家來借物件。父指而教之曰：「比如這家來借東西，看人打發，不可竟說多有，不可竟說多無，也有家裡有的，也有家裡無的，這便活脫了。」子記之。他日，有客到門問：「令尊在家否？」答曰：「我也不好說多了，也不好說少了。其實呢，也有在家的，也有不在家的。」〔註278〕

這故事最早見於石成金的《笑得好初集‧答令尊》，遊戲主人把文字更通俗化。

娶到傻妻或嫁給傻夫，每當出門時總會令人提心吊膽，不由得另一伴再三叮嚀。《笑林廣記‧卷五‧殊稟部‧癡婿》故事裡的妻子，擔心丈夫出醜會沒面子，所以要回娘家前先教他認字，呆婿努力學會後，孰料因不會變通，又惹出笑話：

人家有兩婿，小者癡呆，不識一字。妻曰：「娣夫讀書，我爹爹敬他，你目不識丁，我面子上甚不爭氣。來日我兄弟完姻，諸親聚會，識認幾字，也好在人前賣嘴。我家土庫前，寫『此處不許撒尿』六字，你可牢記，人或問起，亦可對答，便不敢欺你了。」呆子唯諾。至日，行至牆邊，即指曰：「此處不許撒尿。」岳丈喜曰：「賢婿識字大好。」良久，舅母出來相見，裙上有銷金飛帶，，繡「長命富貴，金玉滿堂」八字，墜於裙之中間。呆子一見，忙指向眾人曰：「此處不許撒尿！」〔註279〕

〔註275〕見（清）遊戲主人著：《笑林廣記‧卷五‧殊稟部‧藏鋤》，頁104。
〔註276〕見（清）馮夢龍著：《笑林廣記‧卷五‧殊稟部‧藏鋤》，頁181。
〔註277〕見祁連休著：《中國古代民間故事類型研究（下）》，頁998。
〔註278〕見（清）遊戲主人著：《笑林廣記‧卷五‧殊稟部‧活脫話》，頁102。
〔註279〕見（清）遊戲主人著：《笑林廣記‧卷五‧殊稟部‧癡婿》，頁97。

中國民間流型的傻女婿故事甚多，這一則比較罕見。

　　還有一傻婿赴岳丈的宴席前，妻子囑咐他少說話，若說話要用「古」字稱之，方見文雅，傻丈夫老實照做，卻氣煞岳家了，例見《笑林廣記・傻子赴席》：

> 有一傻女婿，丈人請他赴席。妻囑之曰：「你到我家，話要少說，無論何物，總以古字稱之，既不出醜，而且典雅。」傻婿唯唯。來至丈人家中坐下，一言不發。丈人讓茶，傻婿一見茶碗說：「好一個古碗。」又吃飯上菜，看見菜盤，說：「好一個古盤。」丈人大喜說：「女婿不傻。」丈夫出來讓酒，現懷臨月身孕蹣跚大腹，傻婿一見，說：「好一個古肚！」〔註280〕

像這類不知變通的人，若不能視時機而行，還會遭人追打。咄咄夫在《笑倒・誤哭遭打》中說：

> 一無賴子飲食不敷，偶遇一人家有斗，書在門，乃喜曰：「有計矣。」逐進門對靈大慟，眾皆不識其人。其人曰：「此翁與不肖最莫逆，數月不晤，遂遭此變，適過門始知故，未及奉慰，先進一哭以伸我情耳。」其家感其情，留飲饌而去。方回，遇一相識貧者問曰：「今日何處得酒食來？」且告其故。其人尤而效之。次日亦軼逼喪家，痛哭。舉家問之，曰：「死者與不肖最相好……」言未畢而眾奉皆至其面矣，概其家所喪乃少婦也。〔註281〕

這「自稱是死者的朋友」型故事，清前未見，現在則見於雲南的少數民族〔註282〕，以及上海、河北、青海、雲南、四川等地。〔註283〕

　　魏晉時期的《笑林・執長竿入城門》即流行的「長竿進城」型笑話〔註284〕，至清代仍可見。原本故事故事大意是：有人持長竿進城，見城門矮，橫進竹竿長，直行城門窄，思考良久，總進不去，在城上，有位自認聰明的人告訴他：「你將竹竿遞與我，我給你拿過那邊去，你進城，我再交與你，豈不甚妙？」果然此人就進得了城。清代小石道人輯《嘻談續錄・卷上・謬誤》在後續寫

〔註280〕見（清）程世爵著：《笑林廣記・傻子赴席》，頁388。
〔註281〕見（清）咄咄夫著：《笑倒・誤哭遭打》（見《一夕話・卷三》，台北廣文書局），頁276。
〔註282〕見金榮華著：《民間故事類型索引（中冊）》（型號1526A.4），頁542。
〔註283〕見祁連休著：《中國古代民間故事類型研究（下）》，頁1122。
〔註284〕見金榮華著：《民間故事類型索引（中冊）》（型號1248A），頁481～482。

道，兩人因此成了好朋友，決定結拜兄弟，並替子女聯姻，連接上述「父母爲子女擇偶」型的情節，程世爵《笑林廣記‧謬誤》抄自此書，與此文字全同：反映故事流傳時，常常會加油添醋，以增其趣味性：

> 有一人持長竹竿進城，直進城門矮，橫進竹竿長，躊躇良久，總進不去。城上人見而告之曰：「你將竹竿遞予我，我給你拿過那邊去。你進城，我再交予你，豈不甚妙？」其人如其言，遞與城上之人。進得城來，接過竹竿，與城上人相見。彼此甚爲相得，願結爲兄弟，城上者爲兄，城下者爲弟。二人敍家常，問及有無兒女。把弟云：「我有一女，剛一歲。」把兄曰：「我有一子，才兩歲。」把兄說：「我二人何不作了親家？」把弟說：「甚好。」二人言定而散。把弟回家，甚覺得意。婦人問曰：「你今日回家，因何這樣高興？」夫將拏竹進城，遇人作親之事告之。婦大怒，說：「你眞糊塗極了。我女一歲，他兒兩歲，若我女十歲，他兒已二十歲矣，何得許這樣老婿！」夫妻吵鬧不休。鄰居一明公先生，勸之曰：「你二人必吵鬧，你女今年雖一歲，等到明年此時，便與他兒同庚，何可不許？」〔註285〕

有一種不知變通的人，並不是眞傻，而是過度迷信所致。《笑林廣記‧卷五‧殊稟部‧信陰陽》有則「今日不宜動土」型故事，大意是：有一人非常迷信，某日被牆壓倒，卻還要家人先去查看今日是否適合動土，再決定要不要把牆土推開：

> 有平素酷信陰陽，一日被牆壓倒。家人欲亟救，其人伸出頭來曰：「且慢，待我忍著，你去問問陰陽，今日可動得土否？」

這類故事較早見於明代，《雪濤諧史‧動土必卜》、《笑林‧風水》均是。流傳至近代，情節衍申到下一代，在寧夏的〈不能動土〉裡，兒子幫父親看陰陽書，結果三日內不宜動土，結果此人只好叫兒子把每餐飯到送到土堆前，讓他吃，三天後再把他挖出來〔註286〕。而〈通書謎〉的迷信者，則將此人的迷信精神傳給了兒子，差點害死自己，最後終於悟通：

> 有位「古先生」，全家都迷信通書，凡事要先看通書而後行。一天隔壁有個好友慶賀兒子滿歲，請他過門赴宴，通書上注「此日不宜出門」。古先生想：好友有請，哪裡失禮，一定要過去……我就翻牆過

〔註285〕見（清）程世爵著：《笑林廣記‧謬誤》，頁250。
〔註286〕見《中國民間故事集成‧寧夏卷‧不能動土》，頁692。

去。他找來了梯子靠在牆上，爬上梯子準備翻牆過去，誰知此牆久年失修，一下子倒塌了，古先生被壓在亂石之中，大呼「救命！」兒子拿來通書一看，大呼不妙，通書上有注：「此日不宜動土。」母子倆呆若木雞。古先生被亂石匝得死去活來，連呼救命，驚動了鄰居，都跑過來挖石救人，古先生被救出來後，對妻子、兒子又打又罵：「難道你們想老子升天嗎？」妻子和兒子爭辯說：「通書上說不宜動土呀！」此時古先生才省悟了，說道：「屁通書，通書害我差點沒命了！」〔註287〕

這類故事這寧夏、海南、清海、四川、上海、安徽、廣西等地均流傳。〔註288〕

（四）不識鏡中己

「不識鏡中自己」〔註289〕的傻瓜，在魏晉《笑林・不識鏡》已有，故事較簡單：

> 有民妻不識鏡，夫市之而歸。妻取照之，驚告其母曰：「某郎又索一婦歸也，其母亦照曰：又領親家母來也！」

隋人侯白的《啓顏錄・買奴購鏡》情節曲折，且讓笑話變成一種喜劇笑果，而買鏡者實是癡人，人們有意欺他，致使他買奴購鏡，不知此「奴」乃是鏡中的自己：

> 鄠縣董子尚村，村人并癡，有老父遣子將錢向市買奴，語其子曰：「我聞長安人賣奴，多不使奴預知之，必藏奴於餘處，私相平章，論及價值，如此者是好奴也。」其子至市，於鏡行中度行，人列鏡於市，顧見其影，少而且壯，謂言市人欲賣好奴，而藏鏡中。因指麾鏡曰：「此奴欲得幾錢？」市人知其癡也，誑之曰：「奴值十千。」便付錢買鏡，懷之而去。至家，老父迎門問曰：「買得奴何在？」曰：「在懷中。」父曰：「取看好不？」其父取鏡照之，正見眉鬚皓白，麵目黑皺，乃大嗔，欲打其子，曰：「豈有用十千錢，而貴買如此老奴？」舉杖欲打其子，其子懼而告母，母乃抱一小女走至，語其夫曰：「我請自觀之。」又大嗔曰：「疾老公，我兒止用十千錢，買得子母婢，仍自嫌貴？」老公欣然。釋之餘，於處尚不見奴，俱謂奴藏未肯出。

〔註287〕見《中國民間故事集成・海南卷・通書迷》，頁 595。
〔註288〕見祁連休著：《中國古代民間故事類型研究（下冊）》，頁 921
〔註289〕見金榮華著：《民間故事類型索引（中冊）》（型號 1336B），頁 505。

時東鄰有師婆，村中皆爲出言甚中，老父往問之。師婆曰：「翁婆老
人，鬼神不得食，錢財未聚集，故奴藏未出，可以吉日多辦食求請
之。」老父因大設酒食請師婆，師婆至，懸鏡於門，而坐歌舞。村
人皆共觀之，來窺鏡者，皆云：「此家王相，買得好奴也。」而懸鏡
不牢，鏡落地分爲兩片，師婆取照，各見其影，乃大喜曰：「神明與
福，令一奴而成兩婢也。」因歌曰：「合家齊拍掌，神明大歡饜，買
奴合婢來，一個分成兩。」

此型故事也出現在佛教經文裡，例如在《百喻經》裡用這型故事勸人要拋卻
煩惱等無明（寶篋鏡喻）；而在《雜譬喻經》裡，則是一對夫妻要喝葡萄酒，
妻子打開酒甕時，發現甕中自己的身影，以爲丈夫把外遇對象藏在這裡，很
生氣，等丈夫開酒甕時也發生同樣的情形，所以兩人各有心結，直到被比丘
開示後，才悟到所見是自己的身影，佛陀則以此喻：「看到身影互相爭鬥，就
像住在三界之中的人們，不懂得五蘊、四大苦空，身有三毒，生死輪迴，不
能解脫。」（甕中身影喻）另外，也見於《法苑珠林》等，大抵都是借以勸人
不要爲外境所縛。

　　故事較大的變化是在於馮夢龍輯《笑府・卷十一・誤謬部・看鏡》一文，
因家人各自看到鏡中自己卻不識，而起了爭訟，請判官裁斷，結果連判官也
發怒了：

有出外生理者，妻煮回時須買牙梳，夫問其狀，妻指新月示之。夫
貨畢將歸，忽憶妻語，因看月輪正滿，遂買一境回。妻照之，罵曰：
「牙梳不買，如何反取一妾？」母聞之，往勸，忽見鏡，照云：「我
兒，有心費錢，如何取個婆子？」遂至訐訟。官差往拘之，見鏡慌
云：「如何就有捉違限的？」及審，置鏡於案，官照見，大怒云：「夫
妻不和事，何必央鄉官來講？」〔註290〕

清代遊戲主人的《笑林廣記・卷十二・謬誤部・看鏡》，是承馮夢龍之作，將
文字表達得較通俗易懂的：

有出外生理者，妻要捎買梳子，囑其帶回。夫問其狀，妻指新月示
之。夫貨畢，忽憶妻語，因看月輪正滿，遂依樣買了鏡子一面帶歸。
妻照之罵曰：「梳子不買，如何反取了一妾回來？」兩下爭鬧。母聞
之往勸，忽見鏡，照云：「我兒有心費錢，如何討恁個年老婆兒？」

─────────────────────

〔註290〕見（清）馮夢龍著：《笑府・卷十一・誤謬部・看鏡》，頁268。

互相埋怨，遂至訐訟。官差往拘之，差見鏡，慌云：「才得出牌，如
何就出添差來捉違限？」及審，置鏡於案，官照見大怒曰：「夫妻不
和事，何必央請鄉官來講分上！」〔註291〕

一個鏡子，照出四個傻子，恐是誤將鏡子當梳子買回的丈夫，始料未及的，
亦反映鄉下人不識城市物品的悲哀。

至今，在北京、浙江、吉林、寧夏、廣西、山西、河北、貴州等地均流
傳，除此，在韓國、日本也有此型故事。

（五）健忘

健忘的笑話始見隋代，健忘的內容或有更改。清代《笑林廣記·卷五·
殊稟部·恍惚》故事說：有三個人睡在一起，一人睡夢中搔錯了腿而不自知，
用力抓到流血，被抓的人覺得腿有一點溼，以為是第三人尿床、尿在他身上，
趕忙催他去找茅廁，而起身去上洗手間的人，因為茅廁隔壁是酒家，榷酒聲
滴瀝不止，他還以為自己沒有解完，就在茅廁裡站到天亮：

三人同臥，一人覺腿癢甚，睡夢恍惚，竟將第二人腿上竭力抓爬，
癢終不減，抓之愈甚，遂至出血。第二人手摸溼處，認為第三人遺
溺也，促之起。第三人起溺，而隔壁乃酒家，榷酒聲滴瀝不止，以
為己溺未完，竟站至天明〔註292〕。

這類故事中外都見流傳，有些故事裡，主角是搔錯了腦袋（或腿），最早溯源
於明代馮夢龍的《笑府》。〔註293〕

有的人不只剛做的事轉頭就忘，連家與妻子都不認得。例見《笑林廣記·
卷五·殊稟部·善忘》：

一人持刀往園砍竹，偶腹急，乃置刀於地，就園中出恭。忽抬頭曰：
「家中想要竹用，此處倒有許多好竹，惜未帶得刀來。」見刀在地，
喜曰：「天隨人願，不知那個遺失這刀在此。」方擇竹要砍，見所遺
糞，便罵曰：「是誰狗……屙此膿血，幾乎屜了我的腳。」須臾抵家，
徘徊門外曰：「此何人居？」妻適見，知其又忘也，罵之。其人悵然
曰：「娘子頗有些面善？不曾得罪，如何開口便罵？」〔註294〕

〔註291〕見（清）遊戲主人著：《笑林廣記·卷十二·謬誤部·看鏡》，頁209。
〔註292〕見（清）遊戲主人著：《笑林廣記·卷五·殊稟部·恍惚》，頁92。
〔註293〕見金榮華著：《民間故事類型索引（中冊）》（型號1288B），頁489。
〔註294〕見（清）遊戲主人著：《笑林廣記·卷五·殊稟部·善忘》，頁91。

這則故事在隋代侯白的《啓顏錄·多忘》已見，明代《艾子後語·病忘》、《五雜俎·事部卷四·齊有病忘者》均屬之。見忘之事或有不同，今舉差異性最大的《雅謔·性恍惚》爲例，健忘者連家都認不得：

> 陳師召，莆田人，有文行而性恍惚。一日朝回，語從者曰：「今日訪某友。」從者不聞，反引轡歸舍。師召謂至友家矣，升堂周覽曰：「境界全似我家。」又睹壁間畫曰：「我家物，緣何掛此？」既家僮出，叱之曰：「汝何亦來此？」僮曰：「故是家。」師召始悟。〔註295〕

此故事至今流傳甚廣，在四川、貴州、福建、浙江、上海、河北、山西、陝西、黑龍江等均有之。

　　故事裡的傻瓜，除了各有其傻質外，還有一通病，即是不承認（或不識）自己傻，反而與人滔辯時，理之氣壯。

三、富家子弟

　　富家子弟最典型的形象莫過於不知民間疾苦。《笑得好·喝參湯》裡寫道：位富家子出門時，看到一個挑擔的窮人，走著走著就倒在地上，爬不起來了。他問旁人是什麼原故，旁人回答說是沒有飯吃，肚子太餓，所以倒在地上。富家子覺得很奇怪：「既然沒有飯吃，爲何不喝碗參湯出門呢？也可以半天不餓啊！」

　　此類故事在西方也有，《The Types Of The Folktale》記載德國故事是這樣說的：某天，有人告訴皇后農民們沒有麵包可以吃了，大家都很餓，皇后不解地說：「那他們爲什麼不吃蛋糕呢？」〔註296〕其他如愛沙尼亞、俄國、德國、印度等地也有流傳，不過應還是以中國「晉惠帝何不食肉糜」爲最早的故事起源，記載於七世紀唐太宗參與編撰的《晉書卷四》。〔註297〕

　　這些富家子，生活優渥，備受保護，僕從甚眾的環境，也會使他們吃虧，像是《笑得好·無人磨墨》裡，有位富家子弟才學不錯，去參加秀才考試，考完後，父親要他把寫的文章唸一次，聽了覺得很滿意，認爲兒子應會得第一名，孰料結果卻是名落孫山，父親前去查卷，一看，原來是筆跡太淡，閱

〔註295〕見（明）浮白主人著：《雅謔·性恍惚》（見王利器輯錄《歷代笑話集》），頁188。

〔註296〕見 Stith Thompson 著：《The Types Of The Folktale》，頁424。

〔註297〕見金榮華著：《中國民間故事集成類型索引（一），頁2。

卷官看不清楚，所以落榜。父親嚴厲責備富家子，但他很無辜地表示：「因沒有書童在旁磨墨，我只好蘸水在墨硯上寫，所以就淡了。」

四、竊賊

竊賊為人所痛惡，不過在笑話故事裡，則可以看到不少滑稽的形象。

樂鈞在《耳食錄二編・卷五・偷兒》說，有位小偷在床下等著要偷物，可是裡頭小主人書總是讀不會，遲遲沒有熄燈，結果小偷耐不住，索幸從床下出來，摑了小主人一巴掌：「爾非生鐵，何頑鈍若此，余焉能待！」〔註298〕

另外，有的竊賊還會主動認罪的，見《笑林廣記・形體部・賊屁》：

> 穿窬朵在人家床底，忽撒一屁甚響。夫罵妻，妻云：「倒來冤屈我！」
> 爭鬧不已。賊無奈，只得出來招認曰：「這屁其實是賊放的！」
> 〔註299〕

並不是每名竊賊的運氣都很好，他們也有反被偷的時候。故事大意是：有一賊入人屋內偷物，無奈此家太窮，只有米而已，於是賊人就脫下衣服，要取米來包，這時主人先醒來，透過月光，看到賊返身取米，於是悄悄將衣服藏在床內，其妻後來也醒了，問丈夫怎有聲響，丈夫安慰她沒有什麼事，賊人聽到後卻說：「我的衣服剛才放在地上，就被賊偷去，怎還說沒有賊！」

這「偷米不著反失褲」型的故事，可溯見於明代《笑府・卷三・世諱部・遇偷》，賊人的回應是：「真個有賊！方才一條裙在此，轉眼就不見了。〔註300〕」游戲主人的《笑林廣記・卷十・被賊》內容與此相同，《笑得好・竊賊衣》則將之改得較口語話：

> 有一賊入人家偷竊，奈其家甚貧，四壁蕭然，床頭止有米一壇，賊
> 自思將這米偷了去，煮飯也好，因難於攜帶，遂將自己衣服脫下來，
> 鋪在地上，取米壇傾米包攜。此時床上夫妻兩口，其夫先醒，月光
> 照入屋內，看見賊返身取米時，夫在床上悄悄伸手，將賊衣抽藏床
> 裡。賊回身尋衣不見。其妻後醒，慌問夫曰：「房中唏唏嗦嗦的響，
> 恐怕有賊麼？」夫曰：「我醒著多時，並沒有賊。」這賊聽見說話，

〔註298〕見（清）樂鈞著：《耳食錄二編・卷五・偷兒》，頁213。
〔註299〕見（清）遊戲主人著：《笑林廣記・形體部・賊屁》，頁85。
〔註300〕見（明）馮夢龍著：《笑府・卷三・・世諱部・遇偷》，頁109。

　　慌忙高喊曰：「我的衣服，才放在地上，就被賊偷了去，怎的還說沒

賊？」

這故事近於浙江、四川、江西、河北、河南、山西、福建、安徽、上海等地

仍流傳。〔註301〕

　　有的竊賊行竊時，則會碰到幽他一默的屋主。褚人獲在《堅瓠甲集·卷

三·詩贈盜》收錄這一則故事：有位貧窮的老儒生，以教書為業，一晚因為

天氣寒冷而睡不著，突然看見小偷溜進家中，找不到可偷之物，老儒生不但

沒有罵他，反而贈詩一首：

　　文卿（老儒生）從容呼之曰：「穿窬君子，虛勞下顧，聊以小詩奉贈。

　　口占云：風寒月黑夜迢迢，辜負勞心走一遭，架上古詩三四束，也

　　堪將去教爾曹。」穿窬含笑而去。〔註302〕

不過，也有很不幸的小偷，偷到窮人家，例見《笑林廣記·窮人遇賊》：故事

裡有對窮夫妻，窮到腹內無食身無衣，小偷卻在這時敲門而入：

　　兩夫婦甚窮，朝不謀夕，竟至斷炊。婦謂夫曰：「我兩人腹內無食，

　　身上無衣，何不賒壺酒來？雖不能充饑，亦可以禦寒。」夫出門賒

　　酒而歸。至晚，夫婦枵腹同飲。婦人大醉，家中只有棉絮一條，婦

　　人扯去自蓋。男人甚冷，不得已拿半個破缸，覆在身上，枕瓦而眠。

　　將要睡著，有賊撬門而入，窮人曰：「我們窮得如此，你還要來偷？」

　　順手用所枕之瓦打去，賊呼痛而逃。窮人曰：「便宜了你。我是用枕

　　頭打你，若用被頭打你，早要你的性命了！」〔註303〕

此故事在明代的《笑禪錄》、《笑府》已見注錄，中亞的笑話也可見。〔註304〕

　　有些被竊賊入侵的主人，修養很好，還很有「禮貌」的請賊離開時記得

關起門。這類故事最早見於明代潘游龍的《笑禪錄》，故事內的盜賊還教訓主

人一番：

　　一盜夜挖入貧家，無物可取，因開門徑出，貧人從床上呼曰：「那漢

〔註301〕見金榮華著：《民間故事類型索引（中冊）》（型號1341D），頁507；見祁連
　　　　休著：《中國古代民間故事類型研究（下）》，頁1013；見祁連休著：《中國古
　　　　代民間故事類型研究（下）》，頁1013～1014。
〔註302〕見（清）褚人獲著：《堅瓠甲集·卷三·詩贈盜》（見《清代筆記小說大觀（一）》），
　　　　頁681。
〔註303〕見（清）程世爵著：《笑林廣記·窮人遇賊》，頁348。
〔註304〕見金榮華著：《民間故事類型索引（中冊）》（型號1314C），頁506～507。

子為我關上門去。」盜曰：「你怎麼這等懶，難怪你家一毫也沒有。」

貧人曰：「且不得我勤快只做到與你偷？」〔註305〕

馮夢龍所輯的《笑府‧關門》，小偷沒有教訓意味，而是幽主人一默：

> 偷兒入一貧家，遍摸一無所有，乃唾地而去。貧漢於床上見之，
> 喚曰：「賊，可為我關了門去。」偷兒笑曰：「我且問你，關他做
> 甚麼？」

清人游戲主人的《笑林廣記‧卷十‧遇偷》則承馮夢龍之作而來。陳皋謨的
《增訂一夕話‧卷三‧笑倒應賊》，則是把主人與竊賊的有形對話，改為心裡
各自發牢騷：

> 一賊挖入人家，其家收拾謹慎，無物可偷，賊出門罵曰：「有這等欺
> 心人家，是件東西都藏過了。」主人應曰：「老兄也不見忠厚，開了
> 門，就不替我關上去了。」〔註306〕

這些竊賊的機智也常是令人莞爾的。《子不語‧卷二十三‧偷畫》裡說，有名
小偷竊入民宅偷畫，不幸遇到剛回來的主人，他謊稱是來拿祖宗的畫像：

> 有捱日入人家偷畫者，方捲出門，主人自外歸。賊窘，持畫而跪曰：
> 「此小人家祖宗像也，窮極無奈，願以易米數斗！」主人大笑，嗤
> 其愚妄，揮叱之去，竟不取視。登堂，則所懸趙子昂畫失矣。〔註307〕

另外，《笑林廣記‧殊稟部‧盜牛》也有「偷的東西不多」型的故事，大意是：
一個偷物被上枷鏶的人，說是，誤拾一根草繩的原故，大家很訝異，怎麼誤
拾草繩會受這麼重的刑罰，那人說是因為草繩後面，繫了一頭小牛：

> 有盜牛被枷者，親友問曰：「汝犯何罪至此？」盜牛者曰：「偶在街
> 上走過，見地下有條草繩，以為沒用，誤拾而歸，故連此禍。」遇
> 者曰：「誤拾草繩，有何罪犯？」盜牛者曰：「因繩上還有一物。」
> 人問：「何物？」對曰：「是一只小小耕牛。」〔註308〕

此型故事，較早見於明代的《精選雅笑‧盜牛》。

〔註305〕見（明）潘游龍著：《笑禪錄》（見陳文新評注：《快談四書》，崇文書局），頁
　　　　 38。是篇本是據《五燈會元》載越州大珠慧海禪師參加馬祖，馬祖藉此故事
　　　　 告訴他：「本來無一物，何事惹賊物；縱使多珍寶，劫去還空室。所謂成佛，
　　　　 就是豁然胸中寶藏，運出自己家珍。」

〔註306〕見（清）咄咄夫著：《笑倒‧笑倒應賊》（見《一夕話‧卷三》），頁276。

〔註307〕見（清）袁枚著：《子不語‧卷二十三‧偷畫》，頁443。

〔註308〕見（清）遊戲主人著：《笑林廣記‧殊稟部‧盜牛》，頁106。

參、笑話故事中的語言特質

一、吹牛型

喜歡吹牛是爲了好面子，但若吹過頭，無法自圓其說，就會惹出笑話。這類故事可歸納爲「大家來吹牛」與「漫天撒謊」二型。

「大家來吹牛」型的故事，有兩者情形。一是，兩人以上極盡吹噓之本事，介紹各自居住地的特色，故事見於《笑林廣記・南北兩謊》：

> 南北兩人均慣說謊，彼此企慕，不辭遠路相訪。恰遇中途，各敍寒溫。南人謂北人曰：「聞得貴處極冷，不知其冷如何？」北人曰：「北方冷起來，撒尿都要帶棒兒，一撒就凍，隨凍隨敲，不然人牆凍在一處。冬天浴堂內洗澡，竟會連人凍在盆內。」南人曰：「開浴堂主人何在？」答曰：「問浴堂東道主，但見盆內有冰人。」北人謂南人曰：「聞得尊處極熱，不知其熱如何？」南人曰：「南方熱起來，將生麵餅貼在牆上，立時就熱。夏日，街上有人趕豬，走不甚遠，都成了燒豬。」北人曰：「豬已如此，人何以堪？」答曰：「彼豬尚且成燒烤，其人早已化灰塵。」〔註309〕

兩人盡情吹牛，卻不想，若南北氣候是如此，則一是冰人，一是灰塵，如何得相見？

另一種則是其中一人好說謊，另一個人順著他的謊再誇大，例見《笑林廣記・卷十二・謬誤部・大浴盆》：

> 好說謊者對人曰：「敝處某寺有一腳盆，可使千萬人同浴。」聞者不信。傍一人曰：「此是常事，何足爲奇？敝地一新聞，說來才覺詫異。」人問：「何事？」曰：「某寺有一竹林，不及三年，遂長有幾百萬丈，如今頂著天公長不上去，豈不是奇事？」眾人皆謂誑言，其人曰：「若沒有這等長竹，叫他把什麼篾子，箍他那只大腳盆？」〔註310〕

此故事已見於明代《雪濤諧史・大洗盆與長竹》，清人陳皋謨輯的《笑倒・大浴盆》與石成金的《笑得好初集・大澡盆》文字較通俗。如今，不僅在台灣、浙江、吉林、寧夏、河南、西藏、江西、安徽、新疆等地有此故事，日本、越南也見流傳。〔註311〕

〔註309〕見（清）程世爵著：《笑林廣記・南北兩謊》，頁374～375。
〔註310〕見（清）遊戲主人著：《笑林廣記・卷十二・謬誤部・大浴盆》，頁222。
〔註311〕見金榮華著：《民間故事類型索引（中冊）》（型號1920A），頁630。

　　《笑林廣記・兄弟兩謊》裡還有則故事說，兄弟倆互誇己所吃的餑餑最大，也是哥哥先說他的餑餑是用四百斤麵粉、二十斤菜包做的，二十多個人一起吃，吃了一天一夜還沒吃到一半，弟弟說，這不算大，他做的那個餑餑，幾十個人吃三天三夜還沒看到餡：

> 把弟兄均愛說謊，把兄謂把弟曰：「我昨日吃極大的煮餑餑，再沒有比他更大的。一百斤麵，八十斤肉，二十斤菜，包了一個，煮好了用八張方桌才放得下，二十幾個人，四面轉之吃，吃了一日一夜，沒吃到一半。正吃得高興，不見了兩個人，遍尋無蹤，忽聽煮餑餑肚內有人說話，揭開一看，那兩人鑽在裡頭掏餡兒吃呢，你說大不大？」把弟說：「我若吃頂大的肉包子，那才算得大呢。幾十人吃了三天三夜，沒見著餡兒，望裡緊吃，吃出一塊石碑來，上寫：『離餡還有三十里。』你看大不大？」把兄說：「你這大包子用什麼鍋蒸的？」把弟說：「用的是你煮餑餑那個鍋。」〔註312〕

這種把食物誇大的詼諧故事，尚見於在山西所流傳的〈大人國與小人國〉：一位王子放風箏時，不小心風箏掉到大人國，王子便帶著三百多位隨從前往找尋，一路上發現大人國牆之高、人之大，均難以想像，後來他們肚子餓，想買豆包吃，結果他看到大家圍著一豆包吃，已讓三百多人吃到肚子圓滾，還未看到豆餡，其中一僕人眼尖，看到一塊臉盆大的石子，上面寫著：「此處離餡尚有四十五里。」一行人各個目瞪口呆，王子心想這裡這麼大，就算三百多人跑到累死，也難找到風箏，於是打道回府，不再找風箏了。〔註313〕

　　貴州的故事裡則是來自七十二種行業的人，因為厭倦自己的專職，想到外頭找別的工作，因緣巧合讓他們碰在一起，某天傍晚他來到神樹下，看到人們拿著粽粑來祭樹神，其中一個粽粑很大，七十二人便一來吃，可是吃著吃著，人卻慢慢變小，且吃了半個月，才碰到粽心的臘肉，某夜裡，突然一震狂風暴雨，洪水把粽子連人都沖到天河裡，被游來的鯉魚吞進肚子裡，接著又被一位釣魚老人釣上岸，等到老人剖魚時才發現一群小人，他們一出來後又變成了大人，大家向老人訴說事發經過，老人勸他們要發揮專長，不要想好吃懶做，正在此時老人的帽子被一老鷹叼走，帽內藏了老人多年積蓄，

〔註312〕見（清）程世爵著：《笑林廣記・兄弟兩謊》，頁376。
〔註313〕見《中國民間故事集成・山西卷・大人國與小人國》，頁527〜528。

這七十二人就各自發揮良能，幫老人要回那頂珍貴的帽子，老人即說七十二行，行行少不得啊。〔註314〕

從上述故事內容可見，原屬於笑話的故事，若變成幻想故事裡的情節，則原本撒謊的趣味性敬漸漸淡薄了。

二、漫天撒謊型

這類故事是有一個人在前面不斷吹牛，即使大家不信，但因後面總有人替他解釋，也似有幾分道理，所以被人接受，可是此人牛吹得越來越大，圓謊的人到最後也圓不過來了。

《笑林廣記・卷十二・謬誤部・圓謊》寫道，有一主人很會說謊，但僕人總有辦法替他圓謊，直到一次主人的謊實在太大，連僕人也無法替他圓飾了：

> 有人慣會說謊，一日對人說：「我家一井，昨被大風吹往隔壁人家去了。」眾以爲從古所無，僕圓之曰：「確有其事。我家的井，貼近鄰家籬笆，昨晚風大，把籬笆吹過井這邊來，卻像井吹在鄰家去了。」一日又對人說：「有人射下二雁，頭上頂碗粉湯。」眾又驚詫之，僕圓曰：「此事亦有。我主人在天井內吃粉湯，忽有一雁墮下，雁頭正跌在碗內，豈不是雁頭頂著粉湯。」一日又對人說：「寒家有頂漫天帳，把天地遮得沿沿的，一些空隙也沒有。」僕乃攢眉曰：「主人脫煞扯這漫天謊，叫我如何遮掩得來？」〔註315〕

還有一則是寫著有位老翁平時很喜歡打妄語，常被人取笑，後來他的兒子替他請來一位圓謊先生跟他作伴，前後替他圓了四個謊：（1）老翁說：「昨日看見江面浮來一鐵斧。」圓謊先生說：「那是有人砍樹時，斧頭夾在樹上，大風吹折此樹，倒在江內，樹枝便帶著斧頭浮江而過了。」（2）老翁說：「昨夜風大，把井吹出牆外。」圓謊先生說：「是牆有各種形式，也有籬笆編成的，所以大風一吹，井就穿牆而出。」（3）老翁說：「某夜牆外飛進一隻已煮熟的肥鴨。」圓謊先生說：「確有此事，因鄰婦嘴饞，把丈夫要留著中秋宴客的鴨子先宰來烹煮，正準備要吃時，丈夫回來、趕緊把鴨丟出去，所以像飛一樣進

〔註314〕見《中國民間故事集成・貴州卷・七十二個匠人找便當》（布依族），頁 709～710。

〔註315〕見（清）遊戲主人著：《笑林廣記・卷十二・謬誤部・圓謊》，頁 224。

了屋內。」（4）老翁說：「己家犬竊千金值之肉，不知該如何是好？」圓謊先生說：「犬所竊是人肉，才會值千金。」爾後，大家已聽膩老翁的說謊，無心詰問，老翁因爲無趣就病倒了，圓謊先生打趣說：「請翁乘食遼參之萬里牛，遁入爪哇國中，或免此難，我亦附尾行矣。」說完，他也不辭而別了。〔註316〕

此故事屬於「說謊與圓謊」型，是清代新見故事類型，近代於寧夏、河南、江蘇等地仍見流傳，德國也有此類故事。〔註317〕

三、不利語型

說話是門藝術，在中國特別重視吉兆，說好話更重要。但故事裡的主角，常因不懂得時然後言，或者閱聯不知如何斷句，不會分辨情況即脫口而出，令人啼笑皆非。

有一種是斷作章句說錯話的情形，見於《笑得好二集・不打官司》：有一家人連年打官司，在某年除夕，父親要兩名兒子各說一句吉祥話，以圖來年好運氣，並將這些話寫成一副對聯，沒想到隔天女婿來拜年，斷錯句讀，念起來竟變成晦氣話：

> 徽州人連年大官事，甚是怨恨。除夕，父子三人議曰：「明日新年，要各說一吉利話，保佑來年行好運，不惹官事，何如？」兒曰：「父先說。」父曰：「今年好。」長子曰：「晦氣少。」次子曰：「不得打官事。」共三句十一字，寫一長條貼中堂，令人念誦，以取吉利。清早女婿來拜年，見帖分成兩句，上五下六，念云：「今年好晦氣，少不得打官司。」〔註318〕

另有一者是比喻失當，祝福變不利語，以《笑得好・比不得送殯》故事爲例：

> 癡兒好說失志話。因姐丈家娶親，夫攜兒同往赴席。兒方欲開言，父曰：「他家娶親喜事，且不可說失志話。」兒曰：「不勞你吩咐，我曉得娶親比不得送殯！」〔註319〕

是書還有一則說壽字酒令，結果越說越錯的故事：

> 有赴壽筵說壽字酒令，一人曰：「壽高彭祖。」一人曰：「壽比南山。」一人曰：「受福如受罪。」眾客曰：「此話不獨不吉利，且受字不是

〔註316〕此篇作者實際姓名不知，妄托在《客窗閒話續集・卷六》裡。
〔註317〕見金榮華：《民間故事類型索引（中冊）》（型號1920D.1），頁635。
〔註318〕見（清）石成金著：《笑得好二集・不打官事》，頁419。
〔註319〕見（清）石成金著：《笑得好二集・比送殯》，頁388。

壽字,該罰酒三杯,另說好的。」其人飲完又率然曰:「壽夭莫非命。」
眾嗔怪曰:「生日壽誕,豈可說不吉利話!」其人自悔曰:「該死了!
該死了!」〔註320〕

有人習慣說不吉利的話,即使要他別說話,到最後他仍說一句:「我都沒有說,
家裡出事別怪我!」這型故事,清代可以《笑林廣記‧與我不相干》為例:

有一人慣說不利之語,人皆厭之。一富翁新造廳房一所,慣說不利
者往看,親至門前,敲門不應。大罵曰:「浪牢門,為何關得這麼緊?
想必是死絕了。」翁出而怪之曰:「我此房費盡千金,不是容易,你
出此不利之言,太覺不情。」其人曰:「此房若賣,只好值五百金罷
了,如何要這樣大價?」翁怒曰:「我并未要賣,因何估價?」其人
曰:「我勸你賣是好意,若遇一場天火,連屁也不值。」一家五十得
子,三朝,人皆往賀。伊亦欲往,友人勸之曰:「你說話不利,不去
為佳。」其人曰:「我與你同去,我一言不發何如?」友曰:「你果
不言,方可去得。」同到生子之家,入門叩喜,直到入席吃酒,始
終不發一言,友人甚悅之。臨行,見主人致謝說:「今天我可是一句
話也沒說,我走了以後,你的孩子要是抽風死了,可與我不相干!」
〔註321〕

這類故事如今在浙江、北京、山西、江西、河北等地均有流傳〔註322〕,但故
事情節有些變化,例如山西省的〈喪氣鬼耿三〉,他的不利語,往往是有根據
性的勸說,卻遭人誤解,反而更能突顯中國人向來喜歡聽好話,而不願面對
現實的心態:

耿三待人熱情,愛說實話,倒成了出名的「喪氣鬼」。一天,鄰居剛
蓋好房,耿三去串門,發現中樑裂了縫,忙為鄰居說:「快頂住,不
然房子要塌。」主人一聽,火冒三丈,把耿三推了出去,沒幾天,
房子塌了,主人不說中樑裂縫,反怨耿三說了喪氣話。又有一家鄰
居,生了三個娃都沒存住。生下小四後,全家十分高興,大鬧滿月
時,耿三去賀喜,親朋好友都爭著稱讚娃長得好,有福氣。耿三一
看,渾身打了個寒噤,剛想張口,又把話咽回肚裡,盡量控制自己

〔註320〕見(清)石成金著:《笑得好二集‧壽字令》,頁382。
〔註321〕見(清)程世爵著:《笑林廣記‧與我不相干》,頁273。
〔註322〕見金榮華著:《民間故事類型索引(中冊)》,頁613。

不說話。可他是直性子，不說不行，等大伙走了以後，他說：「娃娃
正在出麻疹，要趕緊醫治。這可不是喪氣話，娃出了事不要怨我。」
話音沒落，又被主人趕出門去。沒幾天，孩子出麻疹沒及時治療又
夭折了。耿三呢？卻越來越被人討厭了。〔註323〕

正可謂「話多不如話少，話少不如話好」，如無好話，不如禁口好。

肆、笑話故事的表現形式

在這些故事裡，作者常利用一語雙關、將計就計等方式，以達幽默嘲諷
目的。

一、一語雙關

故事中以雙關語來暗示意指對象者，可見於《笑得好・討飯》：有一富翁
擁有米數倉，可是遇及荒年，鄉人不斷加利息向跟他借米，他仍嫌利息太少
而不肯借，有人諷刺他可以將米煮成粥借人，豐年時讓子孫去「討飯」：

> 一富翁有米數倉，遇荒年，鄉人出加一加二重利，俱嫌利少不借。
> 有人獻計曰：「翁可將此數倉米，都煮成粥借與人，每粥一桶，期約
> 豐年還飯二桶，若到豐收熟年，翁生的子孫又多，近則老翁自己去
> 討飯，若或遠些，子孫去討飯，一些不錯。」〔註324〕

人云「討飯」，表面是要富人去跟那些借粥者討回本息，實際是暗暗詛咒，像
這樣沒有慈悲心腸賑濟災民、還抬高利潤的人，將淪落到「討飯」命運。責
人不說重話，利用一語雙關，將人罵得體無完膚。

二、將計就計

故事裡可以發現，面對不合理的人或事或物，角色常會將計就計諷刺對
方，或揭人謊言，或幽人一默。

例如在《笑得好二集・糊塗蟲兒》一篇裡，小吏將計就計，用一語雙關
法，諷刺縣官正是那應鋤的「糊塗蟲」：

> 有告狀者曰：「小人明日不見一把鋤頭，請老爺追查。」官問云：「你
> 這奴才，明日不見鋤頭，怎麼昨日不來告狀？」旁吏聽之，不覺失

〔註323〕見《中國民間故事集成・山西卷・喪氣鬼耿三》，頁790～791。
〔註324〕見（清）石成金著：《笑得好初集・討飯》，頁339。

笑。官即斷曰：「偷鋤者必兩吏也。」追究偷去何用？吏云：「小人偷去，要鋤糊塗蟲兒。」〔註325〕

此「糊塗蟲」非眞是田裡蟲，而是眼前的大官。

三、諷喻

笑話故事的諷喻性最強，不論明示或暗指，總將人性赤裸裸呈現出來。在諷刺對象上，有以下數者，茲舉例證。

（一）貪官

清代官員利用職權搜括民脂民膏，幾已成風。《笑得好初集・誓聯》諷刺這群官員明目張膽收賄的模樣，理直氣壯，絲毫無廉恥之心：

> 昔有一官到任後，即貼對聯於大門曰：「若受暮夜錢財，天誅地滅。若聽衙役說話，男盜女娼。」百姓以爲清正，豈知後來貪污異常，凡有行賄者，俱在白日，不許夜晚；俱要犯人自送，不許經衙役手，恐犯前誓也。〔註326〕

像他這樣「信守承諾」的官員不只其一，《看山閣閑筆・詼諧》裡寫道，也有一處公堂寫著自明清廉的對聯，但事實上，只要有人送他金銀財帛，他從不拒絕，地方豪紳出了事，他一定徇情坦護：

> 有縣令堂縣一聯以誓曰：「得一文，天誅地滅；徇一情，男盜女娼。」然饋送金帛者頗多，無不收受，而勢要說事，亦必徇情。有曰：「公誤矣，不見堂聯所志乎？」令曰：「吾志不失，所得非一文，所聽非一情也。」〔註327〕

厚顏不慚的官吏，卻想外博清廉之名，此掩耳盜鈴的作法，只會讓百姓更不恥。這類故事在今河南、河北、湖北等地均流傳。〔註328〕

（二）秀才

清代秀才也是人們常揶揄的對象。《笑林廣記・卷二・腐流部・腹內全無》故事，諷刺秀才沒有實力，空有其名：

> 一秀才將試，日夜憂鬱不已。妻乃慰之曰：「看你作文，，如此之難，

〔註325〕見（清）石成金著：《笑得好二集・糊塗蟲兒》，頁419。
〔註326〕見（清）石成金著：《笑得好初集・誓聯》，頁357。
〔註327〕見（清）黃圖珌：《看山閣閑筆・詼諧・誓聯》（見《四庫未收書刊・第拾輯第十七冊》），頁773。
〔註328〕見祁連休著：《中國古代民間故事類型研究（下）》，頁1125。

好似奴生產一般。」夫曰：「還是你每生子容易。」妻曰：「怎見得？」

夫曰：「你是有在肚裡的，我是沒在肚裡的。」〔註329〕

此故事初見明人江盈科之《雪濤諧史·我腹裡無》，爾後尚有的浮白主人之《笑林·產喻》，馮夢龍《笑府·卷二·腐流部·產喻》；至清除了遊戲主人一篇外，陳皋謨之《笑倒·產喻》，方飛鴻《廣談助·卷三十·諧謔篇·產喻》，亦錄此故事。

石成金在《笑得好·笑話一擔》故事，則是借秀才替子命名來，諷刺其人：

秀才年將七十，忽生一子，即名曰「年紀」。未幾又生一子，似可讀書者，因名曰「學問」。次年又生一子，笑曰：「如此老年還生此兒，真笑話也。」又名曰「笑話」。及三人年長，，無事俱命入山打柴，及歸，夫問曰：「三子之柴孰多？」妻曰：「年紀有一把，學問一點兒沒有，笑話倒有一擔〔註330〕。」

一名有識之人，竟將孩子名子取作年紀、學問、笑話，令人費解，實乃諷刺秀才年紀一把，學識未增長，反而惹出一堆笑話。這故事也出現在遊戲主人的《笑林廣記·卷十一·譏諷部·笑話一擔》。至今於廣東〔註331〕、湖北〔註332〕等地均流傳。

（三）科場士子

在《笑林廣記·卷二·腐流部·夢入泮》裡，有位童生，在考前祈夢，神明問他兩個問題，表示無財無勢豈能中選：

府取童生，祈夢：「道考可望入泮否？」神問曰：「汝祖父是科下否？」

曰：「不是。」又問：「家中富饒否？」曰：「無得。」神笑曰：「既是這等，你做什麼夢！」〔註333〕

諷刺當時的監生多是靠捐例而來，若無錢財又無背景，則很難雀屏中選。

儘管監生們買得入監資格，可是在社會上不被看重，連監生的妻子都免不了要嘲笑他們。《笑林廣記·卷一·古豔部·自不識》裡說：

有位生，穿大衣，帶圓帽，於著衣鏡中自照，得意甚。指謂妻曰：「你

〔註329〕見（清）遊戲主人著：《笑林廣記·卷二·腐流部·腹內全無》，頁26。
〔註330〕見（清）石成金著：《笑得好·笑話一擔》，頁185。
〔註331〕見《中國民間故事集成·廣東卷·笑話·笑話一擔》，頁669。
〔註332〕見《中國民間故事集成·湖北卷·笑話·秀才取名字》，頁1206。
〔註333〕見（清）遊戲主人著：《笑林廣記·卷二·腐流部·夢入泮》，頁27。

> 看鏡中是何人？」妻曰：「臭烏龜！虧你做了監生，連自（字）多不
> 識。」〔註334〕

除了上述三類外，也有諷刺人本性難移的，《笑林廣記・不改父業》說道：有位皂隸在有錢以後，便讓兒子讀書，希望能光耀門楣，可是兒子的言行舉止因已受父親影響，習氣難改：

> 一日，隸兄手持羽扇而來，先生出對，叫學生對曰：「大伯手中搖羽
> 扇。」學生對：「家君頭上戴鵝毛。」又出六字對：「讀書作文臨帖。」
> 對曰：「傳呈放告排衙。」又出此字對：「讀書宜朗誦。」對曰：「喝
> 道要高聲。」又出四字對：「七篇古文。」對曰：「四十大板。」先
> 生有氣，說：「打胡說。」學生說：「往下站。」先生說：「放屁。」
> 學生說：「退堂。」先生「哼」，學生「喝」。〔註335〕

為了嘲諷，故事往往以喻為引，時而用他界互動情形為諫，也會用人的器官或者生活物品為喻。表面看來只是故事，其實裡面大有文章。

透過詼諧、幽默；諷刺筆調，清人不僅將這些角色的形象寫得栩栩如生，也透過他們的互動對話，深刻反映了人情世態。此外，筆記至此時已為大成，清人有很多故事是錄自前朝之作，其中的笑話，不少即錄自明代。除此，此時的故事也有幾則屬於世界型的民間故事，以見於歐、亞國家者居多。

〔註334〕見（清）遊戲主人著：《笑林廣記・卷一・古豔部・自不識》，頁13。
〔註335〕見（清）程世爵：《笑林廣記・不改父業》，頁360。

第三章　清人筆記生活故事中之人物形象

　　清人筆記生活故事裡，出現不少人物鮮活形象，反映其人格特質，及在時代上的意義與影響力。

　　《清稗類鈔・農商類》言：「常言男耕女織，……似種植之事，非婦女所與聞，則是未嘗巡行阡陌考察農事之故也。〔註1〕」同書〈風俗類〉又言：「我國婦女，向以徒手坐食為世詬病，其實此婦貴之家耳。若普通人家，則有職業者為多。〔註2〕」反映女性在家庭生產上，佔了很重要的地位。清代以降，更可以看到婦女獨立維持生計的情形。清人甘熙（西元 1798～？年）於《白下瑣言卷七》載：

> 閩吳某居上新河，本宦家子，幼失怙恃，家道中落，貧無以自存。
> 母素有一婢，極賢淑，以主家淪喪，藐然一孤，誓志不他適，獨肩
> 撫育之任。……衣食之資惟十指之賴。〔註3〕

光緒年間《嘉興府志・卷五十三・秀水孝義》亦言：

> 盛支燧，字恂如，幼孤，母陸苦鞠之。貧不能從師，乃助母晝夜紡
> 績以易米，母子依倚二十餘年，雖困甚不受人周恤。〔註4〕

這些婦女不惟在經濟上能獨立，她們面對危及人身安全與家庭危機時，也能

〔註1〕見（清）徐珂著：《清稗類鈔（五）・農商類・男女並耕》，頁 2256。
〔註2〕見（清）徐珂著：《清稗類鈔（五）・風俗類・大埔婦女之勤儉》，頁 2211。
〔註3〕見（清）甘熙著：《白下瑣言卷七》（見「筆」十五編十冊），頁 6301。
〔註4〕見（清）許瑤光等修、吳仰賢等纂：《嘉興府志卷五十三・秀水孝義》（見浙江府縣志輯《中國地方志集成・光緒嘉興府志（二）》，成文出版社），頁 513。

臨危不亂，展現智、俠、勇性格，救了自己，穩定家庭，也能救人於危難之中。

清時教育不普及，百姓多不識字或不知國家法規，訟師成了人們遇及糾紛時尋求協助的對象。好的訟師固然能替人們的解決問題，但也有貪圖利益的惡訟師，玩法律於股掌之中，混淆是非，左右案情，對社會秩序造成一定的影響。

「商人」是清代社會裡極活躍的一群，其形象除了唯利視圖，罔顧性命，投機取巧，售偽作真外，也有勤儉創業，以德傳家的典範，與謀財有道，智創商機的正面形象。但因長期商人地位一直是被壓抑的，期盼擠入社會上流是他們夢寐以求的事，即使財富萬貫，他們仍汲汲營營透過捐納、與達官貴家聯姻等方式，獲得較高的社會地位。

過癩風俗自古有之，至清，有關痲瘋女的故事日益漸增，角色形象也從自私尋找過癩對象，到情義相對，譜出一段段可歌可泣的愛情。

第一節　婦女的機智與處事智慧

自古以來，婦女常與幼童被視為社會上需要保護的弱勢族群，但是，從筆記故事中發現，她們的智慧並不亞於男性，面臨困境時，沉著應對，發揮機智，也能義勇救人；此外，在家庭中，他們除了相夫教子，也能運用智慧，化家庭危機為轉機，在人際間展現智、俠、勇的性格。

壹、婦女的機智表現

清代婦女最常在兵亂擄掠、盜劫中，遇到人身與財產上的威脅，因其沉著生智與勇氣，或以退為進、或認賊為親等方式，將對方制伏，讓自己脫困。

一、遇賊伴從，以退為進

向來，婦女最怕遇及的侵犯就是生理上的侵害，倘遇劫色者，故事中的智婦會先偽裝順從，卸下劫色者心防後，再俟機脫困，丁克柔在《柳弧‧卷一‧智婦》裡說，有名婦人被賊擄獲時，沒有拒絕，而是採拖延方式，她先是要求找一隱密處所才肯答應發生關係，接著又要求騎馬，並要賊人讓她抓其髮辮，賊人惑其美色均應允，沒想到婦人突然策馬加速奔馳，往村裡求救，被拖行的賊人差點賠上性命：

一婦姿首明潔，逃難相失，踽行曠野，突遇一黃衣騎馬賊。賊擄之，婦坦然相從，賊欲逞焉，堅不允，曰：「且至君處，晚間同夢可也，何至於光天化日之下，而行此等無恥事哉！從吾言，即從汝，否則請速殺。」賊貪其色，且欲其為妻也，勉從之。婦曰：「君乘馬，吾步行，豈鳳鞋而能逐馬足者？君盍下，我乘馬。」賊許之。未數武，婦哭曰：「生平膽怯，不慣乘，懼甚。可付吾鞭，爾以帶一繫馬首，一束君腰，在前緩行，馬不奔，吾可不懼。」嫣然流盼，嬌態橫生。賊大惑之，從其言。行未半里，婦復曰：「吾尚惴惴，君可將髮與吾執之，則不復懼矣。」賊輕其一女子何能為，亦從之。去其紅風帽，則長髮垂垂，而總為辮者。且行且談，婦潛將其髮及帶，牢繫鞍及馬鬣，兩髀磬控，固善馭者，遂大肆撻馬，並刺馬眼，眼穿，馬負痛狂逸，風掣雷逝，賊上繫其髮，中束其腰，，無所用力，顛躓於地，蹂躪拖行，比至一村，婦大號，合村噪出，止其馬，賊頭面皆毀，僅存一息矣。〔註5〕

因亂避禍他鄉的女子，若與家人走失，其命運不是被擄獲的官兵佔為己有，就是被當成貨品販賣。在張潮（西元 1650～1709 年）收錄的《虞初新志・奇女子傳》中，楊女被某位下級軍官所擄，把她帶回家作妾。楊女到其家，對原配事事服從，又與軍官生下一子，看似和樂融融。後來，軍官家道中落，他只好又遠行從軍，楊女趁他不在家時，故意向原配示好，表示看到家中經濟困乏，恨不得身有兩翼飛往李家取財物疏困，原配聽了很心動，不斷鼓吹她前往，並安排兩位壯丁陪同回去。楊女返家途中，她先將兩名壯丁灌醉殺害，自己則策馬奔至夫家大門，與丈夫團圓：

楊氏女，歸李氏子為婦。譚兵圍南昌，游騎四出，掠丁男實軍，婦為小校王所得……婦曲意事之，……已生一子矣。亡何，校家漸落，從軍去。婦癸語妻曰：「生事蕭條，恨不身生羽翼……故夫本大家……曾以金珠數斛潛瘞密室。今夫死妾擄……使得徙而之此，妾與夫人何患不富乎？」……妻大喜曰：「第行耳，若子吾自撫之。」婦故眷戀不肯，妻慫愈力，乃擇日……從兩健兒，躍馬而南。……止逆旅，以醇酒飲兩健兒，皆醉，夜潛起駢馘之。馳騎至里，以馬策撻家門大叫。夫從牆罅瞷視，見是少年將軍，不敢出，里老數輩稍前謁問，

〔註 5〕見（清）丁克柔著：《柳弧・卷一・智婦》，頁 18。

婦曰：「別有勾當，不關公等。」門啓，婦歇馬，中堂踞坐索故夫。
夫伏地不敢起，婦曰：「頗識吾否？」夫對曰：「萬死不能識試將軍。」
婦曰：「試識之。」夫謝不敢，側目微睇，惘然失措。婦嘆曰：「眞
不識矣！」于是推几前，抱夫起痛哭曰：「妾非他，妾，君被掠楊氏
婦也。」具述其易裝巧脫狀，一時喧動里，賀李氏子再得婦。〔註6〕

楊女在被擄時，識時務爲俊傑，才有機會讓自己脫困，她的冷靜與勇敢，也
是許多女子難以匹敵的。

　　像楊女這般智勇的，《述異記·奇女殺賊》也有一述，年僅十五歲的少女，
與父母避仇逃難時，遇到賊人，賊人見她貌美，將她強行擄走，父母追奔數
里，苦苦哀求，願將所有的財產來換回女兒，孰料賊人奪其財物後即將他們
殺死，少女強忍喪親之痛，一路屈從賊人直到某井旁，少女以口渴索水爲由，
將賊人推入井中，不僅保全其身，也報了弒親血仇：

北京有夫婦某姓者，避仇來南，攜一幼女，家於亳州，以賣腐爲業，
積十餘年，蓄貲二百金。女年及笄……鄰里咸欲聘之，其夫婦計曰：
「吾本誃人，親戚墳墓在焉。……不如挈之還北，擇親舊，字之
婦。」……雇二驢，婦女各騎一，夫徒步行二十里許，見兩騎挾弓
刀，睹女貌美，強抱上馬，疾馳不顧。夫婦追奔數里，哀號乞女，
騎弗許。夫婦曰：「吾有五十金，願貢贖女。」又勿許，三請罄其二
百金，騎取其金，仍挾女去。夫復追及，拔刀殺之；婦見夫死，亦
奔及號呼，騎并殺之。復行數十里，女見道旁有井，佯言口渴索水。
騎以屛弱女子也，許之。下馬取水，不得汲器。未及至，女伺守者
少息，躍中井中。取汲器者至，以汲繩縋一人入井，以繩縛女引之
出，復垂繩引救女之賊。井上者方鞠躬下視，垂手力引，女乘勢極
力推之，遂并墜。女乃跨賊馬奔高樓家，且訴其故……眾共報之州
守，女訴父母死處，並已報仇狀。守乃迎之入署，擇所拔諸生某才
而未娶者歸焉。〔註7〕

大抵這些婦人或少女面對劫色者時，總是先以退爲進，暗中再圖謀全身而退
之計，其關鍵點則在於遇事能沉著冷靜，靜定之中生智慧。

〔註 6〕見（清）張潮輯：《虞初新志·卷七·奇女子傳》（見《清代筆記叢刊（四）》），
　　　　頁 247。
〔註 7〕見（清）東軒主人著：《述異記下·奇女殺賊》（見「筆」三編十冊），頁 6734。

二、認盜為親，巧避災禍

對於手無刃器的弱女子來說，倘遇盜賊，不能以力擊之，惟有以智應對。在長歌白浩子（西元？～1788 年）所著《螢窗異草三編‧卷一‧智媼》故事裡，積有財富的寡婦，其住處時有盜賊出沒，聽聞盜首自幼失親，且與她同鄉。某夜，盜首侵入婦宅時，此婦坦然無懼，反而主動先認盜首為弟弟，動之以情，盜首見她情切，也不禁動容，竟忘了自己的來意，而與婦人話家常，最後信以為真，將此婦當做親人，往後日子竭力保護他們：

> 有一媼，不知何許人，蓋富家也。附近有劇盜，聚黨十數，覘其貲，夜入其家。時媼已就寢，風聞人言，盜首與己同鄉井，且少失其父，遂坦然無懼，披衣起，將親逆之。聆其履聲，知至戶外，乃操土音呼其子曰：「兒曹何貪睡至此，若舊來，竟不一迎耶？」盜聞而駭，意猶未深信，媼已自出，涕泣而言曰：「數年不晤，弟已魁然丈夫，奈何不一念姊，今夕始來相視哉？」……儼若骨肉重聚者。盜為之動容。媼又曰：「弟幼時，予猶歸寧，後從汝姊夫遠出至此，遂不得返，豈意怙恃皆棄弟仙逝，弟已成立如此耶？」言已大慟，盜信以為實，隨媼入室，媼命婢燃燭，盜復出，約束其眾曰：「此予之姊家，非路人也，慎勿騷擾。」媼又呼其子出見舅，其子知為盜，舉股慄，不得已而參謁之。時媼之中子方授室，盜亦自忘其盜，惟曰：「不知吾甥嘉禮，舅竟未備一芹，將如之何？」因呼從盜以一裘入，出珠十粒，以為答拜之儀。媼固辭而後命婦拜受，急命其子治筵款舅。媼與盜對酌，絮談鄉俗，咸中肯綮，盜益信為同胞，醉飽始去。瀕行，媼曰：「姊家幸有餘積，弟如乏用，數百金不妨將去。」盜笑曰：「弟以白手游四海，反來耗姊家物耶？」徑行，媼又囑盜為己庇蔭盜，予以一劍曰：「綠林之豪，見此當無敢犯者。」媼大悅。後年餘，盜遠行出掠，媼與子謀徙其家於晉，蓋慮盜之貽累也。及遷，植此劍於寢戶，有小盜夜入見之，輒咋舌不敢肆虐，自是數年無盜患。

〔註8〕

嘉慶年間，有位少婦本帶著孩子坐船到娘家參加喜宴，途中不幸遇到海盜，

〔註 8〕 見（清）長白浩歌子著：《螢窗異草三編‧卷一‧智媼》（北京：人民文學出版社），頁 308～309。

少婦不僅沒有驚慌，還讓幼子認盜首爲乾爹之計，保全了母子倆的性命，這則奇聞搜錄在宋永岳的《志異續編‧卷二‧某婦》裡：

> 某婦，年約三十餘，有一子甫五歲。一日值母家喜事，備酒一樽，燒豬一只，燒鵝一只及雞鴨果餅之類，邪一僕攜子雇小舟往。值快艇如飛而來，婦識爲盜，知其意在擄人勒贖也，急囑僕并舟人毋恐。
> 婦問曰：「來者莫非大王差來乎？」曰：「然。」婦佯喜曰：「今日好采〔註9〕，得遇衆位！因欲見大王，所以不避險阻，顧小舟，備微禮延海尋訪，祈衆位帶我一見，生死不忘！」——婦一見，即攜子跪陳曰：「妾不幸夫亡，止生此子，居恒多病，慮不能成人，求神明、問卜、看相算命，皆謂要令拜父母，且需當今英雄，方能保全。妾風聞大王在海上輕財重義，抑強扶弱，非英雄而何？所以特備薄禮、選吉日，雇小艇，負此子延矮尋訪，不意天從人願，伏乞大王容納。」盜首驗所帶之物，果繫禮物，且查本日實係吉期，因謂婦曰：「我從不輕收人爲乾兒，今見汝誠心可取，汝子亦相貌非凡，准汝子拜在我名下爲兒。」言訖……仍著人送回原處。〔註10〕

婦女們身處險境時，常採逆向操作，不急於閃躲，反而從容迎上前去，與賊結親，不僅保全性命，還爲未來留下一只保護傘。

三、臨竊不亂，智退盜賊（捉賊）

劫盜情節在清人生活故事裡出現頻繁，其中不乏夜闖空門行竊者，倘若家中無男主人，婦女與家人的安全更是堪慮。《柳弧‧卷三‧智退竊賊》有則智婦退賊的記載，事起於某婦人的丈夫到外地辦事，到了晚上，她發現有竊賊欲闖空門，便假扮男主人在屋外在房內不斷緩步行走，讓小偷從影子中判斷，誤以爲家有男主人，不敢輕易闖入，保全身家財產的平安：

> 予親串中有姻母者，嘗鄉居。當姻母年少時，夫偶入市未歸，室中惟一小婢，一老僕既聾又瞽，忽偷兒至窗外。映窗見月色朦朧有人影，姻母疾減燈，遂潛起，以足攝夫履緩步房中。履聲橐橐如男子徘徊者。偷兒亦潛俟之。至天將曙，偷兒大恐，逡巡遂去。〔註11〕

〔註9〕 好采者，是廣東土語，猶言好運，會遇到好事。
〔註10〕 見（清）宋永岳著：《志異續編‧卷二‧某婦》（見「筆」正編九冊），頁5761。
〔註11〕 見（清）丁克柔著：《柳弧‧卷三‧智退竊賊》，頁127。

竊賊行竊，多數會先觀察地緣，熟稔該處一帶動靜，若值婚喪喜慶的人家，極易成爲他們覬覦的對象。徐珂於《清稗類鈔・明智類・新嫁娘知偷兒》裡說，蘇州某戶人家娶親，新婚夜裡，新娘發現有人躲在床下，她藉故如廁，將丈夫引出房外，把門上鎖，再到婆婆房內告知此事，順利捉賊送交官府：

> 蘇州某姓嫁女，奩具豐，觀者如市，夫家亦豪富，有賊見而涎之矣。婚夕，客散，新郎倦而睡，新婦亦卸裝將寢，瞥見床下有人，疑爲鬧房者。蓋吳有鬧房之俗，新婚三日內，戚好張讌設飲，嘗至達旦，甚有隱匿幕間床下，竊聽新人私語爲噱。及見其人以刀剖地上榛栗，知爲偷兒，遂搴帳語郎曰「我欲溲而器滲，奈何？」郎曰：「夜深矣，明日設法補之。」婦曰：「試探姑睡否？如尚未也，將往謁姑。」郎如言，女郎使郎移燭出，而下鍵於門，詣姑言其狀，謂賊匿此，必有接贓者在外，可潛諭廝養。於是舉家健丁持械而至，賊不及防，遂就擒……送之官。〔註12〕

面對盜賊已闖入家中，縛擄家人爲人質，有些婦女能急中生智，尋找支援，化險爲夷並順利救出人質。故事可舉《閱微草堂筆記・卷十八・有妾多智勇者》爲例，在某夜裡，盜賊闖入富人家，將財物洗劫一空，主人與妻子被反綁，住在另一房的妾發現此事後，連合其他僕役斷賊後路，且救了主人夫婦：

> 盜劫一富室，已破扉入，主人夫婦並被執……有妾居東廂，變服逃匿廚下，私語灶婢曰：「主人在盜手，是不敢與鬥。渠輩屋脊各有人，以防救應；然不能見檐下。汝扶後窗循檐出，密告諸僕，各乘馬執械，四面伏三五里外。盜四更後必出。四更不出，則天曉不能歸巢也。出必挾主人送，苟無人阻，則行一二里必釋，不釋恐見其去向也。俟其釋主人，急負還而相率隨其後，相去務在半里內。彼如返鬥即奔還，彼止亦止，彼行又隨行，如此數四，彼不返鬥則隨之。得其巢，彼返鬥則既不得戰，又不得遁，逮至天明，無一人得脫矣。」婢冒死出告，眾以爲中理，如其言，果並就擒。〔註13〕

像這樣勇敢的智婦，在《蜨階外史・蜀婦》裡尚有一位，這名婦人獨居家中，夜遇旅客求宿，婦人爲避瓜田李下之嫌，讓旅客暫棲鴨篷中。到了半夜，婦

〔註12〕見（清）徐珂著：《清稗類鈔・明智類・新嫁娘知偷兒》，頁3362。
〔註13〕見（清）紀昀著：《閱微草堂筆記・卷十八・有妾多智勇者》，頁550。

人發現夜賊劫客時,自知無力徒手援救,於是藉物示警,引人搭救,雖然救不回客商,但替他捉住盜賊,扭送官府,讓惡人繩之以法:

> 有婦人居,夫出外作小負販,夕有客來寄宿,拒之,客曰:「我攜三
> 百金,暮無依,不得已,求托一席地,雖戶外無妨也。」婦曰:「我
> 孤身,如子戶外亦不便留,客盍赴鴨篷求栖止?」客如言去,至二
> 更,聞篷中呼救甚慘,婦度篷中人謀客資,宜速救,因縱火自焚其
> 室,村鄰咸來,婦曰:「且不顧火,速往鴨篷救人!」至則已支解付
> 鴨食之,僅餘一股矣。因縛送官,……官畀婦百金,俾復茸室,懸
> 額旌之。〔註14〕

婦女原本是社會結構中屈居弱勢、需被保護的一群,但故事裡的婦女們,臨危不亂,隨機應變,方得以轉禍爲福,還能保全他人性命。

貳、婦女的處世智慧

清代女女雖無機會至外地求學、與人接際,與男子有同等的社會歷鍊,可是她們的敏銳觀察力並不亞於男子,常能洞燭先機,化家庭危機爲轉機。就故事所見,其智慧表現在五方面:少女慧眼擇良人、智婦以禮巧拒登徒子、曉義大義勸夫君、營謀生計解危機、巧計喚回浪蕩夫等。

一、少女慧眼擇良人

《大清律令》規定,凡子女婚姻必由父母或直系親屬作主〔註15〕,子女無自主權,但仍有女性對未來良人的人格特質,別有獨道慧見,堅持反對父母不合宜的安排,爲自己爭取幸福。道光年間,張培仁在《妙香室叢話·卷四·王小霞》裡說,女主角王小霞與母親相依爲命,有位貴公子聽聞她殊麗絕倫,以千金求婚,小霞認爲江公子勢盛而驕,早晚必敗,堅持不肯答應。爾後,她自己看上鄉里中一貧如洗的朱生,才嫁入朱家一年,朱生及第江生死,其妻兒皆入獄:

> 王女字小霞……其父天啓間,以武臧獲罪,至擬大辟,坐臧滿萬,
> 不能償,僅生此女,才色俱絕。有江生者,貴公子也,一見傾心,

〔註14〕見(清)高繼衍著:《蝶階外史·卷三·蜀婦》(見「筆」正編六冊),頁3875。
〔註15〕見(清)沈之奇撰、李俊等監校:《大清律輯註上·大清律集解附例卷之六·戶律·婚姻》:「嫁娶皆由祖父母、父母主婚,祖父母、、父母俱無者,從餘親主婚。」,北京:法律出版社,頁255。

升堂求見。女不肯，母貪賄，約生至後花園，值女午夢方起，披紅杏衫，立桃花下，揮扇一顧，頗與桃花並豔，風韻欲流，生更覺心醉，以千金求婚。女不可，謂母曰：「江生勢盛而驕，必敗，及今未敗。欲藉其勢以脫父死，莫若以禮自處，而彼以難，彼見爲難，必市德於母，父冤自白。」後女父竟得生力，躅贖免死。忽屬意里中朱生，生故貧士，急嫁之。是秋八月，朱生登賢書，而江生以酒色故，死矣。及明年，朱生及第，江氏勢敗，群讎競起爲難，江生妻子皆入獄，泣謂朱生曰：「江生與妾家有恩，所以不從之者，知其必敗。身在敗門，不能救敗也。惟委身君子，庶幾可救。今妾父母無恙，而江生身後，其家人罪且不測，妾實負義，生不如死。」朱生感其義，百計營救，卒雪其獄。〔註16〕

王小霞非如一般女子，只圖眼前享受榮華富貴，而能思前想後，爲自己選擇可以信賴依靠的良人，也報了愛慕者救父之恩，義智兼備。

　　像這樣勇敢爲自己婚姻做選擇的女性，在蘇州也有一位，某女見聘夫浪蕩不羈，存錢還回原聘禮，索還聘書，只惜最後被無賴兄長所騙，縣官仍判她回到原聘夫身邊，此事被俞樾搜錄在《右臺仙館筆記卷二》：

蘇州城外有小家女，幼受某氏聘。及女長，父母俱死，獨與兄居。聞婿游蕩入於下流，心鄙之，有背盟意。乃以所積女紅貲洋錢十枚付其兄，屬交原媒，償男氏聘幣，索還婚書。其兄亦無賴，盡以供飲博，而僞爲婚書以給其妹。女不知也，以爲眞絕矣，示意林媼爲媒妁，遂與城中護龍街王姓者成婚。其前聘夫知女歸王氏，謀劫之，以王氏有備不果，即於其日訟於官。官鞫得實，笞其兄三百，判女仍歸前聘夫。〔註17〕

承前所述，獨行的女子，易落賊手，如何自保，可舉釆蘅子《蟲鳴漫錄卷二》故事爲例，有位女子逃亡時，與家人失散，她決定替自己尋找一個安身立命之處，於是她故設窘境，只見一名善心伙計既替出資替她解圍，又能保持君子分際不逾矩，讓她決定託負終身：

有某處飯肆中來一女，年可十六七，飯訖，計其值，只十八文。女

〔註16〕見（清）張培仁著：《妙香室叢話・卷四・王小霞》（見「筆」續編七冊），頁4315。

〔註17〕見（清）俞樾著：《右臺仙館筆記卷二》，濟南：齊魯書社，頁27～28。

曰：「我係下游被水災逃出者，匆匆未攜一錢，家中人行且至。」肆
主令坐門外待之。及暮未至，觀者如堵，女默無言。有絲店少年詢
飯肆，知其故，憫之，代償其值，以男女俱少，不便授受，轉央一
老翁付之。女酬肆訖，尾少年至絲店。店主詰之，女曰：「逃災行已
二日，再行亦無所歸，然不能無故受少年恩，計不如嫁之。」店主
語少年，少年辭以貧，女揎袖露金釧三，曰：「不足憂也。」店主嘉
之，遂邀街鄰爲之撮合。〔註18〕

故事裡的少女們，別於世俗論婚重現實利益的淺見，不計貧賤，認定善良、
上進的良人才是最踏實的依靠，爲自己尋覓眞正的幸福人生。

二、智婦巧拒登徒子

婦女寡居或獨處時，最易引來好色者起非份之想，除了前述以力強之外，
有些則是藉故搭訕，面對這類窘境，也考驗婦女如何在顧全對方顏面下，全
身而退。《右臺仙館筆記卷一》有則故事是這麼說的，某位富人看中鄰家寡婦，
主動將私塾設在寡婦家隔壁，並宣佈有心求學的鄰人子弟均可前來上課，寡
婦子即在其中。富人因此得以親近寡婦子，並主動贈其金銀，寡婦知其意圖
後，巧言點破其心思：

李婦早寡，以紡織自給，有子甫九齡，同億富人某豔其色，而無以
自通，乃重賂其鄰，使爲間。會其子將出就傅，鄰人以告某曰：「是
機可圖也。」乃築精舍於其旁側，移子弟於其中，延師課讀，宣言
曰：「欲入塾者勿拒。」此鄰人以告婦，極言其便。婦乃使子往讀，
某善遇之，頻以飲食饋遺。一日，出十數金相贈曰：「聞子家徒四壁
立，願以此少佐饘粥。」子持歸告母，婦曰：「幣重言甘，得毋誘我
乎？」乃使其子往謝曰：「極敢長者厚意，母當踵門拜謝。」某則大
喜。又使其子出金還之，曰：「母性多疑，此不敢受。」某又爽然若
失。子歸備言其狀，婦嘆曰：「是可得其情矣。」明日，戒子勿往，
某自來招之，婦使其子謝曰：「子之惠愈厚，子之過愈大矣，絕子，
所以報子也。」某慚而退。〔註19〕

李寡婦以禮自持，讓這名富人知難而退，也保全自身名節。

〔註18〕見（清）采蘅子著：《蟲鳴漫錄卷二》（見「筆」正編六冊），頁3705。
〔註19〕見（清）俞樾著：《右臺仙館筆記卷一》，頁3～4。

三、營謀生計解危機

　　清人王藹言曾寫一首詩，道盡婦女不得閒暇，操勞家計的辛苦：

> 織布女，首如飛蓬面如土。軋軋千聲梭若飛，手快心悲淚流雨。農
> 忙佐夫力田際，農暇機中織作苦。貧家習苦自忘疲，積得餘資期小
> 補。〔註20〕

清代婦女在家庭中扮演的角色，除了打理家務外，民間婦女多會參與農事、
至鄰處打雜役，或接針黹手工線活等來貼補家用。長白浩歌子在《螢窗異草·
縫裳女》篇言：「京都有縫裳之業，蓋皆負郭貧家，出爲市廛補綴者，以其所
作多衲衣敝褌等物，故又號之以『縫窮』」，故事裡的女主角爲照顧病中母親，
到外地替人縫補衣裳賺取微薄收入，不意遇到劫色少年：

> 京都有縫裳之業，東直門外有母女亦業此。一日，其母病，經旬不
> 能如市，薪水之費俱乏。女不得已，踽踽獨行，縫紉終日。薄暮始
> 出都門，攜一小竹筥，內貯剪刀、綿線，無他利器也。村居去城較
> 遠，行及曠，野冢樹叢染，人跡杳然，正倉皇急步間，忽聞林中語
> 曰：「若歸乎？予有垢衣，可將爲予滌濯。」女愕然，蓋母女業亦兼
> 此，遂疑爲市井熟識，趨就之。入林，則一惡少年箕踞茂樹下，袒
> 裼露臂，形甚凶暴，女驚懼，反身欲回。少年突起直前，提其領如
> 捉雞雛。少年曰：「予實以情告，予悅汝美有日矣，將與子爲好，何
> 歸耶？」女乘其隙，即筥中潛取裁剪，如斷布帛，齊其陰而剪之，
> 女益驚悸，目眩爾許時，然後歸。抵家，猶血殷衿袖焉。〔註21〕

乾隆年間，山東王姓女子，因家境窮困，丈夫離家不歸，王女帶著幼女，靠
紡花織布過生活，過些時日，已有餘力蓄財買田地與放貸〔註22〕。像王女一
樣，遇到丈夫遠行不歸或不事生產時，婦女反而成了家庭經濟支柱，爲家計
處心積慮。在許奉恩所著筆記《里乘·卷六·甲與乙爲善友》中即寫道，有
位男主人出外經商後，音訊全無，家中沒有收入，寅吃卯糧，他的妻子即帶
著老少婢僕做針黹線活，維持家計〔註23〕，可見當時紡織從補貼家用到後來，
已成了婦女爲持家計很重要的經濟來源。

〔註20〕見道光年間：《塘灣鄉九十一圖里志·物俗》（見《鄉鎮志專輯第一冊》），頁195。
〔註21〕見（清）長白浩歌子著：《螢窗異草初編·卷三·縫裳女》，頁101。
〔註22〕見《清代土地占有關係與佃農抗租鬥爭（上冊）》（中國第一歷史檔案館、中
　　　　國社會科學院歷史研究所合編，北京：中華書局），頁144。
〔註23〕見（清）許奉恩著：《里乘·卷六·甲與乙爲善友》，頁153～154。

除了成為家中生產一員外，有些婦女深謀遠見，計畫置產，讓家庭經濟發生危機時，能有後盾。此類婦女可舉《清稗類鈔‧明智類‧林生妻預設米肆》裡的林妻為例，林某生性好賭，林妻屢勸不聽，心裡著實憂慮未來，於是跟兄嫂商量經營米店，等到丈夫散盡家財時，這間米店終於發揮功能，林某也因此覺悟，誓不再賭：

> 有林某者，家中資而性嗜博，父母時訓之，始稍斂抑。及父母亡，
> 遂無所顧忌，家事悉委其妻。妻固賢而有才識者，勸之不聽，乃密
> 與其母家兄嫂謀曰：「妹夫沉湎於此，將來必至蕩產傾家，妹有金資
> 少許，欲託兄嫂代為經營，以免他日饑寒。」兄固長者，然之，為
> 設一米肆，林不知也，惟視賭如故，逋負叢集，鬻田產以償。久之，
> 饔飧不濟，乃就商於妻兄，妻兄曰：「為今之計，謀生為急。僕設有
> 米舖，將延一司會計者，誠能改行，不妨即任此事，月可得金若干。」
> 林乃自矢以後不賭，遂延之往。及數年後，妻兄見其無他，始明告
> 之。〔註24〕

由此可見，清代婦女其實在家庭經濟收入的來源與支配上，已扮演舉足輕重的角色，不只協助生產，亦懂得將有限資金做投資的長遠規劃。

四、曉以大義勸夫君

嫁作人婦為人妻，婦女不只相夫教子，也得兼作丈夫枕邊貴人，當丈夫鬼迷心竅時，能不為利誘，規勸丈夫改邪歸正，才能趨福避禍。今舉《蜨階外史‧船戶妻》為例，有名船戶載了一船販商的旅客，船上洋客要謀殺船內一名巨商，瓜分其財，並分給船戶兩百金。船妻知情後，立刻要求丈夫前往自首，結果不但免禍，反而受到表揚與獎勵：

> 天津海河多海舶，……船戶皆天津人，或招洋賈來船議價。一客攜
> 重貲，駕船往，二洋賈來議，故遲至夜，紿船戶掉舟至空曠處，出
> 刀殺客，分其貲，貽船戶金二百。船戶不肯，將并殺之。船戶思得
> 金，計亦得，乃如所謀，攜金歸。時漏甫四下也，船戶妻問金所從
> 來，具以告。妻曰：「此不義財，胡可納也？明日尸主必訟，訟必獲
> 洋客，子得金，禍必不免。不如持此金自首，尚可保身家。命應得
> 財，終為我有。」……船戶不得已，首焉。遲明，尸主亦至，官命

〔註24〕見（清）徐珂著：《清稗類鈔‧明智類‧林生妻預設米肆》，頁3363。

役從船戶偵洋客，立擒至伏法。官謂船戶明大義，勞以花酒，并二
百金賜焉。〔註25〕

人走到山窮水盡時刻難免會有非份之想，此時身旁貴人點醒非常重要，迷與
悟就在一念間。嚴有禧在《漱華隨筆卷四》收錄一則故事說：有位窮人，在
除夕夜裡冒著風雪前往借貸，可是沒有人願意資助他，當他悵然返家時，經
過一富賈之門，門首有銀飾，竟黏在他衣服上，想到家中妻小嗷嗷待哺，於
是他視爲己物帶回家。回家後被妻子發現，妻子堅持要他還給富人。富人看
到後很感動，想贈錢米作酬謝，窮人之妻不肯接受，更讓富人感佩其婦德懿
行，決定與他們結爲親家：

富人曰：「君有子，新正三日，可偕來過我飯，勿爽約。」至三日往，
富人曰：「君之子甚佳，異日必成立，況君信義如此，決非長貧賤者。
我有弱女，願爲君子配，此店中五千金，即以授吾婿，君可遷居於
此矣。」出管鑰付其人而去。〔註26〕

當丈夫受到利誘而迷失時，婦女們能即時曉以大義，導引丈夫以正行事，處
世以義，才能讓丈夫眞正美「名」實「利」雙收。

五、巧計喚回浪蕩夫

婚姻如賭注，倘若嫁作良人婦，則是祖上有德三世福；若是嫁予浪蕩子，
則苦不堪言。古有殺狗勸夫之賢妻，清亦有巧計喚回浪蕩夫的賢女。宣鼎在
《夜雨秋燈錄續集・卷二・卓二娘》故事中說道，有位富家子，終日遊狎浪
蕩，妻子被他氣死，妾又因好言規勸而被他打死，自此，無人敢再替他說媒
聯姻。但鄉里中的寡婦卓二娘，卻主動表明願意嫁給他，婚後先任其放縱，
讓丈夫享盡歡樂，接著漸失供應，在他窮途末路之際，挺而走險行竊，被主
人捉到，囚禁某處，過著清簡生活，直到某天，二娘才告知，一切都是她設
局，目的要讓丈夫有所醒悟：

宋景玉，字東墻，好狹邪遊，家富有，日擄金錢爲錦纏頭。少雨吳
氏……吳鬱鬱份死……生以千金買豔妾，……妾勸之，生怒曰：「賤
人敢爾！」始詈，繼撻，妾亦死。里中相誡曰：「生女寧作娼，不嫁
宋東墻！」里有謝氏卓二娘，新寡，貌僅中人，體復羸弱，願嫁生，

〔註25〕見（清）高繼衍著：《蜨階外史・卷二・船戶妻》（見「筆」正編六冊），頁3979。
〔註26〕見（清）嚴有禧著：《漱華隨筆卷四》，頁4239。

遣媒示意，生不耐鰥，急允諾聘娶。入門操作如貧家婦，絕口不問前番事，夫即歸晏，惟問安否……生反而愧慚曰：「僕有奇癖，是天下女子所惡者，卿審之乎？……煙花痼疾耳。」二娘撫掌曰：「幸哉醮也！妾前夫日坐愁嘆，見粉頭面即赧，妾時勸駕不許……今得後夫若是，妾願足矣！」言已，袖與金帛，逼令往，生由是亦放縱。偶晤馬媼，問曰：「姥終日如穿花蝶，如另有奇草，乞導引一豁眼界，當酬以巨金。」是夕，即送就（白家）四官寢，昵愛殊甚。生不復計阿堵，日遣婢索資甚急。年餘，三生一子一女，四無出，二潛與生私，亦生二子。計迷於此者三年餘，偶歸，不常見卓，均云歸寧，計良得。年餘，索資漸以釵釧，又以衣履，且比書畫玩具來變質。又年餘，索忽靳，因詈僕，僕蹀躞至再，攜一冊來曰：「娘子傳語，家中產已罄，孑然一身，實不能作娼飽郎欲。」問田宅，曰：「貨去久矣！」生大驚，閱其冊，細疏支取年月，田宅售價甚詳，并云：「寶山已空，日乞食於尼寺。」急趨歸尋卓，則門户猶是，而主者已非。詢之，以妻卓賣券示。問妻無耗，尋僕，忽不見。劻勷無計，再返白家，則搬運一空，玉人早散居停遣僕酒掃，下逐客令……無已，寄古寺宿，久之，爲乞于村郭，懸鶉百結，呼號兩年，西風驟來，雞皮皸裂。欲覓死無法，意不若爲梁上君子，得則苟且生，犯則杖下斃，……窘且決，夜潛越富家墻，驚僕起，聚蜂而攢毆之，主人出，即前之契友某也，諭勿毆，送公庭，生呼曰：「即速毆斃爲快！」某曰：「曷書券？自任賊，即釋汝去。」不得已書與之，某執券，仍加以縛，送至一處，扃斗室中，不加纆紲，而監守甚嚴，日給兩餐冷粥飯，夜藉溼草眠。久之，聞官長坐堂皇呼己名，即有一役引伏階下，堂上人呼生仰視，則爲自家廳事，東西坐者皆親族。卓二娘鮮衣豔服立廡下，白家三姬佐右侍，大駭，首復俯。妻卓曰：「嘻！郎不肖一至於此乎？諸長者均在，更有何言？妾當日若規諫，是直驅郎死，否則妾蹈前轍死，妾愚不至此！賃宅購三豔婦，引郎入八陣圖，若眞爲銷金窩，試問郎居四年，何絕不一睹鴇母與他客面？郎承祖父貲已竭，且丐與賊……妾忍守孤枕，忍設醜局，始保脂膏，且督課耕織，更有盈餘，與郎無涉，倘改悔，請仍歸主人翁，姬俱在。但手不許攫一錢，坐守安享以盡餘年。若不遵，請郎自便，妾

有子，亦可守門楣。」視屋宇更華，阡陌更廣，三子就傳，已將能
文，皆二娘經營也。始審媼之勾、姬之吟、富家之獲，皆二娘安排
也。由是改過遷善，不敢出門戶。〔註27〕

清代婦女在傳統禮教束縛下，沒有太多受教育與增廣視野的機會，並未因此
而抑制了她們的潛力與智慧，在清人論婚重視財富與門第的社會風氣中，她
們則有獨道見解，擇偶以人品為尚；面對考驗時，他們深謀遠慮，反而成了
維繫家庭的中間支柱。

參、婦女的性格展現

　　透過故事，可以看到清代婦女展現以下性格特質：（一）以智抗暴，展現
勇敢精神；（二）突破傳統禮教與習俗的束縛，捍衛尊嚴與生命；（三）勇於
挑戰惡勢力；（四）見義勇為等，分述如後。

一、以智抗暴

　　承前之述，面對劫色、劫財之徒，若非有冷靜的智慧，早就人、財落入
賊手。婦女們能掌握歹徒心理，或將計就計，或以靜制動，或動之以情，或
忍一時之屈，讓歹徒疏於防範，才能讓自己置死地而後生。例如王浩《拍案
驚異・奇案駭聞》所述：有戶官家卸任時，帶著一家大小回鄉，途中遭遇劫
盜，全家被殺死，船戶也無一倖免，只有十三歲的女公子，抱著年幼的弟弟，
躲進艙底，被盜賊查獲時，謊稱婢女，小孩則是傭婦之子，跪求饒命，盜賊
見她頗有姿色，將她帶回做妻子，把孩子丟入海中。後來這名盜首改行為茶
商，賺了不少錢，此女公子雖替他生了五個兒子，但一出世就把他們殺死了，
謊稱是病死，意在不留孽種。接著，這位盜賊至外地販茶時，慷慨捐資萬金
給地方首長，當地人還把他當義士看待，甚為敬重，直到一天，某孝廉來拜
訪他，跟他談起家鄉事，讓女公子意外得知親弟弟的下落，於是求官替她主
持正義：

> 盜本籍廣東，某月有某孝廉來謁，家人設筵款待，酒半酣，嘆息某
> 大令全家被盜，其數歲小孩，棄海不死，久之經人救起，現為廣東
> 道員，實有天幸。女公子聞之，使人再三盤詰，果不謬。隨與某孝
> 廉面謁某道員，備述顛末，已二十八年矣。即飛咨江西搜盜。州尊

〔註27〕見（清）宣鼎著：《夜雨秋燈錄續集・卷一・卓二娘》，頁89～93。

> 奉文，不動聲色，密約營弁，率同兵勇，嚴密布置，方具手版，迎
> 盜入署，肴饌芬芳，談笑豪邁。席間詰以二十八年前之事，盜知發
> 覺，聳身一躍，如驚鷹之脫韝，候登房上。伏兵四起，各以長鉤搭
> 住，始行就縛。〔註28〕

年僅十三歲的女公子，為求自己與弟弟能保住性命，面對盜賊時，故作鎮定，已具過人的勇敢，她為了能報親仇，屈為盜妻，靜待時機，忍人所不能忍，到最後才能順利報了弒親之仇。

二、捍衛尊嚴與生命

　　故事裡有三從四德的傳統婦女形象，也可看到為扞衛自己尊嚴與生命的女性，她們勇於突破傳統禮教束縛，除了為自己爭取適合的婚嫁對象外，也反抗不合情理的漏俗，救了他人。此類女性可舉《女俠荊兒傳》為例，故事中荊兒，因其家鄉素有獻女祭蛇神的習俗，父母為錢賣女，許多少女成了祭品，荊兒頗不以為然，她主動表示願做獻祭之女，待時間一到，她則躍入水中殺蛇，然後平安復出，破此漏俗，也解救無數未來將犧牲的女子：

> 廣西百色縣，有五雷嶺，山巖中有石穴一，巨蛇潛其間，長十丈餘……
> 土人謂之，祠為神，縣官每歲以牛羊致祭，春分前後巫覡傳蛇神言，
> 令鄉里獻十二三童女智穴口供神食，不然則禍作。縣官苦之，出重
> 金購貧家女及有罪者女，養之，屆期盛設香燭彩樂送童女置蛇神祠
> 旁，前後已用九矣。乾隆十八年，縣官將祠蛇，索童女苦不可得，
> 邑民俞某者，家甚貧，生七女，其季女名荊兒，年已十五歲，請於
> 父，願應募。父母駭甚，阻其行。荊兒曰：「蛇烏知擇人而噬，巫覡
> 妄言爾。兒自有術敵彼，幸而成功，一方受其福，不然，僅兒一人
> 受禍耳。且留兒徒為父母累，不如賣兒得金，以助家計，故請行。」
> 俞某固不肯。昏夜，荊兒潛逃扣縣官庭，陳來志、請攜利劍及毒藥、
> 米餅、蜜面以從，縣官壯之，留置署中，為之儲備一切。屆期，將
> 送女，巫覡多言此不可用，縣官怒斥之，乃舁女及米餅等至洞口。
> 夜半，蛇出頭，大如甕，雙目閃爍如懸燈，聞米餅及蜜麵香，先噉
> 之。荊兒匿穴旁以伺其變。頃刻間毒發，蛇隨地轉動，荊兒揮劍斬

〔註28〕見（清）王浩著：《拍案驚異・奇案駭聞》（見《清代筆記小說類編・案獄卷》），頁 464～465。

> 蛇……自後斬其尾，斷蛇。荊乘夜奔回縣署，眾馳往洞口割蛇而分
> 之。乃治巫覡罪，縣官奇此女，納之爲子婦。〔註29〕

清代社會對女性貞節特別重視，在新婚當夜有驗童貞之俗，非完璧的女子會
遭夫家唾棄，甚至讓娘家蒙羞。因此有不肖之徒藉此風俗，故意栽臟良家女
子，破壞其名節。紀昀在《閱微草堂筆記・卷十三・智勇之女》記了一則郡
中發生的故事：有位女子被人栽臟不名譽之事，致使夫家要求退婚，兩家鬧
上公堂，女子深知公堂官員必受栽臟者的賄賂，不肯接受誣陷，所以她請鄰
人帶她到未婚夫家，請婆婆當場驗身，還其清白：

> 吾郡有焦氏女，不記何縣人，已受聘矣。有謀爲媵者，中以蜚語，
> 婿家欲離婚。父訟於官，而謀者陷阱已深，非惟證佐鑿鑿，且有自
> 承爲所歡者。女見事急，竟倩鄰媼導至婿家，升堂拜姑曰：「女非婦
> 比，貞不貞，有明證也。兒與其獻醜於官媒，仍爲所証，不如現醜
> 於母前，眞偽自見。」遂闔戶弛服，請姑驗。訟立解。〔註30〕

焦氏女勇於捍衛自己的尊嚴，不畏世俗議論的作風，在當時可說是相當前衛
的，其舉動也反映著當時社會其實還有很多像她一樣處於弱勢的女子，常無
故被這些莫須有的流言所犧牲。

三、勇於挑戰惡勢利

　　清代販賣人口的情形很普遍，有些是因貧自願被賣，有些則是被騙賣，
騙賣對象常是良家與官家女子，他們把騙來的女子，從中挑選幾位有姿色者，
替她們裝扮，又讓她學習琴棋書畫各種才藝，等到各項能力具備後，幸運些
就被賣給高官爲妾，不幸的則被賣入妓院，這種情形在清代稱作「養瘦馬」。

　　這些受害者有的困厄一生，也有勇於挑戰惡勢力，報官查抄，解救不幸
之人。吳熾昌在《客窗閒話初集・瘦馬》記錄一則故事：徐女出身名門之家，
父親亡故後，她與母相依爲命，兩人原本想找女傭的工作，卻不意被人引入
瘦馬家的圈套，等到發現時，徐女已被囚禁，被趕出去的徐母，不肯放棄救
女，儘管大家都勸她不要以卵投石，徐母仍不肯屈服於惡勢力，終於有人替
她引入某官家教導小姐針黹，而有機會揭發此事，瘦馬家全無防範，當下皆
被捕獲，不僅救出徐女，還有其他不幸的女子：

〔註29〕見（清）無名氏著：《女俠荊兒記》（見「筆」五編六冊），頁3709～3710。
〔註30〕見（清）紀昀著：《閱微草堂筆記・卷十三・智勇之女》，頁372。

　　滇人徐鄰哉，因案星誤，有虧帑項，憂鬱以卒。親友奴僕皆星散，
惟遺孀人弱女，……求傭作女工。有人引入瘦馬家，不知也。其家
以老嫗主政，家人婢僕數十人咸尊之曰：「老太太」，教師十餘人，
諸秀女各有所業，稱嫗為母、為祖母、為老老者，莫不嬌容麗質，
舉止安嫺。……其雇徐孀人教株女刺繡耳，見其帶女來，年甫十三
四，秀外慧中，超越諸女之上，嫗甚憐之，因俾母女與己共食，易
女以時服，囑同諸女入塾讀書。荏苒三年，女已及笄，囑嫗為之擇
婿。未幾，報某公子欲相女……遂裝徐女欲出，女拉孀人，俯首入
謂嫗曰：「如此不堪，必非正配，我不願也。」嫗笑曰：「汝家一貧
至此，誰與為婚？若母隨女嫁，則終身吃著不盡，而我亦藉沾餘潤，
非一舉而兩得乎？」孀人亦怒曰：「如爾所言，直瘦馬家所為耳。」
嫗聞道破其情，微哂曰：「汝母女縱有廣大神通，亦跳不出我範圍
也……汝女猶我家婢，能不我主耶？」女益大啼覓死，嫗叱群婢縛
之空房，立逐孀人出。孀人忿甚，問入縣之途，欲鳴諸官。遇一嫗，
詢得其情，笑曰：「汝一窮寡婦，思與瘦馬為敵，只取辱耳！彼非金
錢充塞衙門，吏役相與狼狽，焉敢公然作是業耶？」孀人曰：「依汝
所言，則無生路矣。」嫗曰：「勿急，我係官媒，汝既有針工之能，
可覓一大衙門作活，日與夫人習熟，乘便訴苦衷，或有濟也。」夫
人見其舉止端方，喜而留之，命伴女公子刺繡，孀人委婉教導，女
公子亦喜，願與同臥起。孀人恒思憶其女，中夜涕泣，女公子詰得
其故，轉達其母。夫人為制軍言之，制軍怒，立召府縣官至，面叱
之曰：「地方容留人販，失察之咎，已無可辭。甚至霸占宦室之女，
為地方官者，昏憒無知，所司何事耶？」勒令密緝嚴就，即率役親
詣瘦馬門，合圍而搜之，男婦及女咸獲，緣出不意，無一脫逃者。
發諸女歸其家，送徐女入院署，與母團聚。〔註31〕

向來囂張行事的瘦馬家，沒有料到竟會敗在婦道人家手中，徐母所憑藉的，
除了救女心切外，還有不肯輕易屈服惡勢力的毅力與勇氣，才能揭發瘦馬家
的惡行。

〔註31〕見（清）吳熾昌著：《客窗閒話初集・卷四・瘦馬》（見《清代筆記叢刊（四）》），
　　　　頁 3368～3369。

四、見義勇為

從上述各例中，已見不少女中豪傑的形象，她們不僅有婉約的一面，也具有俠義心腸，扶危濟困。今舉《右臺仙館筆記卷十四》為例：某位剛在客棧裡產下一子的婦女，聽到鄰房嬰孩哭啼不止的聲音，主動前往關懷，詳問之下，得知是產婦無乳可哺，於是她將自己的兒子交給他人餵哺，以己乳餵哺此婦之子，令此婦家人十分感激，想要回報她，可是這名婦人卻堅持不肯接受：

> 蓮溪為廣東縣令，未久即卒，其妻方孕，而宦橐蕭然……乃扶柩北歸，將依其君舅。行至湖南，休於逆旅，而其妻產一男。以本無子，得之甚喜，然苦無乳，兒日夜啼，妻亦抱兒而哭。逆旅之鄰舍有婦人，來視之，曰：「患無乳邪？何不雇一奶婆？」妻曰：「糧資匱乏，尚俱不足以達所屆，能議及此邪？未亡人止此一塊肉，兒死我亦死矣！」婦聞之大不忍，久乃言曰：「吾家幸溫飽，固非為人作奶婆者，然聞若言，吾心戚然。吾生一子，甫數月耳，願以吾食若子。雖然，必歸而告于夫。」其夫怒曰：「吾家幸溫飽，豈為人作奶婆哉？」婦曰：「固也，然此兒死，其母亦必死，母子二命所關，豈容坐視？我則既言矣，君無阻我。」乃囑其子于他人使乳之，而自從戴妻以行。戴妻問月需錢若干，至中州當言于大人，必如約。婦怒曰：「吾豈為人作奶婆哉？哀汝耳。」雖自忻還楚，舟車之費吾亦自具，不需汝錢也，行矣，無多言。」遂發湖南。道湖北而至于汴，蓮溪夫婦皆感泣曰：「微此婦，吾得有此孫邪？」厚酬之，竟不受。〔註32〕

江西地區，行人多需靠舟船往返，上賊船的機率也很高，這些賊人名為舟子，等到船行水中央就現出真面目，謀財害命。高繼衍在《蜨階外史·卷三·俠女》裡說，有一位正要返鄉娶妻的公子，身上帶了不少錢，但不幸上了賊船，等他上船知道後，擔心不已，就在舟子停泊某處、上岸採買時，公子開窗看到鄰舟的女子，女子見他美丰姿，卻額眉深鎖，便主動問他原由，公子告訴她，自己發現坐上賊船，恐命不保等事，女子替他設想妙計，保全了公子的財產與性命：

> 某挾重貲，將就婚江西，岳家亦巨族也。既登舟，聞舟子耳語，夜聞磨刀霍霍，覺為盜，待空曠處未發也，意慍見於面。一日，舟子

〔註32〕見（清）俞樾著：《右臺仙館筆記卷十四》，頁297～298。

登岸購食物，某守舟，開窗見鄰舟一女子……曰：「觀子丰采軒翁，
何憂之深也？」……某以情告。女曰：「以資寄我舟，偽為疾作者，
命僕作尋藥狀，傾筐倒篋以示舟人。彼見無資，其謀必寢。我父某，
居某城某巷，子過我，當以原資反璧，我救汝命，非有他意。」某
念不從禍必及，因盡出所攜三千金畀之。時女父及長年均上岸，既
歸，鄰舟遂發。某如女教，舟子見箱篋盡露，衣服書券外無長物，
謀果寢。抵某處，舍舟問女家，詩禮族也，詣女父索金，女父愕然。
　女自屏後出曰：「良有之，我為若救命，非有他也。」〔註33〕

在重視閨訓禮教的清代，此女行事作風誠然會遭非議，但她的正義感與勇氣，
早已超越世俗價值觀所能衡量。

　　清代不論在法律或社會風氣上，都極度保護夫權至上，事事由男性作主，
女性只是男性的附屬財產，可是從故事中，看到這些婦女的機智與處世智慧，
不僅保全自己，甚至在家庭扮演著轉危為安的角色，也展現出智、俠、勇的
性格。這對事事以禮教箝抑女子的清代社會，是諷刺也是警惕。

第二節　訟師的形象與影響力

　　《說文解字》對「訟」字解為：「從言從公。〔註34〕」推之，訟師本為主
持公道之說詞，但在清代，除了能見到伸張正義的好訟師外，還出現更多詭
辯訟師及其集團，打著協訟名義，實行斂財之事，影響社會甚深。

壹、訟師角色與發展

　　「訟師」的性質，像是現在的律師。舊時百姓多不識字，或識字不多又
不熟法律，若遇訟案，必須請村裡間識字有學問者代寫訴狀。對「訟師」來
說，他們是基於鄉民不能自寫狀子而產生，另一方面，也是讀書人入仕無門，
為了謀生，替人代寫訟狀賺錢。因其對官府行事與法律較熟，所以漸漸發展
成一股勢力。

　　《唐律疏義‧卷二十四》第九條規定：「諸為人作辭牒，加增其狀，不如

〔註33〕見（清）高繼衍著：《蜨階外史‧卷三‧俠女》，頁3984。
〔註34〕見（漢）許慎撰、（清）段玉裁注：《說文解字注‧三篇上‧言部》：「訟，爭
　　　　也，公言之也。《漢書‧呂后紀》：『未敢訟言誅之。』鄧展曰：『訟言，公言
　　　　也。』」（台北：天工書局印行），頁100。

所告者，笞五十。〔註35〕」又其疏義曰：「爲人僱請作辭牒，加增告狀者，笞
五十。〔註36〕」可知當時已經有代人作書牒的職業。《宋史・地理志第三十八》
稱：「登、萊高密負海之北，楚商兼湊，民性愎戾好訟鬥。〔註37〕」根據沈括
（西元 1029～1093 年）《夢溪筆談・卷二十五・雜誌二》所言，北宋已出現
訟師的教科書了：

> 世傳江西人好訟，有一書名《鄘思賢》，皆訟牒法也。其始則教以侮
> 文，侮文不可得，則欺誣以取之，欺誣不可得，則求其罪（以）劫
> 之。蓋思賢，人名也，人傳其術，遂以之名書，村校中往往以授生
> 徒。〔註38〕

南宋時，訟學蔚爲風氣，宋眞宗景德年間，《袁州府志・卷十三》載江西知府
楊侃即言該地：「編戶之內，學訟成風，鄉校之中，校律爲業。」在鄉校裡，
有些鑽於法律者，培養出「引條指例而自陳」的能力，並接受百姓委託起訟〔註
39〕。周密（西元1232～1298 年）於《癸辛雜識集上・訟學業嘴社》載，「業
嘴社」就是當時專門教人訟學的學校專稱：

> 江西人好訟，是以簪筆之譏。往往有開訟學以教人者，如金科之法，
> 出甲乙對答及攻奸之語，蓋專門於此從之者，常數百人，亦此可
> 快……又聞擴之松陽有所謂業嘴社者，亦專以辯捷給利口爲能，如
> 昔日張槐應，亦社中佼佼者焉。〔註40〕

《宋會要輯稿・刑法》載南宋開禧年間：「州縣之間，頑民健訟，不顧三尺。
稍不得志，以折角爲恥，妄經翻訴，必僥倖一勝。……技窮其又敢輕義妄輕
朝省，無時肯止。」又於《宋會要輯稿・刑法二》第一五〇條言：「江西州縣
有舍席爲教書夫子者，聚集兒童授非聖之書，有如四言雜字，名類非一，方

〔註35〕見（唐）長孫無忌等撰、劉俊文點校：《唐律疏議・卷二十四》（北京，法律
　　　　出版社），頁 479。
〔註36〕見（唐）長孫無忌等撰、劉俊文點校：《唐律疏議・卷二十四》（北京，法律
　　　　出版社），頁 479。
〔註37〕見（元）脫脫等撰：《宋史・地理志第四十二》（北京：中華書局），頁 2208。
〔註38〕見（宋）沈括撰，胡道靜校注：《新校正夢溪筆談・卷二十五・雜誌二》（北
　　　　京：中華書局），頁 252～253。
〔註39〕見「中國傳統法律文化的形成與轉變研討會」之論文邱澎生：〈明清訟師的官
　　　　司致勝術〉，台北：中研院史語所，2006 年 12 月初版，頁 3～4。
〔註40〕見（宋）周密著：《癸辛雜識續集上・訟學業嘴社》（見《宋元筆記小説大觀
　　　　（六）》），頁 5800。

言俚鄙，皆詞訴語。」可見訟師行業到了宋代已很盛行，還發展出訟學，有專門教師與讀本。

明清以降，人們好訟成風。清康熙五十九年，浙江知縣張我觀在《覆翁集‧刑名卷一》寫道：「本縣於每日收受詞狀一百數十餘紙……究之實跡眞情，十無一二。」雍正年間，任職於廣東的藍鼎元在其所著《鹿洲公案‧五營兵食》寫道：「余思潮人好訟，每三日一放告，收詞狀一二千楮，即當極少之日，亦一千二三百楮以上。〔註41〕」除此，乾隆五十二年，汪輝祖（西元1731～1807年）於《病榻夢痕錄卷下》載其任湖南省知縣時，三八放告之日，每天收受二百餘份狀詞。然而，根據光緒年間《湖南通志》統計，嘉慶二十二年，寧遠共有兩萬三千三百六十六戶，每年約有一萬份訴狀；箱鄉縣有七萬七千千百五十戶，每年有近兩萬份訴狀，可見清人健訟的情形。

乾隆年間，萬維翰在《幕學舉要》裡，曾對南北方訟師做了比較：「北省民情樸實，即有狡詐，亦易窺破；南省刁點，最多無情之辭，每出意想之外。〔註42〕」反映當時訟師已遍佈各省。較爲特別的是，清代的訟師不惟男性，也有女訟師。曾衍東於《小豆棚‧卷八‧閨閫部‧疙瘩老娘》說，在湖州地區，有位人稱「疙瘩老娘」的婦人，善刀筆，遠近馳名，凡是久訟不結者，只要她數句話即能改變，也因此賺了不少錢：

> 湖州有婆婦，號疙瘩老娘。能刀筆爲訟師，遠近皆耳其名。凡有大訟久年不結者，憑其一字數筆，皆可挽折，雖百喙不能置辯。因之射利，計利厚則菲理甚。邑有富甲之媳，早孀，欲改適，翁不許，強其貞守。媳于老娘。老娘索其一千六百金，弁其狀十六字，曰：「氏年十九，夫死無子，翁壯而鰥，叔大未娶。」官遂令其他適。會江北歲不登，人皆販米江南，江南之人閉。構訟洶洶，販者蜂擁，莫可爲計。有知老娘者，懇其一詞。索以三千金。詞今日入，而明日遂放糴焉。其全詞不錄，中有一聯云：「列國分爭，尚有移民移粟；天朝一統，何分江北江南。」浙人吳姓，家富有，蓄優伶。有伶人問吳曰：「如捉得竊賊，將何法而痛懲之？」吳曰：「有一法最妙，

〔註41〕 見（清）藍鼎元著：《鹿洲公案‧偶記上‧五營兵食》（見《叢書集成三編》），頁87。

〔註42〕 見（清）萬維翰著：《幕學舉要‧總論》（見《近代中國史料叢刊‧入幕須知五種》，文海出版社），頁21。

當倒懸之，用陳醋灌鼻孔中，則竊苦甚，詰其事，可無遁詞。」適
外村有監生某，太憨生也，不懂人事。一日觀劇於村，值夜人散，
監獨立場下，伶以爲竊，繫而問，不答，遂如吳法灌醋而死。鳴於
官，驗之，爲某村監生。官鞫伶，伶以爲受之於吳。復拘吳刑之，
遂承招焉。吳之子幕於豫，聞父難……求老娘。奉以多金，遂爲捉
刀。立就一詞。其詞中用意，引孟子言燕可伐一節，伐燕固在齊而
不在孟子云云。詞入乃釋吳，而定罪灌醋者。〔註43〕

訟師行業是爲了解人之危而興起，但不道德的訟師，趁人之危，敲詐一筆豐
厚的捉刀費，則是唾手可得的事，無怪乎人人欲爲。以致即使《大清律例・
訴訟・教唆詞訟》嚴格規定：若有教唆詞訟現象，輕則判刑，重則流放充軍〔註
44〕，可是在社會需求與利益誘惑下，仍有許多秀才、舉人、鄉約、保甲、豪
強等，或明或暗，來做這項工作，他們是官方口誅筆伐的對象，卻是民間有
糾紛時，最受倚重的一群，在興訟過程裡，扮演舉足輕重的角色。

貳、訟師的形象

　　《大清律令》基本上對訟師這一行業是禁止的，對於訟師和訟棍的態度
則有不同。從官至民皆認同訟師存在的必要性，他們能申張正義，協助調解；
至於詭辯翻案，甚至公報私仇的訟棍，則爲人唾棄。今就兩類形象說明之。

一、申張正義，協助調解

　　曾經在嘉慶年間擔任過幕府的王有孚，在《一得偶談初集》言：「于此而
得一智能之士，爲之代作詞狀，摘伏發奸……卒致冤者得白，奸者坐誣，大
快人心，是不惟無害於人，實有功於世……彼播弄鄉愚，恐嚇良善，從而取
財者，乃訟棍耳，安得以師字加之？余謂訟棍必當懲而訟師不必禁。」好的
訟師，的確能替人們解決糾紛困擾。丁治棠在《仕隱齋涉筆》裡說，有百姓
爭田，官判不合情理，訟師主動替冤者伸屈，讓縣官恍然大悟，立即還冤者
清白：

　　有民爭田界，繫甲之田塍，墮下乙田，甲齊墮處截爲界，約占乙丈

〔註43〕見（清）曾衍東著：《小豆棚・卷八・閨閫部・疙瘩老娘》，頁132。
〔註44〕見（清）沈之奇撰，李俊等點校：《大清律輯註（下）・大清律集解附例卷之
　　　　二十二・訴訟・教唆詞訟》：「凡教唆詞訟及爲人作詞狀增減情罪誣告人者，
　　　　與犯人同罪……俱問發邊衛充軍。」，頁841～843。

寬地面，乙不服，訟於官，福公（縣官）以爲就墮處築田塍，便而
近理，不計占界，轉斥乙誣……有訟師扛請復訊，挺身代乙伸屈：「此
界易明，小民當罕譬喻之。如堂上公案一幅地，甲界也；小民所跪
一幅地，乙界也；倘公案一倒，便占所跪地；如將公案移大堂外，
便占大堂許多地，有是理乎？理合將甲之田塍，仍歸甲界，不得因
其墮而佔乙若干界，方持平。」福公恍然悟。〔註45〕

清代對於民間的民事糾紛，多採息訟和解的態度〔註46〕，調解人除了鄉紳地
保、親族中的長者外，一些聲望較好的訟師也會被委託做調解人。《清稗類鈔‧
獄訟類‧吳墨千爲人釋訟》裡寫著，某富室爲了侵吞他人未賣斷的財產，於
是作了僞券，還請人仿刻相同的圖印，使受害者難以申辯，可是訟師發現僞
狀，一番說詞後，讓富人心服口服：

某富室欲吞未賣絕之活產，而業重價輕，未及三十年，無可解說。
乃覓一故紙，仿正找兩券，僞作一絕據，筆墨濃淡，均極相符，更
倩人摹舊契圖印之。臨審呈驗，失業者無以辯也。吳從掌案索觀，
反覆良久，密告曰：「僞也。」即爲申訴，謂：「民家契券，既不可
懸之於壁，又不可鋪之於几，則藏之篋，復慮其污且損也，則夾之
書中，故疊侵焉；然蠹痕必重疊，斷無能東西穿穴之理。今此契折
紋，與蛀穴差參，殊不可解，祈明府吊取藏券之器以對之，則情僞
畢顯矣。」富豪無可呈，乃放贖。〔註47〕

可見，訟師這行業對人們而言，是具有正面法律諮詢與協助的意義與價值。

二、詭辯翻案，圖謀厚利

在清代社會裡，充斥更多打著訟師幌子，實行斂財的訟棍，他們不明究
理，只要能有收入，就極盡所能翻案，讓死邢犯起死回生，讓冤者反受辱，
讓案情出現戲劇性發展。采蘅子於《蟲鳴漫錄卷一》裡寫，有一人與母舅爭
吵時，竟撞落其牙齒，舅舅非常生氣，怒告官府，外甥趕緊向訟師求計，訟

〔註45〕見（清）丁治棠著：《仕隱齋涉筆‧訟師猾吏》，頁143～148。
〔註46〕見（清）吳宏著：《紙上經綸‧卷五‧詞訟條約》：「凡民間口角細事，親鄰可
以調處，些微債負，原中可以算清者，不得架詞誣告。」又，（清）王又槐著：
《辦案要略‧論批呈詞》：「訟之未起，未必盡皆不法之事。鄉愚器量偏淺，
一草一木動輒競爭，彼此角勝，負氣構怒，始而投知族鄰地保，尚冀排解，
若輩果能善於調處，委屈勸導，則心平氣和，可無訟矣。」
〔註47〕見（清）徐珂著：《清稗類鈔（三）‧獄訟類‧吳墨千爲人釋訟》，頁1047。

師突然狠狠地咬他耳朵，幾乎快把他的耳朵咬下來。原本外甥很生氣，但經過訟師說明，恍然大悟，在公堂上表示，是舅舅咬他耳朵，才把牙齒咬斷的。縣官察看他的耳朵，搖搖欲墜，果符其說，此案也就平息了：

> 有擊母舅齒落者，舅怒訟官，甥急甚，投訟師求計，願酬多金爲謝。
> 訟師令辟耳向前，遽囓其耳，幾落，麾之出。某大悟，俟對簿時，
> 以舅囓耳，圖脫力猛，致齒落爲詞，獄乃解。〔註48〕

此「囓耳訟師」型故事，在明代馮夢龍《智囊補・雜智部・卷二十七・囓耳訟師》已有，對象不是甥舅，而是父子，判官覺得，「耳不可以自囓，老人齒不固，囓而墮，良是。」於是免子之罪〔註49〕。清中葉，俞蛟的《夢厂雜著・卷四・訟師囓耳》是清代較早出現這類故事的代表作，情節與馮夢龍所寫幾乎相同。

晚清的《清稗類鈔・獄訟類・訟師伎倆》，情節稍有變化，將「囓耳」改爲「噬指」，訟師是湖南的廖某事：

> 有某姓子者，素以不孝聞里中。一日毆父，落父齒，父訴之官。官
> 將懲之，子乃使廖爲之設法。廖云：「爾今晚來此，以手伸入吾之窗
> 洞而接呈詞，不然，訟將不勝。」應之。及晚，果如所言，以手伸
> 入窗洞，廖猛噬其一指，出而告之曰：「訊時，爾言爾父噬爾指，爾
> 因自衛，欲出指，故父齒爲之落。如是，無有弗勝者。」及訊，官
> 果不究。〔註50〕

這類故事傳到後來，往往與訟師「盛夏被裘」活脫自保的故事相結合〔註51〕，見於《仕隱齋涉筆・卷七・訟師猾吏》：

> 有馬貢生者，以健訟鳴，能出奇計，轉敗爲功，百無一失者。適有
> 富家子，淫蕩而驕，父責之，不受杖，轉傷父，墮其門牙。父怒，
> 首官，欲置之死。子告急於馬。馬曰：「此逆倫事，不易爲計，能酬
> 千金，當爲運籌。」如數許之。馬曰：「爾少年子，多食言，須先兌
> 銀，後畫策。如有失，我倍償之。」子回取銀，時當盛暑，再來，
> 見馬反著狐裘，坐書室中。燒火鍋，食熱麵，床几皆鋪豹皮褥。甚

〔註48〕見（清）采蘅子著：《蟲鳴漫錄・卷一》（見「筆」正編四冊），頁3692。
〔註49〕見（明）馮夢龍著：《智囊全集・雜智部・卷二十七・囓耳訟師》，頁683。
〔註50〕見（清）徐珂著：《清稗類鈔（三）・獄訟類・訟師伎倆》，頁1191。
〔註51〕此「盛夏被裘」故事，可見於采蘅子著《蟲鳴漫錄卷一》。

異之。馬檢銀數不差，復命子置皮褲上。乃曰：「計甚秘，當附耳言
之。」子側耳受計，馬遽咬穿其耳，血流滿頰。子大叫。馬曰：「勿
驚，即秘計也，爾當官言：『父杖我，且咬耳，我護痛急走，帶父撲
門限上，因墮齒，適不覺也。請官驗耳傷可證。謹祕勿泄。』」逮訊
期，如計言之，官驗耳傷，眞齒咬痕也。轉罵父老悖不仁，大失責
子之道，叱下堂去。父惡其計之毒也。見子下，扭其髮詈曰：「誰代
作計，不言其人，當捶爾死。」子受逼不堪，以馬貢生告……立喚
馬赴案。馬故著亮紗袍服，涼帶扇插，氣咻咻若甚畏暑者，跪堂辯
曰：「誰受爾賄？千金不易，必有兌銀人與兌銀地。」子供銀交馬手，
且證以狐裘、火鍋、皮褲等情。馬笑曰：「此何時哉？局著狐裘，食
火鍋，且置銀皮褲上，眞狂妄之論也！」官怒其悖謬，呵逐父子去，
以和言諭馬歸。此不惟計之工，且防之預。眞訟師中妙手空空兒也。
〔註 52〕

民國以後續見流傳，近年於四川、浙江、河北、寧夏等地也採得這型故事〔註
53〕。故事內容多數承襲清代，但有些地區流傳的故事，後續增添「父子反受
責」情節，招供訟師授意的原因不是被父責罵，而見不忍見父受責，較具親
子情感張力。以流傳於寧夏的〈財主父子〉爲例：王財主父子因小事打架，
結果被兒子打落兩顆牙齒，氣得王財主告上公堂，兒子求救於訟師，最後法
官判責父親，兒子聽見父親哀嚎，心生不忍，趕緊招供是訟師授意，判官於
是把訟師找來嚴斥一番，訟師活脫自保，到最後竟是父子受責，訟師銀兩賺
得：

王庄有戶財主，父親叫王老財，兒子叫王小財。有一天，父子倆爲
件小事打起來，老財年老體弱不能支撐，被小財一甩胳膊碰掉了兩
顆牙……實在氣得不行，就拿著牙到縣衙去喊冤告狀。……王小財
被傳……兩眼翻來倒去想著咋樣應付。猛然，他想起村中老秀才常
有法先生，就拿上十兩銀子慌忙去找，請常秀才給自己出個主意。
他低頭想了一下，說：「好，你一會兒來。」過了一個時辰，小財來
了，進門一看，常有法身穿皮襖，頭戴棉帽，正懷抱火爐，手捧西
瓜大口吃呢。常有法見王小財來了，慢慢放下西瓜，推開火爐說：「你

〔註 52〕見（清）丁治棠著：《仕隱齋涉筆・卷七・訟師猾吏》，頁 145～146。
〔註 53〕見金榮華著：《民間故事類型索引（中冊）》（型號 997），頁 442～443。

俯上耳來聽我給你教法。」王小財忙把耳朵貼到常秀才嘴邊，常秀
才朝他耳朵上狠勁咬了一口，說：「我吃不了人，可保你官司打贏。」
最後，如此這般地給小財教了辦法。次日知縣升堂，王小財哭訴著
說：「老爺在上，小民不敢扯謊，我父的牙不是我打的，是他咬住了
我的耳朵，我疼痛時，一甩頭給碰掉了，現有耳傷爲證，請老爺明
察。」知縣一看過然如此，沒等老財辯解，衙役便把他拉下堂重打
開了，王小財聽見堂下板子響，父親直聲嚎叫時，父子之情難割，
急忙跪到堂前說：「老爺，都怨我上了別人的當，是常有法老賊讓我
欺騙老爺，才那樣講的。」常有法被傳到堂前，裝作吃驚的樣子：「老
爺，這話不知從何說起？小人近日不曾見過小財之面，請老爺傳令
王小財當面對質。」王小財被傳到堂上，把他去常有法家看見的奇
事直到咬了自己耳朵經過說了一遍，常有法接口說：「此時正值炎熱
夏日，暑氣逼人，哪有穿皮襖、戴棉帽，烤火爐之理？」縣官一聽
又覺得有理，把王小財判了個誣告之罪，又打四十大板。〔註54〕

訟師翻案不只其一，吳熾昌於《客窗閒話初集・卷二・書訟師（二則）》中說：
有位父親控告兒子忤逆，兒子很擔心，私下以重金賄賂訟師，請求脫罪方法。
訟師問他是否娶妻？兒子說有，於是訟師在他兩手手掌內寫下幾行字，並教
他如何應對，結果公堂上，判官反而罵了父親：

> 有父訟其子忤逆者，子大恐，持重金投師。師曰：「子無訴父理，奚
> 以救爲？」子出金跽請，師曰：「汝有妻乎？」子曰：「甚少艾。」
> 曰：「汝能書乎？」曰：「予曾應同子試，亦能書。」師受其金曰：「得
> 之矣。汝試作數字。」子書以示之，師熟視曰：「汝轉背反手向，予
> 試書符，汝手握之，見官云云，則無患矣，第不得私視掌……」子
> 諾，聽其書畢，亟握而去，自投公堂。官果亟問，子痛哭不對。官
> 怒呼杖，子如師教，膝行而前，舒掌向官，官視其左手曰：「妻有貂
> 蟬之貌。」其右手曰：「父生董卓之心。」官擲筆與之曰：「書來。」
> 子書以獻，官對其掌，字跡相同，遂叱其父曰：「老而無恥，何訟子
> 爲！」〔註55〕

〔註54〕見《中國民間故事集成・寧夏卷・財主父子》，頁 429～430。
〔註55〕見（清）吳熾昌著：《客窗閒話初集・卷二・書訟師（二則）》（見《清代筆記
　　　　叢刊（四）》），頁 3357。

對腹有文墨的訟師而言，在狀詞上作文章，翻案並不難。《清稗類鈔・獄訟類・訟師伎倆》故事裡的訟師，輕輕一筆，讓原本的殺人案，轉為誤殺案，犯者因而減等免死：

> 王振齋與李子仙善，旬日必相見。振齋好武藝，善舞刀，子仙欲就學之。一日，訪振齋。留飯，餐畢，振齋出新購倭刀與觀，刃犀利，蓋新出於硎者，相與摩擦玩賞。振齋樂甚，持而舞之，子仙欣羨不已，自其手奪之而效顰焉，用力過猛，偶不慎，及振齋頸，殊焉。振齋之家屬以子仙用刀殺人控於官，將論抵。子仙知之，謀於訟師。訟師為改「用」為「甩」，獄上，遂減等免死。蓋「用刀」為有心故殺；「甩刀」為無心誤殺也。甩者，手不經意而滑，以致傷人也。
> 〔註56〕

這些訟師不只運用小聰明翻案、主導案情發展，他們與衙役等也保持一定關係，互惠往來，裡應外合，讓案情逆轉，為害社會甚深，以致藍鼎元形容這群訟師如田之害蟲：「稂莠不除，必害嘉禾。合訟師、闒寇、鬼蜮為一身，此則田間之螟、螣、蟊、賊（四種吃庄稼的害蟲，螟吃心，螣吃葉，蟊吃根，賊吃節），難以一日姑容。」〔註57〕

在《客窗閒話初集・卷二・書訟師（二則）》還有一故事則是，有一富裕人家，男主人早逝，少婦發生外遇，被族人當場捉奸在床，雙雙縛送官府。奸夫的妻子得知後，連忙求訟師救她丈夫，訟師要奸夫的妻子披髮易裝，並在三更時，帶她去衙門。結果到了第二天開庭時，奸夫供稱與他同床的是髮妻，因與亡者有朋友之誼，前來照顧遺孀，又恐人非語，所以與妻同來、判官把人犯帶出，大家一看，竟然真的不是那名寡婦，雖知被調包，亦無從申辯，當然訟師也獲得了厚謝，其關鍵點在於訟師與衙役間的曖昧關係：

> 某生者，與同村之富室某姓中表也，素為司會計，某富室夭亡，僅遺少婦而無子，族人知其少艾，必不能安於室……賄僕婢以伺之，婦果與生通，始猶朝至暮歸，繼則與婦同寢處矣。族人得確耗，約僕婢啟關，群闖入寢室，生與婦皆裸臥，不及遁，連臥具卷而縛之，送入城。喧傳村落間，生之妻聞信大恐，亟叩訟師之門而求救。師曰：「奸已執雙，核從置辯？能從我計，尚可為也。」……乃囑其披

〔註56〕見（清）徐珂著：《清稗類鈔・獄訟類・訟師伎倆》，頁1194。
〔註57〕見（清）藍鼎元著：《鹿洲公案・偶記下・豬血有靈》，頁147。

髮毀裝，喚健婦扶而去之，其時漏三下，晚衙已閉，巡邏之役，見
執姦至者，諭令姑停班館，伺早衙呈報，於是安置生婦於密室，而
群坐外室以待旦。師密持重金，偕生妻飲泣而來，役識訟師，僉曰：
「先生何爲暮夜至此？」師指生妻曰：「是爲予外妹，所執之男子，
其夫也。妹誤謂殺姦，其夫已死，痛不欲生。予曰執姦者爲族人，
焉敢殺，妹不信，必欲一睹夫面。故偕來。」語次，以金授役，役
笑曰：「爲先生妹，請至密室觀之，無恙焉。」健婦扶妻入。未幾，
天曙，傳呼放衙，師呼妹出，仍披髮掩面，喚輿送歸。無何，官升
座，訟者入告，命役將生與婦入幃而給衣。生出，詰之曰：「儒者作
姦犯科，可乎？」生曰：「夫婦居室，人之大倫，何爲不可？」官曰：
「被執者是汝妻耶？」生曰：「然。」官曰：「安得同宿某家？」曰：
「生與某姓至戚，向爲司事，戚某死，其婦少寡，生欲別嫌，是以
偕妻同居，不意族人誤執也。」遂喚生妻出，眾見非婦，氣餒而不
敢辯⋯⋯夫婦二人歸，厚酬訟師。〔註58〕

按理，故事中這對發生不倫關係的男女，當下被人捉姦在床，承如訟師之言：
「姦已執雙，何從置辯？」人證確鑿，幾乎是不可改變的和姦案，但訟師仍
替某生妻想出另一計謀，即是透過另一層關係來完成。當訟師與役吏見面時，
役吏故作嚴肅問其來意，當訟師遞上金子後，役吏的表情有了百八十度轉變，
面露微笑，彼此心照不宣，還故意給了訟師台階：「既爲先生妹，請至密室觀
之。」一語已默許了訟師翻案的行爲。沒有役吏的掩護，這樁案件也不可能
有扭轉機會。

因此，汪輝祖在《佐治藥言・地棍訟師當治其根本》裡即提到，必使吏
役畏法，才能解決訟師地棍爲惡之惡行：

> 唆訟者最訟師，害民者最地棍。二者無去，善政無以及人。然去此
> 二者，正大復其難。蓋若輩平日多與吏役關通，若輩借吏役爲護符，
> 吏役借若輩爲爪牙。遇地棍訛詐、訟師播弄之案，徹底根究一二，
> 使吏役畏法，則若輩自知斂跡矣。

三、見利起訟，叫唆殺人

訟師的出現，本爲協助人們處理訟案，不過，有訟師眼見有利可圖，即

〔註58〕見（清）吳熾昌著：《客窗閒話初集・卷二・書訟師（二則）》，頁3357。

使人們無意興訟，訟師卻故作熱心，主動替人打抱不平，實際上是想敲一筆竹槓。《清稗類鈔·獄訟類·訟師陷賢婦案》中，某賢媳與公公相依爲命，公公嗜賭，被媳婦婉勸幾句後即失蹤未歸，不久鄉里河畔即漂來一具無名屍，年紀、裝扮類如賢媳之公公。訟師見賢媳娘家頗有財富，故意慫恿眾人告官，且主動寫狀詞，以爲能引來賢媳娘家出資息事，沒想到卻斷送無辜性命：

> 某鄉有村翁者，其子出外貿易，留媳於家。媳素賢，日以織紉佐炊，翁坐享之，無所事事，恆與村人賭博，負則取償於媳，習以爲常，媳亦不較也。一日，媳小病停織，語其翁曰：「我手力所入有限，以資薪水則僅可，以供博負則無餘，此後翁可稍節賭否？」翁默然。是日微雨，飯罷，攜傘徑出，至夜不歸。媳疑之，既三日不返，媳愈疑慮，乃向鄰里告以故，囑代覓之。會連日陰雨，河流暴漲，有鄰人來告媳曰：「頃河中有一浮屍，旁有破傘，盍往驗之？」媳急往視，則爲六十許老人，果翁也，乃呼號欲絕，觀者憐之，代撈之殯殮。適里中有監生某，虎而冠者也，知其家固貧，而其外家頗殷實，思藉此詐錢，昌言於眾曰：「此事能不報官而遂了乎？」里中無應之者。某素習刀筆，乃以媳怨言逼翁投水鳴於官。拘媳嚴訊……遂誣服，案遂定。棄市日，其翁適自外歸，仍攜傘，途中聞其媳將以冤死，亟奔法場，以無及矣。〔註59〕

這類訟師即名符其實的訟棍，興風作浪，惹是生非，但像這樣的訟師在清代社會卻時時可見。

　　爲了助人順利脫罪，訟師也會叫唆殺人。這類故事架構爲，某人捉奸時將外遇的妻子殺死，奸夫逃走，某人恐獲罪，求助訟師。訟師索重金後，叫唆某人另殺一人，李代桃僵，某人從其計，果脫罪，可是被枉殺之人，竟是訟師自己的兒子。此型故事最早見於《夢厂雜著·卷四·訟師果報記》：

> 新昌有張二子者，貨薪乳爲業。一日晚歸，見妻與鄰人通，怒殺其妻；鄰人奪門逸去。諺有殺奸必雙之語，惶佈無策。里人陳某，訟師之黠者，因罄囊謀之。陳笑曰：「此易與耳。明日昧爽，有詰薪漿者，紿使入室，揮以白刃，孰能起死者而問眞僞乎？」次早，有少年叩門求漿，殺之，則陳子也。〔註60〕

〔註59〕見（清）徐珂著：《清稗類鈔（三）·獄訟類·訟師陷賢婦案》，頁 1035～1036。
〔註60〕見（清）俞蛟著：《夢厂雜著·卷四·訟師果報記》，頁 703。

道、同、光年間流傳故事裡，以《履園叢話・卷十七・地棍子被殺》與《涼
棚夜話・盛某惡報》內容最接近〈陳某果報〉。但，〈陳某果報〉中的訟師只
要求助者找一買早餐者當替死鬼，而《此中人語・卷三・果報》裡的訟師則
是要求助者設一誘餌，誘人入甕，把訟師險惡的一面描寫得更生動：

> 楊曰：「事以至此，不得不然。君速歸，取銀一錠置桌上。如有人竊
> 取，可殺之作奸夫用。」甲如其言，回家靜候之。崇明風俗，凡人
> 行路困乏，所過人間無論是否相識，俱可進內稍息。甲待至二更，
> 有一人攜燈冉冉而至，甲極喜，果見其人入室自坐，甲出其不意，
> 自套間中突出殺之。請楊來同議此事，揚見尸不禁大慟，蓋所殺即
> 楊之子也。〔註61〕

清末《清稗類鈔・獄訟類・訟師伎倆》與〈果報〉篇相近，但在結局的地方，
添加「官知實情，輕判殺人者，令其厚葬枉死者」的情節：

> 楊甫至，急視尸，細審之，不禁大慟，蓋所殺者爲楊之子也。楊子
> 久客經商，與甲素不相識，值省親歸，遂爲甲所誤殺矣。楊僅此一
> 子，哀號而絕。甲不得已，詣縣自陳。縣宰廉其情，知楊咎由自取，……
> 笞甲而釋之，令爲楊子厚葬焉。〔註62〕

最具戲劇張力的，則是道光年間，胡文炳所著《折獄龜鑑補譯注・卷三・犯
奸・賣兒田》，故事的角色則是出自回人：

> 桃源河北有大市廛曰眾興，其地多回回人，尤多飲博無賴子。一哈
> 姓叟惟事宰牛，設肆販過客之同教者。生子名烺，娶教中馬姓女，
> 兩小頗相愛。女家居崔鎮，女忽思暫歸省雙親，烺不忍拂，告諸翁。
> 翁命以腌牛脯肝肚零星橐而付女，攜奉伊親爲御冬旨蓄。女行至中
> 途，天忽雪……旁有土地祠，門開，可暫避。趨入，見有安東少年
> 推下澤車者，已前在焉。女睗少年美於其夫，心愛好之。夜即潛就
> 少年寢，女更分贈橐中物，曰：「以此表奴心。」少年受之，亦不及
> 問姓氏居址，匆匆分手，女向西，少年向東。抵眾興時，已卓午，
> 見哈叟飯館甚雅潔，停車門首，趨索酒飯，自以女所持贈者索鸞刀
> 縷切下。酒店主人潛視客所啖者，似自家所市脯，乘間問客所攜何
> 處來，客笑曰：「大便宜。」縷述昨宵事。主人聞之色暴變，其父曰：

〔註61〕見（清）程麟著：《此中人語・卷三・果報》（見「筆」正編七冊），頁3651。
〔註62〕見（清）徐珂著：《清稗類鈔（三）・獄訟類・訟師伎倆》，頁1192～1193。

「客尚欲行邪？日已下舂，曷權就敝廬一止宿？僕愛友，絕不較房值也。」須臾酒醒，照日壁環掛牛骨角，累累縷縷然，憶主人乃回教，昨宵私媾者莫非其兒媳？然則昨醉語泄，殆幽我於此，潛殺機與？愈想愈真愈恐懼，急吹燈潛挖壁洞，蛇行出，其子當客寢時，已衷刃衣內奔外家，逕招其妻，挈之急走，閉戶遽抽刃從背後斬之。翁見之，急破耳室門，索客杳無跡，視葦壁有洞，知逸去。始審曰：「殺奸殺雙，頃只斬爾婦，奈何？」子亦無計，翁囑其子堅閉門，坐守尸，自往求計于鎮之某先生。踵門告曰：「事已至此，但求妙算活吾兒，河口有二頃膏腴田，方如印；乃集數十年殺牛之資，計六百金購得者，願爲公壽券在此不吝也。」某即慨受其田，曰：「得之矣！鎮中茸蹋兒好夜博，五鼓始歸。爾夜開半扉而半掩之，露小燈光，爾父子抽刃掩門後，無論何人，若瞰燈入吸淡芭菰，起執而斬之。但有雙骸髏，頸血模糊，誰辨之邪？」──翁喜歸，果如某言伺之。甫四更，即有一人，逡巡門外，遽掩入，甫以短煙筒出向火，其子之刀已飛去，挑兩首入城報邑宰，宰即來驗，觀者如堵，眾視女尸果浪婦，男尸非他，某先生長子也。官呼某來，諭即認尸領葬，疑必肆鬧，而某竟服貼領去，惟掩淚恨子之不肖矣。宰歸，欲根究之，司閽者偵知所以，蓋某心豔咍叟田，授以計，而未告其子，亦萬無料其子是夜適博歸，過肆門，即刀下死也。〔註63〕

訟師貪圖厚利的醜相，其子不肖，人物塑造上，或有著「有其父必有其子」的諷刺效果，角色互動對話，也較他篇來得生動。

　　許多訟師仗著聰慧狡黠，顛倒公案黑白，從中圖利無數，但賺得世間財，卻罔顧義理，最後禍延親人，得失之間，唯有己心知。紀昀在《閱微草堂筆記・卷十・善訟者構思》裡，即諷刺訟師用盡心機，替人遍打官司，卻難料造化一算：

有善訟者，一日爲人書訟牒，將羅織多人。端緒繳繞，猝不得分明。欲靜坐構思，乃戒毋通客，并妻亦避居別室。妻先與鄰子目成，家無隙所，窺伺歲餘，無由一近也。至是乃得間焉。後每構思，妻輒嘈雜以亂之，必叱使避出，襲爲例；鄰子乘間而來，亦襲爲例，終

〔註63〕見（清）胡文炳撰，陳重業主編：《折獄龜鑑補譯注・卷三・犯奸・賣兒田》，頁418。

其身不敗。歿後歲餘，妻以私孕爲怨家所訐。官鞫外遇之由，乃具吐實。官撫几喟然曰：「此生刀筆巧矣，烏知造物更巧乎！」〔註64〕俞蛟有感而發表示：「夫朝廷以三尺法付有司，使彰善鑱惡，以菹斯民庶，惡者知懲而善者知勸，乃奸回巧詐，逞其伎倆，以撓國家之法，使是非曲直，無從辨甚，至生者負疚，死者含冤，其害何可勝道？若而人謂能幸免王章，復逃陰譴，則天公夢夢尚可問乎？〔註65〕」圖利訟師擾亂綱紀，縱然國法難治，亦難逃陰譴，獲報尚有餘辜。

參、訟師的特質

　　王又槐在《辦案要略·論批呈詞》提到訟師常用的技倆有：「訟師技倆，大率以假作眞，以輕爲重，以無爲有，捏造妝點，巧詞強辯；或訴膚受，或乞哀憐；或囑證佐祖覆藏匿；或以婦女老稚出頭；或搜尋舊據抵搪；或遷告過跡挾制；或因棄據呈詞內一、二字眼不清；反復執辯；或捏造、改換字據；或串通書奈擱；或囑托承差妄稟，詭詐百出，難以枚舉。」大抵在人們口中的訟師，評價總是負面多於正面，但不可抹滅的是，他們在社會扮演某種程度的重要角色，讓官民愛恨有加，他們的行事作爲有共通特質，留予人們深刻印象。就清人筆記觀之，訟師們表現出的特質有：（一）以法制法；（二）活脫自保；（三）公報私仇；（四）洞悉事理，熟稔人性；（五）狀詞縝密，百無一疵等。

一、遊走法律邊緣

　　訟師要助人訴訟，須熟悉國家律法，找出對求訟者最有利的說詞，所以他們常遊走法律邊緣，以法制法，讓求訟者重案輕判。《清稗類鈔·獄訟類·訟棍技倆》也有一則嫁禍他人的案件：

> 訟師龔某多譎計，有以醉誤殺其妻者，蓋酒後持刀切肉，妻來與之戲，戲扺其頸，殊矣。大驚，問計於龔，龔曰：「汝鄰人王大奎者，狂且也，可誘之至家刃之，與若妻同置於地，提二人之頭顱而詣官自首，則殺奸而斃妻，無大罪也。」〔註66〕

〔註64〕見（清）紀昀著：《閱微草堂筆記·卷十·善訟者構思》，頁280。
〔註65〕見（清）俞蛟著：《夢厂雜著·卷四·訟師果報記》，頁703。
〔註66〕見（清）徐珂著：《清稗類鈔（三）·獄訟類·訟師技倆》，頁1195。

觀此則案件，起於殺人案，但訟師教以嫁禍他人，嫁禍的理由則歸咎於奸情，案情有了大逆轉。

據《大清律例・人命・戲殺誤殺過失殺傷人》規定：「因戲而殺、傷人，及因鬥毆而誤殺、傷傍人者，各以鬥殺、傷論（下有小字註：死者并絞，傷者驗輕重坐罪）。〔註 67〕」但在《大清律例・人命・殺死姦夫》條亦言：「凡妻妾與生姦通，而（本夫）於姦所，親獲姦夫姦婦，登時殺死者，勿論。〔註 68〕」若殺害對象是姦夫，殺人重罪可脫成無罪。然而殺人本應償命，不論是誤殺、戲殺均不可免，所以訟師將案情導向姦殺，但因若「本夫登時姦所獲姦，將姦婦殺死，姦夫當時脫逃，後被拿獲到官，審明姦情是實……將姦夫擬絞斬候，本夫杖八十……」〔註 69〕，當場殺死姦夫姦婦則不需要負擔任何刑罰，所以索性一不做二不休，犧牲假姦夫性命，製造成「親獲姦夫姦婦，登時殺死者，無論」的景象。訟師顛倒是非、罔顧法理的行為，由此可見。

二、活脫自保

言及訟師，人們印象除了狡智之外，即是活脫。他們雖然用盡心機，設下奇謀詭計，助人勝訟，但也不敢保證萬無一失，倘若助訟者敗訴，他們一定要辦法脫離關係，避免惹禍上身。因為，從唐代起即規定，教人詞訟者要與當事者負連帶責任〔註 70〕，至清亦然〔註 71〕。所以《清稗類鈔・獄訟類・訟師三不管》即寫了訟師明哲保身之道：

> 刀筆可為，但須有三不管耳。一，無理不管。理者，訟之元氣也，理不勝而訟終吉者未之前聞。二，命案不管。命案之理由，多隱秘繁積，恒在常理推測之外，死者果冤，理無不報，死者不屈，而我使生者抵償，此結怨之道也。三，積年健訟者，為訟油子，訟油子

〔註 67〕見（清）沈之奇撰，李俊等點校：《大清律輯註（下）・大清律集解附例卷之十九・人命・戲殺誤殺過失殺傷人》，頁 689。

〔註 68〕見（清）沈之奇撰，李俊等點校：《大清律輯註（下）・大清律集解附例卷之十九・人命・殺死姦夫》，頁 663。

〔註 69〕（清）沈之奇撰，李俊等點校：《大清律輯註（下）・大清律集解附例卷之十九・人命・殺死姦夫》，頁 663～664。

〔註 70〕見（唐）長孫無忌撰，劉俊文校：《唐律疏義》之「教唆詞訟」與「教令人告事虛」兩則規定。

〔註 71〕見（清）沈之奇撰，李俊等點校：《大清律輯註（下）・大清律集解附例卷之二十二・詞訟・叫唆詞訟》：「若受雇誣告人者，與自誣告同。」，頁 841。

　　不管，彼既久稱健訟，不得直而乞援於我，其無理可知，我貪得而
　　助無理，是自取敗也。〔註72〕

可見他們在態度上是極自我保護的。而從故事裡，可以看到其自保方式有二，
一是對自己書寫訟詞內容極為保密，一是懂得為自己預留退路。

　　在《清稗類鈔・獄訟類・訟師技倆》有則故事是這麼說的，袁訟師某日
替人寫完訟詞，返家時已是夜半時分，路上遇到巡夜者，詭稱是到某處作文，
巡佐要求觀閱文章內容，袁訟師先是服從答應，等他點燈欲逐一閱讀時，則
巧計奪回：

　　袁寶光者，訟師也。一日為某家訟詞，事畢，夜已闌，急返家。半
　　途，適州牧巡夜至，喝止之，問為誰？袁答曰：「監生袁寶光。」問：
　　「深夜何往？」曰：「作文會方回。」牧久聞其善訟之名，追問曰：
　　「何題？」曰：「君子以文會友。」曰：「稿何在？」曰：「在此。」
　　乃將訟詞稿呈上。牧遂令卒提燈照閱，袁待其方展開時，直前奪之，
　　圍於口中，曰：「監生文章不通，閱之可笑。」牧無如何，釋之去。
　　〔註73〕

采蘅子在《蟲鳴漫錄卷一》也提到，有訟師遇人求助訟，明知此人理屈，但
貪其賄賂不忍推辭，於是一方面接受贈金，教以方法；另一方面也替自己留
了一條活路：

　　有訟師，六月為人作牒，預知其事必敗，而貪賄不忍辭，乃重繭衣
　　裘，爐火而為之握管。已而果敗，追究謀主，執訟師至，極口呼冤。
　　令與對簿，訟師曰：「爾何時請我作詞？」以六月對。又問曰：「其
　　時我作何狀？」則以圍爐披裘對。官囅然曰：「豈有盛暑而作是服飾
　　者！」乃坐告者誣，而釋訟師焉。〔註74〕

可見訟師不止想辦法讓求助者贏得官司，更要讓自己在整個協助訟事上成為
絕對有利的一方。

三、公報私仇

　　有些訟師平時與人結仇，於是藉著替人起訟而嫁禍所怨者，以報私仇。

〔註72〕見（清）徐珂著：《清稗類鈔（三）・獄訟類・訟師有三不管》，頁1190。
〔註73〕見（清）徐珂著：《清稗類鈔（三）・獄訟類・訟師技倆》，頁1194。
〔註74〕見（清）采蘅子著：《蟲鳴漫錄卷一》（見「筆」正編四冊），頁3692。

故事可見於《仕隱齋涉筆・訟師猾吏》，曹某是訟中雄師，但他很不喜歡別人直呼其名，不小心觸犯者，必給予教訓。一回，遠方親戚派僕人帶來一封問候信，僕人不識，直呼曹某名字，曹某故意罰他揹八十斤土回去，僕人事後知是曹某戲己，故意趁酒醉之際，在其門前痛罵，後來曹某替人處理訟案，即將此案嫁禍僕人：

> 曹生用霖，慣包攬，訟中雄師也。雅不喜人呼其名，誤呼者，必小報之，無敢觸其諱者。有遠地戚某，遣健僕持書詢起居，曹適立門外，僕不識也，誤呼其名，曹心厭之，拆書無他故，便弄僕曰：：「爾主來音，乞我敗灶土，抱雞卵也。」隨指階下土塊，授以器，且教之曰：「需將此土，一氣擔回，若停頓，則多瓣蛋矣。」復封一函與之。僕如言，主人見僕擔土，甚驚異，及閱回音，中題二語云：「開口便呼曹用霖，罰他擔土八十斤。」……僕恨曹戲己。一日因別務過曹門首，飲半醺矣。見曹在門外，共二友話。僕乘醉肆罵，故呼其名，痛詆之，二友代排解，罵興愈高，直脫下體衣，出陽示之曰：「曹可咬此物去。」曹見陽具旁有小肉疔，長半寸許，如贅瘤然。不與較，轉笑慰之去。未久，有一男一婦入曹室，跪地乞援，如得解，許報千金。詢其故，知婦寡居，家富有，雇侄理家，時久，遂與通，且誕子，，暗瘞園內。經族人掘獲，具狀稟官矣。曹曰：「不難，恁與某僕通，則得矣。」婦曰：「伊不受，奈何！」曹低語曰：「伊陽物旁有小肉疔，可據。」當質訊時，婦流涕曰：「妾固不貞，惟私某僕，至捏爲侄奸，妾非禽獸，不如此亂倫也。」族人皆供婦畏法妄攀。官標籤拘僕，僕供婦面且不識，何有通情事？族人俱謂不識此人，從未見往來婦家，潘得大不情。婦曰：「奸不通父母，況族人？此人朝去暮來，深藏內室，亦難識得。」官斥其妄，將加婦刑，婦曰：「如不信，請當堂驗之。……」官與族人俱駭其言，驗視果然，族人語塞，僕亦無從置喙。官照和奸例，笞僕盈千，枷示眾。〔註75〕

四、洞悉事理，機警靈活

除了詭辯巧詞，其實訟師們對事理的敏覺洞悉力與機警應對，實許多人

〔註75〕見（清）丁治棠著：《仕隱齋涉筆・訟師猾吏》，頁143～145。

所不能及的，他們遍讀書籍且閱歷豐厚，不只幫訟者找到優勢對詞，也能協助官員破案。

　　例舉一則借債糾紛，見於《仕隱齋涉筆·訟師猾吏》：有甲乙兩人，甲欠乙銀千兩，立有欠約，每年還乙若干銀兩，皆登記在簿上，但債物還清後，還未來得及拿回借據，甲即突然暴斃，不久乙也死了。幾年後，乙子覬覦甲子財富，拿著欠據求償。官親貪賄，且認為有約可憑，不應賴帳，於是暗中請縣官一定要嚴辦此事，即使甲子據簿陳情，債已還清，但縣官以「簿不足憑」為由摒退。某位訟師用「以子之矛攻子之盾」的方式，讓官員識破乙子奸計：

> 有甲乙某各開貨店，彼此交易有年，帳目未結。初，甲欠乙銀千兩，立有欠約，每年還乙銀若干，皆登簿記之，數請矣，未揭約，甲遂斃，未幾，乙亦斃。隔數年，乙子覦甲富，執欠約昧心責償，遂涉訟。時張公子敏莊縣任，有官親向與乙善，其子持約往訴，謂全收，當以半酬勞。官親羨有賄，且謂有約可憑，甲家又富，不應騙此帳也，隱告張公，當嚴究之。當堂斷甲子償銀，甲子據簿還清，有帳可核。公曰：「爾之簿可自造，何足憑？當以欠約為准。」……師代呈簿，仍證以簿據可核，公大怒，擲簿下，唾其扛訟，將杖之。訟師大言：「甲簿不足憑，請將乙簿提對，伊如有來帳，當足憑矣。」事出倉促，簿無可掩，急提乙簿對勘，果有來帳，一筆不虛，而乙子未之防也。〔註76〕

在重慶江北有一田界案，官判不公，某訟師主動挺身代弱勢者伸冤，巧言譬喻，讓判官恍然大悟，還予弱勢者公道，事見《仕隱齋涉筆·訟師猾吏》：

> 重慶江北令福公潤田，痛恨訟棍，犯者例辦無赦。有民爭田界，繫甲之田塍，墮下乙田，甲齊跺處截為界，約占乙丈寬地面。乙不服，訟於官，福公以為就墮處築田塍，便而近理，不計占界，轉斥乙誣，幾受笞。案定，有訟師扛請復訊，挺身代乙伸屈，公大怒，立為提訊，盛氣向訟師曰：「案已了，爾敢翻案，真惡棍也！」訟師昂然曰：「公斷甚偏，小民實難心服。」公詰其故，對曰：「此界易明，小民當罕譬喻之：如堂上公案一幅地，甲界也；小民所跪一幅地，乙界也。倘公案一倒，便占所跪地；如將公案移大堂外，便占大堂許多

〔註76〕見（清）丁治棠著：《仕隱齋涉筆·訟師猾吏》，頁147。

地，有是理乎？理合將甲之田塍仍歸甲界，不得因其墮而占乙若干
界，方持平。」福公恍然悟，遽悔前判。〔註77〕

縱然官員與社會輿論對訟師行業是採打壓態度，係因社會上出現許多訟棍爲
惡的原故，可是在訟師行業裡，仍有許多具有見識與明理的訟師，在案件處
理上發揮不可抹滅的正義價值。

五、狀詞縝密，字字珠璣

對於不知事情來龍去脈的判官而言，需透過狀詞釐清事象，所以訟師代
寫狀詞，必須掌握言簡意賅、有條不紊、輕重拾如其分、布局緊湊等特質〔註
78〕，才能助訟者平反，但狀詞用字遣詞是極需功力的，諸馥葆在《解鈴人語·
訴訟准備四要訣》裡即言：

> 凡爲人初作狀詞，更當全神貫注，字字縝密，語語細詳，作者置身
> 其間，暗自推詳，一文既成，反復閱之，然後視處已身爲長官，吹
> 毛求疵，駁之無疵焉。

訟師必須設身處地假想自己分飾興訟者與判官兩角色，面對兩者間對話衝突
應如何解套，狀詞增一字不成，減一字不得。今舉《清稗類鈔·獄訟類·訟
師技倆》爲例：

> 湖南廖某者，著名訟棍，每爲人起訴或辯護，往弗勝。某孀婦，年
> 少欲再醮，慮夫弟之阻捁也，商之廖，廖要以多金，諾之。廖爲之
> 撰訴詞，略云：「爲守節失節改節全節事：翁無姑，年無老；叔無妻，
> 年不少。」縣官受詞，聽之。〔註79〕

訟狀僅以十二字說明了「不得不改嫁」的理由，翁壯叔大，寡婦豈能不改嫁。
縣官立刻准嫁。

這類故事在清代頗多，成於嘉慶中晚期的《志異續編·卷四·訟師》，爾
後嘉道年間的《小豆棚·卷八·閨閫部·疙瘩老娘》，清末《仕隱齋涉筆·卷
七·新寡再醮》等，均寫過相同故事。近人藕香室主人所編《稀奇古怪不可
說·孀婦再醮》，襟業的《中國惡訟師·全節》，徐哲身之《紹興師爺佚事·
翁壯而寡叔大未娶》等亦載，但人物互動上較生動。

〔註77〕見（清）丁治棠著：《仕隱齋涉筆·訟師猾吏》，頁146。
〔註78〕見黨江舟著：《中國訟師文化——古代律師現象解讀》（北京：北京大學出版
　　　　社），頁103。
〔註79〕見（清）徐珂著：《清稗類鈔（三）·獄訟類·訟師技倆》，頁1195。

在蘇州，有位富人借錢給寡婦，寡婦久欠未還，富人責備她一番，寡婦索幸在富家門前自縊。人死門前，怎麼說都與富人脫不了關係，但訟師短短數語，四兩撥千金，將這椿自盡報復的命案，改爲移屍圖害案，見於《清稗類鈔・獄訟類・訟師技倆》：

> 蘇州有訟師曰陳杜甫，其鄉人王某富而懦，嘗以金貸一嫠，久不償，遣人召嫠至，薄責之，嫠愧憤，夜半縊於王門。時適大雷雨，故不聞聲，比曉始覺，懼而謀諸陳，陳曰：「是須酬五百金，乃可爲若謀。」王曰：「諾。」陳曰：「速爲之易履。」王謹受教。陳振筆作狀，……中有警句云：「八尺門高，一女焉能獨縊？三更雨甚，兩足何以無泥？」官爲所動，以移屍圖害論，判王具棺了案。〔註80〕

一語可以興訟也可息訟，成敗只在一筆間。

肆、訟師的影響力

一、左右案情

清代的訟師已經從協助百姓興訟，變成了左右判案的關鍵人物，除因他們能言善辯外，訟學發展，代代衍進至清，可謂鼎盛期，加上清人好訟成風，訟師需求量增加，助長其發展，不惟民間倚賴訟師，連朝官也有賴訟師指點迷津。《清稗類鈔（三）・獄訟類・訟師技倆》有一例，某知縣不小心得罪了將軍，將軍想辦法要中傷他，無奈中間有巡撫袒護，某年元旦，眾臣至朝賀禮，將軍即彈劾知縣朝賀失儀，也怪罪巡撫督察不力，朝廷果然怪罪巡撫，其部屬一次在酒肆中與人談及此事，剛好被某訟師聽見，他說若能予他三千金，即可幫助他們扭轉乾坤：

> 知縣某需次浙江，受知於巡撫而積忤於將軍，將軍思以中傷之，則非其署，屢諷於巡撫，輒佐袒。某年元旦，行朝賀禮歸，將軍即具章劾知縣朝賀失儀，當大不敬，以爲巡撫且負失察之咎，不敢迴護矣。事聞，朝旨果以讓巡撫，……其從者偶語於酒肆中，爲某訟師所聞，即大言曰：「了此，八字足矣。」從者驚詢之，則曰：「何易言耶！予我三千金我即傳汝。」從者陰以白巡撫，巡撫喜，諾之。訟師曰：「參列前班，不遑後顧。」巡撫思之良然，遂入奏牘，而朝

旨果又轉詰將軍，蓋巡撫、將軍朝賀皆前列，不能顧及末吏，若將

軍親見此令失儀，則將軍亦自失儀矣，將軍遂以此失職。〔註81〕

對於人們而言，訟師有存在的必要性，可以協助他們解決興訟答辯上的困擾，但是訟師本身並沒有接受專業訓練，以及類同今日的律師執照，素質上良莠不齊，百姓如遇好訟師，則冤可昭雪，如遇惡訟師，不僅藉機詐財，還會顛倒是非，混淆官判。例如《客窗閒話初集‧卷三‧補訟師（二則）》，在訟師的安排下，殺人命案竟作竊盜案了結：有甲乙兩人在外經營絲綢業，後來乙獨自開店，甲為此失去許多客源，憤恨不平，一日他在酒樓與人談及此事，某少年故意激怒他，某甲很生氣，就偷了酒家的斧頭狂奔出去，把乙殺死後，棄斧柄逃逸，但官員拾獲斧器，尋線找到他，某甲之妻求助訟師，訟師就買通官吏，請代引見這名大盜，又買通大盜認罪：

> 某甲者，在海昌城外業絲，其夥某乙，柔和而口給。能羅致客商。甲藉以日隆，乙忽辭去，在城內自立絲肆，客航去甲而九乙於是乙興而甲將敗矣。甲恨甚……與諸友聚飲於城山之酒家，又論及乙奪業事，怨詈不已。一少年微哂曰：「庸奴焉敢殺人，徒喋喋亂人意。」甲已酒深，聞是言，突然而起，竊攜酒家之斧，叩乙門，砍其頭。嚴刑乃承，已置獄矣。甲之妻子遍求邑之名訟師而謀之，僉曰：「殺人者死，古今一律，雖諸葛復生亦難更議。」有狂生濟手而笑曰：「雖然，汝有家業若干，如不恤費，尚可為焉。」生曰：「先教若父忽認忽翻，以緩其獄，予入省垣謀之，半載可釋。」生攜金赴省，廉訪使之吏，詢以近日盜案，吏曰：「汝鄰邑縣官，甫送大盜至，尚未過堂。」生乃大悅，即賄吏願一覩大盜，吏為納賄司獄者，引生見之。生笑曰：：「汝何以為盜？」盜曰：「小人家無恒產，而為父母妻子累，謀業皆不能，遂恃其膂力，掠以養家耳。」生曰：「今家已富耶？」盜曰：「贓被官起，何富為？」生曰：「汝父母妻子今有養耶？」盜泣曰：「小人死在旦夕，何能再顧？」生曰：「有能為汝養家者，汝再承一段殺人事，汝父母妻子得安飽，而汝不加罪，願乎？」盜曰：「斯世焉得有好人，雖十死願承也。」生曰：「予願以千金俾汝家人為活計，汝過堂時，賓司必詰問他案，汝即承某年某月日夜在海昌

〔註81〕見（清）徐珂著：《清稗類鈔（三）‧獄訟類‧訟師技倆》，頁1195。

城內某酒肆飲，竊得巨斧，啓某乙絲肆戶，有老者持燈出，被執衣
裾，情急圖脫，殺之而盾，如市而已。」盜允諾，即召其家人至，
予以金，盜感甚，未幾過堂，復承是案，賓司查無申報者，即行文
詰問。官……即破械釋甲，而具盜案以報。〔註82〕

對求訟者而言，訟師神通廣大，只要能惠予厚利，起死回生不是難事；但訟
師機巧詭詐，左右案情發展，給了犯罪者很好的避風港，也等同替社會製造
另一負面效果，只要有錢，為非作歹者均可脫罪，使為惡者肆無忌憚，造成
社會不安。

二、出現訟師集團

　　訟師發展至清，社會上出現了訟師集團，周爾吉《歷朝折獄纂要‧懲詐
卷六‧訟棍獲報》載：「國朝乾隆年間，武庠劉某狡險詭詐，甚為訟棍所倚。
〔註83〕」這句話意即劉某是訟棍們倚賴的首領，訟棍們聽其指揮。徐珂在《清
稗類鈔‧獄訟類‧訟師技倆》亦言：「江右有所謂破鞋黨者，訟師咸事之。〔註
84〕」「破鞋黨」即是訟師的首領，小訟師們拜其為師，形成訟師集團，在社會
上發展出一股不可忽視的勢力。

　　藍鼎元《鹿洲公案‧林軍師》筆下的林某，即是這群訟師的「軍師」，在
他指導下，小訟師們差點扳倒地方大族。故事是這麼說的：有位居住在下游
的鄉民，控告鄭姓監生們霸占官溪，強逼他們繳交船行費，不久，又有吳姓
親族們也來控告此事，訴狀內容完全一致。判官不解，欠租紛爭是小事、為
何吳家急於控訴，經調查發現，鄭氏雖有蠻橫抽稅、傷船隻等行為，但並無
霸溪之事，且吳家連年歉收，僅該年有收成，如何有能力償還多年的租債？
地主不恤佃戶，難免兩家都會不愉快，但都屬民事案件，不致鬧得滿城風雨。
恩威並施下才使吳姓族人才供稱是林軍師所教，並以迅雷不及掩耳之速，把
林軍師家中替吳族等人寫狀稿的資料，全搜集到案，林軍師只得承認，收入
大牢，續審其他包攬案件的訴訟：

　　有下壟民吳雲鳳呈：「監生鄭之鳳、鄭之秀霸佔官溪，凡小艇捕蜆者，

〔註82〕見（清）吳熾昌著：《客窗閒話初集‧卷三‧補訟師（二則）》，頁3361。
〔註83〕見（清）周爾吉編：《歷朝折獄纂要‧懲詐卷六‧訟棍獲報》，全國圖書館文
　　　　獻縮微復製中心，頁507～508。
〔註84〕見（清）徐珂著：《清稗類鈔（三）‧獄訟類‧訟師技倆》，頁1191。

日納鄭氏錢三十文，名曰『花紅。』雲鳳因納錢稍緩，鄭之秀率僮僕曾阿重等十餘碎小艇，人擒雲鳳至倉私刑，甚暑非理……乞按律申究。」而吳阿萬……等各有呈詞，合口齊聲。……飛差攝訊，則鄭之風先已稟吳阿萬等抗租恣橫、殺傷田主鄭之秀，搶剝衣服、銀錢。……俞思欠租角口，亦屬細故，果如鄭稟所云，吳家何以疾痛迫切，兩日之間多人上省，遍控制撫各當道……集兩造于庭鞫訊之，則抗租逐毆是實，橫抽毀船全屬子虛。余曰：「噫，實情得矣，但霸溪橫抽之妙計，往省遍控之高手，決非汝等所及，汝訟師是何姓名？」雲鳳曰：「林軍師也。」問：「林軍師何人？」曰：「監生林炯璧也。」……炯璧不承，而差役林州以所取林炯璧案頭狀稿呈上，則吳雲鳳等詞皆在焉。〔註85〕

同書中，藍鼎元另講了一則〈三宄盜尸〉的故事，事起於訟師總指導陳偉度，因與表弟陳天萬為了賣祖厝而結冤，於是設計偷尸陷害他：一天王某鳴官控告表示他的弟弟阿雄隨母親改嫁陳天萬為妾，而進入陳家，結果被正房許氏用藥毒死。王某還具結保證，若誣告則願受罰，可是判官到墓地驗屍時，卻發現棺材裡沒有尸體，而王某利口喋喋表示，是陳天萬畏罪藏屍。當判官召陳氏一家上堂，看到這家人忠厚老實，被病魔折騰九年的許氏也不像是悍婦，且陳家所供阿雄是得痢疾而死，也在醫生那裡得到證實。判官在審問可能與此案牽連的人中，只有一人表示，王某曾在阿雄死後問屍體所埋之處，終於在判官恩威兼施下，供稱是雇人乘夜盜墓，將屍體抬走的，可是究竟是誰指使他，始終不肯說，判官派人到王某曾住的客棧裡觀察，抓到了訟師王爵亭，在多方人證下，只好承認是老訟師陳偉度謀畫計策。但被提至公堂受審的陳偉度，頻頻喊冤，表示與陳天萬手足情深，得知他身陷囹圄，難過不已，可是在眾人指證歷歷下，只好招認其畛密計謀：

王爵亭指之曰：「汝我三人，在烏石寨門樓中商謀此舉，汝援楊令公盜骨故事〔註86〕，教我等偷尸越境，一則不憂檢驗無傷；二則隔屬不愁敗露；三則被告主懼罪滅尸似實，陳天萬弟兄妻妾皆當受刑；四則尸骸不出，問官亦無了局，我等開門納賄，聽其和息，莫敢不

〔註85〕見（清）藍鼎元著：《鹿洲公案‧偶紀下‧林軍師》，頁140～142。
〔註86〕故事出自《楊家將演義》第四十四回：宋將楊業與遼兵戰死後，埋骨幽州。楊六郎先後派孟良、焦贊潛入幽州，設法盜回骸骨。

> 從，致富成家，在此一舉；五則和息之後，仍勿言其所以然，阿雄
> 尸終不出，我等亦無后患。」……偉度始供：「與天萬因祖屋變賣有
> 睚眥之仇，藉此播害，泄怨是實。」〔註87〕

從故事裡看到訟師之外還有總指導的訟師在幕後操控，總指導的職責不再只是單純教人如何面對官司或代人寫狀詞，而是編織緊密計劃，與判官鬥智，玩弄法律於股掌中，換個角度而言，他們宛如另一犯罪集團，打著替人申張正義口號，實是做著危亂社會的行為。

　　古代教育不普及，百姓的識字力與法律常識有限，遇到糾紛，需仰仗訟師協助排解，訟師一職有被需求的社會背景。但在厚利薰心下，訟師行業漸漸變質，發展至清代，不少訟師遊走法律邊緣，讓官員無從嚴辦；他們過度介入訟案判決，因一己私利左右案情，也影響了法律的公信力與執法者的威信，甚至此時出現訟師集團，蠱惑滋事，成了造成社會另一惡勢力，實扭曲了原本訟師存在的意義與價值。

第三節　商人的形象與內心世界

　　中國商人出現得很早，《周易・繫辭下》言：「日中為市，致天下之民，聚天下之貨，交易而退，各得其所。〔註88〕」勾畫古代商貿的交易活動。

　　商人性質可分為行商與坐商兩類，行商早期也稱「客商」，是將貨品運到他處或市集地販賣，是屬於流動性交易；坐商則是開設店舖，有固定地點、時間與物品，較出現於城市地區。

　　過去社會對商人評價極低，所謂士農工商，將他們的地位列於最後一等，談起商人，即連想到投機取巧。事實上，清代商人也有重情義、勤儉等美德，在各行業經濟金字塔中，他們位居頂端，而在社會公益上，他們也是投入最多的生力軍。

　　長期深植的抑商觀念，使得商人們心中最大期盼，是希望走入社會上流，他們除了讓子弟習文弄墨外，也想盡辦法利用捐納或聯姻方式，走上仕宦之途，希望能擁有較高社會地位。

〔註87〕見藍鼎元著：《鹿洲公案・偶紀上・三究盜尸》，頁 91～93。
〔註88〕見（漢）孔穎達正義、（魏）王弼注：《周易・繫辭下》（見《十三經注疏》，台北：藝文印書館印行），頁 167。

壹、商人的形象

　　清代商人有行商與坐商，行商商人販賣的以農產品、手工業品、家庭日用本居多，商人也以男性爲主。不過在清代有兩種行業也很盛行，一是賣婆，一是打鼓，常出現於都會商埠區。「賣婆」一職，是由女性擔任，她們手提珠寶首飾到各富貴人家求售，獲利甚豐，《清稗類鈔・農商類・賣婆》有此之述：

> 戶口繁盛之都會商埠，富貴之家，所在多有。雖珠寶首飾，列肆通衢，而輒有小家婦女，手挈箱篋，滿儲珍物，登門求賣者，俗名之曰賣婆。往來巨室，常得婦女歡，奇珍寶物，皆可立致，蓋市上商賈利其爲女流，易於出入閨閫，而恆樂與之，彼亦從中漁利。〔註89〕

在《埋憂集・卷四・賈荃》裡說道，賣珠寶的汪老婆子打聽到賈某之妹婚期將近，於是拿著珠寶到賈家兜售，賈女挑選數珠，和自己奩中所藏珍珠數粒，一同交給汪老婆子，請她穿成一頂珠冠，不意自己珍藏的珠子卻被汪老婆子掉包，而衍生出一樁公案。〔註90〕

　　另一種打鼓行業，類如現在穿梭大街小巷叫喊的回收銅鐵業，在京師頗盛，《清稗類鈔・卷五・農商類・京師小販之打鼓》裡說，在京師有很多撿拾回收物機會，若怕饑苦，此行業可使人溫飽致富：

> 京師細民有以打鼓收買敝物爲業者，持小鼓如盞擊之，負箱籠巡行街巷中。無論破敗殘缺之物，苟有所用，即以賤值買之，而轉售諸肆，可得微息。然都中夙多巨室，所藏珍物每爲奴婢所竊。更有世家中落者，不知愛惜，急於易錢，舊書古器，塊金礫珠，時或出售，打鼓者往往以薄值而得至寶。故京師語云：「怕甚苦，且打鼓。怕甚餓，日檢貨。」蓋相傳操是業者，歲必有一暴富者也。〔註91〕

至於坐商，則行業種類例不繁舉，如食品店、飲料店、燃料店、染料店、衣飾店、妝飾店、建築材料店、織物店、玩物店、金類店、毛革類店、繭棉絲麻類店、畜牧漁撈及種植類店、文房及書籍書畫類店、竹木藤及其他製造類店、雜貨店等均屬之〔註92〕。清代商業活動繁榮，坐商如雨後春筍般湧出，同行競爭激烈，也常出現慘無人道的競爭方式。

〔註89〕見（清）徐珂著：《清稗類鈔・卷五・農商類・賣婆》，頁2291。

〔註90〕見（清）朱翊清著：《埋憂集・卷四・賈荃》（見《清代筆記叢刊（四）》），頁3156～3157。

〔註91〕見（清）徐珂著：《清稗類鈔・卷五・農商類・京師小販之打鼓》，頁2302。

〔註92〕見（清）徐珂著：《清稗類鈔・卷五・農商類・商店》，頁2279。

清代商人人數冠於歷朝，其表現出的形象，可歸納爲以下數種。

一、唯利視圖，罔顧性命

商業活動以通物、居賣爲事，從中求其利益，其交易行爲以「利」爲上，要以最低代價獲取最高利潤的心態，使他們唯利視圖，犧牲性命在所不惜，甚至罔顧親情倫理。徐珂曾言，京城裡有兩名商人爲爭營業權，不惜自殘，終獲此權，事見《清稗類鈔・卷五・農商類・京師紅果行之專利》：

> 京師紅果（即山查紅）行僅在天橋者一家，以呈部立案故，他人不得開設。然乾隆時，有兩行，皆山東人，急售貶價，各不相下。繼有出調停者，謂：「徒爭無益，我今設餅撐於此，以火炙熱，能坐其上而不呼痛，即任其獨開，不得爭論。」議定，此設於天橋之主人即解衣坐之，火炙股肉。須臾，兩股焦爛，即倒地死，而此行遂得獨設，呈部立案，無異議。〔註93〕

也有商人爲了爭牙行利益，不惜將親生子丟入鍋中煮，見於同書之〈京人爭牙行〉：

> 京師有甲乙二人，以爭牙行之利，訟數年不得決，最後彼此遣人相謂曰：「請置一鍋於室，滿貯沸油，兩家及其親族分立左右，敢以幼兒投鍋者，得永佔其利。」甲之幼子方五齡，即舉手投入，遂得勝。於是甲得佔牙行之利，而供子尸於神龕。後有舉爭者，輒指子臘曰：「吾家以是乃得此，果欲得者，須仿此爲之。」見者莫不慘然而退。
> 〔註94〕

另在〈爭燒鍋〉篇裡，則寫有欲開酒店的兩名商人，相約將自己的孩子置於石上讓對方砍，視若無睹者可獲得此經營權：

> 燒鍋者，北方之酒坊也。京郊有爭燒鍋者，相約曰：「請聚兩家幼兒於一處，置巨石焉。甲家令兒臥於石，則乙砍之。乙家令兒臥於石，甲坎之。如是相循環，有先停手不敢令兒臥者爲負。」皆如約，所殺凡五小兒。乙家乃不忍復令兒臥，甲遂得直。〔註95〕

爲了獲得商業利益，視人命如賤土，幾至無人道。

〔註93〕見（清）徐珂著：《清稗類鈔・卷五・農商類・京師紅果行之專利》，頁2301。
〔註94〕見（清）徐珂著：《清稗類鈔・卷五・農商類・京人爭牙行》，頁2301。
〔註95〕見（清）徐珂著：《清稗類鈔・卷五・農商類・爭燒鍋》，頁2301～2302。

二、投機取巧，售偽作真

清人筆記裡，出現不少奸商形象，他們進行黑市交易，售偽物以獲利。

清代京城裡有所謂的「黑市」，是黑夜裡交易的市場，很多竊賊把偷來的物品集中於此，賣給一些貪小便宜且不知情的人，這種交易通常是在半夜開始，天亮以前結束。

雷君曜在《騙術奇談‧買皮袍受騙》裡說，某孝廉想到黑市裡選購貨品，卻以四兩價格買回一件皮紙做的袍子，沮喪不已的他，把這件假袍再拿到黑市去賣，果然又有人「上當」，付出六兩銀，孝廉高興自己反多賺兩銀之際，有人立刻點醒他可能拿到的是假銀，果然一看是包鉛的銀子，讓他空歡喜一場：

> 京師有所謂黑市者，大抵由各偷兒以所窩贓，乘天將明時，將麇集僻處求售。點者往往以賤價得珍物，然種種欺詐之術亦由此出焉。
>
> 有某孝廉應會試赴都，清晨入黑市，冀得便宜物，見羊皮袍，……似新制成者，價四兩，遂買歸。炫於眾，眾曰：「君勿喜，京師騙術幻甚，安知非偽者乎？」某不信，諦視，果以皮紙作質而粘毛於上者，恨甚。既而笑曰：「鼠輩詐予，予不能詐鼠輩哉？」明日復入市，轉售於人，得六金，歸而大笑曰：「田舍奴我豈妄哉？」眾又曰：「君勿喜。京師騙術幻之又幻，安知非偽銀乎？」某曰：「何至是也。」
>
> 出銀檢視，則一鉛錠而已。〔註96〕

反映黑市交易裡充斥著投機詐騙的情形。

除了販售假貨，也有賣假藥的商人。《清稗類鈔（十一）‧棍騙類‧賣假藥》裡寫道：在某艘船上，有位坐在船尾的鄉人，右手五指浮腫，時時喊痛，在船頭剛好有甲乙兩人，正談著各自做生意的經驗。某甲說他在西藏三年期間，熟諳其土產，帶回了一種藏香丸，專治跌打損傷、四肢浮腫等症狀，當地視為神物，惜因價格很高，所以只帶一些回來賣。某乙想看此物，但某甲面有難色，在同船者的慫恿下，某甲才不得拿出這黃色丸，當時大家信疑參半，某人想到，如果此藥可將那位鄉人的手治好，則表示此藥是靈丹，果然擦上此藥，鄉下人的手就消腫不痛了，某甲還表示不受分文，大家覺得他是人品高尚的商人，紛紛向他買藥，後來才知上當，藥丸內只是一團黃土，而鄉人是跟甲、乙、丙、丁等人同唱雙簧：

〔註96〕見（清）雷君曜著：《騙術奇談‧買皮袍受騙》（見「筆」三十二編三冊），頁1375～1376。

有某航者，自蘇城往木瀆，舟中雜坐十餘客，有土著，有他方人。
一鄉人坐舟尾，右手五指浮腫……時時撫之兒呼痛。時船頭坐有甲
乙二人，語娓娓不倦。甲曰：「吾僑居西藏三四年，近甫歸里。」乙
問西藏風俗習慣……漸詢及西藏土產，甲曰：「藏香馳名中外，神物
也。凡跌打損傷、四肢浮腫等症，塗之靡不愈，惟價至昂，至行僅
攜得少許歸耳。」乙請以一睹爲快，甲有難色，其旁若丙若丁，均
力勸甲出以示眾……眾客傳觀，大都疑信參半。丙忽指艄後手腫者
而言曰：「如若人者，亦能以此丸治之否？」甲曰：「易易耳。」曰：
「然則盍一試之？」甲曰：：「彼不就余醫，何能強醫之？」語次，
丁已至艄後，語手腫者曰：「汝運甚佳，某先生有香，可消汝腫，速
往就醫，毋失交臂。」手腫者尚未諾，而丁遽擁支甲所，甲曰：「吾
爲汝已（醫）疾，不索汝資也。」因啓匣，出一丸……約數分鐘，
而其腫立平，於是同舟客咸呼神藥神藥。有出資向甲購藥者，甲始
不肯，強而後可，……合計所獲銀幣，逾十圓矣。舟抵跨塘，距木
瀆尚十餘里，甲乙丙丁均紛紛登岸，向之手腫者，轉瞬亦杳。於是
舟子語客曰：：「此即所謂賣假藥者也，諸君受其愚矣。」眾言假藥
何以能消腫，曰：「此非眞腫也，彼預以繩緊切手腕，手自浮腫，及
敷藥之際，潛弛其縛，則血液通而腫立平矣。」眾聞之，諦視其藥，
則搏黃土以爲之，不值半文錢也。〔註97〕

這些奸商讓人上當的不二法門，即是欲擒故縱，強調物品的優點，卻不急於
出售，甚至大家主動求售時，故做爲難狀，以抬高行情，讓求售者「自願」
上當。

　　爲了獲取厚利，奸商們製造僞物，以假亂眞，他們之所以能得逞，除了
熟稔人性貪小便宜心態外，亦是欺誆大眾普遍鑑賞常識不足，以致眞假難分。
在《清稗類鈔（十一）・棍騙類・售假釧》裡的奸商，看準受騙者對古物眞僞
無辨識力，故意裝模作樣當場鑑定眞僞，讓受騙者信以爲眞，買到假的愈風
釧，還沾沾自喜：

　　某客初至滬，好閒遊，一日，途遇二人，並作驚奇詭祕狀，異之，
　　駐足而旁聽焉。二人旋以論價不合，分道行。客因尾售貨者，詢何
　　品類，售者顧客曰：「予爲業圬者，曩以受傭於某巨姓，使登山，爲

〔註97〕見（清）徐珂著：《清稗類鈔（十一）・棍騙類・賣假藥》，頁5433～5434。

其祖改築塋兆，掘地仞餘，瞥睹一物，……疑爲琥珀精，試以芥子驗吸力，果大好之神珀也。然吾儕小人，不宜懷寶以賈禍，待價而沽者有日矣。」語竟，復左右顧曰：「幸勿爲他人覺也。」客曰：「價幾何？」曰：「儻來物耳，殊願索昂值，得售二十金足矣。」曰：「將俾君一察其眞贗也。」於是俯拾泥沙，置掌中，迎以釧，距離逾寸，而泥沙已躍登釧上矣。因指釧謂客曰：「吸力何如？固不僅能拾芥也。」客訝爲大奇，亟欲購取。客抵家，欣然自得，告其家人，即出釧以示，吸引沙粒，亦驗，大喜。不意越數昕夕，復遇前售者於道，旁立一人，，亦如作驚詭狀，即而視之，則所售者仍釧也，形質無稍異且其告人語，俱一一如前。始悟前釧之必爲贗物，而彼二人者實串騙之徒……適逢舊友，爰舉所遇以告，友微哂曰：「君誠憨矣。是蓋以松脂和紅硃煎鍊而成，以給夫嗜奇而識淺者也，究其代價，祇數十青銅耳。」〔註98〕

鴉片戰爭後，外國貨品紛紛湧進，有些奸商利用人們崇洋貨又無知的心態，出售贗品。因爲店家所賣的價格高昂，而攤販所賣的品牌形式與店家所售一模一樣，只有在包裝上有一點瑕疵，價格卻便宜許多，所以大家傾向選擇地攤貨，卻不知是冒牌貨，例見《清稗類鈔（十一）·棍騙類·爐餘香皂之作僞》賣假香皂的事：

> 滬市有以整匣之香皂設攤於地而出售者，牌號形式，與肆中所鬻者無異，惟匣有燒痕。人問之，則曰：「此乃某洋貨肆失火之餘爐，吾以拍賣而得，故能廉價出售。」其實此皂乃裂材所製，飾爲貴品，故以火焫其匣之一端以冒充爐餘。〔註99〕

當時國人喜歡買的另一洋貨即是香水，賣假香水的商人，往往會在大眾面前先開一瓶香水，讓大家聞其香氣，人們信以爲眞，且見價格比店家便宜，紛紛買回去，打開後才發現裡面裝的是白水，商人乃是用眞品誘人購買贗品：

> 滬市有設攤道周，出售香水者，商標瓶式，與肆中所售者略等。一日啓封，與人嗅之，則芳馥觸鼻。張仲康者，甬人，初至滬，入市

〔註98〕見（清）徐珂著：《清稗類鈔（十一）·棍騙類·售假釧》，頁5434～5435。

〔註99〕見（清）徐珂著：《清稗類鈔（十一）·棍騙類·爐餘香皂之作僞》，頁5465～5466。

　　見之，信爲佳品，購三瓶歸，啓之，皆白水，始悟與人所嗅之瓶，

　　固非贋品，特藉之爲媒以愚人耳。〔註100〕

因這類奸商最多是流動攤販，即使大家發現受騙上當，想要回頭找他們理論，他們早已不知去向。

　　基於大眾尚洋貨心態，仿冒商品到晚清增加許多，不只仿洋物，這些投機取巧的商人，也會串通某國商人，替他們製造仿冒品，用低廉成本，進口至國內，再讓他們以高價出售。宣統年間，就出現過用煙草製成像綢緞一樣的仿冒品，流通於市面。〔註101〕

三、勤儉創業，以德傳家

　　清代商人背景複雜，除了有世代經商的商人外，也有棄儒、農改爲商賈，或出身綠林轉行商等。許多商人係爲白手起家，從做小本生意開始，累積資金，漸進發展。也有的商人本是儒生，因屢試不第，棄儒學賈。他們多數沒有豐厚資金爲後盾，連資金都需借貸，必須勤儉持守，運用智慧，才能創出一番事業。

　　勤儉創業者，可舉《清稗類鈔（五）・農商類・劉興泰勤於營業》的故事爲例，劉某原是貧窮人，以織布爲生，勤儉自惕，終於存夠資金，開設染坊，即使生意日漸興隆，他仍過清平節儉生活，將收入多數投入公益事業，興學行善：

　　湘鄉劉興泰，初爲窶人，未冠，喪父母，閉戶獨居。以織布自給，

　　而甚勤，凡風晨雨夕，沍寒酷暑，常人所不能堪者，獨不輟。如是

　　二年，竟積貲至百千，乃自經營一染坊，其勤勞如平時。一二年，

　　業大昌，夥友至十數人。劉持躬刻苦，而待人甚厚，每得利，與人

　　共之，以故人樂爲之盡力。又數年，支店至六七，擁資數萬，且素

　　封矣，時年未三十也。顧仍不改其昔，冬夏常衣一布袍，飯粗糲，

　　所居纔蔽風雨。嘗因事往寶慶，家去寶慶百三十里，天未明而起，

　　飽餐以往，躡草履，荷雨蓋，蓄冷飯一甌，巾裹之，手提以行。中

　　道一錢就村人沽勺湯沃之，食已復行，竟日即至，其往還皆如此。

　　至老不倦。劉有子數人，皆誠樸如其父。子年既長，見父冬衣縕袍，

〔註100〕見（清）徐珂著：《清稗類鈔（十一）・棍騙類・假香水》，頁5466。

〔註101〕見（清）徐珂著：《清稗類鈔（十一）・棍騙類・僞造國貨》，頁5468。

爲購一羊裘以進。劉見而大怒，擲不受，且撻其子。性尤好義，嘗
斥歲入十之七八投諸公共事業，以是業雖昌而家富不少進。素不識
字，而知教育，於學校尤多輔助也。〔註102〕

活動於康熙年間的楊某，原本只是賣豆腐等食材的小商販，但生活勤儉，累
積一筆資金得以承接某家雜貨店，其子孫楊舜華承繼祖業，也一度經營不善，
直到一回，當地發生寇亂，各家均恐物品被亂寇蹂躪，紛紛賤價釋出，只有
舜華依然堅守祖業，不受外境影響。後因道路受阻，物資供應斷絕，鄰邑雜
貨店均缺貨，只賴舜華這家供應無缺，反而因此致富：

興化鉅富，首推舜華楊氏。康熙朝，其高祖某遷興，無長物，寄居
族姓家謀生。初販豆腐、豆乾等貨，設攤於北城外某南貨店門首。
性儉約，積錢百文或數百文皆儲蓄於南貨店，適是店以盈累歇業，
遂邀入語之曰：「汝所儲蓄，除利不計外，已達千金。汝雖不急於索
償，然及今不給算，復俟何時？店中貨物用具，一切算給汝，汝爲
本店之主人可也。」某由是營南貨業。舜華藉先業，僅中人產，閱
數年，幾不能自立。至粵寇亂時，江西之紙張、桐油各莊恐被蹂躪、
悉先期豫約以賤值存萬順號。後路梗，附近鄰邑皆缺貨，價因以漲，
利事逾三倍。舜華由是起家，累貲數十萬。然宅心仁厚，每歲慈善
費且不下千餘金也。〔註103〕

因楊遷興的勤儉持守，終於掙出第一間店面，其子孫舜華雖是老實商人，不
會取巧生財，但通曉世理，知動亂之後必產生交通受阻困擾，以民生物資爲
業的他，反而能在這時發揮功能，賺得資財。

　　這些事業成功的商人們，原本均無優渥背景，之所以有一番成就，係爲
「清平致富」，以清淡平實的心態過生活，在未發跡前，勤儉自持，即使事業
蓬勃發展，心不散亂，依舊恬淡過日，不沉於虛華浮靡生活蠱惑，才能守住
家產。難能可貴的是，他們多能將資產投入社會公益事業，濟弱扶困，以勤
以德傳家，留予子孫良好的身行典範。

四、謀財有道，智創商機

　　清代有取巧圖利的奸商，也有不欺不貪的仁善商人。魏禧（西元 1624～

〔註102〕見（清）徐珂著：《清稗類鈔（五）‧農商類‧劉興泰勤於營業》，頁 2334。
〔註103〕見（清）徐珂著：《清稗類鈔（五）‧農商類‧楊舜華設肆於興化》，頁 2324。

1680 年）曾說了一則賣酒商人行善的故事，後被張潮收錄在《虞初新志‧卷三‧賣酒者傳》中：

> 萬安縣有賣酒者，以善釀致富，平生不欺人。或遣童婢沽，必問：「汝能飲酒否？」量酌之，曰：「毋盜瓶中酒，受主翁笞也。」或傾跌破瓶缶，輒家取瓶更注酒，使持以歸。里有事釀飲者，必會其肆。里中有數聚飲，平事不得決者，相對咨嗟，多墨色。賣酒者問曰：「請君何為數聚飲，平事不得決，相咨嗟也？」聚飲者曰：「吾儕保甲貸乙金，甲逾期不肯償，將訟。訟則破家，事連吾儕，數姓人不得休矣！」買酒者曰：「何憂為！」立出四百金償之，不責券。乙得金欣然，以為甲終不負己也。四年，甲乃僅償買酒者四百金。客有囊重貲于途，甚雪，不能行，聞賣酒者長者，趨寄宿。雪連日，賣酒者日呼客同博，以贏錢買酒肉相飲啖。客多負，私快快曰：「賣酒者乃不長者耶？然吾已負，且大飲啖，酬吾金也。」雪霽，客行，償博所負。賣酒者笑曰：「主人乃取客錢買酒肉耶？天寒甚，不名博，客將不肯大飲啖。」盡取所償負還之。〔註104〕

賣酒者取財有道，不貪不義之財，賣酒原只是單純的財物交易，但他卻賣酒兼及行善，替行來過往的買酒者解決困難，設身替人體貼著想，贏得長者美名，使其酒店遠近馳名，以「德」營生，可謂智德兼備的商人。

清代有間家喻戶曉的「一文錢」布店，其店名有一段曲折故事，被許奉恩收錄在《里乘‧卷一‧一文錢》中。其店名典故原起於兩名合伙做生意的徽商，流戀妓院，資財揮霍殆盡，妓女各贈他們五十兩銀，助其謀生，不料半途又將贈銀遺失，在窮途末路之際，其中一人突然發現身上還有一文錢，另一人利用此一文錢，買得材料，製成各式玩具，到人潮聚集處兜售，賺了不少錢，兩人用心設計製作，最後竟積資數萬，開設一間布店，重情義的他們，未忘當年妓女贈金勸勉之恩，出資將他們贖回：

> 一文錢者，姑蘇布店也。初徽商甲乙二人合伙，挾重資至蘇貿易，各昵一姬，不吝揮霍。兩姬固奇女子，嘗半夜無人時，謂二人曰：「從古勾欄中媌媢無好相識，有錢則奉為上賓，無錢則摽諸門外……有君囊金漸至蕭索，君等挾資背鄉里為權子母，今為妾等耗費殆盡……

〔註104〕見（清）張潮輯：《虞初新志‧卷三‧賣酒者傳》（見《清代筆記叢刊（一）》），頁 227～228。

其何目歸見家人？……妾等不幸，身墮下流，實非所願，蒙君等割臂要盟，刻銘心髓。觀二君意氣，不過暫時落莫，必不久困，不如暫歌別鶴，努力以圖恢復，妾等當誓死待踐昔約。」各饋白金五十兩，趣令早去。時歲將暮，二人姑就酒壚，飲罷，忘攜饋金，逆旅主人促索稅資，勉強典衣以應，行李一空。二人計窮，日則行乞，夜則寄宿古刹，甲于腰橐摸得一錢，擲地嘆曰：「重資散盡，留此一錢何益？不如拋去。」乙忽心動，急拾取曰：「此碩果也，天幸留此一脈生機，安知非剝極而復之兆？」遂攜錢出。少頃乙歸，手攜竹片、草莖、敗紙、雞鴨毛等物。甲問何爲？乙笑出麵粉，索水調漿，就火光中，將草纏竹片上，蒙以敗紙，又遍黏鴨毛，畀甲視之，宛然各種禽鳥。甲曰：「君處此愁城，尚何作此兒戲？」乙但笑而不言，竟夕約成二三百具。平明以半付甲，邀：「同至玄妙觀，自有料理。」比至觀，士女雲集，婦女見甲乙所攜禽鳥，以爲酷肖，爭來購買，頃刻俱盡。每具十數錢，共計五千有奇。甲至是始嘆乙心思靈巧，樂不可支。因問一錢何用，曰：「竹片、草莖、敗紙、雞鴨毛等物，皆系拾諸市上，以一錢市麵粉，豈不恰敷所用耶？」自春徂夏，才百日，計斂錢三千餘緡矣。因變計居積貨物，往無不利。不兩年，積資數萬，遂於閶門開設布店，大書「一文錢」三字，榜於門，志不忘所自也。乃各具千金，爲兩姬脫籍。〔註105〕

這則以一文錢起家的故事，激勵不少有志創業的人，也在他處以相類似故事流傳開來。

對於商人來說，資金誠然重要，但是否能洞燭先機，智創商機，更是關鍵。《清稗類鈔（五）‧農商類‧以一文錢二百錢商於南昌》有則故事是這麼說的，某商人因經營不善，債主頻頻追討，逼得他只好選擇走上不歸路，不意看到跟他一樣上吊自盡者，趕緊將他救下來，兩人互相安慰。獲救者仿一文錢創業之例，協助商人重生，也教導商人做生意不能一成不變，要懂得靈活變通：

某商者，經營折閱，歲除，僅於錢二百，而債主畢集，走叢塚間，欲自縊。見先有人在，知爲與己同病者，急救之，相與慰勞。其人問商所苦，商告之故，其人笑曰：「有錢二百而猶覓死耶？請以畀我，

〔註105〕見（清）許叔平著：《里乘‧卷一‧一文錢》，頁4。

我爲子經營，子但坐享其成可也。」又謂商：「請少待，吾爲子販貨
來。」乃持錢去。須臾，其人志，攜酒一甌，豚肉一方，小而玩具
數十事，，拉商同至一古廟中，兩人席地飲噉。天明，商寤，其人
已先起，授以昨所購小兒玩具曰：「今日新年，士女相率嬉遊。汝持
此向市上售之，遇大人來購者，廉之；其攜有小兒牽衣索市者，昂
之。」商如言，獲利倍蓰。喜甚，返見某曰：「子策善哉！明日請再
販小兒玩具售之。」其人大笑曰：「此子之所以折閱也，昨尚歲暮，
市中玩具價較廉，故販售之，可以獲利。今已新歲，市中玩具亦漲
矣，吾儕成比無多，利貨速售，方足以資周轉，非若多財善賈者流，
可居奇貨以待善價也。」〔註106〕

誠然在商業活動裡，有不肖商人惡性競爭，或以販貨爲名，實行詐欺之行，
令受害者爲之氣結；不可抹滅的是，也有不少商人潔身自愛，固守商業道德，
急公好義，致力興學，投入公益事業。

貳、商人的內心世界

即使僕從雲集，有用不盡的財富，商人們最大的心願卻是企盼擠身社會
上流，得到較高的社會地位，他們除了讓子弟習文以外，最常透過捐納或聯
姻，爲此傾家蕩產在所不惜。另外，他們也很喜歡附庸風雅，買些古書字畫，
或希望能獲得當時名士文作等。

商人們最常透過透過聯姻或捐納、逢迎權貴等，希冀擠身社會上流。透
過聯姻以攀高門者，可見於俞蛟《夢厂雜著・春明叢說・國初某中堂》：富商
張某百般攀附權貴，終於登進仕籍，並與某中堂的堂弟締結婚姻，但因應對
失當，反招中堂動怒：

國初，某中堂勢位隆赫。有張姓者，以商賈起家，積資巨萬，爲人
鄙俚不文，……百計夤緣，將登仕籍，與中堂之從弟諦爲婚姻。因
謂曰：「余與若既爲兒女聯姻，則若兄弟亦忝在姻末，而從未識面，
上遊、寅好知之，殊減顏色。倘得引之一謁，拜君之惠良多。」遂
爲先容。越日進見，中堂曰：「壯年筮仕，展新猷，布雅化，老夫與

有榮矣。」張面赤，汗淫淫下，蹙踏而對曰：「久仰大人老奸巨滑，
爲朝野所畏。」中堂大怒，拂袖入。〔註107〕

這種聯貴婚因即使成功，卻是建立在「互取利益」上，往往會惹禍上身。《三
岡識略·卷九·結婚破產》故事裡，即是富家與貴家聯姻至破產的：

> 華亭南橋鎮有富人鄒連城者，農家子，祖父皆巨富，藏鏹無算，再
> 傳至連城，性尤慳嗇，善居積，朝夕皇皇權子母之利，富甲一郡。
> 晚舉子女十餘人，聯姻貴族。適逢納官之例，紗與繡補，意氣自得。
> 忽一病不起，幼稺無知。於是其姻家周監生綸者，佯倡撫孤之說，
> 糾眾統狼僕數十闖入內寢，醫妻倉皇走匿，貯米萬石并室中所有俱
> 估價均分珠寶黃白，盡飽囊橐。且稔知窖藏甚多，相與威逼其妻，
> 又將奴婢鎖縛，按籍搜掘，滿載而去，勢同抄沒。〔註108〕

商人「不招白衣女婿」的現實面，可見《清稗類鈔（五）·婚姻類·陳芝楣娶
李小紅》的故事。陳某原在某商家擔任教職，商人見他是秀才，前途可期，
於是把女兒許配給他，孰料陳某接連遭逢親喪等事，家中貧苦又無功名，商
人立刻退婚。陳某困頓之際，被正送客出門的名妓發現，無條件資助他參加
科考，結果連獲捷報，登進士第，派任官職。商人之女得知後，悔憤致死，
而商人則得知陳某欲娶名妓時，千方百計找到此妓，認爲義女，將她嫁給陳
某，以沾其光：

> 陳芝楣制府鑾之尊人，嘗館江寧醝商家，芝楣方十八歲，往省父，
> 商以其初入泮，器之，字以女。明年，父歿，服闋，家益貧，乃奉
> 母命至江寧，貸於外舊外姑，供秋試貲。商拒之，且迫使退婚，芝
> 楣從之，留逆旅，困甚。一日出游，經釣魚港，名妓李小紅送客出
> 門，瞥見其憔悴中有英爽氣，憫之，延之入，詢知其落拓狀，慨贈
> 五百金，勸回鄂鄉試，且訂婚約。是年即領解，明年，成進士，中
> 探花……充江南副主考。商女忿，鬱鬱死，而商亦大悔。或有告以
> 小紅事者，乃知其已杜門謝客也，亟以千金贖之，攜至家，爲義女。
> 及試事竣，浼人爲媒，畚贈十萬金。〔註109〕

商人重名輕義，與風塵女子重情義相較，實一諷刺，尤以商人爲與此貴婿沾

〔註107〕見（清）俞蛟：《夢厂雜著·春明叢說·國初某中堂》，頁4792。
〔註108〕見（清）董含著：《三岡識略·卷九·結婚破產》，頁759。
〔註109〕見（清）徐珂：《清稗類鈔（五）·婚姻類·陳芝楣娶李小紅》，頁2076。

上裙帶關係，竟厚顏且不計出身，收風塵女子爲義女，更可見其重名攀貴之心。

官覬商財，商圖官之名與權，以方便行事，所以若遇官員婚喪喜慶，商人們莫不藉機表現，洋商亦染其俗。可是若逢迎不當，反而會招來殺身之禍。慵納居士在《咫聞錄・送鐘》寫著：某大官生日，有位洋商想奉承，以洋貨爲稀有珍寶，出巨貲購得西洋自鳴鐘，想要討好這名官人，沒想到「鐘」與「終」諧音之故，反惱怒官人，差點被關進大牢：

> 廣東爲富庶地區，重在洋物，民間凡有喜事，莫不鬥麗爭華。昔有大賓生辰，官紳士商，各獻奇珍，迎合趨逢。洋商某，思內地寶物，衙中都有，惟以洋貨爲重。送出重資巨萬，購得西洋自鳴鐘，高五尺，機關靈動，至期呈送，爲顯者壽。斯時僚寀畢見，和容愉色，忽見家人手持紅柬曰：「洋商送鐘，請謁拜壽。」大賓失色，怫然大怒曰：「我位極人臣，欲享期頤之壽，他物俱可送，何獨送我以鐘？『鐘』與『終』字不同而音同，是該商明假此以咒我也，情殊可恨！」即令人將鐘攜至大堂，用鐵杆擊碎，將商發縣訊問。洋商挽人求饒，後情與面俱到，乃已。〔註110〕

商人們心中另一願望，是希望能與士子結爲文友，以顯其文雅風格，但往往爲士子所鄙。《騙術奇談・騙鄭板橋書》故事裡說，鄭板橋先生的畫，名噪一時，當時鹽商們都很敬重他，爭相向他求墨寶，以擁有其書畫爲榮，藉與鄭板橋爲友，抬高自己的身價。有位商人因出身微賤，雖出重資，鄭板橋仍不肯允，最後商人只好將自己打扮成清雅高士，借居在某一幽林處，引君入甕，讓鄭板橋誤以爲遇見知音，主動贈畫，等到發現時，這名商人家中早已掛滿他的畫了。〔註111〕

商人想表現出儒雅氣質的另一種方式，是搜集古董等文物，在清代是很普遍的現象，但他們這種行爲，漸爲人所知後，即成了騙子行騙對象。毛祥麟在《墨餘錄・好奇售僞》寫道：有一商人喜好搜藏古物，大家知道他的喜好，更覬覦其厚財，希望能借此圖利。某天，有人拿了一個家傳寶物要賣給他，還答應讓他檢驗物品眞僞，但最後商家仍上他的當：

〔註110〕見（清）慵納居士著：《咫聞錄・卷四・送鐘》（見「筆」正編七冊），頁4475。
〔註111〕見（清）雷君曜著：《騙術奇談・騙鄭板橋書》（見「筆」三十二編三冊），頁1331～1334。

南昌賈人錢子明，饒於資，好藏古器。客攜一古錦匣至，內有物，
其形似繭而大如瓢，長尺許，色白，微見青斑，搖之內有聲。云：「係
某宦家藏，傳世既久，子孫不知其名，并不識其用，惟承上世之囑，
以故寶藏至今。聞君精於鑒古，特假一觀，冀有所示。」錢因笑置
之。越日，有同好某來訪，錢言及之。某曰：「嘗觀《博物志》，載
員嶠山有冰蠶，長七寸，色黑，有麟角，以霜雪覆之，然後作繭，
繭長一尺，織爲文錦，入水不濡，投火不燎。唐堯時，海人獻之，
堯以爲黼黻，此其是乎？若然，眞無價物也。」錢檢書閱之，良是。
乃邀客，欲破繭以驗，客不可。錢曰：「驗之若合，願以千金爲贈，
否則亦以數縑之值償之，可乎？」客遂商於物主。議既定，乃破之，
內果蠶蠟，色純黑，麟角可辨，入水不濡。客曰：「今唯投諸火矣，
兩家其勿悔。」物主請置千金於前而後驗。時某亦在座，私謂錢曰：
「今已試數端，諒非僞物，盍減厥值而不竟其驗乎？」錢然其說，
遂以半價得之。既得，視爲至寶，終亦不敢入火。後泄其謀……入
水不濡者，塗以白蠟也。〔註112〕

雷君曜於《騙術奇談·購古笄被騙》裡也說，有位鹽商很喜歡古物，某天，
有人拿了一根髮簪，聲稱是王羲之的遺物，但因價格很高，鹽商猶豫許久，
此人便把東西留在其家，讓他考慮。這時進來一名客人，鹽商跟他談及此事，
並示出此簪，客人大笑說他被騙，商人一氣之下重拍桌子，竟把簪子摔碎了。
不過多久，賣簪者寫信來表示，已有人以五千金代價訂購此簪，請鹽商將此
簪還給他。等他來取物時，鹽商則很生氣地回應已將贗品摔碎，並把客人所
見重述一次，此人從懷中出示相同款式的仿冒品說，那才是僞品，鹽商聽後，
不發一語，最後只得賠三千金了事：

> 某鹽商有嗜古癖。或以道士所戴笄求售，曰：「是王右軍物，然非四
> 千金不可。」某愛玩不釋手，但曰：「價太昂，數百金可矣。」其人
> 置物案間去。翌日有客來候，縱言古器，某出笄示之，客大笑曰：「是
> 某人物耶？是僞爲以給汝耳……」某爲激怒甚，不復顧慮，遽拍諸
> 几，應手立碎。又數日，此人則持某公子函至，函中云：「近聞有王
> 右軍時物，予已允價五千，聞物在君家，請交其人帶回。」某見函

懼且怒曰：「此乃僞物，吾已碎之矣。」此人遽探懷中，出一同式者
示之曰：「曩以家貧懷寶，索觀者眾，慮有損失，故造此以供眾覽，
若原物則日前始取出也。」某至此瞠目不能作一語。不得已，屬人
與講，畀以三千金，始已。〔註113〕

鹽商殊不知這名告訴他此簪爲贋物的客人，實與售假簪者爲同伙，故意前來
激怒鹽商，騙取償金。

這些騙徒利用商人們附庸文雅的心性及又不諳鑒賞的弱點，售以贋品，
他們之所以能博取商人的信任，其實有一重要因素，就是能掌握商人們既想
購買又怕上當的心態，所以往往會先就是先扮成鑒賞專家或欲擒故縱方式，
讓商人鬆懈防心，以爲古物難得。這也反映出商人們希望能獲得社會肯定，
能走入社會上流的心情。

第四節　痲瘋女的形象與其情感世界

痲瘋，又名癩風、瘋風、癩病〔註114〕，是麻風趄菌引起的慢性傳染病。
會侵犯皮膚周圍神經或內臟，使患者皮膚結痂，感覺喪失，手指與腳指彎曲
變形。

最早有關得此病的記載，見於《論語・雍也第六》篇：「伯牛有疾。」先
儒以爲此疾即是癩病〔註115〕。唐代《朝野僉載卷一》寫道：

商州有人患大風，家人惡之。山中爲起茅舍，有烏蛇墮酒罌中，病
人不知，飲酒漸差。罌底見蛇骨，方知其由也。〔註116〕

時人孫思邈在《千金翼方》中，詳述他治療六百多例痲瘋病患者的經驗與結
果，並表示這種病的治癒率約爲十分之一。

明人祝允明在其《猥談・癩蟲》說：「南方過癩，小說多載之，近聞其症，
乃有癩蟲自男女精液中過去，故此脫而彼染。」

康熙年間，浙人吳震方在《嶺南雜記》中也提到：「潮州大痲瘋極多，痲

〔註113〕見（清）雷君曜著：《騙術奇談・購古笄被騙》，頁1363。

〔註114〕見（明）張介賓著：《景岳全書・癘風》：「癘瘋即大風也，又謂之癩風，俗又
　　　　名大麻風。」

〔註115〕見《論語・雍也第六》（見《新譯四書讀本》），頁124～125。

〔註116〕見（唐）張鷟著：《朝野僉載卷一》（見《唐五代筆記小說大觀》，上海古籍出
　　　　版社），頁7。

瘋院爲養濟院之設也。……有井名鳳凰，井甘冽，能癒疾。……風者能飲肉如常，……其中男女長成，自爲婚匹，生育如常人。」屈大均在《廣東新語・卷七・風人》載：

> 粵中多瘋人。凡男瘋不能賣於女，女瘋則可賣於男，一賣而瘋蟲即去，女復無疾，此所謂過癩者也。瘋爲大癩，雖由淫熱所生，亦傳染之有自。故凡生瘋，則其家以小舟處之。多備衣糧，使之浮游海上，或使別居於空曠之所，無與人近。〔註117〕

在筆記故事裡，對此疾病的記載，主題偏在藥方與因此病而生的過癩婚俗。最早見於周密《癸辛雜識後集・過癩》：

> 閩中有所謂過癩者，蓋女子多有此疾，凡覺面色如桃花，即此證之發見也。或男子不知而誤與合，即男染其疾而女瘥。土人既皆知其說，則多方詭作，以誤往來之。杭客人有秬供申者，因往莆田，道中遇女子獨行，頗有姿色，問所自來，乃言爲父母所逐，無所歸。因同至邸中，至夜，甫與交際，而其家聲言捕奸，遂急竄而免。及歸，遂苦此疾，至於墮耳、塌鼻、斷手足而殂。癩即大風疾也。
> 〔註118〕

這篇完整交待過癩婚俗的由來、過程與實例。

但眞正有大量這類故事，則是要到清代。今就所搜得的痲瘋女故事，做一整理。

成書時間	篇　名	是否有過癩婚	是否治癒？（若有，以何藥治癒）
西元 1780 年	《秋燈叢話卷十一》	無	治癒（毒蛇泡油）
西元 1794 年	《霤樓逸志・卷六・貪歡報》	有	無
約西元 1795 年	《小豆棚・卷八・二妙》	無	治癒（食蛇所食）
西元 1796 年	《異談可信錄・卷十七・過癩》	無	治癒（毒蛇泡油）

〔註117〕見（清）屈大均著：《廣東新語・卷七・風人》（北京：中華書局），頁244～245。

〔註118〕見（宋）周密著：《癸辛雜識後集・過癩》（見《宋元筆記小説大觀》，上海古籍出版社），頁5749。

成書時間	篇　名	是否有過癩婚	是否治癒？ （若有，以何藥治癒）
西元 1830 年	《粵屑·卷二·黑蛇》	無	治癒（墨蛇酒）
約西元 1832 年	《咫聞錄·卷八·麻瘋》	無	治癒（有德）
西元 1837 年	《兩般秋雨盦隨筆·卷四·麻瘋女》	無	無
西元 1848 年	《北東園筆錄四編·卷四·南海貞女》	有	治癒（千歲茯苓）
西元 1850 年	《客窗閒話續集·卷四·烏蛇已癩》	無	治癒（蛇酒）
西元 1856 年	《讕言瑣記·潮州女子》	有	治癒（有德）
約西元 1860 年	《蟲鳴漫錄卷二》	無	治癒（食蛇所食）
約西元 1868 年	《益智錄·卷十一·開癩》	有	治癒 （蛇啣草＋麻姑指引）
西元 1875 年	《潛庵漫筆·卷六·過賴》	無	治癒（蛇毒）
西元 1875 年	《遁窟讕言·卷九·瘋女》	無	治癒（雞）
西元 1877 年	《夜雨秋燈錄·卷三·麻瘋女邱麗玉》	無	治癒（蛇毒）
西元 1879 年	《香草談薈·卷下·奇緣》	無	治癒（蛇毒）
清末	《清稗類鈔·貞烈類·瘋女守貞》	無	治癒（死蛇）
清末	《清稗類鈔·疾病類·吳紹田好色染麻瘋》	有	治癒（蛇酒）

壹、麻瘋女形象的轉變

　　在宋代周密一篇裡，麻瘋女故作迷路者，搏人同情，過癩給路過男子，女方是否成功脫疾，故事未交待，但是男方則是得此癩病致死。但是到了清人筆下的麻瘋女，則是展現貞義的一面。

以王椷的《秋燈叢話卷十一》爲例，故事是這樣說的：

> 有某姓女染此症，母令夜分懷金候道佐。天將曙，見一人來，詢所
> 往，曰：「雙親早沒，孤苦無依，往貸親友，爲糊口計。」女念身染
> 惡疾，已罹天罰，復嫁禍於人，則造孽滋甚。告以故，出金贈之。
> 其人感女誠，受之而去。女歸，不以實告。未幾，疾大發，肢體潰
> 爛，臭氣侵人。母怒其誑，且懼其染也，逐之出。乃行乞他郡，至
> 某鎮，有鬻胡麻油者。女過其門，沁入肌髓，乞焉。眾憎其穢不顧
> 而唾一少年獨憐而與之。女飲訖，痛楚少止。先是有烏梢蛇浸斃油
> 器中，難於售，遂盡以飲女。女飲之，瘡結爲痂，數日痂落，肌膚
> 完好如舊。睹少年即昔日贈金人，欹歔不自勝，咸重女之義，成夫
> 婦焉。

痲瘋女不願害人之「義」，竟爲她自己帶來善報與圓滿婚姻。較晚期的南山老
人的《香草談薈・卷下・奇緣》即承此篇而來。

在梁紹壬的《兩般秋雨盦隨筆・卷四・痲瘋女》中的痲瘋女墮娼籍，被
一男子看重，不肯耽誤對方前途，因而不願發生男女關係。女方爲使男方死
心，索幸自盡。男方始知其情義，感佩不已，爲其封墓：

> 有瘋女面貌姣好，日蕩小舟賣果餌以供母。娼家豔之，啗母重利，
> 迫女落籍。有順德某生見女，深相契合，定情之夕，女峻拒不從，
> 以生累世遺孤且承嗣族叔故也，因告知疾。相持而泣。生去旬餘再
> 訪之，則女於數日前爲生投江死。生大慟，爲其封墓。〔註119〕

自古女兒家誰不願圖好歸宿，娼籍奴更希望能攀得貴婿脫娼籍。但痲瘋女不
願葬送他人前途，寧可獨自承受身心折磨，其義可感。

道光年間，梁恭辰在《北東園筆錄四編・卷四・南海貞女》則有不同的
情節，得癩病者是男方，結果女方不離不棄，堅持成婚。婚後兩人同染癩疾，
依舊相守不分：

> 嶺南患大痲瘋，雖骨肉不與同居。南海有巨室子某年甫十五六，翩
> 翩似璧人，忽患是疾。另構山寮居之，家人間日省視焉。其所聘室
> 係邑中巨姓女，父母欲另字人。女泣曰：「未婚而婿攖惡疾，女之命
> 可知，且從一而終，婦人之道也。義不能他適，與其養老閨幃貽父

母憂，不如相依於淒風苦雨中，少盡為婦之道。」卒歸某氏為婦。
未幾，女亦沾染成篤疾，空山之中形影相弔，聞者傷之。一夕，明
月在天，四山清絕……其夫撫之曰：「以卿麗質而狼戾至此，我之罪
也。」女則毅然作色曰：「早知有今日，其何敢懟？」正在淒然相對
間，忽見溪中有一物翻波，竄入松林而沒，明日發土視之，則千歲
茯苓也。知為仙品，剖而分食之，宿痾頓失，瘡痕全消，合巹成禮
矣。〔註120〕

有的男子面對痲瘋女不僅無懼，仍願無悔照顧她一輩子，故事見於《蟲鳴漫
錄卷二》：

有富室女忽得是疾，父母不肯送院，縱令女與少年接，冀脫是累。
女心不悅，而重違親命。適中表富室某……見女悅焉，欲與通。女
顰蹙曰：「妾沾惡疾，奉親命作此獝，郎一遇必死，然郎死而妾生，
於心何忍？今與郎謀，能擇一靜室，少給飲食，以終餘年，死不恨。」
某允之，告父母而迎焉。女疾漸劇，面目臃腫，眉髮皆脫，婢媼厭
苦之。歲除，母家送肴核。元旦女醒，見器中止餘其半，細視無他，
疑婢媼竊食，姑不忍言，命將所餘，重溫而食。數日後皮如蟬蛻，
眉髮復生，婉然一好女子矣。與某合巹成夫婦焉。迨掃除淨室，見
床下一穴，蛇伏其中，乃悟為蛇食，流涎於器中，女食涎而癒。
〔註121〕

清人在塑造痲瘋女形象上，明顯著重於描繪女方善良、不願害人染病的一面，
而男方亦有情義，守之不棄。

貳、痲瘋女的情感世界

在這些故事裡可以看到，許多痲瘋女一旦得疾、不是被父母送到瘋濟院，
就是落入娼籍，過著水深火熱的日子，她們要飽受身體病痛之痛楚，還有內
心被世人唾棄的艱熬，其苦可知。

痲瘋女何嘗不希望也能像常人一樣擁有感情，例如在《清稗類鈔·疾病
類·吳紹田好色染痲瘋》所說：

女忽於枕上潸然淚下，吳怪而問之，但泣不答。吳固詰之，女曰：「妾

────────────────

〔註120〕見（清）梁恭辰著：《北東園筆錄四編·卷四·南海貞女》，頁 5999。
〔註121〕見（清）采蘅子著：《蟲鳴漫錄卷二》，頁 3715。

誠不忍見君死，用是悲耳。」吳詫曰：「是何言歟？」曰：「君不聞
廣東麻瘋症耶？」吳大悟，既曰：「得親薌澤，即以一死報知己恩，
可暝目泉下矣。」女感其言，益鳴咽不成聲，漏三鼓，女曰：「君盍
去，此難久留。」即起送之出。吳歸，掩臥空齋，嗒然如喪。〔註122〕

從「嗒然如喪」可知，面對真情，她們想要卻不敢要、不能要，必須忍難忍
之情。

道光年間的宣鼎，將麻瘋女的故事寫成一篇感性的小說──〈麻瘋女邱
麗玉〉，讓此類故事為之亮眼，其中一段寫麻瘋女覓得過癩客後，她還是陷入
道德掙扎，但理智終於戰勝情感，她決定吐實，自然也得離開這個家，過著
孤寂的日子，索幸公公是有道義之人，勸勉兒子應盡照顧之責，而麻瘋女見
公公有無後之憾，痛責不已，寧願自盡讓先生再娶：

女以投角甕，悲曰：「為妾故，使郎遲嗣續，阻上進，妾死後，何以
見祖宗於地下！」言已又觸。

索幸她一回誤食蛇酒，意外疾癒，生兒育女，與丈夫一起照顧更多苦難的麻
瘋人。〔註123〕這篇小說的出現，寫出像這樣帶有癩疾的人的一生，他們具有
常人的生心理需求，卻又必須面臨現實疾病考驗，種種心理上的折磨，實讓
人對麻瘋女也為之改觀，從嫌惡到同情到漸漸接納。

有關麻瘋女的故事在清代如雨後春筍般湧現，內容小有不同，但幾乎都
是男女貞義為題旨。清代論婚重門第與富貴，麻瘋女系列故事的出現，或可
謂作者是意欲他們的貞義，警戒世人恪守貞節與道義。

〔註122〕見（清）徐珂著：《清稗類鈔（八）‧疾病類‧吳紹田好色染麻瘋》，頁 3530
～3531。

〔註123〕見（清）宣鼎著：《夜雨秋燈錄初集‧卷三‧麻瘋女邱麗玉》，頁 63～69。